KB048052

늑대신부
Made in Korea

늑대의 신부

초판 1쇄 발행 2022년 7월 29일

지은이 권현숙
펴낸이 최영민
디자인 홍시
펴낸곳 헤르몬하우스
인쇄 미래피앤피
주소 경기도 파주시 신촌로 16
전화 031-8071-0088
팩스 031-942-8688
전자우편 hermonh@naver.com
등록일자 2015년 3월 27일
등록번호 제406-2015-31호

ISBN 979-11-92520-02-5 03810

· 책 값은 뒤 표지에 있습니다.
· 헤르몬하우스는 피앤피북의 임프린트 출판사입니다.

늑대신부

장편소설
권현숙

화덕에서 통째로 양이 익어갈 때
나는 아직 쓰지도 않은 이 책을
죄 없는 어린 양에게 바쳐버렸다

—2018년. 몽골 취재노트 중에서

작가의 말

한 장의 사진이 강한 영감을 주었다
늑대 신부가 내게로 왔다

"얼마큼 사랑해?"
"죽을 만큼!"

"무대에서 죽는 게 소원입니다." (무대는 모든 예술로 대치할 수 있다)

거짓이 아니다. 그 순간만큼은.

「늑대 신부」는 순간이 아닌 전 생애 (인간의 영원) 동안,
죽음 너머로까지 이어지는 **한국인의 사랑 이야기**이다.
자신의 이름을 땅에 묻고 음악에 영생을 준
두 음악가의 이야기이다.
참혹한 生의 비수에 맞서 맨몸으로 사랑과 음악을 지켜낸
위대한 두 늑대 이야기이다.

아, 몽골! 별과 말과 늑대의 나라. 몽골인들은 늑대를 조상으로 숭배한다.

한국인 마음 한구석에는 몽골이 우리의 시원始原이라는 뿌리 깊은 믿음이 자리하고 있다. 역사적 견해는 논외로 하고라도 기마민족의 유례없는 정복사征服史, 끝 간 데 없는 지평선, 자유로이 이동하는 유목민의 삶은 우리네 집단무의식을 건드릴 만하다.

과연 몽골은 원시의 힘이 살아있는 땅이었다. 디지털 시간 따위 가볍게 무시하고 섣부른 지식 따위 우습게 날려버렸다. 그러기에 인간의 규모를 넘어선 신비로운 현상과 접목하기에 무리가 없었다.

몽골에서 나고 자란 인물은 필연이었다. 말과 한 몸으로 초원을 바람처럼 휘달리던 유년의 기억이 각인되어 있는 남자. 몽골을 또 하나의 고향으로 간직한 그는 늑대를 닮았으리라.

맞닥뜨리는 순간 얼어붙게 만드는 사나운 짐승, 늑대.

부스스한 털 속에 노약한 부모와 약한 무리까지 생각하는 깊은 정을 넣어두었나. 억센 심장 어디에 평생 한 반려만을 바라보는 순정을 숨겨두었나. 늑대에게 반했다.

소설의 다른 한 축으로 무속의 신비가 들어왔다.

1990년 경오생, 1930년 경오생, 두 백말띠가 보이지 않는 끈에 이끌려 만남에 이르는 과정은 어느새 추리적 구조를 취하고 있었다. 그리고 그리고….

영혼혼례식 장면을 쓰던 날. 오싹 스친 서늘함은 단지 착각이었을까. 뒤에 누군가 서 있는 것 같아 한 줄 쓰고 돌아보고, 한 줄 쓰고 돌아보고…. 괴담류는 쳐다도 못 보는 내가 귀신을 소환하여 원고에 박제해버린 대단한 밤이었다.

두 인물의 비련을 쓰는 순간순간 울컥했다. 사랑과 음악에 전 생애를 바친 두 사람을 비참 속에 버려둘 수는 없었다. 꿈에서인지 믿음 안에서인지 삶이 회복되는 기적을 목격하며 우리 모두가 희망을 느끼고 싶었다.

별! 그 이상한 이야기를 빼놓을 수 없었다. 이 작품에는 '작위적이다' '작가의 과한 상상력이다' 그렇게 생각할만한 장면이 있다. 나조차도 믿기 어려운 상황이어서 쓰지 않으려고 했다. 고백하지만 내 개인적 체험을 그대로 베꼈다. 그것이 몽골이기에 가능했는지, 철부지 아이 같은 막무가내 생떼가 받아들여진 것인지 나로서도 알 길이 없다.

관은 하나였다.

두 몸이 어찌나 꼭 껴안고 있는지 뗄 수가 없었다.

수선화밭 한쪽에 그대로 묻었다.

이 문장을 쓰고 울었다.

Plolog

남자 중학교 맞은편 골목에 세대문집 우리 집이 있었어요. 아침마다 등교하는 소년들의 활기찬 소음으로 들썩거렸지요. 그 소리를 들으며 큰 대문을 나서면 곧바로 남학생들과 맞닥뜨려요. 길 위쪽엔 남자 중학교가, 아래쪽엔 우리 여학교가 있었거든요.

지금도 눈에 선해요. 갓 다린 새하얀 교복 블라우스를 빼입은 여학생 하나가 시커멓게 올라오는 남학생들 가운데로 들어서면 갑자기 조용해지며 길이 나지요. 홍해가 갈라지듯 그렇게. 내게로 집중되는 시선들을 뚫고, 거센 강물이라도 역류하듯 그 길을 꼿꼿이 걸어갔어요.

그와 스치는 순간이 있었지요. 검은 교복들 속에서 그가 보였어요. 그 사람만 보였어요. 순수한 눈빛과 반듯한 그 얼굴만. 눈이 마주치는 순간, 우리 두 눈엔 번개가 일고, 두 심장은 천둥쳤어요. 시계가 초침을 멈추고 별들이 운행을 멈춘 그 순간, 알았어요. 나는 나의 '타블링*'을 보아버렸구나!

---

* Тавилан 타블링; 몽골어 '운명'

차
례

POST OFFICE
DEC
12
MONGOLIAN

서촌의 유령편지

#서촌. 2019년

•
•

편지는 기다리고 있었다.
무덤 속 유물처럼, 멈춘 시계처럼… .

으스스 한기가 도는 집이었다. 대문 문턱에 놋숟가락 거꾸로 꽂힌 밥주발이 놓여있었다. 택시기사는 손님에게 받은 쪽지를 다시 들여다보았다. 손님은 분명 혼례식에 간다고 했다.

"주소를 잘못 받으셨네요."

젊은 여기사가 쪽지를 들어보였다.

노부인이 오만 원짜리 두 장을 건넸다.

"기다려주세요."

손님은 초행길이 아닌 듯 두 집 걸러 작은 대문으로 들어갔다. 그 집도 혼례식장 같지 않기는 마찬가지였다. 아무리 소규모라도 입구에 청사초롱이나 작은 간판 정도는 걸어둔다. 서촌 골목 안에 전통 혼례식장이 있다는 말도 들어보지 못했다. 놋숟가락이 반짝 햇살을 튕겨냈다. 예전엔 초상집 대문 앞에 짚신과 돈과 음식을 내놓아 먼 길 떠나는 망자에게 노잣돈 드리는 풍습이 있었다. 하얀 쌀밥에 거꾸로 꽂힌 놋숟가락은 무섭고 불길했다. 점심에 먹은 오삼불고기 백반이 체하는지 생트림이 올라왔다.

차 앞으로 휙- 검은 것이 지나갔다. 고양이가 담장 개구멍 속으로 사라졌다. 전돌로 멋을 낸 격조 있는 담인데 대문 쪽부터 허물어지기 시작한다. 주인이 전혀 손을 안 대나 보다. 근데 웬 담장이 이렇게나 길어? 살펴보던 여기사가 고개를 끄덕였다. 집 세 채가 한 담으로 이어진 한 집이고, 대문도 각각 있었다. 옛 명문가 고택은 안채, 곳간채, 사랑채, 헛간채가 따로 있고 드나드는 대문도 각각 있었다. 그 비슷한 구조의 한옥을 서울에서 보기는 처음이었다.

손님이 들어간 집은 끝집이었다. 어쨌거나 한 집인데 한쪽에서는 초상을 치르고, 한쪽에서는 혼례식을 한다? 여기사는 얼떨결에 받아버린 예약금을 아직도 손에 들고 있었다. 내키진 않지만 기다리는 수밖에. 핸드폰 네이버 뉴스에 속보가 떴다.

한국인의 '마음'에 「마음폭탄」을 던지다'

▶ 우리 가곡 '마음'은 한국인들이 가장 좋아하는 국민 애창곡이지요. 헤어진 연인을 그리는 애절함으로 많은 사랑

을 받고 있습니다. 그 곡의 작곡자로 알려진 안정섭 서울대 명예교수가 '마음'이 자신의 곡이 아니었다고 밝혀서 국민들 마음에 '마음폭탄'을 던졌습니다. 기자 회견 영상 보시겠습니다.

▶ '마음'의 진짜 작곡자는 누구입니까? 성함을 밝혀주십시오.

▷ '어머니의 초상화' '고향 마을' '먼 연인'… 어, 어….생각이 안나요….

▶ 지금 말씀하신 곡들과 '마음'이 관계가 있습니까? 같은 작곡자의 곡인가요? 말씀을 해주십시오.

▷ 교향곡이 있어요. 아주 대단하지요.

▶ 작곡자의 성함을 밝혀주십시오.

▶ 진짜 작곡자가 누구입니까? 성함을 밝혀주세요!

▶ '마음'의 작곡자가 살아있습니까? 돌아가셨나요? 사실을 밝혀주십시오!

▷ 죽었어. 죽였어! 내가 죽였어!

감정이 격해져 소리 지르던 안 교수가 제풀에 쓰러졌다. 화면에 앵커가 나왔다.

▶ 기자 회견 도중 안 교수가 돌연 호흡곤란을 일으켜 병원으로 옮겼습니다. '마음'의 작곡자가 자신이 아니라는 양심 고백 중에 느닷없이 살인 고백까지 하여 충격을 더

했습니다. 사실 여부는 조사를 해봐야 알겠지만, 아무튼 충격의 연속입니다. 안 교수의 상태가 호전되는 대로 다시 소식 전해드리겠습니다.

치매인가? 저명한 노老교수가 저작권 도용도 모자라 살인이라니. 믿을 수도 안 믿을 수도 없는 일이 벌어졌다. '마음'은 노래방 책에도 올라있는 국민 가곡이었다. 남사친 바타르가 여자애한테 차이고 와서는 꼭 그 노래를 질렀다. 영화동아리 친구들과 한마음으로 떼창 하던 '마음'은 그러니까 '우리 기쁜 젊은 날'의 실연송失戀song인 셈이었다. '우리 기쁜 젊은 날'이라. 갓 서른 승리는 스물아홉 때나 지금이나 뭐가 다른가, 우기면서도 살짝 우울한 기분을 느꼈다. '마음'을 검색했다.

마음

작시: 안정섭 작곡: 안정섭 소프라노: 송화자

섣불리 해버린 그 새벽 약속
내 마음 저리게 한다
자고 깰 때 떠오르는 너
내 마음 강물 범람하여
닿을 수 없는 너에게 흐른다
마음껏 사랑했던 입술 자국

내 마음 온통 흔들어버려

승리는 카메라 가방을 들고 차에서 내렸다. 택시 쉬는 날은 웨딩사진 알바를 한다. 결혼식은 물릴 만큼 보았으니 사연 있을 법한 집 구경이나 하자 싶었다. 대문이 세 개나 되는 경성 시대 부잣집을 찍을 기회가 자주 있는 것은 아니다. 운이 좋다면 이번 달 잡지사에 넘길 사진 한 장쯤 얻게 될지도 모르겠다.

끝 집인 혼례식장은 마당에 차양도 치지 않고 멍석도 깔지 않았다. 초례상 주위에 하객 몇이 조용히 앉아 있었다. 신랑 신부는 보이지 않는다. 전통혼례도 작은 결혼식이 유행이다. 승리는 눈에 안 띄게 뒤울 안으로 해서 안채로 잠입했다.

눈부신 폐허.

빈집이었다. 말라죽은 정원수들이 우뚝우뚝 서 있어 놀랐다. 메마른 수돗간과 녹슨 펌프는 보기만 해도 목이 마르다. 승리가 두 눈을 크게 떴다. 펌프 옆 화단에 수북이 피어있는 노란 꽃 무더기, 수선화였다. 나무도 펌프도 손대면 부서질 듯 바짝 마른 마당에서 질기게도 살아남은 꽃들이 신기했다. 샛노란 수선화들로 볕 바른 마당이 어둡다.

승리는 무심코 대문간을 들여다보았다가 흠칫했다. 문간방은 판자를 X자로 때려 박고 그 위에 부적을 두 장 붙여두었다. 부적이라면 꽤 본 편인데 저렇게 길고 특이한 문양은 처음 본다. 지붕처럼 보이는 기다란 ㅅ자 안에 손톱만한 한

자들과 입 구口인지 그냥 네모인지 아무튼 口들을 바글바글 그려 넣었다. 자잘한 한자들 속에는 男남 女여 같은 아는 글자들도 있고, 점 세 개 찍은 도형들도 있다. 얼핏 글자처럼 보이지만 눈, 코, 입이었다. 여자 얼굴, 남자 얼굴이 보인다. 똑같은 부적 두 장을 한 장은 정상적으로, 한 장은 거꾸로 붙였다. 문짝에 발린 누렇게 찌든 신문지가 찢어져 여기저기 구멍이 나 있었다. 놀래라!

폐방에 피아노가 있다. 방안의 어둠에 눈이 익으면서 피아노의 세부들이 보이기 시작했다. 건반은 여러 개 뜯겨나갔고, 보면대는 위태롭게 매달려 있고, 페달도 외발이다. 승리는 망원 렌즈로 바꿔 끼웠다. 옛날 피아노라고 다 클래식 피아노가 아니다.

양쪽 사자머리 조각에서 뻗어 나온 굵은 사자 다리가 그대로 튼실한 피아노 다리가 되었다. 융 조각으로 렌즈를 닦고 어둠 속 피아노를 촬영하기 시작했다. 구멍이 크지 않아 구부리고 거꾸로 박히고 난리를 치며 셔터를 눌렀다. '건졌다!' 시커멓게 썩은 다다미를 딛고 선 사자의 당당한 두 발이 인상적으로 담겼다. 신문지 바른 창문을 등지고 빈방에 덜렁 놓여있는 피아노가 사자처럼 당당하다. 피아노 위에 놓인 액자들도 당겨보았다. 무슨 기념사진인가 보다. 무대 뒤 전면에 일장기日章旗와 가로로 긴 한자들이 보인다.

全朝鮮學生音樂競演大會

“전, 조선, 학생 음악… 경연대회!”

음악경연대회 수상자들의 기념사진이었다. 얼굴은 웃고 자세는 차렷!

콩쿠르라면… 승리도 쫌 안다. 초등학교 6학년까지 피아노를 쳤다. 입상도 여러 번 했고 악보 초견初見도 잘했다. 꾸밈음 많은 체르니 40번 NO13. 초딩 사이에선 높은 스펙으로 잘 나갔지. 하지만 알았어. 예중藝中을 목표로 하는 친구들처럼 어깨 빠지게 연습할 자신도 없고 그만한 재능도 없다는 거. 중학교 입학을 계기로 자연스럽게 빠져나왔다.

수영이나 자전거는 몸이 기억하는데 피아노는 냉정했다. 칠 년이나 어린 순정을 바쳤건만 덧정 1도 없었다. 그런데도 피아노만 보면 괜히 건드려보고 그 곁에서 서성이고… 바보.

옆의 사진은 멋진 젊은 남녀 한 쌍이다. 좋은 날인가 보다. 드레스와 나비넥타이, 한껏 차려입었다. 정장에 웬 털모자? 몽골 유목민들이 한겨울에 쓰는 늑대털 모자를 눌러쓰고 활짝 웃고 있다. 승리도 몽골에서 저 늑대 털모자를 써보았다.

드레스 여자가 상 받은 여학생 중에 있지 않을까, 찾아보았다. 모두 웃고 있는 단체 사진에서 혼자만 무표정한 여학생, ‘너’로구나. 훨씬 성숙하고 아름다워졌네. 승리가 픽 웃었다. 상 받고도 무표정한 여학생과 건반도 페달도 없이 당당한 피아노가 꼭 닮았다.

대문간은 벽, 천정, 대문 할 것 없이 액막이용 부적들로 온통 붉다. 대문 빗장은 쇠사슬로 묶어두었는데 갑자기 깨달았다. 밥주발 놓여있던 으스스한 그 대문 안이구나! 서둘러 카메라를 정리하다가 시선을 느끼고 고개를 들었다. 노란 눈알과 맞닥뜨렸다. 두 발만 하얀 검은 고양이가 나무통 위에 오뚝 올라앉아 노려보고 있었다. 고양이는 한동안 눈싸움을 하더니 사뿐 내려서서 눈부신 햇빛 속으로 사라져버렸다. 고양이가 앉아 있던 나무통은 우편함이었다.

函便郵

음각한 검은색 한자 아래 희미한 붉은빛 알파벳이 보인다. mailbox. 막 영어를 배우기 시작한 아이가 공작 도구로 삐뚤빼뚤 새긴 글씨 같았다. 우편함은 대문 한 귀퉁이에 삐딱하게 걸려있었다. "우편함이 왜 대문 안쪽에 달려 있지? 그럼 편지를 어떻게 받아?" 승리는 혼잣말을 하며 우편함을 열어보았다. 편지가 있었다. 빛바랜 항공우편 한 통이 바닥에 납작하게 누워 있었다. 미라처럼.

大韓民國 京畿道 京城府 北部 玉仁洞 七의四十九
세대문집 베루 氏 親展
SEOUL, SOUTH KOREA

우표를 보고 놀랐다. 몽골 우표였다. 동물 우표 한 장, 꽃우표 한 장. 몽골 우표가 맞나, 살펴보았다. 빛바래 희미하지만 몽골의 고대문자 '비치크'와 'MONGOLIA' 영문자가 보인다. 승리의 여권은 은빛 홀로그램 반짝이는 몽골 비자들로 빼곡하다. 사진부터 몇 장 찍고, 찬찬히 편지를 들여다보았다.

'경기도 경성부' 일제강점기 주소에 '서울 사우스 코리아'는 영어로 썼다. 대한제국에서 대한민국이 된 시점이 언제더라. 대한제국 때부터 코리아를 썼나? '서울 사우스 코리아'가 언제 공식 명칭이 됐지? 정확하게 아는 게 하나도 없었다.

보통은 'SEOUL, KOREA'인데 굳이 SOUTH가 끼어있다. 편지를 부친 시점이 남북 분단 직후라는 뜻일까? '일제강점기'와 '남북분단'의 역사적 간극을 건너뛰어 두 시대를 함께 쓴다는 게 말이 되나? 세대문집 '베루' 씨는 경성에 살던 외국인인가? 일제강점기 때 외국인이라면 선교사나 외교관 정도일 테지. 외국인과 서신 왕래를 할 정도의 신분이라면 국제 정세에 밝은 사람일 텐데 주소를 잘못 쓸 리가 없다. 게다가 보낸 사람은 이름도, 주소도, 나라도 아무것도 쓰지 않았다. 발신인 불명 편지다.

하필 이런 때 유령 영화가 생각날 게 뭐람, 무섭게.

죽음도 놓지 못한 강한 사랑을 품은 영혼이 저승의 계율을 잘 지키면 딱 한 번 이승으로 편지 보낼 기회를 얻는다. 편지는 저승사자가 배달한다. 되돌아올 주소도 이름도 없는 발신자 불명 편지다. 사후 세계와의 교감을 다룬 오래전 오컬트Occult 영화가 이상하게 잊히지를 않는다.

장난편지일까, 잠깐 의심했지만 반듯한 옛스러운 한자들은 배운 사람의 필체다. 장난으로 흉내 낼 수 있는 수준이 아니다. 발신자 불명 편지는 자신을 드러낼 수 없는 신분이라는 뜻일 텐데, 유령 발신자도 흔적을 남겼다. 몽골 우표 두 장. 몽골에서 보낸 밀서일 가능성을 유추해볼 수 있겠다. 승리는 귀한 유물이라도 발굴한 듯 들떴다. 우표를 자세히 들여다보았다. 동물은 늑대였다. 그것도 외톨이 늑대. 몽골 국영 백화점에서 많은 늑대 그림을 보았지만, 외톨이 늑대는 본 기억이 없다.

몽골에서 늑대는 신성한 동물이다. 몽골사람들은 용맹의 상징인 늑대를 조상으로 숭배한다. 늑대 털이 양털보다 몇 배나 따뜻하지만, 유목민들은 늑대털가죽을 밑에 까는 용도로는 사용하지 않는다. 늑대는 고귀한 신분, 초원의 절대 권력자이다. 그렇지만 가축을 헤치는 악역이기도 하여 현대에 들어서는 사냥을 허락하는 시기가 있다. 몽골의 프로 사냥꾼들과 동행한 적이 있었다.

"오늘 늑대가 나타날까요? 촬영이 가능할까요?" 승리가 물었다.

"네가? 그 시원찮은 발로?" 사냥꾼이 웃었다.

들켰구나. 영하 40도, 승리의 여린 발가락들은 감각을 잃은 지 오래다. 유일한 여자 대원으로 체중까지 늘여가며 막판에 팀에 합류했는데. 승리가 또 물었다.

"암컷이 죽자 수컷이 상심해서 죽었다. 책에서 봤는데, 진짜에요?"

사냥꾼은 고개만 끄덕였다. 사냥꾼에게 늑대 이야기는 금

기다.

"한국에선 '아빠 빼고 남자는 다 늑대다' 그래요. 몽골에도 그런 말 있나요?"

그럭저럭 한국말 통하는 사람이 있어서 얼마나 다행인지. 한국 이삿짐센터에서 삼 년간 일한 적이 있단다. 사냥꾼이 슬쩍 승리를 쳐다보았다.

"부디, 늑대 같은 남자 만나라. 평생 너만 보고 살 거다."

"늑대가 덫에 걸리면 다리를 물어뜯고 달아난다던데, 진짜에요? 봤어요?"

"흔한 얘기지. 그보다 새끼 늑대가 덫에 걸리면 친척 늑대들이 와서 먹어버려. 자기 새끼를 사람에게 넘겨줄 수 없다는 거지. 늑대는 강한 짐승이야."

"끔찍해라." 승리가 몸서리를 쳤다.

"할아버지 때만 해도 큰 존재들은 이름도 안 불렀어."

탄약 냄새를 맡았을까. 하늘이 내린 신성한 큰 존재는 그림자조차 보여주지 않았다.

촬영 실패.

"늑대보다 고귀한 운명을 타고난 사람만이 늑대를 잡을 수 있어."

사냥꾼이 속담에 빗대어 촬영 팀을 위로했다. 우리는 늑대보다 낮은 신분이었나 보다.

우표의 야생화는 만년설 헤치고 올라간 산꼭대기에서 본 꽃 같았다. 눈 속에 핀 하얀 별 모양 꽃이 신기하여 몇 장 찍었다. 안내인이 꽃 이름을 가르쳐줬었는데. 몽골 사진 서랍을 뒤지면 한두 장쯤 나올지 모르겠다.

승리는 책상에 앉으면 밑에 둔 배낭을 발로 쓰다듬는 버릇이 있다. 영화동아리 때부터의 습관인데 거기 배낭이 있어야 마음이 편하다. 언제든 떠날 수 있다, 준비 완료. 그렇게 꾸려둔 배낭은 어둠 속에서도 어디에 뭐가 들었는지 다 찾을 수 있다. 선크림은 왼쪽 톡 (튀어나온) 주머니. 만능 칼은 오른쪽 톡 주머니. 여권은 배낭 안쪽 숨은 주머니. 그 배낭과 함께 꾼들만 아는 별 터에서 별 부스러기도 줍고, 의료봉사 팀에도 따라붙고, 방송국에 납품할 다큐 조연출로도 끼어 갔다. 겨울이면 발가락들이 시리고 간질간질하다. 늑대사냥 때 얻은 동상이 해마다 도진다.

승리에게 몽골은 난폭하지만, 매혹적인 애인 같았다. 해 쨍쨍한 하늘이 장대비를 퍼붓고, 뜨거운 사막에 얼음 폭포를 숨겨두고, 바다 같은 강에 사람 닮은 괴물 고기를 풀어두었다. 박물관 화단에 들어가지 말라고 죽 늘어놓은 둥근 돌멩이들이 실은 백악기 공룡 알인 걸 알고는 입이 떡 벌어졌다. 몽골에서는 어떤 일이 일어나도 이상하지 않았다. 승리는 편지를 손에 든 채 가없는 몽골 초원을 헤매었다.

"여기서 뭐 해요?"

역광을 받은 검은 실루엣이 대문간 앞에 서 있었다. 회색 절 옷을 입은 깡마른 여자였다. 승리는 몽골 초원에서 서촌 대문간으로 내동댕이쳐졌다. 편지를 노려보는 여자의 시선에 손에 든 편지를 어쩌지도 못하고 “아, 네…” 애매하게 대답했다. 여자가 대문간으로 성큼 들어섰다.

“뭐 하냐구, 남의 집에서?”

가느다란 실눈으로 훑어본다. 도둑을 보는 눈이다.

“서촌 사진… 잡, 잡지에 실어요.” 이런, 더듬었다.

“택시기사 아니야?” 날카로운 다그침.

“맞아요. 택시기사.” 냉큼 대답했다.

“그런데…?”

“투잡이에요.”

여자는 승리가 내미는 편지는 본 척도 않고 가져온 떡 그릇 두 개를 우편함 아래 내려놓았다. 깜짝 놀랐다. 사람 모양 떡이었다. 얼굴도 있고 몸통도 있다. 눈은 검은 콩으로, 코는 대추로 밤으로. 두 얼굴이 다르다. 대추코는 여자, 밤코는 남자, 딱 봐도 알겠다. 혼례용 떡일 텐데 섬뜩했다.

여자가 손바닥을 비비며 중얼중얼 기도하기 시작했다. 절집도 아닌데 절 옷을 입고 비손하는 이 여자는 보살이라 불리는 무당이나 점쟁이일 것이다. 승리가 우편함을 열었다. 일단 편지만이라도 제자리에 넣어둬야 할 것 같았다.

“손 떼!” 여자가 소리쳤다. 카랑카랑한 목소리다.

놀란 승리가 얼른 손을 뗐다.

“손 탄 편지를 그냥 넣으면 어떡해.”

승리가 엉거주춤 여자를, 보살을, 쳐다보았다.

“떡 위에 올려놔.” 명령이다.

승리는 두 떡 사이에서 잠시 망설이다가 여자 얼굴 위에 올려놓았다.

"두 번 절 올리고."

승리는 시키는 대로 두 번 절했다.

보살이 편지를 집어서 승리의 몸 여기저기를 훑어 내리며 중얼거렸다.

"영가靈駕는 생령生靈에 접하지 마시고 떠나소서!"

걸걸한 목소리. 승리가 뒤돌아보았다. 아무도 없다.

우편함을 열고 편지를 넣으려는 보살에게 승리가 다급하게 소리쳤다.

"잠깐만요. 봉투 안에 편지 들어있어요?"

보살이 승리를 쏘아보았다.

"이거 봐 아가씨. 오래된 물건에 함부로 손대는 거 아냐. 아무 물건에나 손댔다가 안 좋은 일 당한 사람 많아."

"베루 씨가 몽골사람인가요?" 승리의 계속되는 질문에,

"무슨 말이야?" 보살의 실눈이 빠끔 열렸다.

"몽골 이름 같아서요."

"어떻게 알아?" 반짝했다. 쥐눈처럼.

"몽골에 여러 번 갔었어요, 사진 찍으러."

대화는 이어지지 않았다. 보살이 기도문을 읊기 시작했다.

청춘에 죽어 선생 되어 오는 두 영가靈駕는 유혼幽魂으로 떠돌지 말고, 다시는 나쁜 일 겪지 말고, 다시는 헤어지지

말고, 이승에서 못다 한 인연 잇고자 영혼冥婚(영혼결혼식)을 소원하오니, 영가는 받으소서. 언제나 목마르지 않고, 배부른 곳, 좋은 곳으로 태어나기를 비나이다!

승리가 눈물을 흘렸다. 슬픈 것도 아닌데 눈물이 볼을 타고 줄줄 흘러내렸다. 급한 대로 렌즈 닦는 융으로 닦아보지만 소용없었다.

"꿈이 잘 맞아?" 보살이 승리 얼굴을 들여다보았다.

"그런 거 없어요." 고갯짓까지 할 필요는 없었는데.

"절에 다녀?"

"아니요." 부족해. 얼른 덧붙인다. "교회 다녀요!"

흐응. 보살이 코로 웃었다.

들켰나? 엄마에게 이끌려 가끔이지만 교회에 가니까 거짓말은 아니야.

"여긴 어떻게 왔지?"

"손님 태우고요."

"인연 따라 왔구먼." 보살이 실쭉 웃었다.

"여긴 귀신이 사는 집이야. 이 편지엔 원혼이 붙어있어."

무당들의 겁주기는 한국이나 몽골이나 똑같군. 몽골에는 흑백 두 종류의 무당이 있다. 힘 센 흑黑무당을 촬영할 때도 그랬다. 승리가 이것저것 들여다보고 만지고 하니까 통역이 겁을 먹고 말렸다. '귀신 붙은 물건들이래요. 만지지 말래요. 큰일 난대요.'

승리는 무속에 관련된 다큐를 여러 편 찍었다. 세습무는 집안 대대로 배워 익히지만, 강신무는 다르다. '어느 날 갑자기 신이 내린다. 강신체험을 한 후로는 언제든지 신으로의 인격전환이 가능하다. 어떻게 그런 일이 가능할까' 진실을 알고 싶고 밝혀내고 싶었다. 강신무 굿당이 있는 인왕산 국사당에서 굿한다는 소식만 입수하면 득달같이 달려갔다.

대학 때는 상도 받고 잘 나갔지. 이제 서른이다. 아무것도 안 된 채 서른이 됐다. 어리게만 봤던 후배가 다큐영화제 입상 소식을 단톡방에 올릴 동안, 존재감 없던 동기가 시나리오 공모전 당선 소식을 전해 올 동안, 나는 무엇을 했나?

'인연 따라온 거야.' '손 탄 편지 그냥 넣지 마.' 그 말은, '편지는 다른 사람 손을 타지 않았다.'는 뜻이고, 보살 말대로 어떤 인연이 승리를 이곳으로 이끌었다는 뜻일 수도 있었다. 강점기 독립군의 주요 활동무대는 만주나 상해다. 몽골은 발굴되지 않은 새로운 영토다. 한 번도 들어본 적 없는 신비롭고 특별한 이야기가 편지에 담겨있을 것만 같았다. 탐났다. 손에 넣어야겠다. 승부욕이 발동했다. 적금통장 깨자. 이럴 땐 선빵이지. 승리가 말했다.

"원혼 붙은 편지를 그냥 넣으면 어떡해요? 극락왕생하게 천도해야죠."

보살의 눈빛이 휙 바뀌는 순간을 승리는 놓치지 않았다.

"말이 통하는 아가씨로군."

승리가 똑 떨어지는 말투로 거래를 시작했다.

"오구굿 먼저 하고 천도제 지내죠. 비용은 제가 부담할게요. 편지는 저 주세요. 천도제 지낸 다음엔 필요 없잖아요? 기념으로 갖고 있으려구요."

"나도 그쯤은 알아. 속일 생각은 말아요." 경고성 발언이었다.

보살은 들고 있던 편지로 승리의 양 어깨를 탁, 탁, 쳤다.

휘청 넘어갔다. 보살의 마른 손이 승리를 받아 세웠다. 악력이 느껴지는 손이었다. 그깟 편지로 쳤을 뿐인데 넘어가다니. 보살이 승리의 안색을 살피며 물었다.

"어지럽고 토할 거 같지? 그렇지?"

울컥 토사물이 올라왔다. 하얀 거품 같은 것을 토했다.

"영가가 짚였어. 결국 그렇게 됐군."

승리는 와락 겁이 났다. 진짜 영가가 짚였으면 어떡하지? 내림굿 동영상 제작에 참여한 적이 있었다. 자살한 언니 혼이 짚였다는 유전공학도였다. 대학원생인 동생은 무당이 되지 않으려고 외국으로 달아났다. 반년도 못되어 이유 모를 근무력증으로 들것에 실려 돌아왔다. 전국의 명의는 다 찾아다녔지만 효험이 없었다. 내림굿 받고서야 근육이 풀렸다.

"교회 다녀요! 세례도 받았어요!" 승리가 소리쳤다.

보살이 히죽 웃었다.

편지가 움직인다. 파닥파닥… 파닥파닥… 물고기처럼. 손으로 움직이는 게 아니다. 편지는 보살의 짝 편 손바닥 위에 있다. 보고 있으면서도 믿어지지 않았다. 속임수야. 속지 말자! 속지 말자! 속지 말자!

"알아볼 테야?"

"뭘요?"

"이 편지 보낸 남자가 언제 죽었나, 어디서, 어떻게 죽었나, 다 알아봐. 요즘 젊은 사람들은 컴퓨터로 별걸 다 찾아낸다며? 영혼결혼식 올려주고 천도재 지내주려면 다 알아야지. 그래야 아가씨가 살아." 그따위 협박 안 통해. 승리는 고개 빳빳이 쳐들고 보살을 쳐다보았다.

"원혼 붙은 편지라고 했잖아. 죽은 남자가 이 집에 두고 간 여자를 못 잊어 노~ 찾아오고 편지도 보내오고, 그러더니 아예 여기 붙어버렸어. 우리가 신원伸冤해서 천계로 갈 수 있게 도와줘야지."

우리라고? 섣불리 선빵을 날린 것이 실수였다.

"만져봐." 보살이 승리 손에 편지를 쥐어주었다.

날 선 칼. 떨어뜨렸다. 보살이 실쭉 웃으며 편지를 주워 우편함에 넣었다.

"들려? 피아노 소리?" 보살이 물었다.

아무 소리도 들리지 않았다. 승리가 고개를 저었다.

"피아노 소리가 들리면 이 방 죽은 여자가 꼭 말썽을 부려. 그 사진들 봤지?"

승리가 고개를 끄덕였다.

"어젯밤부터 피아노 소리가 들렸어. 사령이 올 줄 알았는데 생령을 보내셨네."

보살이 누가 듣기라도 하듯 목소리를 낮췄다.

"아가씨가 이 집 영가들 하고 인연이 있는 거야. 여자 쪽 인연인가 싶어. 죽은 남자가 편지도 보내고 찾아오고 그러니 산 사람이 살 수가 있나. 그 젊은 여자 말야, 결국 미쳐 죽고 말았어."

횡설수설이다. 그런데도 떨치고 일어날 힘이 없다.

"극락왕생하게 천도해야지. 아가씨도 그랬잖아. 천도하자고."

깡마른 얼굴이 바짝 다가왔다. 분이 겉돌아 얼굴이 푸르딩딩하다. 기미 낀 광대뼈는 뾰족한 회색 돌 같다.

"여긴 영혼결혼식만 하는 집이야. 간판 없이도 인연 따라오지. 아가씨도 인연 따라온 거야. 전생에서부터 이어져 오는 인연의 끈 말이야. 이 집, 이 대문간, 이 우체통, 어딘가 익숙하지 않아? 피아노 칠 줄 알지? 남보다 빨리 배우고 잘했을 거야. 전생에서부터 한 일이니까. 저 문간방 피아노에 끌렸지? 그러니 찢어진 구멍으로 사진도 찍고 그랬겠지. 저 방 영가靈駕가, 사진의 여자 말야. 인연 따라 아가씨를 불러들인 거야."

'벗어나라. 빨리 벗어나라.'

몸 깊은 곳에서 소리가 울려왔다. 승리는 움직일 힘이 없다.

"별별 방법을 다 써 봤지만 영가가 만족을 안 해."

그래서요? 말은 입속에서만 맴돌 뿐.

"영가는 몸이 없어. 얼마나 불쌍해. 자비를 베풀어. 좋은 일로 갚아줄 거야."

승리가 보살을 쳐다보았다. 무슨 자비?

"달포 전에 한 여자가 병사한 약혼자하고 영혼결혼식을 올렸어. 그 여자, 교통사고로 죽을 수數였는데 신랑이 살렸지. 잠깐, 아가씨 미혼이지?"

그 말은, 나보고 죽은 남자의 신부가 되라는? 영혼결혼을 하라는?

싫어! 안 돼! 안 해! 이상한 파열음만 새어 나왔다. 덫에 걸렸다.

"좋은 일 하는 거야. 영가가 고마워서 기도하는 거 다 갚아줘. 원하는 대로 일이 술술 풀린다. 호적엔 그대로 미혼이니 아가씨가 손해날 일은 없어. 영가가 여기까지 인도했는데 덧드리면, 원혼을 거역하면…"

승리는 어금니를 꽉 물었다. 겁먹은 표정을 보여서는 안 돼. '거역하면?'

"죽어! 살아도 사람 구실 못해!"

어떻게 빠져나왔는지 모른다. 당장 이 귀신의 집에서 도망쳐야 한다는 생각뿐이었다. 문지방에 걸려 넘어졌다. 네 발로 문지방을 넘었다. 마당을 가로지르는 동안, 뒷덜미가 당기는 느낌에 걸음이 헛 놓였다. 뒤에서 보살이 소리 질렀다.

"다시 오게 될 거야. 몸 아프면 곧장 와."

경성의 공주

#경성. 1944년

◦

◦

홍해를 가르다

“온다온다!”

“비켜! 비켜!”

“너나 비켜 임마!”

큰길에 인하가 나타났다. 도도히 밀려오던 검은 물결이 술렁이기 시작했다. 검은색 교복들이 쫙 갈라지며 순식간에 길이 났다. 마치 홍해처럼. 인하가 그 길 가운데로 들어섰다. 남학생들 한복판이다. 앞가슴 봉긋한 새하얀 하복이 시커먼 교복들 속에서 눈부시다.

“봤냐? 지금 나 쳐다봤어!”

“꿈 깨라. 날아가는 참새 쳐다봤다.”

인하는 수군거리는 남학생들 소리를 들으면서 태연히 걸어갔다. ‘우리 집 우편함에 편지 넣는 남학생들도 지금 나를 보고 있겠지.' 매일이다시피 편지들이 들어온다. '나의 모나리자여!'로 시작하는 그 유치한 편지들. '포스트박스가 아니라 러브레터박스로군.' 아버지가 딸내미를 놀렸다.

홍해 길을 걸어가는 인하의 발걸음이 당당하다. 뭇시선에는 자못 익숙한 편이다. 학교 행사 때마다 독창을 부르고, 동무들과 걸어갈 때도 유독 자신에게만 머무는 눈길을 느낀다. 대단한 미인이라서? 그건 아니고. 조신한 반달 눈썹에 앵두입술 미인도 아니지만 원하지도 않는다. 인하는 동무들의 어설픈 인물평이 마음에 든다. '한눈에 들어오는 얼굴'이라든가, '마음을 끄는 묘한 데가 있다'든가 그런. 서양에서 성악가로 성공하려면 조선의 전형적인 얼굴이어서는 곤란하다. 그런 얼굴로는 최고로 성공해봐야 '나비부인의 초초상'이 끝이다. 성공 못 하면 동양인 하녀 배역이나 돌아오겠지.

집에 이불 같은 큰 빨래감 얻으러 드나드는 할머니가 있었다. 신끼 있다는 그 할머니가 어느 날 학교에서 돌아오는 인하를 한참 보더니 혀를 찼다. '복사꽃이 활짝 피었구나. 사내들이 불나방처럼 날아들겠다. 화류계로 풀리면 장안 돈을 가래로 긁어모을 상인데…' 그날로 할머니는 우리 집 일감이 끊겼다.

나이보다 숙성해 보이는 것은 교복 속에 브라자를 차고 있는 탓일 게다. 체조시간 옷 갈아입을 때 보면 동무들은 조끼허리를 하고 있었다. 조선 치마에 다는 조끼허리는 가슴을 짓눌러 봉긋 솟아오른 앞가슴을 납작하게 만든다. 뭘 모르는 아이들이지. 양장은 속옷을 잘 받쳐 입어야 스타일이 난단 말이다. 엄마가 보는 미국 잡지는 별 걸 다 가르쳐준다.

기생, 딴따라나 찬다는 일본제 브라자를 하고 있지만 인하는 머리부터 발끝까지 흠잡을 데 없이 단정하다. 규율부 선생님은 복장 규정의 모범으로 늘 인하를 교단에 세운다.

"기수." "기수." 남학생들이 수군거렸다.

인하는 깜짝 놀랐다. 학교에서 기수旗手를 뽑은 지 며칠 되지도 않았다. 그 소문이 어느새 옷 남학교에까지 퍼진 모양이다. 바른 자세, 성적 우수, 용모단정. 기수의 조건에 들어맞는 세 명이 뽑혔다. 인하는 그중에서도 가운데 기수다. 여왕과 시녀들. 부러움과 질투 섞인 별명이 늘 그녀를 따라다녔다. 인하는 궁금하다. '내가 주리에또라는 것도 알고 있을까?'

지난 토요일. YMCA 영어연극반에서 '로미오또 주리에또'를 올렸다. 인하가 주리에또를 노래했다. 가창歌唱과 대화 모두 영어로 하는 노래극인데 정식 명칭은 '오페레타'라고 한다. 인하가 조선 초연初演의 주리에또를 해냈다. 연출하신 선교사님이 무대 인사를 하면서 감동어린 음성으로 소개했다.

"조선 최초로 줄리엣을 부른 소프라노 백인하 학생입니다."

'나를 알아볼까?' 인하는 시험해 보고 싶었다. 때마침, 공부 좀 할 것 같은 안경 쓴 남학생이 눈에 들어왔다. 인하는 그 남학생의 얼굴을, 안경 너머 두 눈을, 똑바로 쳐다보았다. 느닷없이 인하의 시선에 포착된 남학생은 어쩔 줄 모르고 시선을 피했다.

'못 알아보네. 로미오또 쥬리엣또를 못 본 거야. 봤다면 단박에 알아봤을 텐데.'

인하 시선에서 놓여난 남학생이 도망치듯 사라졌다. 갑자기 키 큰 남학생이 인하 앞을 막아섰다. 인하는 짐짓 태연하게 꺽다리 남학생을 쳐다보았다. 간혹 저돌적인 남학생도 있다. 학생들이 순식간에 두 사람을 에워쌌다. 꺽다리에겐 물러설 수 없는 한 판이 됐다. 불쑥, 뭔가를 내밀었다. 농구시합 초대권. 하굣길에, 혹은 전차 안에서 종종 있는 일이다.

어떻게 될 것인가. 여학생이 초대권을 받아줄 것인가, 뿌리칠 것인가. 둘러선 남학생들은 숨도 안 쉬고 지켜보았다. 꼴깍, 침 삼키는 소리도 들렸다. 이런 상황에서 보통의 여학생들은 받지 않는다. 얼떨결에 받았다가도 시선을 의식하여 돌려줘 버린다. 받은 표를 길바닥에 뿌리는 아이도 보았다. 연애한다고, 행실 나쁘다고 찍힐까 두려워서다.

인하는 생각했다. 나는 평범한 여학생이 아니야. 관객들 앞에서 노래하는 성악가야. 곧 전국대회에도 출전할 텐데 무대 연습한다 치지 뭐. 지금 내 앞에 초조하게 서 있는 이 꺽다리 남학생을 영웅으로 만들어주는 것도 재밌잖아.

인하가 초대권을 받았다. 우아하고도 오만하게. 그 모습은 성악가가 관객에게서 꽃다발을 받는 포즈였다. 그녀는 남학생에게 눈으로 속삭였다. '지금 이 순간을 기억해요. 초대권을 받아준 여학생이 세계적인 프리마돈나 백인하였다는 걸 알게 될 날이 올 거예요.'

오~~~우~~~ 감탄과 한숨이 터지고 몇몇은 박수까지 쳤다. 정작 표를 건넨 꺽다리는 용기 있게 다가온 기세와는 달리 얼굴이 벌게져서 성큼성큼 가버렸다. 남겨진 인하를 남학생들이 지켜보고 있었다. 아직 무대는 끝나지 않았다. 인하가 자주색 가죽 지갑을 꺼냈다. 오! 탄성이 들려왔다. 여학생이 어른처럼 가죽지갑을 지니고 있어서 놀란 모양이었다.

인하는 이 순간 자신이 처한 입장을 똑똑히 이해하고 있었다. 관객의 기대를 채워주는 것. 그것이 공연자의 의무이자 기쁨이다. 그녀는 연극적인 손놀림으로 농구표를 소중히 지갑에 집어넣었다. 남학생들은 여학생의 손동작 하나하나를 눈도 깜빡이지 않고 지켜보았다. 인하가 지갑을 다시 가방에 넣고 아무 일 없었다는 듯 걸어가기 시작했다. 둘러섰던 남학생들도 그제야 정신을 차리고 흩어졌다.

남학생들이 터주는 홍해 길로 오가는 통학 길. 인하는 온통 자신에게 집중되는 시선이 싫지 않았다. 숱한 추종자들을 거느린 여왕의 기분이랄까. 남자아이들이 쳐다도 안 본다면 정말이지 살고 싶지도 않을 거야. 그치만 할아버지,

남자 중학교 턱밑이라니요. 너무 하셨어요. 아니, 엄마요. 엄만 정말 심각해요. 그 학교 선생님이 학교 정문 빤히 보이는 집에 사는 데 맘이 편켔어요? 출근할 때 보면 큰길로 바로 나가지도 않아요. 뒷길로 해서 청운동 꼭대기까지 올라갔다 내려오지요. 퇴근은 또 어떻구요. 선생님들과 어울려 함께 전차 타고 종로통까지 나갔다가 되돌아오는 날이 부지기수

에요. 금지옥엽 외동딸 신발에 흙 한 톨 묻히기도 아까운 할아버지 그 마음을 왜 모르겠어요. 그치만 너무하셨어요.

인하는 남학생들 버글거리는 큰길에서 기역자로 꺾어지는 조용한 학교 길로 접어들었다. 소음이 멀어지면서 아침잠을 깨워준 노래가 떠올랐다. 엄마는 음악으로 딸을 깨운다.

Vissi d'arte~ vissi d'amore~ 비씨 다르떼~ 비씨 다모레~

노래와 더불어 무대 걸음걸이가 나왔다. 연극에서처럼 과장된 걸음걸이다. 그 독특한 걸음걸이는 머릿속 프리마돈나 백인하가 그렇게 걷고 있기 때문이었다. 상상 속에서 노래와 연기를 하다 보면 자연스레 극 중 인물이 되어버린다.

무대 위에서든 연습실에서든 노래 부르는 모든 시간들이 행복하다. 공부하고 잠자는 시간이 아까울 정도다. 한창 연애와 혼인에만 관심 있는 동무들은 '관부연락선만은 타지 말라'며 놀려댔다. 관부연락선에서 현해탄에 몸을 던진 쏘푸라노 윤심덕을 빗대 하는 말이었다. 그럴 때 인하는 주저함 없이 선언한다. '나는 노래에만 전념할 거야. 연애도 혼인도 내 음악에는 걸림돌이 될 뿐이야.'

드르륵-

산원産院이 문을 열었다. 어느새 학교 앞이다.

저 우뚝한 이층 양옥은 소설가 이광수와 여의사 허영숙의 살림집이자 병원이다. 조선 3대 천재로 이름 높은 소설가와 미인 여의사의 연애 이야기를 모르는 사람은 없다. 동경여의전 수석首席 허영숙이 환자 이광수를 간호하면서 연애가 시작되었다고 한다.

이광수가 상해 임시정부 독립신문 주필로 있을 때 현해탄을 넘나든 편지만도 천이백 통을 넘는다고 한다. 이미 조선에 처자가 있던 이광수와 새파란 허영숙은 마침내 사랑의 도피를 감행하고야 만다. 두 사람의 실제 연애가 소설 속 연애보다 더 극적이고 흥미로웠다. 전차길 쪽에서 동무들이 들어오고 있었다. 인하는 얼른 여학생의 얼굴로 돌아가 동무들과 재잘거리며 교문으로 들어갔다.

주리에또

수신修身 선생님은 학생들이 듣거나 말거나 중얼중얼 수업을 한다. 시선을 먼 데 두기도 하고 교탁 위 책에 두기도 하고, 아무튼 학생들과 눈을 마주치지 않는다. 방금 전 '일본군이 태평양과 남양군도에서 연승을 거두고 있다'는 말을 하고는 잠깐 학생들을 쳐다보았지만 이내 창밖 먼 하늘로 시선을 옮겼다. '마음에 없는 말, 사실과 다른 말을 하고 있구나' 학생들도 느끼고 있었다.

점심시간이 닥쳐온다. 인하는 안절부절 손목시계에서 눈을 떼지 못한다. 오늘 아침 밥상머리에서 엄마가 선언했다.

"오늘부터 밴또다. 이제 찬합은 없어."

이 무슨 날벼락인가. 국민학교 때부터 점심시간이면 갓 지은 따끈한 밥에 반찬 층층이 담긴 찬합을 받아왔다. 인하만이 아니었다. 담임선생님, 교장 선생님, 운 좋은 인하 짝까지도 찬합을 받았다. 그런데 갑자기 '찬합은 없어'라니. 아이들이 쑤군대겠지. '재네 집 망했나 봐.' 인하는 반찬 국물 얼룩진 보자기를 풀고, 식어 빠진 밴또 뚜껑을 여는 초라한 자신이 상상도 되지 않았다. '결석하자.' 그렇게 마음먹고 밴또를 가방에 넣었다. 홧김에 번쩍 든 책가방이 밴또 무게로 축 늘어졌다.

댓돌에서 신발 신는 인하에게 마서방이 안의 눈치를 살펴 가며 은근히 말했다.

"아가씨. 밴또는 놓고 갑시오. 지가 뜨신 밥으루다가 핵교로 가져다 드립지오."

"여름에 무슨 뜨신 밥. 됐네."

인하는 쌀쌀맞게 대꾸하고 마당을 가로질렀다. 마서방이 뒤따랐다.

"그러문 아가씨, 가방이라도 줍시오. 밴또가 여간 무겁지 않습죠."

"괜찮다는데 왜 자꾸 그래."

인하가 짜증을 내며 대문을 나섰다. 화가 나서 우편함 열어보는 것도 잊을 뻔했다. 오늘도 편지는 있었다. 주소만 쓴 이상한 편지였다. 鐘路區 玉仁町 七-四十九 番地. 남학생들은 편지에 주소를 쓰지 않는다. 이것도 남학생이 넣은 것일 텐데, 뭐지 이 냄새는? 음식 싸 왔던 냄새나는 기름종이로 봉투를 만들었다. 이런 불쾌한 편지는 처음이다. 초라한 밴또에, 냄새나는 편지에, 오늘 일진 사납군. 그나마 이 편지나마 없었다면 더 우울할 뻔했다. 우편함이 빈 날은 주머니가 빈 것 같은 기분을 느낀다. 뭐라고 썼나 보고나 버리자고 마서방을 불렀다.

"예, 예, 아가씨. 부르셨스까?"

"이거, 내 방에 가져다 놓게."

"예, 예, 아가씨."

인하가 탁. 탁. 구두소리를 내며 돌계단을 내려갔다.

마서방이 주춤주춤 따라왔다. 혹여 아가씨가 가방이 무겁다고 넘겨줄 때를 대비해서다. 마서방은 열 살 아래 인하에게도 예전 머슴이 상전 대하듯이 말을 높이고 허리를 굽힌다. 마서방은 머슴이 아니다. 어엿한 운전수다. 하지만 특별한 일이 아니고서는 차를 몰 일이 별로 없다. 아버지는 전차 갈아타 가며 세브란스로 출근하고, 엄마와 인하는 걸어서 학교에 간다. 집안 허드렛일 하는 이 서방이 걸핏하면 '나도 놀고 먹는 운전수나 해 볼까' 이죽거리고는 했다. 어느 날부터인가 그 이 서방이 보이지 않았다. 마서방이 집안일을 도맡아 하겠다고 자청했다고 한다. 엄마는 '요즘 젊은 운전수 답지 않게 사람이 지근덕스럽다' 칭찬하지만 마서방의 그런 태도가 때로는 인하를 곤란하게 했다. 사람들 앞에서 '아가씨, 아가씨.' 괜히 나만 옛날 사람 만들고 그래.

수신 선생님은 오늘도 조선말로 수업을 한다. 일본말 못하는 선생님이 어떻게 학교에 있나, 별별 소문이 다 돌았다. 교장의 조카다, 교조敎祖 집안사람이다, 왕실 인척이다, 등등. 누구도 소문의 진상을 알아내지는 못했다.

인하는 햇살 가득한 운동장을 내려다보았다. 무슨 일이지? 일본 순사 둘이 운동장을 가로질러 본관 쪽으로 가고 있다. 보나마나 오전 수업 줄이고, 작업시간 늘이라는 생트집을 잡으러 왔겠지.

지난 애마일愛馬日 군대응원행사에도 우리 학교는 나가지 않았다. 높이 말 탄 일본 승마대 군인들이 조선 여학생들을 시녀처럼 발치에 거느리고 행진하는 치욕스런 행사인 때문이었다. 왕실 인척 되는 조선인 교장이 버티고 있기에 가능한 일이었다.

수신 선생님은 학생들이 듣든 말든 중얼거리고, 옆의 동무는 연애편지 쓰느라 여념이 없다. 쓴다기 보다도 베끼고 있지만 조선 글을 읽고 쓸 줄 안다는 것만도 대단한 일이다. 국민학교 입학하자마자 일본 글만 배웠으니 실은 모두가 문맹이나 다름없었다. 인하는 다섯 살에 언문을 뗐다.

짝이 읽고 있는 소설책 제목을 슬쩍 엿보았다. 지난주에는 김내성의 '청춘극장'이더니 오늘은 이광수의 '사랑'이다. 보나 마나 자유연애 하는 젊은 남녀이야기일 테지. 저렇게 연애편지나 끄적거리다가 졸업하면 곧장 혼인하겠지. 그렇고 그런 남자와. 지금은 나란히 앉아있지만 우린 다른 인생을 살게 될 거야. 시선을 느낀 짝이 작은 소리로 물어왔다.

"편지를 세 번이나 받았어. 한번쯤 답장해도 체면 상할 일은 아니지?"

인하가 미소로 답했다.

벌컥. 노크도 없이 교실 문이 열렸다. 나른하던 교실이 바짝 긴장했다. 일본 순사 둘이 장화발로 들어섰다. 교장 선생님이 뒤따랐다. 정작 학생들을 놀라게 한 것은 일본순사도 교장 선생님도 아니었다. 처음 들어보는 우렁우렁한 목소리, 학생들을 직시하는 시선, 유창한 일본말… 수신 선생님이었다. 학생들은 휘둥그레진 눈으로 갑자기 다른 사람이 된 선생님을 쳐다보았다.

교장 선생님이 수업을 중단시켰다. 수신 선생님을 가까이 부르더니 긴한 말인 듯 돌아서서 얘기했다. 선생님은 듣고만 있었다. 교장 선생님으로부터 벗어난 선생님이 학생들을 둘러보았다. 어두운 낯빛이었다.

"종로경찰서에서… 뭐 좀 확인할 일이 있다고 하시는데… ."

선생님은 이마의 땀을 닦았다.

철커덕. 순사 하나가 허리에 찬 긴 칼을 뽑았다가 칼집에 내리꽂았다. 쇳소리의 여운이 길게 남았다.

"백…인하." 교장 선생님이 호명했다.

반 아이들이 일제히 돌아보았다. 인하가 어리둥절한 얼굴로 일어섰다.

"앞으로 나와라." 교장 선생님이 명령했다.

명령조의 목소리에서 떨림이 느껴졌다. 강단剛斷 있는 평소의 목소리가 아니었다. 예삿일이 아니구나. 모두가 직감했다. 인하는 영문도 모른 채 형사들에게 떠밀리다시피 교실을 나갔다. 교장 선생님이 뒤따랐다. 기울어진 교장 선생님 왼쪽 어깨가 더 기우뚱해졌다.

다음날, 인하의 출학黜學 소식이 온 학교에 퍼졌다. 학생들은 저마다 알고 있는 인하의 비리를 속닥거리며 사태를 파악하고자 애썼다. 일본 국왕 탄생일 천장절天長節에 목이 아프다는 핑계로 기미가요일본국가 독창을 거부한 일, 조회시간에도 매번 기미가요를 부르지 않고 입만 뻥긋거린 일, 신사참배 때 머리를 숙이지 않은 일 등등. 일본인 선생님만 모르면 되는 일이어서 킥킥 웃으며 넘겼던 일들이 그렇게나 큰일이었다니. 너나없이 한두 번쯤은 해 본 일이라 다들 목이 움추러 들었다. 학무부에서 공문이 내려왔다.

1. **여학생 대상으로 근로정신대를 차출한다.**
2. **정신대원을 보내지 않으면 학교를 폐쇄시킨다.**
3. **가정, 재봉 중심인 여학교를 실질적 물건을 생산하는 농업, 상업학교로 바꾼다.**

흉흉한 소문이 돌았다. 어른들은 '근로정신대가 뭐냐. 처녀공출이다' 하며 집집마다 딸 숨기기에 급급했다. 국민학교

갓 나온 여자아이를 부랴부랴 시집보내기도 했다. 결석하는 학생들이 늘어났다.

일본 고등계 형사들은 「로미오또 쥴리에또」를 관람한 학생들을 찾아내어 이것저것 캐물었다고 한다. 종로경찰서는 '불령선인不逞鮮人 백인하'를 요주의 인물로 지정하고 은밀히 주변을 조사해왔다. 며칠 후, 인하가 출학을 면했다는 소식이 들려왔다. '그러면 그렇지' 모두들 환호하며 박수쳤다. 하지만 그것은 출학보다 더 흉한 일의 전조에 불과했다. 총독부 학무국장이 직인 날인捺印한 공문서가 학교에 긴급 송부되었다.

백인하를 오늘부로 복교시키고
정신대 명단에 올릴 것.

조용한 늑대

#경성. 1944년

ㅇ

ㅇ

YMCA 청춘들

경마장의 하루는 해 뜨기 전부터 시작이다. 지금쯤 잠이라곤 없는 말들이 벌써 깨어서 더러워진 마방의 깔짚을 헤집고 있겠지. 바우는 평양에 다녀오는 동안 난리 피웠을 한라 생각에 신발에 바퀴라도 달린 듯 속력을 냈다. 경마장 가는 발걸음은 언제나 가볍다. 오늘은 물 운운도 좋았다.

"바우, 니 왜 끝에 서 있니? 아주바이들. 봐주기요. 내 단골집 학상이요."

하숙집 물 대는 아저씨가 눈을 꿈쩍거리며 손짓했다. 그래도 냉큼 나서기 민망하여 머뭇거리자 아저씨가 물통을 가져다가 물을 받아주었다.

"경성중학교 간나새끼들을 흠씬 패줬다지? 다친 덴 없니?"

"예."

"책방도령인 줄만 알았지비. 쌈패였음둥?"

바우가 밤송이 같은 머리를 긁적거렸다.

"괜치않다. 기래도 졸업은 맡아야지비. 알아듣겠슴둥?"

아저씨는 물 흐르는 손으로 바우의 어깨를 툭 툭 두드렸다.

바우는 전차 종점을 향해 냅다 뛰었다. 리꾸사꾸배낭 속에서 출렁출렁 물도 뛰었다. 약수는 한 방울도 아깝지만 어쩔 수 없다. 첫 전차에 대어가야만 한다. 학생이라고 마주馬主가 봐줘서 그렇지 지금도 이르지 않다.

등짐 진 소들과 지게꾼들로 북적이는 나뭇장이 휑한 걸 보면 아직 그렇게 늦지는 않았다. 첫 전차가 더 빠르면 좋을 텐데. 교남동 하숙집에서 이곳 악박골까지 물 길러 다닌 지도 달포가 넘었다. 악박골 물을 좋아하는 한라를 생각하면 물지개 한 통이 들어가는 약수가 조금도 무겁지 않았다.

무악재 방향에서 덜컹덜컹 철로 위를 구르는 쇠바퀴소리가 들려왔다. 바우는 전차 들어오는 방향을 바라보며 "예. 졸업은 맡아야디요." 물장수 아저씨 말씀에 뒤늦게 대답했다. 경성에 와서 싸움패 소리를 다 듣는다.

냉~ 냉~ 냉~

쇠종 소리를 내며 전차가 들어왔다. 바우는 입구 가까이에 리꾸사꾸를 내려놓고 자리에 앉았다. 전차는 서대문 적십자병원을 지나 경성중학교 앞을 지나간다.

경희궁의 전각들을 헐어내고 무엄하게도 들어앉은 일본인 중학교. 바우는 어슴푸레한 새벽빛에 잠긴 그곳 어디 쯤엔가로 눈을 던졌다. 그날 붙었던 일본아이들은 끄떡없이 학교에 잘 다니고 있겠지. 같이 싸웠지만 조선아이들만 징계를 받았다. 전차는 서대문 통을 지나고 쭉 뻗은 종로 대통 길을 달려서 그 싸움의 진앙지 종로 2정목에 섰다. 그날, 저곳 기독교청년회관 YMCA에서 조선여학교와 일본여학교의 농구시합이 있었다.

YMCA에서 강연을 듣고 나오던 길이었다. 강바우와 잇뽕곽승이 여학생들의 농구시합을 보러 체육관으로 내려갔다. 모르고 갔는데 반가와라. 마침 이웃 여학교의 농구시합이었다. 응원 온 여학생들 중에는 통학 길에 낯을 익힌 얼굴들이 꽤나 있었다. 변죽 좋은 잇뽕이 여학생들에게 눈을 찡긋하며 아는 체를 했다. 여학생들이 키득키득 웃었다. 바우와 잇뽕은 맨 앞 코트 가까이에 자리를 잡고 앉았다.

길에서, 전차에서, 매일이다시피 마주치는 이웃 학교 소년 소녀들은 자연스레 한 편이 되었다. 목청 큰 남자 목소리가 응원에 합세했다. 점수 차가 나서 풀이 죽어있던 조선여학교 응원단에 돌연 생기가 돌았다. 두 남학생들이 아예 응원을 리드해 가기 시작했다. '삼삼칠 박수'만으로 단조롭던 응원이 힘차고 다양하게 바뀌었다. 분위기가 후끈 달아올랐다. 웃학교 두 남학생의 응원에 힘입은 조선여학교가 점수 차를 벌여가기 시작했다.

일본여학교 응원팀이 가만있을 리 없었다. 경성중학교 남학생들이 떼로 몰려와 응원석을 반이나 차지했다. 바우네를 의식하여 고함치고 응원가 부르고 난리를 친다. 시합은 조선사람 대 일본사람 간의 자존심 싸움으로 커졌다. 조선여학교가 공을 넣을 때마다 일본 선수들이 트집을 잡고 항의했다. 그때마다 경성중학교 남학생들이 우~ 우~ 야유하며 자기 선수 편을 들었다.

3쿼터 7분께. 키 작은 조선 선수가 일본 장신 선수의 벽을 뚫고 공을 넣었다. 바우가 벌떡 일어나 큰 소리로 득점한 선수의 이름을 외쳤다. 응원단도 바우를 따라서 선수 이름을 연호하며 환호했다. 일본 쪽의 패배가 완연해졌다. 4쿼터 종료 1분 전. 돌연, 일본인 심판이 경기를 중단시켰다. '응원이 너무 시끄러워 경기에 지장이 크다'는 이유에서였다.

"기거이 리유가 됩네까? 당장 경기 진행시키시라요!"

바우가 조선말로 항의했다. 흥분하면 조선말에 사투리까지 튀어나온다. 아무도 웃지 않았다. 응원석 일본 남학생들이 끼어들었다. 대소동이 일어났다. 코트의 선수들이 시합을 멈추고 관람석 싸움을 관전하는 꼴이 되었다.

경기 중단. 여학생들의 농구시합이 남학생들의 패싸움으로 번졌다. 말이 패싸움이지 조선 남학생 두 명과 일본 남학생 수십 명, 말도 안 되는 싸움이었다. 종로경찰서 순사들이 들이닥쳐 몽둥이를 휘두르며 학생들을 체포해갔다.

종로경찰서는 형식적이나마 조선 남학생 둘을 학교로 넘기면서 압력을 넣었다. 주동자 강바우 출학퇴학. 곽승 무기정학. 교장 선생님이 바우를 불렀다.

"출학으로 보고는 했지만, 학교 입장은 무기정학이다. 고향에 가 있거라. 연락 넣으마."

시합 중에 흥분하여 일어난 우발적 사건이고, 두 명과 수십 명의 싸움을 패싸움으로 보기는 어렵다. 학교 측 변호인이 주장했지만, 교장 선생님도 확답을 주지는 못했다. 바우는 출학이 될지 무기정학이 될지 알 수 없는 채로 교장실을 나왔다. 사실, 무기정학이나 출학이나 그게 그거였다. 경찰에 찍혀 무기정학 당한 학생이 학교로 돌아왔다는 말은 들어보지 못했다. 바우는 출학으로 받아들이고 마지막으로 학교를 돌아보았다. 운동장을 가로질러 뛰어오는 사람… 애시덕 선생님이었다.

"라후마니노쁘의 '얼어붙은 두 손 이야기' 알고 있니? '교향곡 1번'을 발표하자마자 평론가들이 무지막지하게 혹평을 퍼부어 젊은 천재의 두 손을 얼어붙게 만들었지. 하지만 봐라. '피아노 협주곡 2번'을 발표하면서 세상 바보들에게 한 방 멋지게 먹이지 않든?"

선생님은 출학당한 제자를 위로하고 싶으신 거다. 위로가 되지 않았다.

"곧 음악경연이잖아. 학생 작곡가들은 대부분 가곡을 내지. 선생님 생각에 넌 기악곡을 준비하는 게 좋겠는데, 니 생각은 어때?”

바우가 선생님을 쳐다보았다. 학생음악경연대회에 기악곡을 준비하라니. 방금 출학당한 제자에게 할 말은 아니지 않은가.

“유학 준비해야지. 수상경력은 외국대학들이 널 평가하는 기준이 될 거다.”

“방금 출학당했습니다. 학생음악경연에 출전 자격도 없지 않습니까?”

애시덕 선생이 바우의 눈을 들여다보며 빙그시 웃었다. 선생님이 보내는 무언의 신호가 바우의 마음에 와닿았다. 무슨 ‘수’가 있다는 뜻이었다.

“종로구 옥인정 칠의 사십구 번지. 선생님 이름도 네 이름도 쓰지 말고 번지만 써서 부쳐. 옥인정 칠의 사십구 번지, 외웠니?”

출학당한 바우가 숙제를 받고 교문을 나섰다.

옥인정 칠의 사십구 번지. 옥인정 칠의 사십구 번지…사십구 번지…사십구 번지…노래처럼 부르며 걸어갔다. 홀연, 몸 어디에선가 울리는 가락을 느꼈다. 바우는 책가방을 땅바닥에 내려놓고 수학 공책을 꺼냈다. 사라지기 전에 곡조를 붙잡아야 한다. 정신없이 곡조를 받아썼다. 떠오르는 노랫말도 받아 적었다. 몽고 옛집, 너른 초원의 정경이 시에 나타났다.

뜨거운 차

時曲 베드로

먼 여행길 피곤에 지친 나그네
한참을 헤매다 어느 집 찾았네
게르 문은 채워져 있지 않았어
주인은 먼 초지에 방목하러 갔지
안에는 어떤 이를 위해 준비해둔
향기 진한 차가 아직도 뜨겁네

"이 어마니 아니 죽었다. 어찌 학교를 빼먹고 왔니. 당장 돌아가라."

배두가 저녁 밥상에 숟가락을 내려놓자마자였다. 출학당했다고 평양 집에 올 생각은 하지도 못했다. 때마침 어머니 건강이 좋지 않다는 막내이모 편지를 받았다. 편지 말미에, 니 아바지가 자꾸 꿈에 보인다는 말도 한다고 적었다. 바우아재비가 두 사람 눈치를 보며 경성 가는 밤 기차표를 내놓았다. 배두는 할아버지께 하직 인사를 드리러 사랑채로 내려갔다.

"베드로. 얼골이 영 못쓰게 되지 않았니."

배두는 뜨끔했다. 할아버지는 목사님이시다. 거짓을 올리면 한눈에 꿰뚫어 보신다. 조마조마 뒷말을 기다렸다.

"사나흘 말미는 받고 왔…." 말씀을 하시다말고 해소 기침이 터졌다.

기침이 잦기를 기다려 "예." 대답을 올렸다.

"도티도 잡고 달기도 과 멕이라."

부쩍 수척해지신 할아버지가 쉰 목소리로 일렀다.

"알갔습네다. 어르신."

신이 난 바우 아재비가 큰소리로 대답했다. 배두에게 눈을 끔쩍거리며 손가락 세 개를 펴 보였다. 사흘 뒤 표로 바꿔오겠다는 신호였다.

몽고에 묻고 온 아버지, 피아노를 잃은 어머니, 기력이 쇠하신 할아버지. 배두는 자신이 어른들의 보호자라는 현실을 아프게 자각했다.

피아노를 닦다가 팡! 무심코 눌린 건반이 낸 소리에 소스라치는 어머니를 보았다. 배두도 어디서 탕! 소리가 나면 손에 쥔 연필을 떨어뜨릴 정도로 놀란다. 열 살 배두가 그 허망한 아버지의 죽음을 두 눈 뜨고 지켜보았다.

조선 땅을 밟자마자 어머니는 배두를 경성으로 보냈다. 경찰이 병력까지 동원해 찾고 있는 독립군 강립의 아들을 평양에 두는 것은 위험했다. 경성으로 떠나던 날, 배두가 알고 있는 '의사 아버지'가 아닌 '독립군 아버지' 이야기를 들었다.

니 아바지는 조용히 의사로만 지내기에는 피가 뜨거웠디.

무장투쟁하는 독립투사가 딱 제격이었어. 직접 폭탄도 만들구 일본에 붙은 밀정도 찾아내 처단 했디. 상해 일본 영사관 폭파 사건 주모자로 쫓기는 와중에 일본 군수물자까지 빼돌렸다문 말 다 했디 않니. 창씨개명 끝내 안 한 '그 목사님의 그 아들'이디. 니 아바지 잡겠다고 고등계 형사들 군인들이 상해로 떼로 몰려왔더랬어. 뱃속에 너를 품고 멀찍이 몽고로 떠날 수밖에 없었디. 우리 탓에 상해 임시정부가 위험했으니까니. 아바지가 임정 요직에 있었구 자금도 크게 댔었거던. 상해 병원이 펵 컸디.

'강립의 아들, 강배두'가 아닌 다른 이름이 필요했다. 제 이름 석자도 못 쓰는 무지렁이 이름을 찾던 어머니 눈에 마당을 쓸고 있는 바우 아재비가 딱, 걸렸다. 강바우. 어디 이름뿐인가. 망아지나 다름없는 아이를 조선사람 만드는 일이 무엇보다도 시급했다. 경성에서 중학교를 마치면 제대로 된 조선사람이 되리라.

사흘 말미 동안 어머니는 아들과 겸상할 정도로 기운을 차렸다. 배두는 학교 얘기는 일체 하지 않았다. 자칫 출학을 짐작케 할 한 마디라도 튀어나올까 봐 입을 무거이 했다. 어머니가 먼저 이야기를 꺼냈다.

"류학은 구체적으로 생각하고 있갔디?"

배두는 국립도서관에 틀어박혀 서양의 고전음악과 파울 힌데미트를 공부했다. 항가리 작곡가 바르톡의 기하학적 화성 구조에도 깊은 인상을 받았다.

"독일을 생각하고 있디요."

"덕국…구라파Europe를 선택한 리유가 있갔디?"

"파울 힌데미트와 바르톡을 공부하고 있는데 재미있습네다."

"공부는 제 할 탓이디." 어머니는 더 이상 묻지 않았다.

"졸업 맡고 바로 떠날 수 있가끔 준비 게을리 말라."

유학이라니. 꿈같은 이야기였다. 학생도 군에 입대하여 일황日皇에 충성하라는데 출학당한 자신은 당장 전쟁터로 끌려가도 거부할 명분이 없다. 어른들께 걱정 끼치지 말고 경성으로 내려가자. 일단 가서 생각하자.

배두는 집에 있는 동안만이라도 어머니 곁을 지키고 싶어 안방에 이불을 폈다. 이런저런 생각으로 잠이 오지 않았다. 설핏 잠들었다가도 가느다란 신음소리에 번쩍 눈이 떠졌다.

"니 하숙 근방에 춘방루라고 청요리집 있디?"

놀란 배두가 어둠 속 어머니를 바라보았다. 춘방루는 호쇼르몽골만두가 생각날 때 만두 먹으러 가는 청요리집이다. 어머니는 천리안인가?

"있디요."

"위급한 일 닥치문 춘방루 손대인을 찾아라. 상해 동지였디. 아바지 친한 벗이구. 지금두 서대문 형무소 동지들을 돌봐주고 있어. 그만 눈 부치라."

어머니 돌아눕는 소리를 들으며 배두가 허어~ 소리 없이 웃었다.

중국말로 인사를 건네면 주인이 무척 좋아했다. '인사 값'이라며 만두 한 접시를 더 내주던 손대인의 넙적한 얼굴이 떠올랐다. 왜 하숙집이 학교 근처 옥인정이나 효자정이 아닌지 비로소 의문이 풀렸다.

아침상을 물리자마자 어머니가 피아노 옆에 섰다. 배두는 자기 뺨을 한 방 먹이고 싶었다. 화신백화점에서 아름다운 레이스 장갑을 보아두었다. 아무리 경황이 없어도 그렇지 그걸 잊다니. 어머니는 일본 순사에게 쫓길 때 총알이 스쳐가 왼손 중지와 약지 두 마디씩을 잃었다. 피아노를 잃은 어머니 손의 면장갑이 늘 맘에 걸렸다. 레슨이 끝났다.

"경성에서도 피아노 게을리 말라."

그동안 연습에 게으르지 않았다는, 어머니식 칭찬이었다. 요 며칠 마음 놓고 늦잠을 잤다. 경성에서는 늦잠은 생각도 못 한다. 아무도 등교하지 않은 이른 새벽, 텅 빈 음악실의 피아노는 온전히 배두 것이었다.

전차가 동대문 이발관을 지나고 있었다. 곧 신설정이다. 배두는 내려놓았던 리꾸사꾸를 등에 매었다.

경마장의 악동

"밤새 별 탈 없었디?"

바우는 한라의 목덜미를 두드려주며 다정하게 말을 걸었다. 녀석이 갑자기 콧김을 내뿜으며 뒷발로 일어섰다. 앞다리를 번쩍 들고 난리를 쳐서 하마터면 앞발에 맞을 뻔했다. 툭하면 성질을 부리는 세 살짜리 수말. 거칠고 사나와도 주력만은 최고다. 그것도 제 기분 날 때만 실력을 보여주는 경마장의 악동. 그 못된 성질머리를 다룰 줄 아는 마부는 바우뿐이었다. 평양에 다녀온 동안 별일은 없었는지 마부 아저씨들에게 물어보았다.

"날은 찜통이지, 학상은 보이지 않지, 녀석이 성질이 나서 기수를 떨어뜨리기까지 했어. 그러고 들어와서는 뭘 잘했다고 밤새 한숨 안 자고, 마방 안을 뱅글뱅글 돌고, 쉴 새 없이 고개를 끄덕거리고. 달래보려 했지. 이거 봐. 내 손도 물었어. 저런 망나니는 처음 봐. 참, 어머니는 좀 어떠신가?"

"식사하시는 거 보고 왔습니다."

"다행이네. 어쨌든 이제 학상이 왔으니 안심이야."

바우는 무거운 물통을 높이 쳐들어 요란하게 물소리를 내며 약수를 부었다. 녀석, 쳐다도 안 본다. 단단히 삐졌다. 애타게 기다렸다는 투정이다. 바우는 덩치 큰 녀석이 화내는 모습도 구엽고 애틋했다.

"마이 덥지? 니 좋아하는 악박골 약수 받아왔지 않니. 와, 고개를 돌리고 기래? 아니 먹갔으문 내 다 먹는다. 어, 시원타. 완전 얼음물이네."

계속 말을 걸면서 슬쩍 만져보았다. 밤새 마방을 돌았다더니 다리가 후끈후끈하다. 열감 있는 다리에 차가운 진흙을 붙여주며 계속 말을 붙였다.

"제주도 생각하니? 넓은 데서 뛰놀다가 좁은 마방에 갇혀 있자니 죽을 맛이디? 니 맘이 내 맘이디. 물 마시라. 기래야 뛰러 나가디 안 갔니?"

한라가 휘휘 꼬리를 저으며 물을 마시기 시작했다. 마음이 풀렸나 보다. 녀석, 악박골 약수를 귀신같이도 알아차린다. 경마장 물을 주면 고개를 휙 돌려버린다.

"한라야. 니 입맛 내 다 버려놨다. 내 학교 가면 뉘기래 약수를…."

바우는 망연해졌다. 학교에 갈 수나 있겠는지….

녀석은 물 한 통을 깨끗이 비우고 만족스럽게 투레질을 했다. 바우가 한라의 목을 끌어안았다. 녀석, 기분이 좋은지 푸우 푸우 콧김을 내뿜고 난리다. 오백 킬로도 넘는 덩치가 바우 가슴에 머리를 문지르며 어리광을 부린다.

"니, 상마上馬 맞니? 암말들이 죄 치다보고 있디 않니?"

놀아달라고 목을 비벼대는 한라를 꽉 안아주었다. 에르덴이 꼭 이랬다.

몽고 할아버지가 조선 양아들 강립에게서 본 손자에게 황색 망아지 고삐를 쥐어주었다. 몽고에서는 아기 첫돌에 망아지를 선물한다. 할아버지는 아이에게 강하게 자라라는 뜻으로 '쑤흐'라는 이름을 주었다. 강립은 '도끼'라는 몽고 이름이 마음에 들었다. 아들이 몽고의 독립영웅 '쑤흐 바타르'처럼 강한 남자가 되기를 맘속으로 기원했다.

막 걸음마를 시작한 쑤흐가 풀밭에 앉아 쉬고 있는 망아지 등으로 기어 올라갔다. 망아지는 어림없다는 듯 떨어냈다. 아기는 올라가고 망아지는 떨어내고… 갓 태어난 영양의 새끼가 네 발로 비틀비틀 일어서는 초여름 아름다운 계절이었다.

어린 시절 황색 망아지 날 속이며
빨리나 달리는 듯 따그락 거리고
둘이서 광활한 초원을 달릴 때
나는 밝은 황색 망아지 등에서
바람이 흔들리도록 휘파람을 불었다

에르덴을 남겨두고 국제열차에 오르던 날, 소년은 가슴을 베였다. 첫 실연의 날카로운 아픔. '비 참드 도르태!'너를 좋아해! 고백해준 여자아이와 헤어질 때도 이만큼 아프지는 않았다. 쑤흐가 에르덴의 목을 껴안고 눈물을 흘리자 에르덴의 큰 눈에서도 굵은 눈물방울이 뚝. 뚝. 떨어졌다.

바우는 밤새 굳은 한라의 근육을 풀어주었다. 경주에 나가 제대로 뛸 수 있게 운동시키고 훈련시키는 게 마부의 일이다. 학생마부가 큰 소리로 말했다.

"준비됐니? 나가자우!"

마방을 벗어난 한라가 한껏 긴 몸을 뻗었다. 준비됐다는 몸짓이다. 녀석은 달리고 싶다. 거친 숨을 내쉬며 요동을 친다. 앞다리를 번쩍 들고 힝힝 콧김을 불어대며 재촉한다. 바우는 일부러 천천히 경주로를 돌았다. 경주 직전 흥분하는 습관은 지나친 선행先行 다툼으로 이어져 자칫하면 실격처리 당한다. 경주로를 몇 바퀴 도는 동안 한라의 호흡도 흥분도 가라앉았다.

바우는 발주대 앞에 한라를 세웠다. 물론 로프rope는 걸려있지 않았다. 실제 경주 때는 굵은 로프가 걸려있고, 그 발주대 앞에 경주마들이 일렬로 정렬한다. 출발을 알리는 청기靑旗와 발주대의 로프가 동시에 올라가면, 그 순간만을 노리고 있던 말들이 일제히 박차고 튀어나간다.

한라가 처음 경마장에 왔을 때, 발주대에만 서면 흥분하여 미리 나가는 실수를 여러 번 저질렀다고 한다. 게다가 녀석은 앞에 나서야만 잘 뛰는 선행마의 습성까지 가지고 있었다. 그런 문제점들 때문에 마주에게 많이 맞아서 사람을 믿지 않는다. 발주대에만 서면 흥분하던 한라가 조용히 기다린다.

바우가 출발신호를 내렸다. 한라가 힘차게 튀어나갔다. 발굽에 채인 모래알이 2미터도 넘게 튀어 올랐다. 양쪽으로 가르마를 타서 잘 빗겨준 갈기가 휘날리며 바람소리를 냈다. 한라의 보폭은 대략 6미터. 다리를 오므렸다 펴기를 반복하며 정확하게 땅에 떨어지는 순간, 쑤흐는 짜릿한 쾌감을 느낀다. 한라와 달릴 때, 배두도 바우도 아닌 쑤흐가 된다.

쑤흐는 거세게 흔들리는 녀석의 목덜미를 힘껏 끌어안았다. 땀방울로 미끄러운 한라에게서 좋은 냄새가 난다. 세상에 이보다 더 좋은 냄새가 있을까. 호쇼르보다 더 구수하고, 새벽 풀냄새보다 더 싱그럽다. 쑤흐는 경주마의 냄새를 가슴이 터지도록 들이마셨다.

전차가 효자정 종점에 도착한 것은 인적 뜸한 저녁 무렵이었다. 학교 길로 들어섰다. 정문을 지날 때 바우는 수위실 불빛이 부담스러워 밀집모자를 푹 눌러쓰고 닫힌 교문 앞을 지났다. 그길로 곧장 길을 건너 골목 안으로 사라졌다.

골목 안은 피아노 소리로 가득했다. 바우는 담벼락에 기대어 피아노 연주를 들었다. 녹턴이 흐르는 밤. 골목 안은 신비로운 어둠과 감미로운 공기로 가득하다. 피곤했던 근육이 물에 소금 녹듯 스르르 풀렸다.

바우는 창호지를 통과한 부드러운 불빛을 바라보았다. 저 격자창 너머에 쥴리엣이 있다! 그의 발길이 절로 그녀 방 쪽으로 이끌렸다. 낮의 열기가 남아있는 담벼락의 온기를 등에 느끼며 쥴리엣의 연주를 들었다. 계속 같은 곳을 맴돌고 있다. 문지방에 걸리듯 자꾸만 같은 곳에서 걸린다. 허공에서 함께 연주하던 바우의 손도 가다말다를 반복했다. 지금 저 안에서, 큰 눈 더 크게 뜨고 고개 갸웃하며 열중하고 있을 쥴리엣을 떠올리자 목덜미가 근질근질했다.

"Өхөөрдөм эгдүүтэй!" 귀여워 귀여워!

바우는 품속에 넣어 온 봉투가 땀에 젖지는 않았는지 만져 보았다. 노랫말의 잉크가 번질까 봐 만두 쌌던 기름종이 봉투에 넣었다. 땀에도 비에도 젖지 않도록.

전차가 YMCA를 지날 때마다 마음이 이상해지곤 한다. 바우에게 '종로 2정목 YMCA'정거장은 '주리에또' 정거장이었다. 거기를 지날 때마다 오페레타 내내 느꼈던 뜨거운 감정에 휩싸여 새삼 설레었다. 쥴리엣에게 바치는 노래를 100곡, 1000곡이라도 쓰고 싶었다.

첫 곡 '너와 나를 신께서 보셨네'의 NO. 1/100 은 그런 의미를 담았다. 쥴리엣이 1/100의 의미를 이해할까? 음악에 실어 보내는 고백을 읽어낼까? 평생의 사랑을 맹세하는 남자의 마음을 받아줄까?

노랫말은 시詩다. 몽고말 시라면 공책에 빼곡하다. 바우는 자신의 머릿속 언어의 방들을 헤아려보았다. 몽고 게르 방, 중국 토루 방, 일본 다다미 방 그리고 조선 온돌방. 조선의 방은 작은 방으로 또 나뉜다. 평양방과 경성방. 둘은 뚜렷한 문도 벽도 없이 제멋대로 섞인다. 두 고장 두 언어의 미묘한 차이가 민감하게 감지되어 노랫말 쓸 때 방해받는다. 바우의 귀는 반음의 반음까지도 분간해 듣는다.

고요하다. 피아노가 끝났다. 번쩍 정신이 들었다. 피아노 연습에 피곤해진 쥴리엣이 바람 쐬려고 금방이라도 대문을 열고 나올 것만 같았다. '골목 안 첫 집, 세 대문집 큰 대문에 커다란 우편함이 달린 집이야.' 급우級友들은 아래 여학교 모나리자의 집을 다들 알고 있었다. 바우는 허둥지둥 우편함에 봉투를 집어넣고 밤의 어둠 속으로 사라졌다.

급 피신 요망.

하숙방 책상 위에 전보가 놓여있었다. 발신인은 애시덕 선생님. 배두는 책 몇 권, 갈아입을 옷 몇 벌 챙겨서 춘방루로 달려갔다. 전보를 본 손대인이 심각한 얼굴로 말했다.

"내일 학교로 애시덕 선생님께 전화 넣어보마."

"출학당했는데 무슨 일인지 모르겠습니다."

"네 뒷조사를 했겠지."

뒷조사라면 아버지에 관한? 어머니가 염려하던 그 일이 닥친 것일까.

"평양 집에는 가지 마라. 일단 몸을 피하자."

"예."

"있을 만한 곳을 알아보마." 잎담배를 말던 대인의 손이 생각에 잠겼다.

"신설정 경마장에서 마부를 하고 있습니다." 바우가 대답했다.

"경마장?" 손대인이 번쩍 고개를 들었다. "일본 순사들이 꽤 들락거릴 텐데?"

"마부는 경마 시간에는 보이지 않디요."

"그런가? 그렇겠군." 대인이 고개를 끄덕였다.

"일등 할 놈 정도는 귀띔해 주겠지?"

대인이 다시 잎담배를 말며 껄껄 웃었다.

바우는 서둘러 춘방루를 나왔다. 마지막 전차를 탈 수 있을까.

막차가 끊긴 거리는 어둡고 적막했다. 곧 통금이다. 큰길을 피해 골목길로 접어들었다. 발걸음이 급하다. 이렇게 걷다가는 신설정까지 세 시간은 족히 걸리겠다. '세 걸음 이상은 말을 탄다'는 몽고 속담이 생각났다.

예언의 법칙

#서울. 2019년

•

•

눈을 떴을 때, 승리가 맨 먼저 본 것은 주렁주렁 매달린 수액들이었다.

몸 전체를 깁스로 고정하여 옴짝달싹할 수가 없다. 숨쉬기도 어렵다. 깁스 목 앞부분에 구멍이 나 있기는 해도 소용없었다. 주치의에게 호소하니 '숨 못 쉴 이유가 없어요. 정신적인 문제에요.' 냉정한 답이 돌아왔다. 대퇴골경부골절과 경추압박 골절로 수술만 열 한 시간 넘어 걸린 큰 사고였다고 한다. 집도 의사가 신기해했다. '이 정도 사고라면 뇌출혈, 두부 손상, 복강 내 장기 손상 등으로 사망에 이르는 경우가 대부분인데 기적입니다.'

아무튼 죽지는 않았다. 그럼, 사람 구실 못하게 되는 건가?

회진 때, 걸을 수는 있겠는지 물었다. 주치의 설명은 이해하기 어려웠다. 마침 문병 차 들른 신경과 레지던트 바타르에게 물었다.

"나, 사람 구실할 수 있겠어?"

바타르는 느닷없는 질문에 큰 눈을 껌뻑이더니,

"무슨 질문이 그러냐? 수술은 잘 됐대."

순하게 웃었다. '영웅'이라는 뜻의 '바타르'는 몽골의 공룡 국민영웅 '타르보사우르스'의 애칭이다. 공룡마니아인 박태우가 두개골 길이만도 1.4m에, 뼈 무게 6t에 이르는 웅장한 바타르의 전신골격을 보는 순간, 빠져버렸다. 일행이 공룡박물관을 다 둘러보고 내려올 때까지도 '바타르'에게 잡혀 있었다. 한동안 태우의 말은 시작도 '바타르' 끝도 '바타르'였다. '박태우'보다 '바타르'로 부르는 게 자연스러웠다.

"내 말은, '수술 잘 됐다'와 '걷는데 문제없다' 두 개가 같은 말이냐고?"

따져 묻는 승리의 질문에 바타르는 주렁주렁 매달린 수액들만 쳐다보았다. 어디까지 답을 해줘야하나, 고민하는 모양이었다. 신경과 레지던트가 답할 수 있는 문제도 아니었다. 대학동기로 영화동아리 남사친이기도 하여 말에 조심성이 없어진 지는 오래다.

"내가 알기로는…"

바타르는 잠시 말을 끊었다가, 결심한 듯 입을 열었다.

"워낙 중상이었어. 골두에 손상이 커서 살리지는 못하고 인공 골두로 바꿨어. 그게 최선이었어. 캐스트 떼면 걸을 수 있을 거야. 단,"

"단?"

"양말 핸디캡은 피할 수 없겠다."

"양말 핸디캡? 그게 뭔데?" 승리가 웃음을 터뜨렸다.

"인공 골두 쪽 발은 양말 신고 벗기 불편할 거야."

"죽지 않았고, 걸을 수도 있는데 핸디캡이 고작 양말이라고? 곰팅 너 웃긴다."

"그거 상당히 불편해. 평생 핸디캡이다." 바타르가 정색을 했다.

웃어도 정색해도 못생긴 초식 공룡 같은 바타르. 중키에 적당히 퍼진 몸매하며 넓적한 얼굴에 느린 말투까지 딱 곰탱이다. 사람이 좋다 보니 친구들이 곰팅, 곰팅 부른다. 속없이 따라 웃던 바타르가 문득 말했다.

"원장님께 전화 드려야겠다. 면목 없게 됐네."

"무슨 원장님?…아, 양로원 원장님. 일정 다시 잡아."

바타르가 어이없는 표정으로 승리를 잠시 내려다보더니 허허 웃었다.

"택시 기사님. 지금 발목 염좌로 입원하신 게 아닙니다. 아시겠습니까?"

"닥터 선생님. 약속은 지키라고 있는 겁니다. 아시겠습니까?"

승리는 실감했다. 돌아왔구나! 소소한 약속과 반복되는 루틴Routine 속으로.

'진승리 씨. 지겹고도 그리운 일상으로의 복귀를 자축합

니다!'

승리와 바타르가 봉사활동 나가는 시립양로원은 무의탁 노인들의 마지막 거처다. 돌아가신 다음에 보면 변변한 영정 사진 한 장 없는 경우가 허다했다. 그런 경우 주민등록증의 작은 사진을 확대하는데 젊은 시절 얼굴이어서 망인과 겉돌아 민망하다. 주민증조차 없는 분은 양로원 단체 사진 속 콩알만 한 얼굴을 확대하지만, 알아보기조차 어렵다. 사고 전, 영정사진을 찍어드리기로 원장님과 약속했었다. 바타르의 가운 주머니에서 핸폰이 울렸다.

"나 부른다. 갈게."

"원장님께 잘 말씀드려. 일정은 선생이 알아서 조정하시고."

"일단 알았어. 간다."

바타르가 작은 플라스틱 통을 승리 손에 쥐어주고 급히 뛰어갔다.

바둑알 모양의 하얀 껌에서는 레몬 향이 났다. 톡톡 터지는 레몬알갱이, 혀를 자극하는 새콤한 맛, 씹을수록 반응하는 탄력감, 울컥해졌다. '내가 살아서 맛도 느끼고 냄새도 맡는구나!' 껌은 씹을수록 질겨졌다. 잠깐의 단맛으로 오랜 질김을 견디는 것. 살아있음이란 이런 것이지.

믿지 않으면 두려움도 없다. 믿지 않는다고 믿으면서도 무의식 속에서는 믿고 있었던 모양이다. 서촌 보살의 말은 목구멍 깊이 박힌 가시처럼 빼낼 수도 삼킬 수도 없었다. '조심하자' '조심하자' 의식할수록 실수가 잦았다. 아는 길에서 엉뚱한 길로 들어가고, 커다란 표지판을 못 보고 지나치고, 한남대교와 동호대교를 혼동하고… 초보 때도 안 하던 실수 연발이었다.

사고 전날, 땀에 푹 젖어 깼다. 택시가 멈추지 않아 애를 먹다가 결국 담장을 들이받고야 만 꿈이었다. 승리는 '브레이크 점검받아야겠네.' 중얼거렸다. 꿈이 좋지 않으니 제한 속도에 맞춰서 조심조심 운전했다.

쿵! 뒤 범퍼를 받혔다. '아이쿠 감사합니다. 내가 받혔네.' 경미한 추돌이었다. 꿈땜인가 싶어 수리비도 받지 않았다. 작은 선행으로 나쁜 기운을 약화시키고 싶은 계산도 있었다.

승리의 택시는 5톤 탑차 뒤를 따라갔다. 굳이 차선을 변경하고 싶지 않았다. 선도하듯 앞서가는 큰 차에게 보호받는 느낌이었다. 택시를 하면서 다른 기사들처럼 가리는 게 많아졌다. 똥꿈 꾸면 재수 좋으려나, 신호마다 걸리면 태클 좀 들어오겠네, 첫 손님이 여자면 재수 없으려나 등등. 어쩌나, 기사가 여자인걸. 승리가 큰소리로 웃었다.

어, 어, 탑차가 갑자기 속력을 냈다. 승리도 속력을 냈다. 사거리에 진입했다. 사고는 한순간이었다. 영화에서처럼 순간순간들이 슬로모션으로 흘러갔다. 사거리 좌측에서 달려와 택시를 들이박은 검은색 SUV, 사거리 건너 달려가고 있는 탑차의 뒷모습, 빨간불 켜진 신호등, 굉음과 충격 속에서 들려온 목소리. "죽어! 살아도 사람 구실 못해!" 내가 죽는 순간이구나!

사고 당시를 수없이 되풀이 돌려보았다. 기억하는 것들이 모두 현실일까? 충돌 직후 의식을 잃었다고 하니 환각이 아닐까? 사고 택시기사들은 말한다. '사고는 순간이야. 눈 떠보니 병원이더라고.' 하지만 장면 장면들이 너무도 선명하다. 승리는 기억한다. SUV가 택시를 박던 순간을, 그 부딪치던 소리를, 차 안 기물들이 사납게 달려들던 공포를, 엉덩이가 부러지는 고통을, 고함치던 내 목소리까지 모두. 그리고 귀에 쟁쟁한 그 목소리.

"죽어! 살아도 사람 구실 못해!"

불길한 예언은 심장에 불안의 씨앗을 심고, 그 피를 먹고 자란 뿌리가 제 심장을 휘감고, 교란된 혈류가 뇌를 지배하고, 그렇게 예정된 수순대로 불길한 예언은 완성된다. 이번에는 운 좋게 비껴갔지만 또 사고를 내면, 그땐, 죽거나 사람 구실 못하게 되겠지.

누워 있는 동안 '평생 읽을 책을 다 읽으리라' 거창한 독서 계획은 말 그대로 계획일 뿐이었다. 병원은 거대한 타이머. 책 읽기에는 부적합한 곳이었다. 혈압 재고, 피 뽑고, 약 나오고, 식사 오고, 주사 놓고, 체온 재고, 약 나오고, 식사 오고, 약 나오고… 컨베이어 벨트처럼 돌아갔다.

토막 시간은 많았다. 잠깐씩 잠이 들기도 했는데 꿈을 꾸면 서촌 혼례식장의 변주였다. 피아노 치는 여자를 찢어진 구멍으로 들여다보다가 보살에게 들켜서 깨고, 늑대가 덤벼들어 소리 지르며 깨고, 악몽의 연속이었다. 몽골을 검색하며 시간을 보냈다. 한국과 몽골은 1990년 3월 26일 수교했다.

▶ '마음' 사건으로 물의를 일으킨 안정섭 명예교수의 부인 송화자 명예교수가 자택에서 숨진 채 발견됐습니다. 취재기자 연결하겠습니다.

▶ 서초경찰서는 오늘 오전 10시경 송화자 명예교수가 자택에서 목을 매 숨졌다는 아들의 신고를 접수했습니다. 현장에 유서는 없었고, 외부 폐쇄 회로 등을 확인한 결과, 외부인 침입 흔적이 없고 타살 흔적도 없어 자살로 잠정 결론을 내린 상태입니다. 아들 안 씨 부부는 '어머니가 아버지의 고백에 큰 충격을 받고 우울증약과 수면제를 복용하고 있었으며 아버지가 입원해 있는 병원에는 발길도 하지 않아 간병인이 돌보고 있다'고 말했습니다.

계절이 바뀌었다. 승리는 퇴원하고 택시에 복귀했다.

복귀하면 그 집에 가봐야지, 마음먹고 있었다. 사고 전에 찍은 몽골편지와 오래된 피아노 사진에 붙일 이야기도 필요했다. 영화동아리 선배가 편집장으로 있는 여성잡지에 두 쪽짜리 코너를 얻어 사진과 글을 싣고 있다.

발신자불명 몽골편지 사진과 피아노 사진을 선배에게 보

여주었었다. 선배의 짝눈이 확 찌그러졌다. 예상보다 반응이 격하다. 선배는 덤덤한 척하고 싶어도 눈이 자동 반응해버리니 아무것도 숨기지를 못한다.

"훔쳐버릴까 보다." 선배가 중얼거렸다.

"그래서 저작권법이 존재하지 말입니다." 승리는 기뻤다.

사진들을 넘겨보던 선배가 내뱉었다.

"파 봐."

"있어요?"

"금이든 구리든, 아무튼."

진짜 광산이라고? 선배는 다큐멘터리 전문 감독님이시다. 다큐 영화를 극장에서 개봉시킨 대감독님 말씀이니 허투루 들을 일이 아니다. 승리가 웃음기 걷힌 얼굴로 물었다.

"선문답 말고요. 구체적으로."

"그거야 네가 더 잘 알겠지."

그런 거였나. 입원해 있는 내내 몸 상태보다 그 편지 생각에 사로잡혀 있었던 것은.

다시 택시를 하면서 몇 번이나 그 집 근처까지 갔었다. 편지를 얻으려면 영혼결혼식에 몸을 내놓아야 한다. 인터넷에는 영혼결혼을 하면 죽은 사람이 산사람을 데려간다는 썰도 있었다. 승리가 카메라를 챙기고 일어섰다.

"택시기사 갑니다."

"이름값 해라, 찐승리."

선배의 말이 야구공처럼 뒷머리를 때렸다.

골목 안이 조용하다. 대문들은 굳게 닫혀있다. 영혼결혼식이 있는 날, 작은 대문을 조금 열어둔다는 것을 안다. 승리는 문제의 큰 대문을 몇 장 찍었다. '현실에 존재하는 집' 일종의 증명사진 같은 것. 그 집이 진짜 있는지, 그날 일이 꿈은 아닌지, 간혹 의심이 들곤 했다. 골목 안까지는 들어왔지만 닫힌 작은 대문을 두드릴 용기는 나지 않았다. 두려웠다. 영혼결혼식만 한다는 집도, 귀신이 산다는 컴컴한 대문간도, 그 무당 여자도.

'죽은 사람이 보낸 편지야.'

보통 사람이라면 죽은 사람이 살아있을 때 보낸 편지라고 알아듣는다. 무당의 문법은 달랐다. 정말 죽은 사람이 보낸 편지라는 뜻으로 말했다. '죽은 남자가 편지도 보내고 찾아오고 그러니 산 사람이 살 수가 있나. 여자가 미쳐 죽고 말았지.'

'죽은 남자'가 발신자불명 편지 보낸 장본인일까? '여자'는 피아노 위의 그 여자일 테고. 늑대 털모자를 눌러쓰고 활짝 웃고 있던 젊은 남녀가 그 사람들이라면 죽은 사람들을 다 본 셈이다. 뭔가에 엮인 느낌. 승리는 텀블러의 얼음물을 벌컥벌컥 들이켰다.

서촌 집에서 찍은 사진들을 뒤져보았다. 늑대 우표가 눈에 들어왔다. 날카로운 눈, 사납게 드러낸 이빨, 부스스한 털, 마주치는 순간 얼어붙게 만드는 공포감, 늑대! 시커먼 늑대가 승리를 노려보고 있었다. 노란 눈알로 무섭게, 깊은 눈길로 슬프게. 늑대가 울부짖었다.

어우…. 오우우…. 어우우우….

길게 끌며 갈수록 떨림이 더해지는, 구슬프면서도 섬뜩한 그 소리.

늑대다! 승리가 번쩍 고개를 들었다. 차창 앞에 시커먼 늑대가 서 있다.

똑. 똑.

시커먼 남자가 노크했다.

아닌데. 두 눈 똑바로 뜨고 봤는데. 늑대를 봤는데. 분명히 늑대였는데. 차창 앞에 서 있는 것은 검은 양복의 남자였다.

"예약차입니다." 승리 목소리가 떨렸다.

검은 모자, 검은 양복, 검은 넥타이. 상가喪家에 가는 손님일 게다.

"아까부터 서 있던데 갑시다." 손님이 재촉했다.

"예약차입니다. 죄송합니다."

"아가씨야. 그만큼 기다려도 안 오면 안 오는 거야. 갑시다."

기사가 재빨리 차 문을 잠갔다. 아까부터 서 있었다고? 지켜보았다는 말이다. 손님이 앞문 손잡이를 잡아당겼다. 잠그길 잘했지. 저런 손님에게 험한 꼴 당한 적이 한두 번인가. 남들 안 입는 기사 근무복에 쪽팔리게 모자까지 갖춰 썼지만, 손님들은 여자기사인 걸 귀신같이도 알아본다.

"다른 택시 이용해 주십시오. 죄송합니다."

정중히 사과했다.

손님이 차 안을 들여다보았다. 기사가 고개 숙여 거듭 사과했다. 손님은 승차거부 운운하며 신고 어쩌구 퍼붓고서야 돌아섰다.

승리는 골목 안을 휘둘러보았다. 늑대를 보았다. 울부짖음도 들었다. 검은 옷 입은 남자를 늑대로 착각했겠지. 그게 합리적인 설명일 테지. 하지만 두 눈으로 늑대를 보았고 두 귀로 늑대 울음소리를 들었다. 불길하고도 구슬픈 울부짖음을, 늑대의 노란 눈알을.

작업 중에 무심코 시계에 시선이 닿는 순간이 있다. 초침이 한 칸 뒤로 백back 했다가 태연하게 다시 간다. 절대로 일어날 수 없는 일이지만 매번 속는다. 일부러 시험도 해보았다. 안 보는 척하다가 휙 시계를 본다. 물론 그런 식으로 뒤로 가는 초침을 볼 수는 없었다. 바타르에게 물었다. '집중력에 관한 새로운 발제發題네. 참신해.' 착한 바타르, '착각'이라는 말을 그렇게 한다. 늑대를 본 건 시계와 비슷한 증상일까? 정말 영가에 씌운 것일까?

'다시 오게 될 거야. 몸 아프면 곧장 와.'

무당 여자의 마지막 말이 귀에 꽂혔다. 승리는 텀블러를 기울여 마지막 방울까지 핥았다. 벌컥 대문을 열고 여자가 나올 것만 같아 불안하다. 백미러에는 조금 전 손님의 뒷모습이 아직 담겨 있었다. 검은 양복에 검은 모자, 영락없는 저승사자다! 승리는 그 손님이 백미러에서 완전히 사라지기를 기다려 골목을 나왔다. 청운효자주민센터에 가면 옛 주소지에 살던 베루 씨에 대한 정보를 얻을 수 있을지도 모른다.

"옛 주소로 온 편지는 어떻게 되나요? 옛날 주소로 배달되나요?"

"반송됩니다."

주민센터에서는 개인정보보호를 이유로 아무것도 알려주지 않았다. 미진한 얼굴로 미적거리다가 편지에 적힌 친전親展이라는 말이 생각나 또 물었다. 옆자리 공무원이 대신 대답해 주었다.

"편지 받을 당사자가 직접 보라고 편지 겉봉에 쓰는 말이에요. 그… 옛 주소지요. 인터넷에서 경성부 토지조사부를 검색해 보시면 나옵니다."

"아, 네. 고맙습니다." 승리는 꾸벅 절까지 했다.

京城府北部玉仁洞 住所 七-四十九 所有者 白寧德

있었다! 편지의 주소, 소유자의 이름까지 분명하게 나와 있었다.

白寧德

평범한 이름이다. 그러나… 한 글자, 한 글자가 수수께끼를 걸었다. 백… 배그… 베그… 베루. '베루'는 '백'의 몽골식 발음일지도 모른다. 편지 주소지의 소유주가 백영덕이라면 편지

수신인이겠지. 그렇다면 베루와 백영덕은 동일인물이다. 백영덕은 누구일까? 베루 씨 친전. 꼭 본인에게 들어가야 할 중요한 편지다. 토지조사부에서 정확한 이름을 발견한 것은 큰 수확이지만 수신인에 대한 의혹은 더 커졌다.

규정대로라면 편지는 몽골로 반송되어야 했다. 집배원이 규정을 몰랐을 리는 없고, 발송인 주소가 없어서 반송을 못 했나? 그렇더라도 경성부 편지가 서울 주소지로 배달되었다는 것은 이상한 일이다. 게다가 편지가 개봉도 안 된 채 우편함 속에 그대로 있을 수가 있나? 베루 씨 '친전'이 지켜진 것일까? 무려 삼십여 년 동안이나?

"컴퓨터 다 쓰셨습니까?"

안경 쓴 전경이 뒤에서 기다리고 있었다. 승리는 머릿속을 정리할 틈도 없이 주민센터를 나왔다.

택시기사가 재빨리 인도를 훑었다. 퇴근 전, 이 시간에는 손님이 뜸하다. 사납금만 채우면 오늘 영업은 끝이다. 통인시장을 지나고 경복궁역을 지나 시내로 방향을 잡았다. 베루는 백영덕의 암호명일 가능성이 크다. 암호명 쓰는 수신자, 존재를 숨기고 연락을 시도하는 발신자… 독립군? 베루 씨 친전. 알려져서는 안 되는 국내의 협력자라는 뜻이겠지. 대문이 세 개나 되는 부잣집이니 군자금을 대고 있었는지도 모르지. 그런 관점에서라면 늑대 우표도 예사로 볼 일이 아니었다.

늑대는 무리 생활을 하는 대표적인 동물이다. 무리에서 떨어진 외톨이 늑대가 생존할 확률은 제로에 가깝다고 한다. 몽골에서 본 늑대 그림 중에 외톨이 늑대는 없었다. 외톨이 늑대우표는 몽골에서도 희귀템일 것이다.

몽골에서 늑대는 경외의 대상이다. 그렇다면 생존의 법칙을 넘어선 외톨이 늑대는 신적 존재가 아닐까? 하얀 야생화는 신에게 바치는 공물? "아니야. 아니야." 다큐 감독 진승리가 끼어들었다. "신화적으로 접근할 문제가 아니야. 현실적으로 풀어 가야 돼. 우리 독립운동사에서 유례없는 새로운 역사를 만나게 될지도 몰라."

승리는 잠깐 골목 안에 차를 세웠다. 발신자에 대한 유일한 단서인 외톨이 늑대우표를 자세히 들여다보았다. 우표에 찍힌 소인消印 199~ 마지막 숫자는 보이지 않는다. 편지는 1990년대 한·몽 수교 이후 몽골에서 부쳤고, 그러니까 SEOUL, SOUTH KOREA라고 쓴 것까지는 이상할 것이 없다. '경성부'가 '서울'이 되고도 많은 세월이 흐른 시점에 '경성부'라고 쓴 이유를 알아내야 한다. 베루 씨로 불린 백영덕이 누구인지 밝혀내야 한다.

후진하여 골목을 나왔다. 백영덕에 대해 알려면 보살과 거래를 하지 않고는 가능한 일이 아니다. 죽은 남자의 신부가 되어야만 하는 일이다.

"싫어!"

제풀에 놀란 발이 급브레이크를 밟았다. 다행히 따라오는 차는 없었다.

"운전에 집중해라!"

승리는 자신에게 경고했다. 또 사고가 나면 그때는… 죽겠지. 눈으로는 도로를 보면서 머릿속은 암호들로 바글거린다. 경성부-베루 씨 친전-백영덕-외톨이늑대-야생화… 말이 되는 문장으로 만들어 본다.

'경성 베루영덕에게 몽고에서 외톨이늑대가 지령을 내린다. 야생화를 실행하라.'

무시무시한 지령일수록 야생화 같은 여린 꽃 이름으로 위장할 것 같았다. 암살, 처단, 기습 어쩌면 군자금의 암호명일지도 모르지. 밑도 끝도 없는 생각들은 고장 난 브레이크처럼 제어 불능이다.

부딪쳐 보자. 백날 생각해봐야 공상에 지나지 않아. 보살은 그 집 내력에 대해 알고 있는 것 같았어. 정보를 얻을 다른 길은 없어. 악마에게 영혼을 파는 것도 아니잖아. 불쌍한 영혼 구제하는 거라잖아. 좋은 일이라잖아. 보살 말대로… 죽을 뻔한 나를 그 영혼이 살려준 건지도 몰라. 의사도 그랬어. '이 정도 사고라면 사망일 텐데 기적입니다.' 기적이 괜히 일어나겠어? 그래, 그 영혼이 살려준 거야. 맞아. 그런 거야.

U턴 표지판이 눈에 들어왔다. 이미 U턴 라인에 들어와 있었다. 승리는 핸들을 크게 돌리고 가속 페달을 밟았다. 택시가 총알처럼 달려나갔다.

경성 공주 VS 몽고 늑대

○

○

운명은 발자국 소리를 내지 않는다

빼르께? 빼르께? perche', perche' 왜? 왜?

절정을 앞두고 인하는 몸 안 가득 숨을 들였다. 그리고는 천천히 토스카의 탄식을 애절하게, 강렬하게, 몸 밖으로 내었다. 곡이 끝났다. 인하는 오른손을 가슴에 얹고 보이지 않는 청중을 향해 깊숙이 고개 숙였다. 침대에 누운 채였다.

브라바! 브라바! 앙꼬레! 박수와 환호가 폭우처럼 쏟아졌다.

찰칵. 조용해졌다. 축음기 바늘 내려놓는 소리에 인하는 실감했다.

집에 왔구나!

조용히 방문이 열렸다. 살며시 들여다보는 엄마를 향해 인하가 밝게 웃어보였다.

“깼니? 잣죽 몇 술 뜨고 또 자.”

“굴비하고 밥 먹을래.”

“그럴래? 일어날 수 있겠어?”

이마를 짚어보는 엄마 손이 따뜻하다. 아플 때는 서늘했었다. 인하가 부축하는 엄마 손을 떼어놓으며 말했다.

“오늘은 학교에 갈 수 있을 거 같아.”

“그래? 아버지한테 전화 걸어 물어보자.”

엄마는 부엌에다 식사준비를 일러놓고 전화기가 있는 안방으로 갔다. 찬방 유리문 너머로 마서방 부부가 식사 준비하는 모습이 보인다. 마서방은 굴비를 굽고, 산달이 가까워오는 영분이는 마른 대구알을 지진다.

저 영분이 엄마 영분네가 핏덩이 업고 보따리 하나 달랑 들고 인하네로 들어왔다. 엄마 동료인 국어 선생이 그러더란다. 우리 집 식모가 임신을 숨기고 들어왔어. 우리 집에서 몸까지 풀었다니까. 불결해서 내보내야겠어. 애시덕이 그 젖먹이 딸린 식모를 집으로 불렀다. 부잣집에서 잔뼈가 굵어 잔치음식도 차려낸다는 그녀가 갑자기 가슴팍을 풀어헤치고는 울지도 않는 아기에게 젖을 물렸다. ‘젖이 흔해유. 따로 유모를 들이지 않아도 되쥬.’ 그날부터 인하와 영분이는 젖을 나눠 먹으며 자매처럼 자랐다.

그 영분네가 나이 사십 넘어 늦바람이 났다. 젖먹이 둘 함께 기르며 한 식구처럼 살림을 도맡던 영분네의 느닷없는 혼인 소식은 모두를 놀라게 했다. 집에 소금을 대던 소금장수

김 씨였다. 피붙이라곤 엄마뿐인 영분이는 밥도 안 먹고 울고불고 난리를 쳤다. 소금장수 김씨는 마당에서 주인마님께 넙죽 절하고 그날로 영분네를 데려가 버렸다.

그 소동을 겪은 지 얼마 되지도 않아 이번에는 영분이가 갑자기 마서방과 혼인을 하겠다고 나섰다. 어린 줄로만 알았던 영분이가 열 살이나 많은 마서방과 혼인을 하다니. 영분이와 동갑인 인하는 '나도 혼인할 수 있는 나이구나' 한동안 마음이 싱숭생숭했다.

엄마 음식 솜씨를 물려받은 영분이와 마서방이 집안 살림을 떠맡았다. 혼인한 지 얼마 되지도 않은 영분이의 배가 하루가 다르게 불룩해지는 것을 식구들은 모르는 체했다. 갈비찜 익는 구수한 냄새가 유리문 틈새로 들어왔다. 인하는 소금물에 적신 주먹밥을 나눠 먹던 한 방 수감자들이 떠올라 마음이 심란했다.

경찰서 유치장에서 혼절한 인하가 세브란스로 실려 와 처음 본 것은 의사 가운에 새겨진 이름이었다. 정형외과 백영덕. 아버지 얼굴을 보고 안심했던 기억을 끝으로 또 정신을 잃었다. 열이 39도를 오르내리면서 경련을 일으키고 헛소리를 했다고 한다. 「로미오또 주리에또」 사건으로 종로경찰서에 한 달 열흘 수감되었었다.

경찰에 잡혀가기 직전 부랴부랴 약혼식을 올렸다. 불령선인不逞鮮人 명단에서도 '요주의 인물'로 지정된 상황에서 정신대를 모면할 방법이라고는 그 길밖에 없었다. 사진이나 박으려던 시늉만의 약혼식은 다케오 할아버지가 총독부 고위 관리들을 초대하고, 두취은행장 할아버지까지 상계商界 거부들을 초대하는 바람에 초호화판 진짜 약혼식이 되어버렸다. 양가 할아버지들은 인하와 다케오가 유치원 다닐 때부터 농담 반 진담 반 서로를 '사돈어른'이라고 불렀다. 농담이 현실이 되었다.

약혼식 덕분에 정신대 명단에서는 빠졌지만, 인하를 사상범으로 보는 고등계의 눈이 달라지지는 않았다. 「로미오또주리에또」는 인도와 영국이 배경이지만 조선과 일본을 암시한다. 결국 독립을 부추길 의도가 깔려있음을 경찰이 놓칠 리 없었다. 인하는 변호사의 조언대로 인도 이야기인줄만 알았다고 주장하며 버텼다. 태평양 전쟁이 최악으로 치닫고 있었다. 아무리 학생이라도 특별관리 대상인 요주의 불령선인을 석방할 기미는 보이지 않았다.

유치장에서 인하는 사상범으로 분류된 사람들과 한 방에 있었다. 독립운동하다 잡혀 온 사람들에게 온갖 험한 고문 이야기를 들었다. 그 방에는 공산주의자들도 많았는데 그들은 밤마다 사상개조가 필요하다며 부르주아 인하에게 자아비판을 강요하고 거부하면 린치도 서슴지 않았다.

후에 들었지만, 인하의 석방을 위하여 많은 사람이 힘 써주었다. 학교에서는 교장 선생님과 전 교직원, 전교생이 백인하 구명 탄원서에 서명했다. 그중에서도 다케오 할아버지의 정보가 결정적이었을 것이다. '서장이 사진기를 좋아한답디다.' 할아버지가 그길로 서장을 찾아간 거야 두말할 나위도 없다. 산삼 보자기 속에는 웬만한 집 두 채 값이 나가는 독일제 사진기가 들어있었다.

경찰은 재판에 넘기기 직전, 탄원서와 보석금 명분으로 인하를 석방했다. 그날, 로미오 역의 남학생도 함께 석방됐는데 할아버지가 처음부터 두 학생을 엮어 협상한 결과였다. 경기중학교 남학생의 어머니는 연신 허리 굽히며 감사 인사를 하면서도 애통함을 감추지 못했다. '생전 듣도 보도 못한 시골구석 중학교로 전학가랍니다.'

마당이 환하다. 펌프 옆 화단의 수선화들이 활짝 피었다. 가운데 쭉 뻗은 황금빛 트럼펫들이 축하 나팔을 불어주는 것 같았다. 인하도 꽃들의 나팔 소리에 맞춰 노래 불렀다.

따따따 따따따 주먹손으로~

따따따 따따따 나팔 붑니다~

인하가 꽃나팔들에게 말을 걸었다.

"언니, 학교 간다고 축하해 주려고 활짝 피었구나. 그라찌에! 고마워! 좋은 일 또 있다. 나 지금, 쏘푸라노 선생님에게 개인교수 받으러 가는 길이야. 여성끼리는 음역대가 비슷해서 노래 흉내 내기도 쉽고, 레퍼토리도 넓힐 수가 있지. 얼마나 바라던 일인지 몰라. 곧 학생음악경연대회가 있잖아. 그동안 많은 사건이 있었지. 경연대회는 생각할 겨를도 없었어.

그래도 걱정 안 해. 누가 나를 이기겠니. 얘들아. 시들지 말고 있어. 언니, 다녀올게."

인하는 꽃나팔들에게 인사하고 대문을 나섰다.

새벽하늘에 초승달이 하얗게 남아있었다. 큰길이 휑 하다. 텅 빈 길을 독차지하기는 처음이다. 남학생들 없는 길은 온통 인하 차지다. 노래를 부르며 걸어갔다. 아직은 이태리말 가사가 혀에 설다.

O mio bab-bi-no ca- - ro, mi pia-ce,e' bel–lo~~~bel- ro

놀란 인하가 입을 닫았다. 남학생이 걸어오고 있었다. 설마 이 시간에 등교하는 학생이 있을 줄이야. 운동선수인가? 경기 앞두고 새벽 훈련 가는 건가? 나는 음악경연 앞두고 새벽 레슨 가고, 저 남학생은 경기 앞두고 새벽 훈련 가고. 인하는 비슷한 처지의 남학생에게 친근감을 느꼈다. 두 사람이 스치는 순간, 인하는 남학생이 자신을 흘깃이라도 쳐다보지 않았다는 걸 알아차렸다. 다른 남학생들은 인하와 마주치면 당황하여 허겁지겁 눈길을 돌린다. 이 남학생은 아예 쳐다보지도 않았다.

매일 새벽 그 남학생을 만났다. 무슨 운동을 하길래 얼굴이 많이 탔다. 눌러쓴 모자 밑으로 번득이는 눈, 우뚝한 코가 사납게도 생겼네. 입매가 단정하여 그나마 봐줄 만은 하지만. 아무튼 음악이라는 걸 모르게 생긴 얼굴이야.

그 남학생의 태도는 변함없었다. '여자에게 관심 없어.' 그런 티를 온몸으로 나타내며 뻣뻣하게 지나간다. 화난 것처럼도 보인다. 인하는 모욕감을 느꼈다. 자존심도 상했다. 똑같이 갚아주자, 마음먹었다. 나야말로 남자 따위에 관심 없거든. 그래도 성이 차지 않아 아예 존재 자체를 무시해 버리기로 했다. 좋은 생각이 떠올랐다. 공상 소설에 나오는 투명인간 취급해 버리는 거야. 인하는 거리낌 없이 노래 불렀다. 길에 아무도 없는 것처럼.

남학생은 오늘도 직진이다. 인하는 분노를 넘어 궁금해졌다. 그 오만한 얼굴을 똑똑히 보고 싶었다. 남학생 쪽으로 다가갔다. 노래를 멈추지는 않았다. 두 사람이 스치는 순간, 인하는 보았다. 표정이라곤 없는 텅 빈 얼굴을!

근처에 맹학교가 있어서 보지 못하고 듣지 못하는 학생들을 매일 본다. 아! 인하가 탄식했다. 농학생이었어. 그 무표정은 노래가 닿지 않는, 오직 농학생만이 지을 수 있는 그런 무표정이었던 거야.

의문이 풀렸다. 자존심도 회복했다. 기쁘지 않았다. 농학생이 박치과의원을 돌아 사라지기까지 그 뒷모습을 바라보았다. 텅 빈 길에 전신대만 휘청하니 남았다. 소리를 담지 못하는 귀, 말 못 하는 입, 진공처럼 텅 빈 가슴. 인하는 마음이 스산해졌다.

음악 없는 삶이란 어떤 것일까. 농학생의 내면세계는 어떤 것일까. 인하로서는 상상도 할 수 없었다. 수선화 한 송이 키

워내지 못하는 모래땅 같을까. 아무 맛도 안 나는 맹물 같을까. 노래도 못하고 말 한마디 못하는 입. 가슴이 답답해졌다. 매일 큰길에서 농학생들을 보지만 이런 생각이 들기는 처음이었다.

말은 못 해도 소리를 들을 수 있다면 얼마나 좋을까. 음악을 들을 수만 있다면 그 학생만을 위한 노래를 불러줄 수도 있는데. 그러면 그 고집스런 화난 표정이 활짝 피어날 텐데. 인하는 힘없이 걸으며 다시 노래 불렀다. 농학생은 평생 듣지 못할 감미로운 사랑의 노래가 새벽 공기를 쌉쌀하게 흔들었다.

O mio babbino caro

"선생님. 오미오빠삐…." 바우가 머뭇거렸다.

"오 미오 빠삐노 까로?" 애시덕 선생이 되물었다.

"예, 맞습니다."

"오, 사랑하는 나의 아버지. 유명한 오페라 아리아야. 어디서 들었어?"

"…라지오에서요."

"제목하고 내용은 아주 달라. 딸이 아버지가 반대하는 남자와 결혼하겠대. 허락해 주지 않으면 강물에 빠져 죽겠다네. 아버지를 협박하는 노래야."

붉어지는 바우의 얼굴을 보면서 선생은 미소 띤 얼굴을 슬몃 돌렸다. '사랑'이라는 말만 들어도 얼굴이 붉어지는 나이. 요즘 딸내미도 한창 '오 미오 빠삐노 까로' 가사를 외우느라 바쁘다. 감정을 알고나 부르는지.

"경연곡은 어떻게…?"

애시덕은 말을 맺지 못했다. 출학당한 바우가 작곡한 악보들이 사라졌다. 가곡과 실내악까지 세 곡을 알려준 주소로 붙였다고 한다. 도둑의 소행으로 보기도 어려웠다. 악보를 읽을 줄 아는 도둑이 있다면 모를까. 악보를 읽지 못하는 눈에 그것은 한낱 불쏘시개에 지나지 않는다. 선생은 '宿題 未到着'숙제 미도착 전보를 쳐서 학교 음악실로 바우를 불렀다. 알고 보니 '미도착'이 아니라 '분실'이었다. 그것도 선생 집에서. 애시덕은 자신의 불찰이라 자책하며 사태를 해결할 길이 없어 망연해하고 있었다. 바우는 선생님 앞에 조심스레 공책을 내놓았다. 전보를 받고 바로 새 곡을 지어왔다. 연필로 반듯하게 줄 친 오선지 위에 음표와 일본어 노랫말을 적었다.

おとうさん 아버지

남자의 등을 올곧게 하라
조국을 위해 싸우다가
육신의 등이 꺾어진다면

꺾어지게 하라! 꺾어지게 하라!
닳고 약해져 가는 생애 동안
남자의 등이여 흔들리지 마라

강인한 멜로디가 애시덕 선생의 귀에 들려왔다.

"여기, 꺾어지게 하라! 꺾어지게 하라! 직전에 각각 쉼표가 있으면 효과가 배가 되지 않겠니? 한 박자 쉬고, 우르르 쾅! 쾅! 터뜨리는 거지. 쉼표도 또 다른 음표야."

"예."

쉼표도 또 다른 음표야. 선생의 조언은 그게 다였다.

"그런데 말이지…"

애시덕 선생이 머뭇거렸다. 말 꺼내기가 쉽지 않았다. 악보를 보다가 바우 얼굴을 쳐다보다가 무슨 말을 할 듯 말 듯 망설였다.

"선생님. 고칠 데가 있으면 더 말씀해 주십시오."

"힘차면서도 애틋하고 곡이 아주 좋아. 문제는, 일본 심사위원이 '조국을 위해 싸우다'의 조국이 어디냐?' 질문하면 거짓말할 수 있겠니?"

바우는 번쩍 정신이 들었다. 그 정도를 생각 못 했다니.

"그래서 말인데…" 애시덕 선생이 복안을 제시했다.

"집안에 강씨 성 가진 형부가 있어. 육촌 언니 남편인데 네가 그 댁 양자가 되면 어떨까, 싶어. 그럼 출학 문제도 들쳐지지 않고, 네 부모님과의 관계도 드러나지 않지. 어머니께는 편지로 의논해두었어. 물론 언제든 물릴 수 있게 형부의 약조도 받아두었고."

바우가 놀란 얼굴로 선생님을 바라보았다.

"혹시 마음에 드는 이름이 있니? 생각해 보고 말해줄래?"

"수호요." 기다리고 있던 듯 튀어나왔다. '쑤흐'의 조선식 이름이었다.

"수호. 강수호. 좋네. 그럼 강수호로 경연에 나가자. 학교는… 미국유학생으로 하고."

선생은 어리둥절한 바우의 빡빡머리를 장난스레 문지르며 말했다.

"이 머리도 좀 기르고 양복도 입고. 참 양복은 있나?"

"연주복 있습니다."

"그럼 됐고. 서류는 선생님이 알아서 준비할게."

"다른 곡 써오겠습니다." 바우도 선생님을 도와야 했다.

"그럼말이지, 아예 말썽의 소지를 없애고 가자. 피아노로 바꾸면 어떨까?"

"상관 없디요."

"좋아. 그럼 너는 지금부터 미국에서 온 피아노 전공 유학생 강수호야."

"그래도 되가씀네까?"

"심사위원들이 미국대학에 일일이 조회를 해보지는 않아."

전조선학생음악경연대회

부민관 앞은 참가자와 따라온 부형들로 북적거렸다. 까만색 씨보레가 짧게 경적을 울리며 들어와 섰다. 양복을 차려입은 운전수가 자동차 뒷문을 열자 여자 구두발 두 개가 가지런히 땅에 놓였다. 사람들의 시선이 번쩍이는 자동차에서 여학생에게로 옮겨갔다. 인하는 가슴을 편 반듯한 자세 그대로 차에서 나와 두 발로 사뿐히 땅을 디뎠다.

'어떻게 저렇게 꼿꼿이 내릴 수가 있지?' 지켜보던 여학생들이 시선을 주고받았다. 간혹 명사의 부인들이 자동차에서 내리는 걸 보기도 하는데 그 모습과는 사뭇 달랐다. 귀부인들은 하나같이 한쪽 다리를 쩍 벌려 땅에 디디고 기어 나오다가 치마가 올라가서 망신스런 꼴을 보이기 예사였다. 으레 그러려니 했는데 아니었다. 운전수 마서방이 드레스 상자를 들고 인하를 뒤따랐다.

'히바리 히메야.' 여학생들이 수군거렸다.

꾀꼬리 공주? 촌스럽기는. 인하는 못 들은 체하고 참가자 대기실로 향했다.

번득이는 웅장한 그랜드 피아노가 무대를 장악하고 있었다. 저 위엄있는 피아노와 함께 오늘 최고의 자리에 오르리라. 인하는 잠시 후 일어날 광경을 마음에 그리면서 대기실로 들어섰다.

다케오가 번쩍 지휘봉을 들었다. 가즈코도 까딱 아는 체를 했다. 약혼한 줄 뻔히 알면서도 다케오 주변을 맴도는 가즈코. 인하를 라이벌로 여기지만 한 번도 이기지 못하는 가즈코. 노래도 남자도 만년 2등인 불쌍한 가즈코.

지휘자를 꿈꾸는 다케오는 과장되게 지휘봉을 흔드는 버릇이 있다. 작년 조선일보 콩쿠르 우승에 이어 올해도 우승을 노린다. 연속우승 타이틀이 목표다. '신문에 손바닥만한 사진과 인터뷰 기사가 날 거야.' 벌써 우승이나 한 듯 으스댄다.

수호는 검은 교복들 속에서 단연 도드라지는 은빛 드레스를 바라보았다. 학생들 모두 반짝이는 은빛 드레스를 힐끔거린다. 남학생들은 호기심으로, 여학생들은 적의에 찬 시선으로. '히바리 히메'라는 말이 소곤소곤 들려온다. 친구 녀석들이 모나리자니 공주님이니 떠받드는 아래 여학교 학생이다. 새벽마다 수호를 숨도 못 쉬게 하는 주리에또. 수호는 '모나리자'로도 '공주님'으로도 모자란 '주리에또'를 가만히 바라보았다.

And lips,

o, you the door of breath

seal with a righteous Kiss

a dateless bargain

주리에또의 노래에서 유독 'Kiss'만 날카롭게 귀에 꽂혔다. 노래를 마친 주리에또가 로미오에게 키스했다. 수호는 온몸이 타버리는 것 같았다. 가짜 키스라는 걸 알지만 가슴이 불에 데인 듯 쓰리고 아팠다.

주리에또는 연극적 분장도 풍성한 드레스도 원래 자기 것인 양 잘 어울렸다. 그는 주리에또가 머루알 같은 커다란 눈망울로 그윽하게 자신을 (관객을) 바라보며 노래 부르는 순간, 정신이 혼미해지는 이상한 경험을 했다.

띄엄띄엄 귀에 들어오는 외국어 속삭임을 온전히 듣지 않고는 견딜 수 없었다. 온 데 책방을 다 뒤져서 원서를 구했다. 원수 집안 연인들의 비극적인 사랑 이야기. 로미오를 베드로로 바꿔서 주리에또 사랑의 대사들을 몽땅 외워버렸다.

매일 새벽, 주리에또를 보았다. 수호가 통인시장 입구에 도착하면 길 위쪽에 그녀가 나타난다. 초원의 새벽이슬처럼 청아한 목소리로 노래를 부르며 걸어온다. 걸음걸이도 어쩜 저리 리드미컬 하고 멋질까. 먼빛으로 보기만 해도 떨리고 가슴이 뛰었다. 주리에또와 스칠 때, 숨은 참지만 마구 뛰는 심장은 어찌할 수가 없었다. 큰 북이라도 치듯 쿵, 쿵, 심장이 뛰었다. 그 소리가 들릴까 봐 입 꾹 다물고 화난 사람처럼 앞만 보고 걸었다. 그녀의 시야에서 벗어나고서야 참았던 숨을 내쉬었다. 오늘에야 주리에또의 얼굴을 똑똑히 본다.

시도 때도 없이 '오 미오… 오 미오…' 노래가 귓가에 윙윙거렸다. 머릿속을 주리에또가 온통 차지해버렸다. 그녀도 조선말을 할까? 늘 외국어 노래만 들어서인지 조선말을 한다면 이상할 것 같았다. 말도 노래처럼 할 것 같은, 다른 세상 사람만 같은 주리에또.

대기실은 온갖 악기들 소리가 뒤엉켜 정신이 없었다. 인하는 아무 소리도 들리지 않았다. 출입문을 지켜보며 애꿎은 물만 마셔댔다. 반주자가 도착하지 않았다. 이화여전에서 피아노를 전공하는 사촌 언니가 반주를 맡았다. 그랜드 피아노를 쳐 볼 좋은 기회라고 자청해 놓고서 이게 무슨 난리란 말인가.

'너 일등 하는 꼴은 못 보겠다.' 문득 떠오른 나쁜 생각에 인하는 스스로를 나무랐다. 그 정도는 아니야. 아무리 샘이 많아도 그 정도는 아닐 거야.

연습 때도 신경이 쓰였다. 인하가 못 보던 옷이라도 입고 있으면 공연히 짜증을 내고, 말도 함부로 하며 숨기고 있던 시기심을 다 내보였다. 그런 다음 날이면 보란 듯이 새 옷을 입고 나타나서는 언제 그랬냐는 듯 필요 이상으로 상냥하게 굴었다. 언니는 끝내 나타나지 않을 모양이다. 아마도 한참 지난 다음에 '이왕 지난 일, 따져 뭐 하나' 싶을 무렵, 그 얄미운 얼굴을 들이밀겠지. 아무 일도 없었다는 듯 활짝 웃으면서.

"곧 성악입니다. 준비해 주세요."

무대 진행자가 대기실 상황을 살피러 왔다.

인하가 기권을 알렸다. 놀란 진행자가 기다려보라며 피아노 연주자들 쪽으로 갔다. 반주를 부탁하는 눈치지만 하나같이 고개를 저었다. 한 번 맞춰보지도 않고 반주를 맡을 수는 없어요. 맞는 말이었다. 하지만 진짜 이유는 그게 아니겠지. 인하는 거추장스런 드레스를 찢어버리고 싶었다.

수호는 곤경에 처한 쥴리엣 때문에 마음이 편치 않았다. 연주 직전인데 반주자가 도착하지 않았다. 사정은 알 수 없지만, 연락 조차 없는 무책임한 반주자에게 화가 났다. '그나저나 어쩌냐.' 수호가 걱정할 일은 아니었다. 학교에서 얻어들은 말로는 경성 동아은행집 딸이라던가, 손녀라든가. 아무튼 친일파의 딸이다. 기뻐해도 될 일이었다. 기쁘지 않았다. 친일파든 아니든 경연 참가자다. 노래는 부르게 해야 한다. 수호가 주리에또에게 다가갔다.

"반주, 제가 하지요."

수호 곁에 있던 외국인이 벌떡 일어났다. 수호가 페이지터너page-turner의 어깨를 눌러 앉혔다. 여학생이 수호를 바라보았다. 주리에또의 그 눈으로.

인하는 제 앞에 우뚝 서 있는 남자를 올려다보았다. 처음 보는 얼굴이었다. 경연 참가자들끼리는 대부분 얼굴을 아는데, 그 얼굴이 그 얼굴인데, 검은색 뿔테 안경을 쓴 강열한 인상의 이 사람은 낯설었다. 외국인과 동행한 걸 보니 미국 유학생인가 봐. 미국에서는 처음 본 사람의 반주도 해주고 그러는 모양이지?

"악보 주시지요." 뿔테 안경 남자가 거듭 말했다.

자신감 있는 말투, 갖춰 입은 연주복, 대회 경험이 많은 사람인 것 같다. 그렇다고 모르는 사람에게 선뜻 반주를 맡기기는 어려웠다. 다케오의 시선이 느껴졌다.

지금 다케오는 흔들리고 있다. 약혼자로서 책임을 느끼고 고민하고 있을 거야.

'아니, 그럴 거 없어. 내가 거절해.'

인하 속에서 불쑥 속엣말이 들려왔다. 그 목소리는 잔뜩 화가 나 있었다.

다케오는 인하의 박자와 리듬에 대하여 아무것도 모른다. 굳이 하겠다고 우긴다면 반주가 아니라 자기 식대로의 연주가 되겠지. 가즈코가 한눈팔고 있는 다케오 옆구리를 찔렀다. 손목시계를 다케오 코 앞에 들이대고는 힐끗 인하를 쳐다본다, 보란 듯이. 약혼녀 앞에서 당돌한 행동이다. 하지만 지금은 가즈코 따위에게 마음 쓸 여유라고는 없다.

다케오가 지휘봉을 흔들어 인하의 주의를 끌었다. 인하가 쳐다보자 고개를 저었다. '처음 보는 사람과 맞춰보지도 않고 무대에 나가는 거 아냐. 거절해.' 그렇게 읽혔다. 가즈코가 신경질적으로 다케오의 소매를 잡아당겼다. 다케오는 한 번 더 고개를 저어 보이고는 자기 악보로 돌아갔다. 총독부 경무부장의 딸 가즈코에게 휘둘리는 다케오가 못나 보였다. 하지만 이번만큼은 가즈코가 옳다. 지금은 조용히 자신의 무대를 준비할 때다. 미국 유학생이 인하의 악보를 집어갔다.

O mio babbino caro~ 수호 얼굴에 살짝 미소가 스쳤다.

"늘 하던 대로 부르세요. 같은 톤, 같은 호흡으로 맞추겠습니다."

이상한 말이지만 인하는 알아차리지 못했다. 마이크 잡음에 섞여 진행자의 안내 멘트가 들려왔다.

-성악 부문을 시작하겠습니다.-

유학생이 급히 손을 내밀었다. "강수호라고 합니다."

인하가 그 손을 잡았다. "백인하입니다."

인하는 마음이 놓였다. 팔 힘도 좋고, 손힘도 좋다. 피아노에 적합하게 훈련된 손이다. 그렇게 얼떨결에, 한번 맞춰보지도 못하고 두 사람은 무대로 나갔다.

어이없는 실수를 했다. 처음인 반주자와 호흡 맞추는 데 온 신경이 가 있어서 한 부분이지만 가사를 놓쳤다. 실수의 기억만 또렷하게 떠올랐다. 인하는 무대에서 들려오는 가즈코의 노래에 귀 기울였다. 다른 때보다 발성도 좋고 감정 표현도 잘하고 있다. 다케오 말을 들을 걸. 무모함, 후회, 원망이 부글부글 끓어올랐다.

"레가토가 참 좋습니다. 그거이 쉽지 않은데… 훌륭했습니다."

대기실로 가는 조용한 복도에서였다. 인하는 강수호의 칭찬이 기뻤다. '반주 고마웠어요.' 말하려고 했다. 강수호는 피아노 부문에서 우승했다. '수상 축하드려요.' 그 말도 하려고 했다. 심장만 쿵 쿵 뛰었다.

두 사람의 구둣발 소리가 또각또각 복도를 울렸다. 타악기 두 개가 연주하는 것 같았다. 그 소리에 귀 기울이며 말없이 걸었다. 한순간 스친 그의 손이 뜨거웠다. 인하는 이 길이 끝나지 않았으면 싶었다.

심사위원들도 인하의 레가토를 칭찬했다.

'공부 중인 학생이 이 정도의 호흡과 감정을 보여주기가 쉽지 않습니다. 레가토는 기성 성악가를 넘어서는 기량을 보여주었어요.'

칭찬은 받았지만 2등이었다. 인하에게 2등은 떨어진 거나 진배없었다.

"베토벤 소나타 23번을 좋아하시나 봐요." 인하가 말했다.

수호는 인하의 배려를 알아차렸다. 질문 같지만 반주에 대한 감사였다. 쥴리엣의 관심이 기뻐서 곡 설명을 길게 늘어놓았다.

"소나타 23번은 열정 소나타라고 불리지요. 베토벤이 평생 사랑한 한 여인에 대한 격렬한 감정을 표현한 곡입니다. 열정 소나타를 연주하다 보면 저도 모르게 베토벤의 감정에 이입되는 순간이…"

삑- 마이크 잡음이 수호의 말을 끊었다.

수상자들은 무대로 올라와 주세요. 기념촬영이 있겠습니다.

진행자의 안내 멘트에 수호가 시계를 보는 척했다. '사진 찍히면 안 돼. 지금 가야 돼.'

"여기서 인사해야 겠습니다." 수호가 멋쩍게 웃었다.

"지금요?" 인하의 큰 눈이 활짝 커졌다.

"대화가 통하는 분을 만나서 시간 가는 줄도 몰랐습니다."

"기념사진은 찍고 가시지요."

수호는 인하의 권유를 뿌리치지 못했다. 두 사람이 나란히 섰다. 다케오가 인하 옆에 와 섰다. 가즈코가 인하와 다케오 사이를 비집고 끼어들었다. 사진사가 검은 보자기 속에서 큰 소리로 말했다.

"남자 여자 고루 섞이게 자리 배치해 주세요."

수상자들이 자리를 옮기기 시작했다. 수호가 그 틈에 인하에게 말했다.

"아무래도 배를 놓칠 것 같군요. 가봐야겠습니다."

인하가 아쉬움을 감추지 못하는 표정으로 수호를 보았다.

"또 만나게 될 겁니다." 수호가 싱긋 웃었다.

하이칼라 머리를 한 사진사가 큰 소리로 말했다.

"네, 네, 좋습니다. 웃으세요. 찍겠습니다. 이찌, 니, 산!"

펑! 마그네슘이 터졌다.

그 사람 없는 그 사람 사진

경연대회 사진 속에서 강수호의 목소리가 들려왔다.

"레가토가 참 좋습니다. 그거이 쉽지 않은데… 훌륭했습니다."

가즈코가 잇몸을 활짝 드러낸 채 웃고 있었다. 인하를 비웃고 있었다. 기권하고 명예를 지켜야 했을까? 그런다고 명예가 지켜졌을까? 언제나 뒤에 있을 줄 알았던 가즈코에게 졌다. 노랫말을 헷갈려서가 아니다. 많은 일이 있었지만 진 건 진 거다. 인하는 아프게 깨달았다. 하루라도 소리를 내지 않으면 몸이 소리 내는 길을 잃어버린다.

인하는 그날의 연주 상황을 되짚어보았다. 늘 함께해 온 반주자 같았다. 그 사람이 잘 맞춰주었다. 가능한 일이 아니다. 그에게는 가능했다. 피아노는 성악 다음이었고 공교롭게도 그 사람이 피아노 첫 주자였다.

엄마는 늘 말한다. '피아노는 스타카토 부분에서 진짜 실력이 드러나. 짧지만 아주 짧지는 않게, 빨라도 정확하게. 스타카토가 짧으면 건반만 훑게 되니까 대충 치는 걸로 들려.' 엄마가 지적하는 부분을 그 사람은 완벽하게 터치했다. 몇 년째 경연에 참가하고 있지만, 그 정도의 실력자는 보지 못했다. 역시 미국이라는 큰물에서 단련한 솜씨는 다른가 보다.

잘 가라는 인사도 못 했어. 다시 만나면… 다시 만날 수 있을까?

'곧 만나게 될 겁니다.' 약속일까? 인사말일까? 그 사람에 대하여 아는 것이라곤 이름뿐이었다. 학교라도 알아 둘 걸. 인하는 그 사람 없는 그 사람 사진 뒷면에 '미국유학생 강수호' 라고 썼다. 그가 한 말과 '강수호' 하면 떠오르는 두꺼운 뿔테 안경도 그려 넣었다.

베토벤 소나타 23번 열정.
그 감정에 이입되는 순간이…(있다)

미국유학생 강수호

인하는 궁금하다. 내 이름을 기억할까? 무대로 나가기 직전 얼핏 나눈 이름을 기억할까? 그 사람에게는 별일이 아닐 거야. 곤란에 처한 여학생을 잠깐 도와준 정도일 거야. 그런 사소한 일을 기억할 만큼 한가해 보이지도 않았어. 인하는 소중한 것을 잃어버린 듯 그 사람 없는 그 사람 사진을 오랫동안 바라보았다.

악보 도둑

ㅇ

ㅇ

줄리엣 연작

인하는 경연 이후 레슨도 쉬고 음악일기도 쉬었다. 그동안 하루도 빠짐없이 음악일기를 써왔다. 그날 공부한 곡의 해석과 특징, 성취도, 선생님의 지적사항까지 무엇 하나 빠뜨리지 않았다. 자기가 만든 책 같은 일기를 반복하여 읽고 연습하고 몸에 익혔다. 그렇게 쓴 음악일기가 열권도 넘는다. 다시 시작이다! 이런 순간, 인하는 자기 안의 힘을 느낀다.

자신의 힘을 자각한다는 것, 그것은 하늘이 준 소명의 깨달음일지 모른다. 그 힘은 스스로의 길을 알고, 그 길만을 바라보게 하며, 삶 전체를 그것에 바치게 한다. 때로 자신이 엄청난 자기장에 갇힌 노래하는 새 같다는 생각이 들기도 한다. 하지만 새는 자기장을 벗어나서는 행복할 수도, 생존할 수도 없다. 인간의 언어로 운명이라고 하는 것일까.

경찰서 유치장에서 인하는 자기 안의 힘 센 거인을 처음으로 체감했다. 순사들에게 거친 취급을 받고, 한 방 여자들에게 모욕당하고, 상스런 욕도 듣고, 심지어 맞기까지 했지만 마음은 상처받지 않았다.

유학! 생각만 해도 행복해진다. 음반으로 듣고 사숙하는 성악가들의 무대를 직접 보고, 수준 높은 교육을 받고, 마침내 세계적인 프리마돈나의 반열에 오르는 것이다. 막연한 꿈이 아니다. 구체적인 인생의 목표이고 도전해야 할 고지다. 멈췄던 음악일기를 꺼냈다.

나, 백인하를 음악의 제단에 바친다!

첫 장의 다짐을 소리 내어 읽고 마음을 새로이 했다.

일기장 사이에서 악보 몇 장이 떨어졌다. 요즘 이상한 번호 달린 악보들이 우편함에 들어온다. 처음에는 기악곡과 담담한 가곡, 석 장이 들어있었다. 그 악보들에는 번호가 없었다. 어느 날부터인가 번호가 달리기 시작했다. 내용도 달라졌다.

NO. 1/100. NO. 2/100. NO. 3/100.

작품번호 표기법이 특이하다. 요즘 젊은 작곡가들 사이에 유행하는 새로운 표기법인가? 이 악보 편지를 처음 받았을 때 무척 불쾌했었다. 물기 있는 음식 싸는 기름종이 봉투에 들어있었다. 그 냄새 나는 봉투 안에서 악보가! 멋진 악보가 나왔다! 초견初見에 반하여 그 자리에서 불러보았다.

너와 나를 신께서 보셨네

詩曲 베드로 NO. 1/100

너와 나를 신께서 보셨네
먼 곳의 나를 너에게 보내셨네
마음 세상에 은하수를 두셨네
꿈꿀 때 너를 거기 있게 하려고
깨어날 때 너를 내 곁에 있게 하려고
마음 세상에 별들을 선물로 주셨네

진짜 연애편지란 이런 것일 게다. 마음 담은 시詩와 멜로디로 사랑을 고백하다니, 얼마나 로맨틱한가. 베드로. 그 사람을 생각만 해도 마음이 달콤해진다.

바라만 보아도

詩曲 베드로 NO. 2/100

하루 종일 바라만 보아도
마음의 갈망이 그치지 않는
사랑스런 망아지 나의 연인
밤새 노래해도 반도 끝나지 않는

마법 같은 너의 노래 너의 목소리
불꽃 같은 뜨거운 검은 눈망울
바라만 봐도 내 가슴 끓어올라

노랫말은 뜨겁고 멜로디는 꿈결 같았다. 노래에서 그 사람이 느껴졌다. 악보만으로도 얼마나 멋진 사람인지 느낄 수 있었다. 베드로… 베드로… 성가대 남학생인가? 성가대에 음악 하는 남학생이 있다면 인하가 모를 리 없다. 성가대에 선 지도 한참 되었다. 그분의 부르심인가. 눈에는 눈으로, 음악에는 음악으로.

인하는 모르는 사람과 사랑에 빠졌다. 아니, 모르는 사람이 아니다. 시는 영혼, 곡조는 마음. 그 사람은 영혼과 마음을 다 보여주었다. 공책 가득 까맣게 그 이름을 써본다.

베드로 베드로 베드로 베드로 베드로 베드로 베드로 베드로 베드로….

베드로. 인하. 두 사람이 나란히 섰다.

베드로~인하. 두 사람이 손을 잡았다. 글씨만 봐도 설레었다.

그 사람 앞에서 그 사람 노래 부르는 꿈을 꾸었다. 혼자서는 잘 불렀는데 자꾸만 틀렸다. 창피하고 속상해서 흑흑 느끼다가 제풀에 깼다. 그 사람은 꿈에서도 얼굴을 보여주지 않았다.

인간 메트로놈이 되긴 싫어

밤새 내린 폭설로 길이 하얗다.

허영숙 원장이 산원 앞 눈을 치우고 있었다. 흰 가운 위로 올라온 검은색 목이 긴 스웨터가 멋지게 어울린다. 인하는 눈 때문인 듯 일부러 천천히 걸었다. 허 원장이 힘에 부치는지 허리를 펴고 먼 곳을 바라보았다. 대충 틀어 올린 머리에서 빠져나온 머리칼이 바람에 흩날린다. 머리카락이 날리거나 말거나 무표정한 그 얼굴은 지치고 피곤해 보인다. 행복한 얼굴이 아니다.

동경여의전 수석首席 허영숙이 선택한 불같은 사랑의 대가는 혹독했다. 불은, 좀처럼 얻기 어려운 기회들을 태워버렸다. 불은, 드높이 비상하던 날개도 녹여버렸다. 추락한 허영숙은 길을 잃었다.

길 잃은 또 한 사람, 윤심덕.

조선 최초의 쏘푸라노는 타고난 재능과 연마한 노래를 맘껏 펼쳐 보이기도 전에 제 몸을 현해탄 검은 물에 수장水葬시켜 버렸다. 윤심덕도 가정 있는 남자와 사랑에 빠졌다. 그 사랑이 죽음에 이르도록 진실했다 해도 세상은 용납하지 않았다. 하지만… 인하는 생각한다. 처자 있는 남자와의 연애만이 문제였을까? 사랑 그 자체가 문제 아닐까? 불길처럼 타오르는, 헤어날 길 없는 늪 같은 사랑. 인하의 입에서 주리에또의 대사가 흘러나왔다.

These violent delights have violent ends

격렬한 기쁨은 격렬한 종말을 맞게 될지니

And in their triumph die,

승리는 이내 스러지리라,

like fire and powder,

불과 화약이 입 맞추듯 타오르기에,

똑딱-똑딱-똑딱….

인하는 피아노 위에서 규칙적으로, 숨 막히게, 자신을 통제하고 있는 메트로놈을 올려다보았다. 진자가 멈췄다. 태엽을 감아주었다. 진자가 왕복운동을 시작했다. 인하는 메트로놈이 멈추지 않도록 계속 태엽을 감아주었다. 그러면서 생각했다. 메트로놈은 태엽을 감아주는 동안만 메트로놈이다. 멈추는 순간 쇳덩이에 지나지 않는다.

공부하고 경력을 쌓고 마침내 정상에 오른다. 오른 줄 알았다. 만만찮은 적들의 세상. 진검승부의 세계에 한 발 넣었을 뿐이다. 계속, 숨차게, 끊김 없이, 태엽을 감아야 한다. 인간 메트로놈이 되어야 한다. 학교-공연장-숙소-똑딱-똑딱-똑딱-학교-공연장-숙소-똑딱-똑딱-똑딱-오늘도 혼자서 똑딱-똑딱-똑딱-내일도 혼자서 똑딱-똑딱-똑딱… 그런 것이겠지. 프리마돈나로 살아간다는 것은.

"외로운 사람이야말로 사랑이라는 질병에 가장 취약

한 사람이야."

조선 최고의 수재 여의사가 불행하고 피곤한 얼굴로 중얼거린다.

"외로운 사람은 안 들리고 안 보여. 사랑밖에는."

조선 최초의 쏘푸라노가 드높은 콜로라투라로 절규한다.

외로움!

인하는 미처 생각지 못한 복병에 대하여 골똘히 생각했다.

똑딱-똑딱-똑딱… 태엽을 감아주는 한 메트로놈은 끝나는 법이 없지. 손이 아플 거야. 힘도 달리겠지. 그때 누군가 손 내밀면 그 손을 덥석 잡게 될지도 몰라. 메트로놈을 던져버릴지도 몰라. 가족도 친구도 없는 먼 나라에서. 그래서 그 천재들이 무너진 거야. 방법을 찾아야 해. 외로움에 지지 않을 방법, 사랑이라는 질병에 걸리지 않을 방법을.

다케오!

문득 떠오른 이름에 깜짝 놀랐다. 약혼자를 떠올리고 깜짝 놀라는 자신에게도 놀랐다. 약혼식은 했지만, 약혼을 실감하지는 못한다. 인하는 처음으로 다케오를 혼인 상대자라는 저울에 올려놓고 가늠해 보았다. 속 아는 어릴 적 동무, 지휘자를 꿈꾸는 음악도, 아무렇지 않은 사촌 같은 다케오.

불과 화약 같은 타오름이 없으면 어떤가. 격렬한 기쁨이 없으니 격렬한 종말도 없다. 오히려 감정에 휘둘리지 않고 음악에만 전념할 수 있겠지. 음악의 동역자로 다케오는 맞춘 듯 들어맞았다.

무심코 돌아보면 늘 다케오의 시선과 만났다. 그 시선에 무심했다. 아무런 답도 주지 않았다. 이제부터는 의미 있는 답을 주리라. 메트로놈을 견디게 해 줄 동역자에게, 사촌 같은 약혼자 다케오에게.

너는 네 음악을 위해서, 너 자신을 위해서, 고급 머슴 다케오가 필요한 거야.

불쑥 들려왔다. 친숙하기도 하고 낯설기도 한 인하 내면의 그 목소리.

다케오를 좋아해?

싫어하진 않아.

좋아하지도 않는다는 말이네.

그래서 좋아.

좋아하지도 않는 사람과 혼인하겠다고?

다케오는 나를 좋아해. 그에게는 내가 필요해. 의미는 다르지만 나도 다케오가 필요해. 그럼 됐잖아?

혼인을 뭐라고 생각해?

필요에 의한 짝 맞추기.

목소리는 더 이상 묻지 않았다.

경연대회 사진을 꺼냈다. 사진에 없는 강수호가 거기 있었다. 빈 사진을 보면서도 설레었다. 겨우 노래 한 곡 함께한 사람에게 이토록 흔들리다니. 없는 강수호를 똑바로 응시한다.

서양식 하이칼라 머리에 은빛 나비넥타이, 두꺼운 뿔테 안경 쓴 모습이 뚜렷이 떠오른다. 미국 무대에서도 그런 멋진 모습으로 연주하겠지. 인하 마음속으로 강수호의 열정 소나타가 울려 퍼졌다. 만약 강수호가 경성에 있다면, 다시 그를 만난다면, 아무렇지도 않게 대할 수 있을까? 인하가 고개를 저었다. 그럼 베드로는?

마음 세상에 별들을 선물로 주셨네.
깨어날 때 너를 내 곁에 있게 하려고

어떻게 이런 사람을 사랑하지 않을 수 있을까? 인하는 자기 안에 자신도 모르는 인하가 여럿 있음을 깨닫고 당황했다. 자신이야말로 '사랑이라는 질병에 가장 취약한 사람'이고, '사랑밖에는 아무것도 안 들리고 안 보이는 사람'인 것을 인정하지 않을 수 없었다.

나, 백인하를 음악의 제단에 바친다.

신에게 드린 서원조차도 한갓 인간의 사랑때문에 저버릴 수 있는 사람이 자신이었다. 인하는 잘 알지도 못하는 남자들에게 흔들리고 설레는 나약하고 위험한 자신이 두려웠다. 강수호가 미국 유학생인 것이 얼마나 다행인가. 베드로가 나타나지 않는 것이 얼마나 다행인가. 인하는 기도했다.

'한순간 흔들린 강수호라는 사람도, 달콤한 노랫말로 가슴

뛰게 하는 베드로도 모두 잊을래요. 잊게 해주세요. 사랑이라는 질병에 걸리지 않게 도와주세요. 제 안의 나약한 마음을 강한 손으로 붙잡아주세요.'

기도하고 나니 두 남자에 대한 감정이 많이 희석되었다. 인하는 사진과 악보들을 기름종이 봉투에 넣고 입구를 봉해버렸다. 예전에 받은 상장들을 넣어두는 잘 열지 않는 맨 아래 서랍에 넣고 자물쇠를 채웠다. 다시는 열어보지 않겠다는 다짐과 함께.

경연대회에서 연승한 다케오는 번듯한 타이틀을 달고 첫 음반을 냈다. 레코드회사 사장 아들로서가 아닌 당당한 음악가로서. 그런 모습을 인하에게 보여주고 싶었다. 다케오 아버지 안도 사장이 애시덕 선생과 인하를 미스코시 백화점 양식당으로 초대했다. 굳이 말하지 않아도 '아들의 첫 음반 축하 자리'인 것은 확실하지만 내색은 하지 않았다. 이런 일쯤 아무렇지도 않게 여긴다는 '아들을 위한 허세'가 숨어 있었다. 사실, 특별한 날이 아니더라도 두 집안 간에는 자연스럽게 자리가 만들어진다. 음악 이야기, 레코드 내는 얘기들이 오갔다.

"따님 유학은 동경, 미국, 어디를 생각하고 계신지요?" 사장이 물었다.

"글쎄요 아직은…."

엄마의 목소리에서 이 화제가 달갑지 않다는 게 느껴졌다.

"동경이 좋지요. 말도 통하고 가까워서 방학 때 오기도 쉽고."

안도 사장은 이 화제를 끝낼 생각이 없어 보인다.

"그렇긴 하지요." 엄마가 표나지 않게 말 대접을 했다.

"장안의 내로라하는 귀빈들을 증인으로 모시고 약혼식까지 했는데 없던 일로 하기는 어렵지 않겠습니까?" 안도 사장이 정곡을 찔렀다.

맞는 말이었다. 그러나 정신대 모면용 약혼이라는 의도를 처음부터 밝히고 안도 집안의 협조를 요청했었다. 사진이나 박아서 증거로 제출하겠다는 뜻도 확실히 전했다. 안도 사장도 쾌히 승낙했었다. 별일 아니라는 듯. 그러나 되어가는 형편은 그렇지가 않았다. 경성의 이름 있는 인사들이 대거 참석했다. 그렇게까지 판을 벌인 것은 의도가 있었다는 뜻이었다.

안도 사장은 오래전부터 가즈코를 점찍어 두고 있었지만, 아들은 다른 곳을 보고 있었다. 열심히 음악 하는 이유도, 성공하려는 욕망도 한 여자 때문이었다. 여자 때문에 인생을 망치는 남자들이 있다. 아들이 그런 남자였다.

"우리 아이들이 함께 가면 의지도 되고 좀 좋겠습니까. 음악 하는 아이들이니 말도 잘 통할 테고, 아예 혼인을 하고 가면 좋겠습니다. 그려."

애시덕이 안도 사장을 쳐다보았다. 할 말이 있는 얼굴이었다. 사장은 이 혼인을 내켜 하지 않는 안사돈의 의중을 꿰뚫고 얼른 선수를 쳤다.

"곧 정식으로 납채納采를 보내겠습니다. 달리는 말에 채찍질한다지 않습니까. 말 나온 김에 그렇게 하시지요." 승마를 즐기는 안도 사장답게 바짝 고삐를 당겼다.

"아직 여학교도 졸업하지 않은 걸요. 너무 이르지요." 엄마가 고삐를 늦췄다.

"졸업이라야 몇 달 남았습니까. 졸업하고, 혼인하고, 함께 동경으로 보내기로 하십시다. 두취 어르신께 그렇게 말씀 올리시지요."

어른들끼리 오가는 대화를 듣고 있던 다케오가 인하를 바라보며 웃었다.

인하도 다케오에게 미소로 답했다.

광복의 날

악보 도둑

꽃덤불

詩 신석정

태양을 의논하는 거룩한 이야기는
항상 태양을 등진 곳에서만 비롯하였다

그러는 동안에 영영 잃어버린 벗도 있다
그러는 동안에 멀리 떠나버린 벗도 있다
그러는 동안에 몸을 팔아버린 벗도 있다
그러는 동안에 맘을 팔아버린 벗도 있다

그러는 동안에 드디어 서른여섯 해가 지나갔다

다시 우러러보는 이 하늘에
겨울밤 달이 아직도 차거니
오는 봄엔 분수처럼 쏟아지는 태양을 안고
그 어늬 언덕 꽃덤불에 아늑히 안겨 보리라

—신석정의 「꽃덤불」 일부 발췌

검은 손, 검은 손가락

#서울. 1946년

ㅇ

ㅇ

검은 손가락

웬일일까?

배두의 피아노 소리로 출렁여야 할 음악실 복도가 고요하다. 애시덕은 자신의 구두소리만 크게 울리는 복도가 낯설었다. 해방과 함께 국립 서울대학교가 발족하면서 예술대학에 음악부가 생겼다. 해방 전, 경성 유일의 음악학교였던 '경성음악전문학교'가 음악부에 그대로 편입되면서 일단 얼개는 잡혔다. 모자라는 인원은 시험을 쳐서 보충할 것이다.

해방과 함께 배두는 호적도 학적도 모두 회복했다. 선생은 음악실 문을 열고는 우뚝 섰다. 맨손으로 거친 나무 바닥을 닦고 있는 배두의 등이 보였다. 피아노 치는 손으로, 가시에 찔리면 당장 연주에 지장 받을 연주자의 손으로 막일을 하고 있다니. 평양에서도 첫손 꼽히는 대지주댁 외손자가 생전 해 본 적도 없을 험한 일을 늘 해온 사람처럼 하고 있어서 선생은 더욱 마음이 좋지 않았다.

해방은 됐지만, 삼팔선이라는 추상적인 선이 나라의 허리를 꺾어놓았다. 학비가 끊긴 배두에게 장학금 명목으로 학교 사환을 추천한 이가 애시덕이었다. 바닥 걸레질을 마친 배두가 몰아둔 책걸상들을 제자리로 옮기기 시작했다. 저렇게 손을 막 쓰다가는 손목에 무리가 올 텐데. 선생은 자신의 개인 장학금을 끝내 사양한 배두의 자존심을 지켜주기로 한 결정을 후회했다.

"청소 그만."

명랑을 가장했지만 그리 성공한 것 같지는 않았다.

배두가 걸상을 든 채로 머리 숙여 인사했다. 그리고는 재빨리 걸레와 양동이를 들고 수도 간으로 뛰어갔다. 피아노 의자 위에 공책이 놓여있었다. 선생은 촉촉한 눈으로 배두의 작곡 노트를 집어 들었다.

꽃덤불. 신석정의 시에 곡을 붙였다. 애시덕도 이 시를 「신문학」에서 보았다. 애시덕의 눈이 '몸을 팔아버린 벗'에서 멎었다.

부친 위독. 급 귀국 요망.

영길리영국 검교대학케임브리지에서 영문학을 공부하던 아

버지에게 급보가 날아들었다.

아버지가 귀국했을 때는 장례고 뭐고 다 끝난 뒤였다. 책상물림 도련님이 하루아침에 집안 재산물목들을 떠안았다. 귀 너머로 듣던 덕소, 갈매, 도농의 땅과 알지 못할 물목들로 가득한 창고의 궤짝들을 지켜낼 방법이라고는 은행 설립뿐이었다. 당연히 총독부의 허가를 얻어야 했고 모종의 협의가 이루어졌다. 신석정의 어법대로 몸을 팔았다. 영문학도에서 갑자기 두취로 변신한 아버지는 뻔질나게 총독부에 드나들며 일개 재무국장에게 '은행 관련 최고협의'라는 명목 아래 지시나 다름없는 간섭을 받았다.

총독부 일이 끝나면 경성 재력가들과 점심을 하러 은행집회소로 간다. 그곳에서 '몸도 맘도 팔아버린 벗들'과 손잡고 금융 정보를 나누고 재산 증식 방법을 익혔다. 아버지는 유연한 처신으로 '힘 있는 벗들'의 도움을 받아 무역업에서도 크게 성공했다. 온전한 나라였더라면 세상 물정에 어둔 선비로 살아갔을 아버지가 장사꾼이 되었다. 그러나 아버지의 진짜 비극은 외동딸 애시덕의 반일행위를 묵시적으로 동의했다는 데 있는지도 모른다.

애시덕은 아버지의 재력과 힘을 이용하여 훗날 대한민국 국무위원이 되는 사형 직전의 임정 요인을 병보석 명분으로 빼내어 망명시키는 대담한 짓도 서슴지 않았다. 그 일을 아버지가 뒤집어쓰고 옥고를 치렀다. 그 후에도 애시덕의 은밀한 반일행위는 멈추지 않았다. 독립군 식솔들을 돌보고, 그 아이들을 상급학교에 진학시키고, 공부에 뜻이 있는 아이는 유학도 보냈다.

선생은, 유명한 친일파 두취의 딸 애시덕과 역시 유명한 독립군 강립의 아들 강배두와의 첫 대면을 오싹하게 회상한다.

스모킹 건

애시덕은 밤새 작곡한 곡을 빨리 연주해보고 싶어서 새벽에 출근했다. 음악실 복도에 쇼팽의 에튀드 '겨울바람'이 휘몰아치고 있었다. 빠른 아르페지오도 잘 치면서 엄살은. 창가 선생이려니 하고 음악실 문을 밀었다. 열리지 않았다. 음악실 열쇠는 하나뿐이고 애시덕 선생이 책임 관리자이다. 창가 선생이 비밀 열쇠라도 만들어 쓰고 있었나? 애시덕은 열쇠를 넣어 문을 열었다.

학생? 놀란 선생이 실눈을 하고 누구인가, 바라보았다. 싸움꾼 몽고늑대가 아닌가. 놀람도 잠시, 연주는 첫 번째 주제가 끝나며 조가 바뀌고 있었다. 어려운 부분으로 치닫기 시작한다. 선생도 입구에 선 채로 함께 달리기 시작했다.

"거기 제자리표 유의해 오른손 꼬이지 않게 유연하게, 그렇지 음, 뭉개지지 않게 그래 잘 했어. 이제부턴 계속 때려 마지막까지 포르테, 포르테, 포르테시모, 때려, 때려, 음 뭉게 지 말고 페달 밟지 마."

연주가 끝났다. 선생도 끝났다. 두 사람은 가쁜 숨을 내쉬며 서로를 바라보았다. 학생이 머리 숙여 인사하고 입구로 걸어 나왔다.

"피아노를 하는 줄은 몰랐구나."

강바우는 두 손을 모으고 벌 받을 자세로 기다렸다.

"어떻게 들어왔니?" 선생은 추궁하는 말투가 되지 않도록 조심했다.

바우가 복도 쪽 창문을 쳐다보았다.

'꽤 높은데, 저기를?' 선생은 말은 하지 않았다.

"연주 좋았다. 빠르고 어려운 곡인데 잘 하는구나."

칭찬에도 학생은 대꾸가 없다.

"누구에게 배웠니?"

이번에도 학생은 대답하지 않았다. 선생도 포기하지 않았다.

"언제부터 했니?"

학생이 번쩍 고개를 들었다.

"기런 건 와 자꾸 묻습네까?"

거부하는 말투, 반항적인 눈빛, 경계심 가득한 얼굴. 예사 학생이 아니다. 선생은 학생의 이름을 생각해내려고 애썼다.

"음악실에 몰래 들어온 거, 벌 받갔습네다."

학생의 평양 사투리에 홀연 떠올랐다. 평양… 몽고늑대…

바우. 강바우! 음악전공 학생이라는 말은 듣지 못했는데…교회 반주자인가? 선교사에게 배웠나? 바우, 바우… 아, 바울!

"강바울." 선생의 목소리에 자신감이 실렸다. 직진했다.

"선생님은 애시덕, '에스더'야. 바우는 바울, 맞지?"

학생이 의심 가득한 눈으로 쳐다보았다. 애시덕도 피하지 않았다.

"내 말, 무슨 뜻인지 알아듣지?"

"사도 바울 아닙니다. 그냥 바우입니다."

경성 말씨로 바뀌었다. 긴장하고 있다.

"사도 바울을 아는구나. 그럼 에스더도 알겠네."

학생이 치떴던 눈을 아래로 내렸다.

"신기해 그래. 피아노 치는 학생은 처음이거든. 선교사에게 배웠니?"

"어마니가 피아노 선생님이시디요."

목소리가 한결 순해졌다.

"어머니 성함이 어떻게 되시는데?"

학생이 다시 입을 다물었다.

평양-피아노… 떠오르는 사람이 있었다. 선생은 다급해졌다.

"어머니가 우에노 음악학교 출신이시니?"

학생의 눈빛이 흔들리는 걸 선생은 놓치지 않았다. 평양 출신 피아노 전공 조선 여학생. 박인덕 선배 말고는 떠오르는 이름이 없었다. 두근거리는 가슴으로 선생은 한 자 한 자

또박또박 말했다.

"박… 인仁자 덕德자."

학생은 놀란 표정을 숨기려는 듯 얼굴을 찡그렸다. 선생이 밀어붙였다.

"선생님하고 어머니하고 동무야."

'조선여자유학생친목회' 멤버인 인덕 선배와는 언니 동생 하며 친하게 지냈다. 오페라를 처음 보여준 사람, 작곡가의 길로 인도해준 선배. 애시덕은 인덕 선배의 아들을 가만히 바라보았다. 의지가 강해 보이는 저 눈은 박 선배에게 물려받은 부분이고 우뚝한 저 코는….

바우가 복잡한 표정으로 선생님을 바라보았다.

"어머닌 지금 어디 계시니? 살아계시니?"

아이는 대답하지 않았다. 선생은, 성급했구나 깨달았다. 사라진 독립군의 행방을 다짜고짜 묻는 게 아니었다. 애시덕 선생이 친일하는 집안사람인 것을 온 경성에 모르는 사람이 없다. 의심은 당연하다. 그러나 난관일수록 단숨에 건너야 하는 법.

"아버지도 본 적 있어. 강. 립."

두 눈빛이 날 선 검처럼 부딪쳤다.

이 학생이 누구인가. 일본이 고등계 형사와 군대까지 동원하여 찾고 있는 독립군대장 강립의 아들이 아닌가. 부모를 아는 듯 속여 소재를 알아내려고 수를 쓴다고 생각할지도 몰라. 달아날 순간을 엿보고 있을지도 모르지. 눈빛을 보니 도망이 아니겠는걸. 친일파 여선생쯤 밀어 넘어뜨리고 당당히 걸어나갈 기세야. 저런 아이는 잘 드는 주머니칼 하나쯤 품고 다닐 거야. 그렇게 교육받았겠지. 그 칼로 위험에 처한 너 자신을 구하고 원수 친일파를 처단하라.

애시덕은 생각이 표정에 드러나지 않도록 애썼다. 그만큼 바우의 침묵은 긴장감을 품고 있었다. 선생은 학생이 두 손을 모아 쥐고 혼날 자세로 서 있는 것을 발견했다. 처음부터 줄곧 그렇게 서 있었다. 애시덕이 선생으로 돌아왔다.

"독립군 식솔들을 돌보고 있다. 아이들도 진학시키고 있고. 우리 학교에도 다섯이나 있어."

한 번도 입 밖에 내지 않은 말이 튀어나왔다. 바우의 마음을 얻으려고 급했다. 학생의 굳은 표정에는 변화가 없었다.

"네 외가에 놀러 갔었어. 방학에 엄마가 데리고 갔지."

학생의 딱딱한 어깨는 미동도 없다. 선생은 뭔가 결정적 한 방이 필요하다고 느꼈다. 문득 생각났다. 손가락만 한 순대. '소고기 넣은 소창순대는 우리 집만의 특식이야.' 인덕 선배가 자랑했었다.

"손가락만 한 소창순대가 너희 집 특식이라며? 그렇게 작은 순대는 처음 봤어. 네 할머니께서 손수 만들어주셨지. 소고기를 넣어 돼지 냄새도 안 나고 맛있게 먹었던 기억이 난다."

학생의 각진 어깨가 조금 내려갔다. 선생을 쳐다보는 눈도 많이 순해졌다. 깔끔해서 여자 입이라고 해도 좋을 단정한 입술이 잠깐 씰룩였다. 손가락만 한 순대가 한 방이었다.

애시덕은 '친일파 선생에서 엄마의 동무로 돌아섰구나' 확신했다.

짹짹. 짹짹짹. 짹짹….

참새들이 저렇게 수다스런 새들이었나. 늘 있지만 있는 줄도 몰랐던 새소리를 귀 기우려 듣기는 처음이었다. 오백 살도 넘었다는 늙은 느티나무는 참새들의 놀이터다. 두 사람은 말없이 새소리를 들었다.

선생은 강바우의 얼굴을 찬찬히 뜯어보았다. 완강한 고, 단단한 턱은 영락없는 젊은 시절의 강립이다. 끝이 약간 올라가 의지가 강해 보이는 눈은 박 선배에게 물려받은 부분이다. 두 사람을 절묘하게 섞어 남자다운 얼굴을 완성시켰다. 생사조차 알 수 없던 인덕 선배의 아들이 지금 눈앞에 있다! 선생은 이 각별한 인연의 학생에게 혈육과도 같은 정을 느꼈다.

바우가 선생님을 쳐다보았다. '선생님을 믿어도 되갔습네까?' 묻는 눈이었다. 선생이 단호하게 고개를 끄덕였다.

"어마니는 지금 외가에 계십니다."

외가에? 본가가 아니고? 아이의 다음 말을 기다렸다.

"할아버지 옥바라지를 하시디요."

강 목사님이 또 감옥에 계시는구나. 창씨 개명 안 하고 신사참배 안 하는 유명한 강 목사님. 그 옥바라지를 선배가 하는구나. 본가래야, 교회에 딸린 목사관뿐, 옥바라지할 여력이 있겠나. 친정으로 갔겠지. 선생은 망설이던 마지막 질문을 내놓았다.

"아버지는?"

아이는 침묵했다. 낯빛이 어둡다. 그것으로 답이 됐다. 선생이 물었다.

"피아노는 계속할 거니?"

"다섯 살 때부터 창가 맹글었습네다."

'다섯 살 때부터 작곡가입니다!' 당당한 선언이다. 억센 평양 사투리가 귀엽게 들렸다. 애시덕은 이 건방진 젊은 작곡가를 놀리고 싶어졌다.

"여름 방학에 선생님이 매년 음악회를 열어. 친한 동무들끼리 노는 거지. 다들 유명한 음악가들이야. 너도 올래?"

"가갔습네다."

"바우를 어떻게 소개할까, 피아니스트? 작곡가?"

"저는 작곡가입니다."

"그럼 새 곡을 준비해야 하는데, 할 수 있겠어?"

"일 없습네다. 세 곡 정도는 일 없습네다."

음악에 굶주린 늑대. 토끼 세 마리 정도는 일 없습네다!

선생은 바우가 '새新곡'을 '세三곡'으로 알아들었다는 걸 눈치챘지만 말은 하지 않았다. 눈동자가 반짝이고 목소리에 자신감이 넘친다. 세 곡 아니라 서른 곡도 문제없다는 태도다. '이 아이는 천재일까? 내가 천재 음악가를 발굴한 건가?' 애시덕이 음악실 열쇠를 내밀었다. 바우가 영문을 모르겠는 얼굴로 선생님을 쳐다보았다.

"오늘부터 바우가 음악실 관리반장이다."

바우가 열쇠를 받았다. 일찍 와서 맘껏 피아노를 쳐도 좋다는 허락이었다.

그날 이후 바우는 음악회에 대하여는 아무것도 묻지 않았다. 복도에서 마주쳐도 꾸벅 인사만 하고 지나갈 뿐 각별한 표정을 띠는 법도 없었다. 애시덕은 묻고 싶었다. '작곡에 대해 뭐 물어볼 거 없니?' '작곡은 잘 돼가고 있니?' 그러나 무심한 그 얼굴에 대고 말을 걸 수는 없었다. 인덕 선배와는 편지로 왕래했다.

'아이가 작곡 못디 않게 피아노에 재능이 있다는 건 아시갔지요. 이제부텀은 베토벤 피아노 소나타 전곡에 도전하면 좋갔습네다. 그러면 실력이 여실히 드러나갔디요. 어렵갔지만 부탁 하갔시오.'

편지는 바우의 작품에 대한 애시덕의 의견을 묻고, 바우의 피아노 진도 의논으로 끝을 맺는 식이었다. 선배는 감사편지로 쓰고, 애시덕은 부탁편지로 읽었다. 무뚝뚝함으로 가린 인덕 선배의 간절함이 그대로 읽혔다. 선배와의 서신 왕래가 끊긴 지도 해를 넘겼다. 세상이 변했다. 모든 것이 변했다. 해방이 됐고 대한제국은 대한민국이 되었다.

언제인지 배두가 돌아와 있었다.

"꽃덤불 들어볼까?" 애시덕이 음악 공책을 건넸다.

배두는 피아노에 앉기 전, 물에 적셔온 광목천으로 손가락들을 박박 닦았다. 방금 수돗간에서 씻고 온 손이 여전히 검다. 손톱 밑 기름때도 그대로 남아있다. 피아노를 더럽힐까봐 걱정하고 있구나. 얘야, 너무 애쓰지 마라. 등사 기름때는 아무리 씻고 닦아도 벗겨지지 않는단다. 선생은 3.1만세 시위 한 달 전 밤들이 떠올랐다. 그 뜨겁고 숨 가쁘던 나날들.

태극기 2천 개를 부탁하외다 – 경성, 1919년

"애기씨. 나와 보셔요. 학교에서 동무가 오셨습니다."

잔심부름하는 아이의 목소리가 다급했다.

함박눈을 뒤집어쓴, 두 눈만 형형한 이정희가 중문中門 안 마당에 서 있었다. 이 밤에 기숙사에서 예까지 무슨 일일까?

"애시덕. 광목하고 흰 종이, 있는 대로 다 내줘. 당장 필요해."

정희는 마당에 선 채로 말했다.

"알았어. 우선 좀 들어와. 눈을 함빡 맞았네."

"들어갈 시간 없어."

임시정부에서 태극기 이천 개를 만들어달라고 우리 학교 학생회에 부탁해 왔다고 한다. '삼월 초에 대규모 만세 시위가 있을 텐데 그때 쓸 것'이라고 했다. 애시덕이 크니큰이 마서방을 불렀다.

"집에 있는 흰 필목과 종이들을 몽땅 내오게. 꼭 흰 것이어야 하네."

한밤중이라 가만가만 한다고 해도 크니 마서방과 운전수가 필목과 종이들을 나르고, 차에 싣고 하느라 힘쓰는 소리들이 기합처럼 튀어 올랐다. 마당에는 불이 환하다. 이정희가 애시덕에게 염려 어린 눈길을 보냈다. 애시덕이 미소 띤 얼굴로 고개를 끄덕여 동무를 안심시켰다.

안채에서는 아무런 기척도 없었다. 경성동아은행 두취인 아버지는 나서서 반일할 입장은 못 되지만 딸의 항일에 뒷배가 되어줌으로써 할아버지의 뜻을 이어가고 있었다.

할아버지는 시강원* 필선**으로 왕세자의 스승이셨다. 그러나 1905년 을사늑약이 체결되자 곧바로 관직을 버리고 의병에 가담하여 무력투쟁을 하셨다. 그러나 국권을 빼앗긴 부끄러움과 의분을 견디지 못한 할아버지는 갑자기 쓰러지셨고 미처 손 쓸 새도 없이 돌아가셨다고 한다.

우리 집 제사상은 초라하기가 소작인 집 제상보다도 못하다. 북어포 하나, 전 몇 조각, 과일 몇 개가 고작이었다. '나라 잃고 조상 뵐 면목이 없다' 하여 할아버지는 그렇게 제사상을 차렸고 아버지도 그 뜻을 따르고 있다.

---

* **시강원**侍講院 조선시대 세자의 교육을 담당했던 관청.
세자시강원이라고 부른다.

** **필선**弼善 시강원에 속한 정사품 벼슬.
세자의 강학(講學)에 참여한다.

학교 등사실은 한낮이었다. 기숙생들이 비좁은 등사실에서 서로 몸을 부딪쳐가며 일하고 있었다. 천과 종이를 자르고, 등사판에서 나오는 태극기 원형에 빨간색 파란색 물감으로 태극을 칠하고, 번지지 않게 조심히 펼쳐 말리고… 손 빠르게 일하는 모양새가 공장 일꾼들 같았다.

등사기 롤러를 밀던 최정숙이 잉크 묻은 얼굴을 잠깐 들어 아는 체를 했다. 잉크 범벅인 양손은 검은 장갑을 낀 것 같았다. 하얗게 입김 나는 실내에서 최정숙의 얼굴은 땀에 젖어 번들거렸다. 롤러를 밀어 한 장 등사하고, 그것을 제친 다음 다시 밀어 한 장 등사하고… 한 장 한 장 나오는 등사물을 받으려고 정희로가 검은 손을 벌리고 옆에 서 있었다. 저렇게 이천 번을 밀어야 이천 장이 나온다. 미안하여 붉어진 얼굴로 등사하는 모습을 지켜보고 섰는 애시덕에게 "괜찮아. 손 묻힌 사람들이 해야지." 최정숙이 웃어 보였다. 김명순, 최관실도 잉크 묻은 검은 손을 활짝 펴 보이며 웃었다. 집에 왔던 이정희의 털장갑 속에서도 역시 검은 손이 나왔다.

철퍼덕. 눈 깜짝할 새였다. 애시덕이 등사판을 짚었다. 등사한 종이를 빼고 새 종이 넣는 그 틈에 손을 넣었다. 애시덕이 시커먼 손바닥을 보란 듯이 모두에게 내보였다.

'검은 손 다섯'이 시합에 나가는 운동선수들처럼 손에 손을 포갰다. 등사실에 긴장이 감돌았다. 묵묵히 제 할 일 하던 학생들이 등사판으로 모였다. 최정숙이 손가락 셋을 펴 보였다. 모두들 고개를 끄덕였다. 하나, 둘, 셋.

조선독립만세! 조선독립만세! 조선독립만세!

눈으로, 입 모양으로 외친 침묵의 만세삼창에 등사실 알전구가 휘청 흔들렸다.

그해 여름 팔월, 『독립신문』에 「피눈물」이 연재되었다. 3월 1일 조선독립만세를 외친 사람들에게 일본경찰과 헌병들이 칼과 몽둥이를 마구 휘둘러 수많은 사상자를 냈다. 그 참혹한 현장을 목격한 작가가 피눈물을 쏟으며 써 내려간 실화소설이었다. 학교 등사실에서 밤 새워 태극기 이천 장을 만들었던 그날이 「피눈물」에 기록되어 있었다.

> 오늘 일은 다 준비가 되엿나?
> 성공일세 성공이여, 아주 대성공이여. 이 밤이 새고 아침 해가 쓰면
> 경성 천지에는 전무후무한 대장관을 현출現出할 것을 생각하니 유쾌해서
> 못견듸겟서. 진명여학교(학)생회에 부탁하엿던 국기 2천 개가 어제밤에
> 다 되어서 본부로 가져왓서데 그려.
>
> —「피눈물」 5회 일부

피눈물 긔月

五

「오늘일은다準備되엿나」하는允燮의質問에朴온勇氣를得한드시、『功成일세成功이여、아주大成功이여。이밤이새고아침해가뜨면京城天地에는前無後無한大壯觀을現出할것을生覺하니愉快해서못견듸겟서。進明女學校生會에付托하엿던國旗二千個가어제밤에다되여서本部로가져왓세그려。그래서各處로分配하려던計劃을變更하고그中에서一千個를北嶽山仁王山南山의나무숫해다걸기로해는데사람이잇서야지。그래한참엇지할줄을모르고잇노라닛가萬歲부루다가쏫겨단니는小學徒한패가오데그려。그

을치는듯北을치는軍略을應用한것이라。」

이때에門박그로牛乳구루마가지나가는모양、窓에는曙色이若干빗최여室內의兩人의모양이次次輪廓을드러내인다。兩人의胸中에는一種悲壯한喜悅의情이躍動한다。允燮은수그럿던고개를번적들며、

「그러면내가大漢門아플맛지。자너는비오개로가게。獨立宣言書는가져올사람이잇겟네그려。」

『암、누군지는모르지마는午前열時면貞洞고올목오로서무슨보퉁이가진女學生이二三人나와서외이손을들어軍號를할것일세、또그때지엄되면적더래도二百名사람은임

[illegible]

1919년 9월 4일 『독립신문*』 「피눈물**」 5회 일부

---

* **독립신문** 상해 임시정부에서 발행하는 신문.

** **피눈물** 독립신문 창간호부터 제14호까지 11회에 걸쳐 문예란에 연재되었다.
3.1만세운동 전후의 일을 최초로 다룬 실화 연재소설로 역사적 의미가 크다. 작가 '기월'은 당시 여러 정황으로 보아 이광수의 필명이라는 설이 유력함.
(관련 논문. '한국독립운동사연구' 등 참조)

그날로부터 수십 년이 흘렀다. 그해 겨울, 학교 등사실에서 눈으로 외친 뜨거운 만세삼창이 애시덕 선생의 귀에 생생히 들려왔다. 3.1만세 때, 학교 등사실에서 만든 태극기들이 탑골공원과 종로 인근 군중들에게 배포되었다. 순식간에 장엄한 태극기 물결이 경성 시내를 뒤덮었다. 당시에는 국기라면 일장기여서 그날 처음 태극기를 보았다는 젊은이들이 많았다. 3.1 만세운동은 전국 곳곳으로 퍼져나갔다.

지방에서는 소문 듣고 이삼일 늦게 태극기를 들고 뛰쳐나왔다. 그 손에 들린 삐뚤삐뚤 번진 눈물겨운 태극기. 집에 있는 일장기에다 태극문양을 만드느라 푸른색을 덧칠하고 사괘四卦를 그려 넣은 어설픈, 그러나 뜨거운 태극기였다.

당시 함께 태극기를 만들었던 검은 손 동무들은 더러는 고문당하고, 더러는 징역 살고, 더러는 죽었다. 이제 좋은 시절을 맞아 그날의 열정은 옛일이 되었다. 살아남은 우리 중 누구도 등사실 태극기에 대하여 말하지 않는다. 할 일을 했을 뿐. 그 도도한 태극기의 물결, 역사에 참여했다는 사실만으로도 얼마나 가슴 뜨거운 영광인가!

배두가 어딘가 멀리 가 있는 선생님을 바라보고 있었다. 선생도 등사 기름때 낀 배두의 검은 손가락을 아련한 눈으로 바라보았다.

Widmung! 헌정!

#서울. 1946년

°
°

하늘 꼭대기 학교

금관악기들이 황금 폭죽을 쏘아 올리듯 번득였다. 돌계단이 뜨겁게 달아올랐다. 학생들은 후끈한 체취를 뿜어대며, 목청껏 노래 부르며, 남산 계단을 내려갔다. 애시덕은 그 모습을 울컥한 마음으로 지켜보았다.

방금 전, 분수대를 둘러싼 자그마한 잔디밭에서 음악부 신입생들의 야외 수업을 겸한 조촐한 음악회가 있었다. 지도교수 몇 분과 학부모로 온 애시덕 그리고 소리 듣고 올라온 아랫동네 노인들과 아이들 몇이 관객의 전부였다. 작은 음악회지만 서울대학교 예술대학 음악부 1기 입학생들의 첫 음악회이니만큼 기억할만한 행사임에는 틀림없었다.

애시덕은 음악부 건물을 등지고 서서 서울 시내를 내려다보았다. 한 해 전만 해도 지금 발 딛고 선 이곳은 웅장한 일본 신궁이 경성 시내를 한눈에 내려다보던 그런 자리였다. 알지 못하는 남의 나라 조상신에게 깊숙이 허리를 꺾어야 했던 그런 자리였다. 애시덕이 학생들을 인솔해 와서 출석을 부르며 신사참배를 지도하던 그런 자리였다.

우리말 노래를 아무런 제재도 받지 않고 목청껏 지르는 학생들을 보고 있자니 꿈인가 싶었다. 학생들은 마치 잊고 싶은 기억에 펀치라도 날리듯 고래고래 우리말 노래를 부른다. 돌계단은 384개나 된다. 얼마나 더 많은 노래를 불러야 지상에 도달할까. 저 밑 서울역에서 바라보면 수직으로 솟구친 돌계단은 하늘로 오르는 사다리인 듯 길고도 길다.

노래인지 고함인지 고래고래 소리치는 친구들과 명동 길을 걸으며 인하는 해방감을 느꼈다. 성악 하는 사람 아닌 듯 '신라의 달밤'도 부르고 '노래하자 꽃서울'도 부르고 '귀국선'도 불렀다. 어떤 노래든지 누가 선창하면 따라 불렀다. 어깨동무한 젊은이들이 소란스럽게 명동거리를 휩쓸자 '무슨 대모대인가?' 수군거리는 소리가 들려왔다. 수상쩍게 바라보는 시선들이 재미있었다.

"좌익입니까? 우익입니까?"

어떤 남자가 우정 다가와 물었다.

"뮤익Music입니다."

웃지도 않고 대답하는 목소리, 강배두였다.

인하는 천연덕스런 그 목소리에 화가 났다. 강의실에서 저 강배두를 처음 본 날의 충격을 잊을 수가 없다.

한 남학생이 트럼펫 소리를 내보려고 애쓰고 있었다. 뿡- 바람 새는 소리가 났다. '방구 뀌냐?' 트럼펫 주자의 말에 학생들이 코 막는 시늉을 하며 킬킬거렸다.

인하는 웃음거리가 된 남학생을 보고 깜짝 놀랐다. 새벽길에서 본 그 농학생? 하지만 음악부에 농학생이 있을 리는 없다. 그래도 너무 닮았다. 볕에 탄 얼굴, 번득이는 눈, 단정한 입매, 우뚝한 코. 인하는 가까운 아무 자리에나 앉아 무례할 정도로 빤히 쳐다보았다.

"소리내기가 쉽지 않구나, 야. 그래두 꼭 배워야 갔어. 드보르자크 교향곡 8번 4악장 팡파르. 오케스트라 모든 소리를 뚫고 나오는 황금빛 소리가 내 심장을 두드렸거던."

사투리는 섞였지만 발음이 자연스럽다. 더듬지도 않는다. 어디에도 농학생의 단서는 없다. 남학생들은 트럼펫 가르쳐 달라, 월사금 내라, 솔로곡 작곡해서 초연할 영광을 주겠다, 농담들을 지껄이며 떠들어댔다. 농학생인 줄 알았던 남학생의 큰 웃음소리가 인하를 비웃는 것 같았다.

농학생이니 못 듣는다고 마음 놓고 노래 불렀다. 아예 없는 사람 취급하고 노래 불렀다. 어설픈 이태리 노랫말로 으스대면서. 노래 없는 텅 빈 가슴은 얼마나 삭막할까 동정도 하면서. 부끄럽기도 하고 화도 났다. 인하는 명치에 떡 한 덩이가 얹힌 것 같았다.

인하는 요 며칠 안 보고 지나쳤던 우편함을 열어보고야 말았다. 텅 비었다. 여학교 때 그렇게나 들어오던 남학생들의 편지는 끝난 지 오래다. 기다리는 것은 냄새나는 편지다. NO. 9/100로 끝났다. 기다리지 않기로 하고 기다리는 심보는 또 뭐람. 인하는 자물쇠 채워둔 아래 서랍을 열고 악보 편지들을 꺼냈다. NO. 9/100가 끝이다. 베드로에게 무슨 일이 생겼나? 유학 갔나? 마음이 변했나? 하지만 9번 악보는 제목부터가 '사랑'이다.

사랑

詩曲 베드로 NO. 9/100

사랑이란 뜨거운 마음의 불
평범한 몸이 양전하가 되기에
사랑이란 약해질 수 없는 믿음의 불
사랑스런 연인에게 음전하가 되기에

사랑이란 불현듯 찾아오는 것
내 사랑이 순백한 내 가슴을
뛰고 흔들고 넘치게 한다
뜨거운 곡조가 마음에서 울린다

사랑이란 양전하陽電荷가 되고 음전하陰電荷가 되는 마음의 불. 이런 시를 쓰는 마음이 쉽게 변할 리는 없다. 베드로가 언제 어떤 모습으로 나타날까, 공상에 잠기고는 했다. 인하는 아홉 번째 악보를 가슴에 안았다. 봉투에서 청요리집 고기만두 냄새가 희미하게 맡아졌다.

두 마리 맹수

인하는 도서관 자기 자리에 앉아 있는 강배두를 보고 화가 났다. 성악 관계 서고에서 가까운 그 자리는 인하의 단골 자리로 알고 모두들 양보해준다. 무슨 심보인가. 그러잖아도 강배두는 껄끄러운 존재다. 함께 수업도 듣고, 크지 않은 학교에서 수시로 부딪치지만 서로 아는 척하지 않고 빠르게 스쳐간다. 어쩌다 코너에서 딱 마주치기라도 하면 강배두는 놀란 눈을 하고 보일 듯 말 듯 고개를 숙여 보이고는 휙 가버린다. 목례를 했나? 아닌가? 아무튼 여학교 때 새벽길 농학생의 태도 그대로다.

"이북 사람이라 그런가?" 인하의 말에 엄마가 웃었다.

"별명이 몽고늑대야. 남자학교엔 어깨들이 있어."

"싸움꾼이었어?"

"생긴 거랑은 딴판이지? 그래서 운동도 열심히 하고 불량끼 있게 보이려고 꽤나 애쓰나 보더라." 엄마가 또 웃었다.

"엄마가 아끼는 제자야. 친하게 지내렴."

엄마가 불쑥 "배두는 잘 지내니?" 물어서 놀란 날의 대화다. 강배두에 대해 물은 적도 처음이고, 친하게 지내라는 말도 처음이었다. 그날, 강배두에 대한 여러 이야기를 들었다. 평양 명문가 출신에, 이름난 독립운동가 부모님에, 세계적인 음악가가 될 거라는 엄청난 예언까지.

강배두가 엄마 제자이기도 하고 멀쩡히 듣는 사람을 농학생 취급한 것도 미안하고 이런저런 이유로 잘 지내려고 했다. 그러나 떡하니 남의 자리를 차지하고 앉은 모습을 보자 미안한 마음이 싹 가셨다. 인하는 곧장 다가가서 강배두 코앞에다 안고 있던 책들을 우르르 쏟아놓았다. 그가 인하를 올려다보았다. 그녀도 강배두를 내려다보았다. 두 사람은 눈도 깜짝하지 않았다.

"말을 못합니까?" 배두가 말했다.

인하는 뭔가 들킨 것 같았다.

배두가 책들을 챙겨 들고 맞은편 자리로 갔다.

인하는 일부러 의자 소리를 크게 내며 자리에 앉았다.

하필 맞은편 자리에 앉을 게 뭐람.

강배두는 앉자마자 책에 집중하는 모양새다. 바로 앞에 인하가 없는 것처럼, 아니 있든 없든 관심 없다는 듯이. 인하는 신경이 쓰여서 뭘 봐도 집중이 되지 않았다. 둘러보니 몇 자리 빈 곳이 있기는 하다. 생각 같아서는 다른 자리로 옮기고 싶지만 그러면 지는 거다. 버티기로 한다.

도서관에 가면 맞은편 자리에 늘 강배두가 있었다. 인하도 자기 자리를 고수했다. 팽팽한 긴장감이 감돌았다. 발톱을 감춘 채 빈틈을 노리는 맹수들처럼.

'나쇼날 지오그라픽'The National Geogrphic Magazine이 서고에 꽂혀있었다. 타임TIME이나 라이프LIFE처럼 웬만큼 일찍 오지 않고서는 좀처럼 차례 오지 않는 미국 잡지들을 인하는 얼른 빼 들었다. 어쩐지 오늘 영어사전을 가져오고 싶더라니. 가방 챙길 때마다 벽돌 무게인 영한사전을 넣었다 뺐다 망설이게 된다. 운 좋게도 독일 가곡 책도 남아있었다. 인하가 뽑아온 책들을 책상 위에 펼쳐놓을 동안 맞은편 강배두는 고개 한 번 들지 않았다.

지오그라픽 특집 '세계의 오페라하우스'부터 펼쳤다. 첫 장은 밀라노 '라 스칼라' 극장이다. 세계 최정상급 가수들만 서는 꿈의 무대는 인하 꿈에도 자주 나타난다. 저 무대에서 '아이다'로 '토스카'로 '카르멘'으로 변신한 인하가 열창하다가 뭔가에 놀라 깨곤 했다.

사진은 꽉 찬 객석을 포착했다. 멋지게 차려입은 신사 숙녀들이 만족한 미소를 띠고 열렬히 박수를 보내는 순간이다. 브라보! 브라보! 앙꼬레! 우렁찬 박수 소리와 앙코르 요청이 들리는 듯하다. 나도 저 관객들로부터 '브라바! 브라바! 앙꼬레!' 박수 받는 프리마돈나가 될 거야! 되고야 말 거야! 인하는 아쉬움 가득한 손길로 지오그라픽을 밀어놓았다. 당장 내일 독일 리트lied 레슨이 있다. 독일어를 배운 적도 없는데 독일어로 노래를 불러야 한다.

Widmung.

어떻게 읽지? 뜻은커녕 제목부터 읽기가 쉽지 않았다. 영어식으로 읽는다면 '위, 드, 멍'쯤 되려나. 위드멍? 독일어를 모르긴 해도 발음도 어색하고 어감도 이상하다. 조그맣게 소리 내어 읽어보았다.

"위드멍… 윗멍? 위, 윗…?"

"비트뭉!"

툭! 날아왔다. 독일어 돌멩이가.

인하가 번쩍 고개를 들었다. 배두와 시선이 부딪쳤다. 인하의 시선이 팽팽하다.

배두는 긴장했다. '만년필이 날아올지도 모르겠구나. 자존심 상했나보다. 잘난 척한다고 생각할 수도 있겠어.' 배두가 번쩍 두 손을 들었다.

"시험 때 틀린 단어라 불쑥!" 그러고는 자기 머리를 쥐어박았다.

툭! 그 순간 무언가가 끊어졌다. 팽팽하던 공기가 느슨해졌다. 마주 보던 두 사람이 피식 웃었다. 누가 먼저랄 것도 없이.

커다란 손이 건너왔다. 인하가 그 손에 악보를 얹었다. 배두가 뭔가 적기 시작했다.

메모를 끼운 악보가 돌아왔다.

Widmung (헌정)

Du meine Seele, du mein Herz →

You my soul, you my heart

Du meine Wonne, du mein Schmerz →

You my joy, you my pain

인하는 이따금 강배두를 건너다보았다. 악보를 베끼고 있었다. 대가들의 악보를 사보寫譜하는 것만으로도 공부가 된다. 뭐야. 사보를 저렇게 지저분하게 하다니. 인하도 피아노 배우면서 여러 번 해보았다. 음표 머리는 까맣고 동그랗게, 기둥은 길쭉하게 자를 대고 깨끗이. 그런데 자는커녕 찍찍 긋고 음표 머리도 성의 없이 쿡 쿡 찍는다.

한동안 보고 있던 인하가 '아!' 소리를 삼켰다. 악보를 베끼고 있는 게 아니었다. 공부하고 있는 게 아니었다. 오선지 위에 음표를 쓰고 있었다. 오선지에 직접 작곡을 하고 있었다. 낙서 같은 음표들로 가득한 악보들을 한쪽에 몰아두었다. 노트 한 권 분량은 족히 넘어 보인다.

지금 작곡과 동기들은 화성악, 대위법 같은 작곡의 기본 틀을 배우느라 한창 바쁘다. 그쪽 친구들이 볼멘소리하는 걸 들었다. '이렇게 기초만 하다가 작곡은 언제 하냐?' 그러면 다케오가 인하에게 비밀이나 되는 듯이 귓속말로 이른다. '음 연결법도 틀려서 교수님께 불호령 들으면서 작곡은 무슨.' 다케오는 자만심을 숨기지도 않는다. 인하는 강배두에게 건네받은 메모를 다시 보았다.

Widmung (헌정)

제목도 무겁고 발음도 딱딱하지만 사랑 노래였다. 강배두가 해석해 준 영어 문장으로 곡의 분위기를 파악했다. 인하는 악보 여백에 곡 해석을 짧게 달았다.

달콤하게! 열정적으로!

건너편 책상에서는 악보들이 차곡차곡 쌓여가고 있었다.

'작곡은 기초 공부만도 이삼 년은 걸려. 기본 틀이 됐다 싶으면 마음에 드는 시詩에 곡을 붙여보라고 하지.' 엄마에게 들은 얘기다. 다케오도 일본인 선생님 밑에서 공부한 지 삼 년만에 기초를 떼고서야 작곡을 허락받았다고 한다. 작곡가 애시덕의 첫 제자 강배두는 '다섯 살 때 벌써 작곡가였다고 하더라.' 엄마가 즐겁게 웃었다.

흔들리다

강배두는 왼손으로 오선지를 꾹 누르고 곡을 쓴다. 손도 크고 손가락도 길다. 인하는 자기 손과 비교해 보았다. 강배두의 새끼손가락이 자신의 약지보다도 길어 보인다. 길쭉한 손가락은 탄탄한 손목으로 이어지고 그 손목에는 반짝이는 금시계가 채워져 있다. 아버지 거보다 날렵한 느낌의 오메가. 인하가 고개 숙이고 살짝 웃었다. '은근히 멋 부리네.'

연필 쥐고 있는 오른손이 바쁘게 움직인다. 글씨를 쓰듯 음표를 쓴다. 두어 번 걷어 올린 셔츠 소매 밑으로 탄탄한 갈색 근육이 보인다. 연필에 힘 줄 때마다 쇠심줄 같은 굵은 힘줄이 불끈 솟았다 가라앉는다. 마치 팔뚝 안에 튼튼한 피아노 줄을 심어놓은 것 같다. 거머쥔 연필이 해머가 되어 팔뚝 안의 피아노 줄을 때릴 때마다 음표가 하나씩 써지나 보다. 근육은 탄력 있게 움직이고 힘줄은 섬세하게 반응한다.

만져보고 싶어!

몸속에서 그 목소리가 들려왔다. 인하는 얼른 눈길을 거뒀다. 가슴이 울렁거리고 지금까지처럼 그를 자연스럽게 쳐다볼 수가 없었다. 강배두는 이상한 남자다. 작곡을 하고 있는데, 지적인 작업을 하고 있는데, 왜 육체적인 일을 하고 있는 느낌일까. 인하는 땀 냄새나는 운동선수 타입의 남자들을 좋아하지 않았다. 강배두는 공 대신 연필을 쥔 운동선수 같았다. 도서관은 남학생들로 가득 하지만 그중에서도 강배두는 한눈에 들어오는 '남자'다. 인하는 처음 느끼는 낯선 감정이 당황스러웠다. 강배두가 다 아는 것 같고, 알면서도 모르는 척하는 것 같고. 인하는 급한 일이라도 생각난 듯 허둥지둥 도서관을 나왔다.

빈 강의 시간에 갈 곳이 없어졌다. 인하는 분수대 잔디밭에서 혼자 시간을 보냈다. 저 아래 클라식 음악을 틀어주는 은하수 다방에라도 가 있고 싶지만, 그 많은 계단을 내려갈 엄두가 나지 않았다. 학교에서 갈 곳이라곤 도서관뿐인데 갈 데가 없어졌다. 혹시 오늘은 강배두가 없을지도 몰라. 요행을 바라며 도서관으로 향했다. 생각해보니 굳이 피할 이유도 없었다.

삐그덕.

무거운 도서관 문이 나무 비틀리는 소리를 냈다. 곧장 날아오는 시선과 부딪쳤다. 강배두는 얼른 눈을 내리고 자기 책으로 돌아갔다. 인하는 서고 틈으로 들어가 책을 고르는 척하며 마음을 진정시켰다. 전공 관계 서적들은 벌써 다 가져가고 없었다. 영어공부 겸하여 보는 '지오그라픽' 자리도 비었다. 영어사전도 안 가져왔는데 잘됐지 뭐. 인하는 별 필요도 없는 책 두어 권을 가지고 서고에서 나왔다.

몇 자리 건너에서 다케오가 번쩍 손을 들었다. 자기 옆에 와 앉으라고 수신호를 한다. 인하는 조금 웃어 보이고 늘 앉는 자리에 앉았다. 다케오에게 여러 번 말했다. '난 내 자리가 아니면 집중이 안 돼.' 그러면 다케오는 그런다. '그렇게 생각하기 때문에 그런 거야. 그런 걸 고정관념이라고 하지.' 매번 똑같이 말하며 고쳐주려 한다. 어느 때는 선생님처럼 지적도 한다. '너는 안단티노를 리타르단도처럼 부르는 경향이 있어. 배우는 동안에는 악보대로 부르는 게 좋아.' 고지식하기는. 그러니 음악도 산술공부처럼 하지. 자신을 천재라고 착각하는 다케오. 악의는 없다.

어머나! 웬일이야.

독일 리트 성악책과 나쇼날 지오그라픽이 책상 위에 놓여 있었다. 무거워서 가져오지 않은 영어사전까지 나란히. 그제야 다케오의 호의를 깨닫고 돌아보았다. 다케오가 아직도 쳐다보고 있었다. 인하는 고마움과 미안함을 담은 따뜻한 미소를 보냈다. 그제야 다케오가 활짝 웃었다. 인하는 맞은편 강배두에게 보란 듯이 '지오그라픽'을 넓게 펼쳐놓고 영어사전을 소리 나게 활활 넘겼다.

비트뭉 실기시험은 다가오고, 독일어 노랫말은 입에 붙지 않고, 걱정이었다. 강배두가 적어준 영어 가사는 외우지도 않았는데 입안에서 뱅뱅 돌아 그것도 걱정이었다. 연습 중에 영어가 불쑥 튀어나오기도 한다. 그나저나 오늘도 늦었다. 일찍 온 누군가에게 계속 성악실을 빼앗기고 있었다. 반 너머 남은 계단을 두 단씩 뛰어 올라갔다.

헉! 돌계단 모서리에 정강이뼈를 찍혔다. 너무 아프니까 숨도 말도 안 나온다. 인하는 뾰족한 통증에 한동안 허덕였다. 뼈는 통증을 못 느낀다고? 아버지 거짓말쟁이. 폭파인 자리에 피가 엉겨 붙었다. 인하는 계단 아래를 내려다보았다. 아찔한 높이. 굴러떨어지지 않은 것만도 감사한 일이다.

실기연습 동은 흡사 기차칸 같다. 긴 복도 왼쪽은 유리창의 나열, 오른쪽은 작은 실기실의 나열이다. 사계절 민둥산 인 휑한 남산 풍경이 유리창에 담겨있다. 성악연습실 쪽에서 피아노 소리가 들려온다. 역시나 오늘도 빼앗겼다. 가즈코는 아니다. 성악과의 실력이 아니다. 피아노과 전공생들도 피아노 방 쟁탈전이 심하다. 그래도 주인이 나타나면 자리를 내주겠지. 인하는 일부러 벌컥 유리문을 열었다.

뚝, 연주가 끊겼다. 피아노 너머에서 연주자가 일어섰다. 강배두였다. 인하는 놀라 '죄송해요.' 말할 뻔했다. 강배두가 급히 악보를 챙겨 들고 연습실을 나갔다. '미안합니다.' 그런 말을 들은 것도 같았다.

강배두는 늘 먼저 와서 피아노를 치고 있었다. 인하가 오면 서둘러 자리를 비워주었다. 작곡과는 연습실도 피아노도 따로 없어서 빈방의 피아노를 눈치껏 이용하는 수밖에 없다. 인하는 당당히 열 수 있는 성악과 실기실 문 여는 일이 어려워졌다. 강배두가 벌떡 일어나 악보를 챙겨 나가는 게 미안하고 민망했다. 안 그래도 된다고, 더 연습해도 된다고 말하고 싶지만 매번 기회를 놓친다.

레슨 있는 날에만 가던 연습실에 매일 갔다. 그곳에 늘 강배두가 있었다. 인하는 소리 안 나게 살며시 문을 열고 들어가 강배두의 연주를 들었다. 연습시간이 축나는 것은 생각도 않고 그의 연주를 들으며 종일이라도 서 있고 싶었다. 느닷없이 비트뭉이, 바리톤이 들려왔다.

Du meine Seele du mein Herz~

Du meine Wonne du mein Schmerz~

남자가 부르는 비트뭉! 이런 느낌이구나. 슈만이 클라라에게 이렇게 불러주었을까. 연주가 끝났다. 피아노 너머에서 강배두가 일어섰다.

비좁은 연습실의 주인은 피아노다. 방 가운데 떡하니 버티고 있어 학생과 선생님 두 사람이 들어오면 꽉 찬다. 피아노는 출입문에서 보면 등을 돌리고 있어서 양쪽으로 나뉘어 안으로 들어가야 한다. 선생님은 왼쪽으로, 인하는 오른쪽으로.

언제나처럼 인하는 오른쪽 벽과 피아노 사이 좁은 공간으로 들어섰다. 하필 강배두가 그쪽으로 나오고 있었다. 인하는 피아노와 강배두 사이에 꼭 끼었다.

"빚 갚은 겁니다."

강바우의 목울대가 닿을 듯 눈앞에 있었다.

"연습 전에 내가 피아노 좀 써도 괜찮죠?"

인하는 숨이 차고 온몸에 열감을 느꼈다. 가쁜 숨소리가 들릴까 봐 숨을 참고 가만히 고개만 끄덕였다. 그가 그녀를 스쳐 입구로 나갔다. 유리문 손잡이를 밀고 나가려던 배두가 갑자기 몸을 돌려 말했다.

"쪼인트 까인 거, 그거 엄청 아픈데…."

그건 또 언제 본 거야. 아버지가 너무 큰 붕대를 붙여준 탓이다.

"뛰지 말아요. 늦어도 괜찮아. 이 방은 언제나 기다리고 있으니까."

강배두가 나간 유리문이 오랫동안 흔들렸다. 인하는 흔들리는 유리문을 멍하니 바라보았다.

강배두가 없다! 성악연습실이 조용하다. 오후에 레슨이 있지만 인하는 급히 도서관으로 갔다. 무거운 나무문을 열 때 가슴 뛰는 소리가 제 귀에도 들렸다. 강배두 자리에 앉아 있던 다케오가 싱글벙글 그녀를 반겼다. 인하는 가슴이 텅 비는 순간을 느꼈다. 책상 위에 놓여있는 지오그라픽도 영한사전도 반갑지 않았다.

"거기, 남의 자리잖아." 인하가 짜증을 냈다.

"아니야. 비어 있었어." 다케오가 정색했다.

"늘 앉는 고정석이라는 게 있잖아."

"그런 법이 어디 있냐."

"불문율이야. 넌 이해 못 하겠지만."

다케오는 정말 이해 못 하겠단 얼굴로 인하를 쳐다보았다.

"책, 고마워. 사전도." 인하는 내키지는 않지만 인사치레를 했다.

"무슨 책? 무슨 사전? 아, 그거. 그거 내 거 아니야."

이번엔 인하가 영문을 모르겠는 얼굴로 다케오를 쳐다보았다.

"이 지오그라픽, 영한사전, 네가 갖다 놓은 거 아니야?" 인하의 물음에,

"일찍 와서 맡아 놓고 연습실에 간 거 아니었어?" 오히려 다케오가 되물었다.

인하는 그제야 누군가의 배려를 알아챘다. 좀처럼 차례 오지 않는 지오그라픽과 무거운 사전을 갖다 놓고 인하의 주의를 끌려는 누군가가 있다는 뜻이었다. 놀랄 일도 아니지. 국민학교 때부터 인하 주위를 맴도는 남자아이들도 그랬다. 리본 달린 머리핀을 넣어놓는 아이, 짓궂게 머리를 잡아당기는 아이. 남자들은 좋아하는 게 훤히 보이는 데도 아닌 척한다. 겁쟁이들.

음악부에서 인하와 다케오가 약혼한 사이라는 걸 모르는 사람은 없다. 그런데도 마음을 표현하다니 용감하다. 무모한 건가? 귀찮은 일이 생길지 모르겠다. 관심 없는 사람이 계속 따라다니면 그것도 여간 신경 쓰이는 일이 아니다. 사 년을 함께 공부하며 얼굴을 봐야 하는 동기라면 더욱 그렇다. 인하는 지오그라픽과 사전을 서고에 도로 꽂아놓았다. 그리고 지금 자신을 엿보고 있을 누군가에게 보란 듯이 다케오와 함께 도서관을 나왔다.

영화도 보고, 양식당에서 저녁도 먹고, 은하수 다방에서 클라식 음악도 들었다. 다케오와 함께 있는 시간은 편안했다. 숨찰 일도 없고, 숨참을 일도 없었다. 부끄러운 생각이 떠

오르지도 않았고, 수치심에 사로잡혀 괴로워할 일도 없었다. 밋밋한 시간이 주는 평온함. 강배두에 대한 감정이 가라앉아 숨쉬기도 편했다. 본래의 자신으로 돌아온 것 같았다.

강배두의 결석이 길어지고 있었다. 뻔질나게 드나들던 잇뽕도 뚝 발길을 끊었다. 강배두의 중학교 동기 곽승은 서울대학교 법과대학이 있는 청량리에서 남산 음악부를 멀다 않고 드나들었다. 제 입으로 자기 학교보다 음악부에 더 자주 온다고 한다. 노래도 잘하고 분위기도 잘 살려서 식객이지만 환영받는다. 친구가 좋아서 오는지 음악이 좋아서 오는지 아무튼 음악부에서도 준회원으로 쳐준다.

인하는 도서관도 성악연습실도 자유롭게 드나들었다. 이대로 강배두가 돌아오지 말았으면 싶었다. 짧은 동안이지만 심하게 멀미를 했다. 생각해 보면 아무 일도 없었다. 정말 아무 일도 없었다.

'빚 갚은 겁니다.'

문득문득 그의 말이 떠오르곤 했다. 무슨 빚을 갚았다는 것인지 알 수가 없었다. 물어볼 경황도 없었다. 이런 말도 했다. '늦어도 괜찮아. 이 방은 언제나 기다리고 있으니까.' 강배두의 말은 앞뒤 설명이 없다.

요즘 부쩍 다케오와 붙어 다녀서인지 그 누군가도 더는 지오그라픽이나 사전을 갖다 놓지 않았다. 모든 것이 제 자리로 돌아왔다.

강배두가 사라지는 것이 이상한 일은 아니었다. 며칠 안 보이다가 아무 일 없던 듯 나타나곤 했다. 어느 날은 성악 실기실 피아노 밑에서 잠든 그를 발견하기도 했다. 밤새 작곡하다가 새벽녘에 깜빡 잠이 들기도 하는 모양이었다. 엄마는 가만히 듣고 있다가 묻지도 않은 답을 말해주었다.

'배두가 며칠 보이지 않으면 밤에 삼팔선 넘어 평양 집에 다녀오는 거야. 접경지역은 군인들이 지키지만 시골엔 말뚝 하나 박아놓은 허술한 길도 꽤 있다는구나. 소련군과 미군은 도로 차단기 하나 세워 놓으면 바로 국경이지만 이 땅에서 수천 년 살아온 조선사람들에게 그게 통하나? 이북에 집도 있고 밭도 있고, 수시로 드나들던 우리 땅인데. 아무리 엄포를 놓아도 예전처럼 선을 넘나들지.'

이번엔 다르다. 한 달이 다 되어 간다. 이북 자기 집에서 아예 살기로 했나 보다. 편찮은 어머니가 연로하신 할아버지를 모신다고 들었다. 그래서 학교 그만둘 결심을 하고 아주 갔나 보다. 그래도 그렇지. 어떻게 교수님들께, 음악부 동기들에게 인사 한마디 없이 갈 수가 있어. 그리고….

우리 사이엔 아무 일도 없었던 거야? 뭔가 있었다고 생각한 건 나 혼자만의 느낌이었나? 이렇게 그냥 끝? 아무 일도 없던 것처럼? 느닷없이 눈물이 쏟아졌다. 뺨을 타고 줄줄 흘러내렸다. '다시는 그를 볼 수 없다.' 인하는 감정이 북받쳐 울었다.

"아무 일도 없었어. 정말 아무 일도 없었어."

인하는 손등으로 눈물을 쓱 닦았다.

"배두가 사라졌다고? 그걸 왜 이제야 말해?"

강의 계획안을 쓰던 엄마가 휙 돌아앉았다. 하마터면 잉크병을 엎지를 뻔했다. 엄마가 그렇게 놀라는 건 처음 본다.

"상황이 달라졌어. 삼팔선에서 매일 총격전이 벌어지고 있잖니."

엄마의 생각은 이랬다.

"이북에서 화급한 인편人便이 내려왔을 거야. 할아버지 상을 당했거나 어머니가 편찮거나. 이젠 삼팔선 넘는 일이 목숨 거는 일이 됐단다."

침묵이 길어지고 있었다. 인하는 책상 위 잉크병을 슬며시 안쪽으로 밀어놓았다. 언제 잉크병을 엎지를지 아슬아슬했다. 그만큼 엄마의 침묵은 불길한 예감을 품고 있었다.

삼팔선 접경지역 무력충돌 격화
삼팔선 월경 민간인에 총격
삼팔선 인접지역서 일가족 사체 발견

남의 일인 줄만 알았던 신문기사들이 강배두와 연결되어 읽혔다.

"아마 다시는… 내려오지 못할 거 같구나."

엄마가 쓰다만 학습계획안을 멍하니 바라보았다.

'다시는… 다시는…' 인하는 그 말만 되풀이 되풀이 생각했다.

"배두는 대단한 아이다. 가르칠 필요가 없었지. 스스로 빛나는 별 같은 아이였어. 공산당 선전음악대에 갇히기엔 너무 큰 재능이지. 너희 둘이 서로를 선택하길 바랐는데…"

지상의 선線 하나

ㅇ
ㅇ

우락부락한 천사들

~여인에게 달려간다 말을 달려 바람처럼~

배두는 흥얼흥얼 노래 불렀다. 몽고 노래를 오랜만에 불러 본다.

"배두야. 배두야. 정신 좀 차려 봐."

누구지? 배두가 노래를 멈췄다. 아무도 없다. 다시 노래를 이어간다.

~이 길의 끝에 네가 있겠지~ 그윽한 눈으로 나를 맞아주겠지~

한라가 멈췄다.

왜 기래? 다리 마이 아파? 목도 마르고 배도 고프갔디. 봐라 한라야. 산속이라 먹을 게 없디 않니. 서울에만 당도하문

악박골 약수 한 통 길어다 줄게. 당근도 귀리도 배 터지게 먹여줄게. 조금만 더 가자, 한라야.

한라는 꿈쩍을 않는다. 혹시 먹을 만한 열매라도 있을까, 둘러보았다. 어찌 된 일일까. 한참을 달려왔는데 마냥 그 자리다.

"배두야! 배두야!"

누가 또 부른다. 간신히 눈을 뜨고 본다. 손대인 아저씨!

곧 해가 지겠다. 산속에서 밤을 맞으면 위험하다. 배두는 급한 마음에 채찍을 꺼냈다. 정말 때리려는 건 아니다. 기수들이 하듯 겁주는 척해서 움직이게 하려는 거다. 배두가 한라 눈앞에 채찍을 보여주었다. 아얏! 한라가 배두를 물었다. 상처투성이 발을 물었다.

미안해. 미안해. 진짜 때리려는 게 아니야. 정말이야 한라야.

한라의 목을 쓰다듬던 배두가 깜짝 놀랐다. 한라가 아니다.

너, 에르덴이야? 정말 에르덴이야? 네가 어떻게 조선엘 왔니? 에르덴! 에르덴! 얼마나 보고 싶었다구. 배두가 에르덴의 목을 껴안고 울었다.

"갑자기 왜 울지요? 많이 아픈가요? 의사 선생님 어떻게 좀… 부탁드립니다."

손대인이 사정했다.

배두는 발작 기침하는 할아버지 곁에 앉아 있었다. 감옥에서 얻은 해소가 도졌다. 저러다 숨넘어가실까 겁난다. 의연하고 당당하신 모습은 간데없이 눈물 콧물 범벅으로 괴로워하신다. 어쩔 줄 모르는 배두 옆에서 어머니는 침착하게 더운 물수건을 갈아댄다.

솜바지가 흠뻑 젖었다. 얼마나 힘드셨으면 오줌을 다 지리셨을까. 배두는 더운물 적신 수건으로 할아버지 아랫 몸을 닦아드렸다. 할아버지는 배두가 하는 대로 가만히 몸을 맡기고 계신다. 기골이 장대하던 할아버지의 두 다리가 마른 장작개비가 됐다.

어머니가 기름병과 작은 단지를 가지고 들어왔다. 호두기름. 무도라지청. 저걸 약이라고. 배두는 문득 깨달았다. 우리 집에 약 살 돈이 없다! 어머니는 손수 만든 청을 숟가락에 따라서 배두에게 넘겨주었다. 배두는 아주 조심히, 아주 조금씩, 할아버지 입에 흘려 넣어드렸다. 어머니도 할아버지도 지금 나에게서 아버지의 손길을 느끼고 계시리라. 하지만 아무리 애쓴들 내가 아버지의 빈자리를 반의반이나마 메울 수 있을까.

박동무. 박인덕 동무. 저녁 학습 갈 시간이요.

알갔습네다. 어른이 편찮으셔서… 곧 가갔습네다.

어머니는 밖에 대고 대답하면서 배두를 향해 다급하게 손

짓했다. '다락으로 올라가라.'

밖이 조용해졌다. 배두가 다락에서 내려와 문턱에 걸터앉았다.

봤디? 여기 있으면 공산당 음악동맹에 들어와라, 청년동맹에 들어와라, 못살게 굴 거다. 견뎌낼 재간이 없디. 당이 원하는 체제 선전용 음악을 만들라는 거야. 그건 음악이 아니다. 그 말은, '철저히 너 자신을 없애라' 그런 뜻이야. 어머니는 한 번 더 밖의 동정을 살피고 나서 말을 이어갔다.

그래도 목숨을 부지하려니 어쩌겠니. 새옹지마塞翁之馬라는 말, 아니? 손가락 잃은 게 내겐 되려 득이 됐어. 병신 된 피아노 연주자를 당이 어디에 쓰겠니. 덕분에 인민학교에 틀어박혀 어린 학생들이나 가르치며 조용히 살게 됐디. 여기는 내 알아서 한다. 너는 이남에서 니 공부에 몰두하라. 그거이 효도하는 길이디. 아바지도 내 뜻에 동의하리라 믿는다.

"배두야! 배두야! 강배두!" 여자 목소리.

배두가 있는 힘을 다해 눈을 떴다. 애시덕 선생님이다!

"선생님!" 겨우 부르고 스르르 눈꺼풀이 다시 내려앉았다.

박 동무. 박인덕 동무. 시간 없소. 서두르기요. 밖에서 재촉이 심하다 …

애시덕 선생님이 애타게 배두를 불렀다.

"배두야, 눈 좀 떠봐. 강배두! 강배두!"

대답 말라. 어머니가 배두를 단속시키고는 밖에 대고, 예! 예! 나갑네다! 나갑네다! 큰 소리로 대답했다.

❦

이거이 진짜 금 맞갔디요? 젊은 목소리, 트럭 조수다.

피양에서 뜨르르 하던 박 부잣집 아니니. 나이든 목소리, 트럭 운전수다.

이 금뎅이를 어드러케 간수했을까요?

부자는 망해도 삼년은 간다디 않니. 안적두 어딘가에 꽤 숨겨뒀갔디.

신이주까지 얼마나 걸립네까?

길한테 물어보라. 피양 벗어난 지 을매나 됐다구 벌써 신이주 타령이니.

배두는 귀를 의심했다. 신의주라니? 서울이 아니고? 서울로 장사하러 간다지 않았나?

집에서 은밀히 삼팔선 넘겨줄 사람을 찾는다는 소문을 듣고 외가 소작인이던 사람이 조카를 데리고 왔다. 이남으로 도락구트럭 끌고 다니는 장사꾼인데 타짜라고 했다.

근본도 모르는 월경越境꾼을 어찌 믿고 귀한 아드님을 맡기려 하십니까? 돈만 처먹고 아무 산에나 버리고 달아나는 놈들이 부지기수랍니다. 집안 조카니 믿기요. 쏘련 경비병들에게 뇌물 멕이며 얼굴을 익혀놔서 삼팔선 넘나드는 일쯤 식은 죽 먹기디요.

지난 봄에 남북교역장이 만들어졌다. 이북과 이남은 생산하는 물건이 달라서 물물교환 장터가 생긴 것이다. 안성맞춤으로 그런 장사꾼이 나타났다. 운전수는 금붙이를 이빨로 깨물어보고서야 짐칸에 배두를 실어주었다. 그런데 뭐 신의주?

도락구에는 자루 자루 물건들로 가득했다. 그렇다면 남쪽 물건을 싣고 올라오는 길인 거다. 신의주에 가서는 나를 어쩔 셈인가? 질 나쁜 놈들이니 필시 쏘련 경비병에게 넘기고, 경비병들은 이북 보안대로 넘기고, 그러면 우리 집은 쑥대밭이 되고… 오싹했다.

마오제소련사람들은 손목시계를 좋아하여 빼앗은 시계를 세 개씩 네 개씩 차고 다닌다고 들었다. 만약 내 오메가를 본다면 눈이 뒤집히겠지. 거부하면 손목을 잘라서라도 빼앗아 갈 거야. 오메가는 부모님의 대학입학 선물이다. '아바지 눈으로 골랐으니 아바지가 주는 선물이다.' 아버지 눈으로 어머니가 고른 시계. 세상에 이보다 더 귀한 선물이 있을까.

배두는 배낭 깊숙이 넣어둔 아버지의 독립군 시계를 꺼냈다. 의용대장으로 활동할 때 쓰던 나침반 달린 방수시계다. 강에서 산에서 아버지를 지켜준 수호신 같은 시계. 두 시계 모두 평생 귀히 쓰고 자식에게 물려줄 부모님의 유산이다.

어느 것 하나 빼앗길 수 없다.

양말 한 짝에 한 개씩 넣고 입구를 꽉 잡아맸다. 그것을 속옷 양쪽에 찔러 넣고 바지 벨트로 단단히 고정시켰다. 뛰어도 굴러도 떨어뜨리지 않도록. 차가 흔들릴 때마다 시계들이 뼈와 배를 누르며 배두를 안심시켰다. 떠나기 전날 어머니가 물었다.

"입성 끼끗히 하고 다니라. 봐 둔 처자는 있네?"

배두는 마음이 복잡했다. 있다고 하기도 그렇고, 없다고 하기도 싫었다.

사내 인물 볼 거 없단 말은, 내세울 거 없는 에미나이 말이다. 명민한 처자는 됨됨이 못디 않게 사내 인물도 중히 본다. 얼굴에는 그 사람 마음이 드러나는 법이거던. 생긴대로 논다는 말 있디 않니. 우리 아들, 아바지 닮아 인물 좋디. 니 아바지 인물에 반해서 달랑 피아노 한 대 끌고 몽고까지 따라가지 않았니. 어머니와 아들이 마주보고 웃었다.

갑자기 차가 섰다. 배두는 포장을 들치고 밖의 동정을 살폈다. 사기꾼 두 놈이 풀숲에 대고 오줌을 갈기고 있었다. 이때다! 훌쩍 뛰어내렸다. 죽기 살기로 도망쳤다.

❦

젊은이도 탈 거요?

선장이 물었다. 예. 탑네다. 배두가 얼른 배삯을 냈다. 제법 큰 배였다. 선장은 걷어 들인 돈과 자잘한 금붙이들을 선주에게 바쳤다. 선주가 명령했다.

삼팔선 초입에 대지 말고 확실한 이남 땅에 내래드리라. 잘들 가시라요.

사라지는 선주의 뒷모습을 바라보던 선장이 말했다.

배에 올라들 있기요. 잠깐 얘기 좀 하고 오갔소.

그게 끝이었다. 해가 수평선 너머로 떨어지고 있었다. 보안대에 잡히기 전에 배를 띄워야한다. 어선을 몰아봤다는 키 작은 젊은 남자를 믿고 출발했다. 항구를 떠난 지 십 분이 채 안 되어 난리가 났다. 배 밑창이 뚫어진 폐선이었다. 밤바다는 생지옥으로 변했다.

배두는 배낭에서 쑥 인절미를 꺼냈다. 어머니가 약으로 남겨둔 찹쌀을 털어 만든 귀한 음식이지만 미련 없이 바다에 버렸다. 떡을 쌌던 기름종이가 필요했다. 시계들을 기름종이로 겹겹이 싸서 다시 양말에 넣어 배에 찼다. 바다에서 수영할 일이 생길지도 모른다.

배를 몰던 남자가 어디서 찾았는지 고무보트를 내렸다. 보트가 채 물에 닿기도 전에 사람들이 몰려들어 아우성을 쳤다. 배두는 바다로 뛰어들었다. 수영이라면 꽤 한다고 자신한다. 잇뽕하고 한강을 헤엄쳐 건넌 적도 여러 번 있었다. 바다 수영은 처음이지만 다행히 파도가 세지 않아 할만했다. 멀리 오지 않았으니 힘만 잘 조절하면 나루에 닿으리라.

얼마나 왔을까. 잔파도 출렁거리는 소리만 귀에 가득하다.

어둡고 고요하고 아무도 없다. 밤바다는 벌써 겨울이었다. 더는 헤엄칠 기운도 남아 있지 않았다. 배두는 죽은 물고기처럼 배를 위로 하고 파도에 몸을 맡겼다. 갓 스물 짧은 생애가 다했음을 직감했다.

이것은 벌이다. 혼자만 도망한 벌이다. 어머니, 할아버지 계시는 그곳이 지옥이라도 함께 남았어야 했다. 물론 안다. 어머니 말씀은 늘 옳다. 반박할 나위 없이 이성적이고 현실적이다. 그래서 따랐다. 배두는 스스로에게 물었다. 그게 다인가? 음악만을 위해서였나? 인하가 아니었대도 이남 행을 택했을까? 배두는 바닷물처럼 짜디짠 눈물을 쏟으며 기도했다.

어마니, 아바지, 할아바지, 용서해 주세요. 용서해 주세요. 불효를 용서해 주세요. 배두는 가물거리는 의식을 붙잡고 "인하!" 소리내어 불러보았다. 이승에서 부르는 마지막 이름, 인하! 나의 쥴리엣! 영원히 안녕! 저의 영혼을 주께 맡깁니다. 아멘!

따르르, 따르르, 소련군 따발총 소리가 가까이 들렸다. 소나무들이 빽빽이 우거진 산길이었다.

정신이 좀 드오? 울퉁불퉁 험악한 인상의 남자다. 몸이 사려졌다.

여긴 어딥니까? 제가 죽은 겁니까, 산 겁니까?

나하고 말을 하고 있으니 살은 거갔다. 여긴 삼팔선 접경 지역이오.

삼팔선이요? 정말입니까?

아멘! 소리가 크게 들렸드랬어. 그 순간 이상스레 힘이 솟고 뭐서움이 사라졌다. 내래 정신이 가물가물 했댔거던.

배두는 그제야 밤바다에서의 일들이 생각났다.

정신 잃은 자네를 끌어다 통나무에 얹고 함께 버텼다.

통나무요? 그런 게 있었습니까?

그 배가 폐선이란 소식을 듣고 형님이 쫓아 왔어. 우리 형제가 벌목공이거든. 저기, 집채만 한 도락구 보이디? 형님이 도락구 채 통나무를 바다에 쏟아부었어. 사람 여럿 살궜다. 자네는 오는 내내 잤어. 매낀한 거이, 학생이가?

예.

예서부텀은 혼자 가야 돼. 소낭구들이 빽빽해서 차가 갈 수가 없다. 이 산만 내려가문 삼팔선 이남이야. 길 알콰 줄 테니 잘 들으라.

함께 안 가셔요? 왜요? 다 왔는데?

내래 이남에 가려던 거이 아니야. 해주에 볼일이 있었다. 몸조심하고 잘 가라우.

고맙습네다. 고맙습네다. 염치없지만 부탁 좀 드리겠습니다. 평양 가시면 우리 집에 소식 좀 전해 주십시오. 잘 갔다고. 부탁드립니다. 교회 관사라 찾기 쉬울 겁니다… 혹시 관사가 비었으면 옛날 박 부잣집이 어딘가 물어보세요. 피양사람이면 다 알아요.

아무도 없었다. 아무것도 없었다. 도락구가 움직이는 소리도 듣지 못했다. 아무튼 남자가 가르쳐준 대로 산을 내려갔다. 논밭이 보이고 조금 떨어진 곳에 비교적 규모 있는 기와집이 있었다. 의정부나 파주쯤 되리라. 드디어 이남에 왔다. 너무 기뻐서 마구 뛰어갔다. 마침 허리춤을 여미며 뒷간에서 나오는 수염 덥수룩한 남자를 만났다. 마구 자란 잡초 같은 수염으로도 다 가려지지 않은 검붉은 반점이 얼굴을 반이나 덮었다.

어르신. 여기 이남이지요?

아니오. 이북이요.

점박이 남자가 수상쩍은 눈으로 배두를 훑어보았다.

그럴 리가 없는데. 산 아래가 바로 삼팔선이라고 했는데. 그 벌목 형제도 나를 속였나? 허리춤을 만져보았다. 시계들이 잡혔다. 괜한 사람을 의심했구나. 아멘 소리 듣고 구해준 고마운 사람인데. 배두는 점박이 남자를 떠봐야겠다고 생각했다.

혹시 38보안대 본부는 어디 있습니까?

바로 찾아왔소. 이 집이오.

오싹했다. 내 발로 보안대 본부를 찾아오다니. 동서남북 구분 못 해 이북으로 내려왔구나. 배두는 뒤도 안 돌아보고 산 쪽으로 냅다 뛰었다.

뒤에서 쏘련 말이 들려왔다. 경비병들이 나왔다. 배두는 가까운 바위 뒤에 숨었다. 바위가 크지 않아 몸이 다 숨겨지지도 않았다. 점박이 남자가 손짓만 하면 바로 잡힐 거리다. 금방 덜미를 잡힐 것 같아 와들와들 떨린다. 얼마나 무서운지 기도도 나오지 않았다.

조용하다. 경비병들이 들어갔다. 대문 앞에 서 있던 점박이 남자가 배두 쪽을 바라보았다. 눈이 마주쳤다. 남자가 손을 들어 어딘가를 가리킨다. 그쪽 방향으로 가라는 뜻인가?

점박이 남자가 가리킨 쪽은 온통 바위와 돌뿐인 험한 길이었다. 아래는 벼랑. 드러난 나무뿌리들을 딛으며 걸었다. 그렇게 조심했건만 순간 헛디뎠다. 미끄러지면서 용케도 풀 더미를 움켜잡았다. 놓치면 곧바로 황천길이다. 배두는 연약한 풀 더미를 꼭 잡고 숨도 크게 못 쉬고 조금씩 조금씩 기어 올라왔다.

골이 퍽 깊은 벼랑이었다. 비탈을 따라 풀들이 수북하게 자라있어 아래가 보이지 않았다. 배두는 움켜잡고 올라온 풀 더미를 잡아보았다. 쑥, 뽑혔다. 한낱 풀 한 줌이 한 인간의 어마어마한 무게를 버텨준 것이다. 기도하는 어머니 얼굴이 떠올랐다. 배두는 뽑힌 풀 더미를 제 자리에 놓고 다독다독 흙을 덮어주었다.

걸을 수가 없었다. 발목을 접질렀다. 나뭇가지를 짚고 절며, 절며 산길을 내려왔다. 드넓은 배추밭과 자동차가 다닐 수 있는 큰길이 보인다. 삼팔선을 깔고 앉은 김장 배추들이 시퍼렇게 자라고 있었다. 초록색 배추밭 너머로 회색 콘센트들이 보인다. 미군 몇 명이 연병장을 돌고 있었다. 벌 받고 있구나. 중학교에서도 교칙을 위반하면 운동장을 열 바퀴 스무 바퀴씩 돌렸다. 벌조차도 그립고 부러웠다.

저기가 이남이다! 그러나 이 밭을 넘기까지 방심은 금물. 이번엔 실수하지 않으리라. 단단히 맘먹고 좌우를 둘러보았다. 이북 보안대 보초가 소총을 메고 왔다 갔다 한다. 배두는 속옷에 넣어온 시계 주머니들을 등 뒤로 돌려 맸다. 납작 엎드리고 김장 밭으로 들어갔다.

경비병이 다른 곳 볼 때 한 뼘, 하품할 때 한 뼘, 기지개 켤 때 한 뼘… 그렇게 기어갔다. 팔꿈치와 무릎이 성해서 얼마나 다행인가. 발목 대신 무릎을 다쳤다면 포복은 어림도 없다. 발목 삔 것에 감사했다. 뱀처럼 지렁이처럼 기어서 미군 쪽에서 늘어놓은 전화선에까지 도달했다. 한 뼘 또 한 뼘, 전화선을 넘었다. 마침내 이남 땅에 몸을 뉘었다. 이남이다! 쥴리엣이 있는 이남에 들어왔다! 배두는 흙에 얼굴을 박고 울었다. 미군들이 뛰어오며 큰 소리로 불렀다.

"배두야! 배두야!"

넓적한 얼굴, 손대인 아저씨다. 아저씨! 아저씨!

"정신이 좀 드나? 나 알아보겠어?"

배두가 고개를 끄덕였다. 내가 헛것을 보나? 아저씨 뒤에 또 다른 얼굴이 보인다. 아름다운 얼굴로, 신비로운 눈으로 나를 보고 있는 쥴리엣! 내가 꿈을 꾸고 있구나. 꿈인데도 눈물이 차올랐다. 손대인은 눈물 그렁그렁한 배두를 보자 마음에 짚이는 데가 있었다. 한창때인 젊은이들이 아닌가. 눈치 없는 늙은이처럼 끼어있기가 거북했다.

"학생. 나 잠깐 나가서 요기 좀 하고 오겠소."

"네." "네." 배두와 인하가 동시에 대답했다.

손대인이 빙긋이 웃으며 병실을 나갔다.

인하가 손대인이 앉았던 의자에 앉았다. 손 뻗으면 닿을 거리에 쥴리엣이 있다. '이건 꿈이야. 꿈을 꾸고 있는 거야.' 뜨거운 눈물이 흘러내렸다. 부드러운 손이 귀로 흘러드는 눈물을 닦아주었다. 이 손길은 꿈이 아니다. 배두를 바라보는 쥴리엣의 두 눈에도 눈물이 그렁그렁하다. '얼마나 고생하며 왔는지 알아' 그렇게 말하는 것 같았다. 배두의 두 눈에서 둑이 터진 듯 눈물이 쏟아졌다. 인하가 눈물범벅인 배두의 얼굴을 쓰다듬었다. 부드럽고 뜨거운 손으로. 배두는 행복해서 너무 행복해서 그만 정신을 놓쳐버렸다.

다시 의식을 회복한 것은 다음날 오정 무렵이었다.

배두는 입원실 사층 유리창에 그림처럼 들어와 있는 서울역 둥근 지붕을 바라보았다. 이 근방을 무수히 지나다녔지만 우뚝 높은 붉은색 벽돌집 세브란스 병원에 입원할 일이 있을 줄은 몰랐다. 어제 쥴리엣을 보았다. 꿈이었나? 부디 꿈이 아니기를. 오늘도 쥴리엣을 볼 수 있기를. 노크 소리가 났다. 가슴이 무섭게 뛰기 시작했다.

"깨어났군. 기분이 어떤가?" 의사 선생님이었다.

"자네, 의식을 잃고 계속 헛소리를 했어."

오른쪽 다리를 움직일 수가 없다. 생각난다. 산비탈에서 발목을 접질렀지. 부목으로 고정시켰구나. '부목' 하니까 생각난다. 아버지는 다리 다친 동물에게도 부목을 대어주었다. 아버지를 돕겠다고 쑤흐는 몸부림치는 뚱뚱한 양을 못 움직이게 끌어안으려다가 되려 뒹굴곤 했다.

"발목 인대가 파열됐어. 석고 붕대로 고정시켰네. 고맙게도 미군에서 응급처치를 잘 해주었더군. 염증도 없고 경과가 아주 좋아. 운이 좋은 친구야. 그건 그렇고, 이제 곧 두 여자가 올 거야."

어리둥절한 배두의 표정을 보고 의사가 웃었다.

"몰랐나? 인하, 내 딸이야."

놀란 배두가 누운 채 두 손을 모으고 꾸벅 절했다. 긴장되고 떨렸다.

"혼자 삼팔선을 넘어왔다고?"

"예."

"얘기 들었어. 애시덕 선생이 무척 아끼더군. 작곡을 한다며?"

"예."

"나도 음악을 좋아해. 아리랑 정도는 치지. 한 손으로 말야."

"예."

"웃자고 한 소리야. 그 머리는 미군에서 깎였나?"

"예."

"그래도 무사히 풀려나서 다행이야."

어렴풋이 떠올랐다. 연병장을 돌던 미군들이 뛰어오고… 의무실 소독약 냄새… 머리를 깎이고 사진을 찍히고… 녹색 스프와 빵… "…soldier?"군인인가? "Name?"이름은? "…purpose…?" …목적은? 귀에 들어오는 단어들이 있었다. 배두가 소리쳤다.

"Student! Student! I am a student! Seoul National University!"

"Enough."됐어.

심문하던 백인 장교가 배두의 어깨를 두드렸다. 그의 귀에는 'Please let me live!'살려주세요!로 들렸다. 장교가 부하에게 지시했다. "Check his ID." 신분증 조회해 봐.

학생증 사진과 실제 얼굴을 대조해 보던 백인 장교의 예리한 푸른 눈동자… 기억은 춘방루 주소를 말하던 장면까지다. 미군 지프에 실려 왔다고 손대인 아저씨에게 들었다.

"도우심인 거 아나?" 의사 선생님이, 인하 아버지가, 물으셨다.

"예."

"미군방첩대나 조선경비대 정보처로 넘어갔으면 큰 곤욕을 치를 뻔했어. 쉬게."

"예."

문 닫는 소리가 나고서야 배두는 자기 머리를 쳤다. 바보야. '감사합니다' 그 한마디를 못하냐. 매번 마음은 먹지만 매번 나오는 소리는 그냥 "예." 배두는 세상에서 제일 무서운 사람이 '좋아하는 여자의 아버지'라는 걸 실감했다. 잘 보이고 싶을수록 얼어붙었다. 선한 인상의 과장님이 우두머리 늑대보다 더 무서웠다.

배두는 세수하면서 거울 속 자기 얼굴을 점검했다. 잘 먹고 잘 쉬고, 초췌했던 모습은 간데없다. 삐죽삐죽 튀어나온 턱수염을 손바닥으로 쓸어보며 '면도하면 더 잘 생겨 보일텐데' 중얼거렸다.

구두 소리에 얼른 수도를 잠그고 귀 기울였다. 세수를 하면서도 신경은 온통 복도에 가 있었다. 발자국 소리만 듣고도 구별할 수 있다. 남자인지 여자인지, 의료진인지 문병 온 사람인지. 또각또각 또각또각… 기다리는 구두소리다. 배두는 재빨리 세면실을 나와 침대에 누웠다. 중환자나 되는 듯이 어깨를 축 늘어뜨리고 힘없이 눈을 감았다.

"구텐 아벤트, 슐러!" 쥴리엣이 독일어로 인사하며 들어왔다.

오늘은 독일어구나. 배두가 바로 반격했다.

"이히 빈 카인 슐러. 이히 빈 스튜덴트." 나는 제자 아니야. 대학생이야.

"이히 빈 프로페서!" 나는 교수야.

"두 비스트 아이넨 스튜덴틴." 너는 여자대학생이야.

"'나 갈게.' 독일어로 뭐야?"

정말 갈 기세다. 배두가 번쩍 두 손을 들었다.

"두 비스트 프로페서! 교수님. 가지 마십시오."

쥴리엣이 눈을 흘기며 의자에 앉았다. 흘기는 눈도 어쩜 저리 예쁠까.

배두는 독일어 노트를 건네받고 건성건성 넘겼다. 괜히 웃음이 나왔다. 요즘은 실없이 자꾸만 웃음이 나온다. 입원해 있는 동안 인하가 결강을 보충해주고 있었다. 애시덕 선생님의 말씀도 있었지만, 그녀도 귀찮아하는 것 같지 않았다. '문화사' '사학개론' '유전과 환경' 같은 배두가 열심히 듣는 강의는 노트 필기도 꼼꼼히 해다 준다.

"슐러가 왜 틀렸지?" 인하가 눈을 동그랗게 뜨고 물었다.

"슐러도 학생은 맞는데 제자, 문하생, 그런 뜻이거든."

"그럼 맞잖아. 지금 넌 내 제자니까."

"야, 프로페서! 넷, 교수님! 흠~흠~ 아까부터 맛있는 냄새가 나는데요?"

"내가 춘방루에 들려왔어."

"당케 당케 프로페서. 빨리 주세요, 교수님."

인하가 기름종이 뭉치를 풀었다.

'우와! 호쇼르'다. '샤오룽바오'도 있네. 입맛 까다로워 보이는 여자 손님을 위해 아저씨가 특별히 만드셨구나. 춘방루는 샤오룽바오를 팔지 않는다. 씨에~씨에~ 아저씨! 어렸을 때 아버지 병원 심부름 하는 중국인을 따라서 상해에 갈 때마다 샤오룽바오를 먹었다. 지금도 그 맛을 잊지 못한다.

배두가 호쇼르를 크게 한 입 베어 물었다.

"몽고식 군만두야. 똑같진 않지만 그리움의 맛이지. 먹어 볼래?"

"그리움의 맛? 한 입 줘 봐."

맛있어. 고개 끄덕이는 인하를 보고 배두가 웃었다. 양고기 넣은 진짜 호쇼르였다면 오만상을 찌푸렸을 거다.

"오는 동안 눅졌구나." 인하가 코를 찡긋했다.

"아냐. 그게 호쇼르 맛이야. 바삭바삭한 야끼만두하곤 달라. 약간 촉촉해야 돼. 그 맛을 내려고 갓 튀겨낸 만두에 얼른 뚜껑을 덮어놓지. 그럼 부드러워져."

"요 복주머니 만두는 무슨 맛이야?"

인하가 긴 젓가락으로 샤오룽바오를 집어 들었다. 저런, 겁도 없이.

"스톱! 그거 폭탄이야."

"폭탄? 요속에?"

"터지면 입안 난리 난다. 나 따라 해 봐. 요렇게 살짝 집어서 숟가락에 올려놓고, 젓가락으로 살짝 구멍을 내. 폭탄이 흘러나오지? 조심해. 뜨거워. 육즙 먼저 마시고, 그런 다음에 먹는 거야."

"알았어. 음~ 맛있다. 만두 폭탄 콕, 육즙이 퐁퐁. 복주머니엔, 맛샘이 가득."

인하가 흥얼거렸다.

배두가 급히 연필을 찾아 기름종이 한 귀퉁이에 받아 적었다.

만두폭탄 콕, 육즙이 퐁퐁. 복주머니엔, 맛샘이 가득.

배두가 글자들을 가만히 들여다보았다. 재미있는 노랫말이다. 장난기 넘치는 경쾌한 멜로디가 떠올랐다. 노랫말 아래 음표들이 대롱대롱 달렸다. 악보가 된 기름종이를 찢어서 인하 쪽으로 돌려놓았다.

"불러볼래?"

인하는 노래가 된 자기 말 악보를 눈으로 읽고 곧바로 노래했다. 가사에 맞게 리듬을 넣고 멜로디를 타면서 어린아이 음색으로 동요를 불렀다. 경쾌하고 예쁜 노래가 풍선처럼 병실을 날아다녔다. 만두 먹다가도 영감을 주는 나의 뮤즈! 배두가 부신 눈으로 인하를 바라보았다.

"이 악보 내거니까 내가 가져간다." 인하가 악보를 챙겼다.

"아니 아니, 깨끗이 정서해서 줄게." 배두가 손을 저었다.

"만두 노래는 기름종이가 어울려." 딸깍, 가방을 잠갔다.

인하는 입안 가득 이국의 음식을 넣고 조선 노래를 흥얼거렸다. 그 모습이 너무 사랑스러워 배두는 하마터면 만두 폭탄 볼록한 그 볼에 입 맞출 뻔했다.

"잊어버릴 뻔했네."

인하가 가방 속에서 빨간 통을 꺼냈다. 질레트 면도기! 배두는 아버지 생각에 울컥해졌다. 게르 벽 격자 나무에 손바닥만 한 거울을 매달아 놓고 아버지는 저 질레트 면도기로 수염을 깎았다.

“못생긴 얼굴 내가 예쁘게 해줄게.”

인하가 배두 목에 수건을 둘렀다.

“멋지게 카이젤 수염으로 기를 참이었는데.”

배두가 어리광을 부렸다.

“카이젤 수염? 해주지 뭐.”

인하가 구름 같은 하얀 면도크림을 만들어 배두 얼굴에 얹었다. 배두는 어린아이처럼 얼굴을 맡기고 싱글벙글 인하를 올려다보았다.

“웃지 마. 눈 감고. 그렇게 똑바로 쳐다보고 있으면 어떻게 면도를 해.”

배두는 순순히 눈을 감았다. 면도날이 지나갈 때마다 사각사각 기분 좋은 소리가 난다. 달콤한 향기가 코를 간지럽힌다. 부드러운 손끝이 뺨을 어루만지고 목덜미를 쓰다듬는다. 배두는 발가락에 잔뜩 힘을 주었다. 간지럼처럼 견디기 힘든 행복한 고통!

갑자기 배두가 입을 꾹 다물고 얼굴을 찡그렸다.

‘어마니! 용서해주세요. 이렇게 행복해도 되갔습네까? 제가 행복할 자격이 있습네까?’

“왜? 베었어?” 놀란 인하가 물었다.

뜨거운 눈물이 면도크림 속으로 흘러들었다. 인하가 크림이 묻지 않은 손등으로 눈물을 닦아주었다. 배두가 와락 인하의 허리를 끌어안았다. 그의 어깨가 소리 없이 들썩였다.

어머니 말씀은 늘 옳습니다. 제게는 다친 다리가 새옹지마였어요. 인하와 공부도 하고, 맛있는 음식도 나누고, 면도도 해주고, 단둘이만 있게 해줍니다.

배두는 아침 회진 때마다 퇴원 말이 나올까 봐 조마조마했다.

“오늘도 바쁜가?”

인하는 이틀째 결석이다. 여자 구두 소리가 방 앞을 지나 멀어지고 있었다. 입맛이 없어서 저녁도 먹는 둥 마는 둥 내보냈다. 인하가 내준 글짓기 숙제도 안 했다. 하기 싫어졌다. 조선말 표현의 세미한 차이와 쓰임새를 잘 몰라서 ‘국어 중급’을 듣고 있었다.

기다리는 거 뻔히 알면서. 바빠서 못 오면 못 온다고 한 마디 귀띔이라도 해줄 것이지. 그런데 무슨 일로 바쁘지? 시험 때도 아닌데. 말하기 곤란한 일인가? 번쩍 생각났다. 다케오! 그놈을 만나나? 그런 일이 아니면 말 못 할 일이 뭐가 있을까. 배두는 흠칫 놀랐다. 그들은 약혼한 사이다. 배두에게 보고할 이유도 의무도 없다. 그동안 다케오를 까맣게 잊고 있었다.

학교가 끝나자마자 사라지는 인하를 다케오가 붙잡았겠지. 추궁하듯 물었을 거야. 내 얘기를 했을까? 했겠지. 인하는 거짓말 할 사람이 아니야. 다케오가 화를 내며 못 가게 했겠지. 아니야. 감히 화를 내지는 못하지. 그러면 인하가 더 크게 화를 낼 테니까.

다케오는 인하의 약혼자이면서도 늘 전전긍긍이다. 틈만 나면 약혼자라는 걸 내세운다. 배두 앞에서는 더 거들먹거리며 약혼자임을 내세우려 애쓴다.

어쩌면 인하 기분을 풀어주려고 극장에라도 갔을지 몰라. 배두는 목발로 바닥을 쿵 쿵 내리치며 소리 질렀다. "둘이서만, 둘이서만." 다케오 그놈이 어둠을 틈타 슬쩍 손을 잡으려 하겠지. 그러다 슬며시 어깨에 손을 얹고 그리고 그리고…. 로미오와 키스하던 쥴리엣이 떠올랐다. 다케오는 연극 속 인물이 아니다. 눈앞에 보듯 상황이 그려졌다. 배두는 명치에 칼을 맞은 듯한 고통을 느꼈다. 숨이 쉬어지지 않았다. 배두는 거센 불길 속에, 극심한 고통 속에 자신을 내던졌다.

문 여는 소리, 부드러운 고무 밑창 끄는 소리, 간호부다. 맥이 풀렸다.

"주무세요?"

간호부가 물었다. 배두는 눈감고 가만히 있었다. 약이든 주사든 뭐든 하러 왔으면 해요. 뭘 하든 상관 없으니까.

"일어나세요. 깁스 떼러 가야 합니다."

기브스를 떼는구나. '이번 주 안으로 퇴원할 거야.' 과장님이, 인하 아버님이 예고했었다. 병원에서도 쫓겨나는구나. 정말 끝이구나. 배두는 부스스 일어나 목발을 짚고 간호부를 따라갔다.

석고 가루에 빗자루 자국이 어지럽게 나 있는 작고 지저분한 방이었다. 라디오에서 노래가 흘러나오고 있었다.

~나 혼자만이 그대를 알고 싶소
~나 혼자만이 그대를 갖고 싶소~

"거기 침대에 누우세요."

비쩍 마른 남자가 도구들이 담긴 납작한 그릇을 들고 다가왔다.

~나 혼자만이 그대를 사랑하여
~영원히 영원히 행복하게 살고 싶소~

남자는 노래를 흥얼거리며 도구들을 침대 옆 작은 탁자 위에 늘어놓았다. 세모난 망치들, 길고 납작한 끌들, 예민한 가위들이 가지런히 놓였다. 남자가 망치를 들고 말했다.

"시작합니다. 움직이지 마세요. 다칩니다."

망치로 내려치려나 보다. 배두는 눈을 감았다.

그래, 내리쳐버려! 망치로 다리고 심장이고 다 부숴버려!

인하가 보인 눈물은 나를 좋아해서가 아니었나? 죽을 고생하며 넘어왔다고 흘린 동정의 눈물이었나? 환자니까. 불쌍하니까. 그뿐이었나? 학교에서의 인하와 병원에서의 인하는 전혀 다른 사람이었다. 학교에서는 차갑고 병실에서는 따뜻했다. 차가운 눈표범이 따뜻한 흰 사슴이 된 것 같았다.

몽고 신화에 등장하는 하얀 눈雪표범은 고고한 신비함으로 유목민들이 경외하고 신성시한다. 몽고 비사에 나오는 흰 암사슴은 몽고인들이 어머니 조상으로 추앙하는 토템이다. 눈 표범이다가 흰 사슴이다가 정신 못 차리게 하는 인하, 나의 쥴리엣.

~ 다시 못 볼 꿈이라면 차라리

~ 눈을 감고 뜨지 말 것을 ~

망치질 사이사이 노래가 끼어들었다. 남자 목소리다. 여자 가수가 아니었나?

정말 꿈이었을까? 꿈같던 병실에서의 시간이 꿈이었다면, 다시 못 볼 꿈이었다면 눈을 감고 뜨지 말 것을. 함께 만두를 먹고, 만두 노래를 만들고, 면도를 해주고, 독일어로 말싸움까지 했다. 번쩍 정신이 났다. 마지막 날 그랬어. "이히 게어."

학생이니 교수니 입씨름하던 날, 인하가 물었다.

"'나, 갈게' 독일어로 뭐야?"

배두는 가르쳐주지 않았다. "이히 게어." 하고 홀연히 사라질 것만 같아서. 불안하고 불길한 문장 Ich gehe. 그것이 작별 인사였구나. 인하는 내게 작별을 고한 거야. Ich gehe.

사랑해선 안 될 사람을 사랑하는 죄이라서~
말 못 하는 내 가슴은 이 밤도 울어야 하나~

배두는 멍하니 노랫말을 들었다. 인하를 사랑해선 안 될 사람이라고 한다. 나의 쥴리엣을 사랑하는 것이 죄라고 한다. 불꽃 같던 순간들, 나를 떨게 하는 그 목소리, 신비로운 검은 눈동자를 가슴에 묻으라고 한다. 다른 남자의 약혼녀인 인하를 바라볼 수밖에 없는 나는 세상에서 가장 비참한 남자다.

"다 됐습니다. 정말 대단하십니다."

남자는 양손에 망치와 가위를 든 채로 말했다.

배두는 막 잠에서 깬 듯 멍한 얼굴로 남자를, 망치를, 가위를 보았다.

"석고 깨는 동안 잠자는 환자분은 처음입니다. 천천히 일어나십시오."

무참히 쪼개진 석고 조각들이 바닥에 어지러이 널브러져 있었다. 배두는 산산이 부서진 자기 심장을 멍하니 바라보았다.

여자의 결투 & 남자의 결투

여자의 결투

인하는 병원에 가지 않았다. 배두가 기다릴 걸 알지만 가지 않았다. 더 가까워지면 안 될 것 같았다. 약혼했기 때문만은 아니었다. 배두와 있으면 이상해진다. 만지고 싶고, 쓰다듬고 싶고, 순간순간 위험한 생각에 사로잡힌다. 실수할까 두려웠다. 자신도 몰랐던 또 다른 자신이 불쑥불쑥 튀어나와 당혹스러웠다. 문제는 배두만이 아니었다.

강수호는 생각만 해도 두근거리고, 베드로의 노래를 보면 가슴이 뜨거워진다. 그렇다고 다케오가 싫은가? 키 큰 아이 같은 다케오는 내 맘대로 할 수 있고 편안하다. 그닥 좋지도 않고 딱히 싫지도 않다. 한마음에 네 남자가 들어와 있다. 동시에 네 남자를 좋아하는 일이 가능한가? 나는 정상적인 여자인가? 다른 여자들은 어떤가?

말도 안 되는 일은 벌써 일어나버렸다. '나 백인하를 음악의 제단에 바친다'는 맹세도 까맣게 잊어버렸다. 어쩌다 이 지경이 됐을까. 네 남자와 한집에 사는 꼴이 아닌가. 누가 제일 좋은지도 모르겠다. 나름대로 다 좋다는 것은 답이 아니다. 인하는 턱을 괴고 생각에 잠겼다.

으르렁~ 으르렁~ 성난 짐승들이 겨루는 소리가 들려왔다. 소리는 인하 몸 깊은 어딘가에서 올라온다. 네 마리 동물들이 서로를 노려보고 있다. 곧 싸움에 돌입할 기세다. 네 마리 짐승이 인하 몸 안에 있다. 몸속이 훤히 보인다. 주위를 둘러보았다. 내 방 내 책상이 보인다. 동시에 몸 안의 네 마리 짐승도 보인다. 마침내 싸움이 시작됐다.

용감한 척 짖어대며 상대를 살피는 녀석은 다케오다. 아름다운 노래를 지어주는 베드로는 기품 있는 공작이었네. 가운데 자리를 차지한 채 꼼짝 않고 공격 기회를 노리는 늑대, 강배두지. 늘 멀리, 높이, 날고 있어서 애태우는 독수리는 강수호.

인하는 짐승들을 보고 동시에 짐승들의 눈으로 자신을 보았다. 바라봄과 바라봄 당하는 느낌이 이상하지 않았다. 짐승이기도 하고 사람이기도 하고, 남자이기도 하고 여자이기도 한 그 느낌은 자연스러웠다. 인하는 지금 몸속에서 일어나고 있는, 너무도 확실한 신체적 감각을 그대로 받아들였다. 네 마리 짐승의 싸움을 지켜보았다.

방방 뛰고 짖고 난리를 치는 다케오. 슬쩍 몸을 피하는 공작. 미동도 없는 늑대. 높이 앉아 오만하게 내려다보는 독수리. 다케오가 공작을 공격했다. 아름다운 깃털 몇 개가 공중으로 흩날렸다. 첫 성공에 들뜬 다케오가 공작의 목을 향해 달려들었다. 공작이 저렇게 거칠고 빠른 새였나? 발톱을 세운 날아차기로 다케오를 한 방에 날려버렸다. 눈가가 찢어진 다케오가 비명을 지르며 구석에 가서 피를 핥는다.

공작 베드로가 나머지 둘에게도 경고하듯 접었던 날개를 활짝 펼쳤다. 화려한 장식인줄만 알았던 눈꼴 무늬들이 돌연 협박 무기로 변했다. 그것은 수백 개의 눈알이었다.

그것도 위협이냐? 독수리 수호가 병아리 낚아채듯 공작을 움켜잡고 공중으로 솟구쳤다. 높은 곳에서 공을 놓듯 가볍게 베드로를 놓아버렸다.

"안 돼!" 인하가 비명을 질렀다.

늑대가 독수리를 노려본다. 독수리의 억센 발톱, 위협적인 부리를 유심히 살핀다. 둘은 서로가 만만찮은 적수라는 걸 안다. 독수리 수호가 공중으로 솟구치는가 싶더니 화살처럼 내리꽂는다. 독수리의 억센 발톱이 늑대의 얼굴을 움켜잡았다. 둘은 레슬링 하듯 엎치락뒤치락 한참을 엉겨 뒹굴었다. 늑대 배두가 독수리 수호의 발을 물었다. 맹금류가 질질 끌려간다. 다음 순간, 독수리가 늑대의 주둥이를 물었다. 설 물었나? 독수리 부리에서 빠져나온 늑대가 수호 목에 이빨을 박았다. 사냥감을 흔들 듯 마구 흔들어댄다. 맹수들의 혈투 뒤켠에서 다케오와 공작도 뒤엉켜 싸운다. 이렇다간 다 죽는다.

"그만! 멈춰!" 인하가 소리쳤다.

죽기 살기로 싸우던 넷이 딱 멈췄다. 상처투성이 독수리가 높이 앉아 내려다본다. 잡히지 않아 치료도 해 줄 수 없는 수호. 공작도 늑대도 다케오도 피가 낭자하다. 그 모습을 보는 인하의 가슴도 피투성이다.

늑대는 인하를 쳐다보지도 않는다. 승리한 수컷은 굳이 암컷에게 구애할 필요가 없다. 누가 우두머리인지 아는 암컷이 스스로 다가온다. 발정 난 암컷, 그녀 자신이었다.

나는 나쁜 여자인가? 방종한 여자인가? 누구 하나를 선택할 수도 없고, 누구 하나를 버릴 수도 없다. 인하는 자물쇠 채워둔 서랍을 열어 베드로의 악보를 꺼냈다. 악보에는 또 다른 모습의 인하가 있다. 순결한 인하가 있다.

당신은 시를 말해줍니다

詩曲 베드로 NO. 3/100

당신은 내게 시를 말해줍니다
귀에 작은 소리로 속살거리며
부드럽게, 당신이 부르신 것을
리듬에 맞추어 늘어놔 봅니다

악보를 담았던 기름종이 봉투에서 희미한 만두 냄새가 났다. 만두? 인하는 병실에서 가져온 만두 노래를 찾았다. 똑같은 기름종이, 똑같은 냄새, 똑같은 필체.

"배두였어! 강배두였어! 베드로가 강배두였어!"

그 길로 병원으로 달려갔다.

애시덕의 계략

"덕소음악회, 다시 열까?"

인하가 의아한 얼굴로 엄마를 쳐다보았다. 음악회는 해방 전, 조선음악가들끼리 발표할 수 없는 곡을 연주하던 일종의 비밀모임이었다. 조선말로 된 악보가 발각되면 항일활동 혐의로 체포되어 고초를 당하고 갇힌다. 어른들 모임이지만 인하도 여러 번 초대받아 노래한 적이 있었다. 해방이 된 지금 음악회는 흐지부지됐다.

"해방 전에 약속이 있었어. 유망한 신인 작곡가를 초대했었어."

인하가 고개를 저었다.

"지금은 다르지. 누가 오겠어."

음악계는 지금 '광복음악회' '해방기념독주회' 같은 거창한 이름들을 달고 각자 자리 잡기에 여념이 없다.

"너희 음악부 학생들을 초대하면 어떨까?"

"음악부 아이들을?"

인하는 찌뿌둥한 얼굴이었다. 음악회를 연다고 강배두가 나타날 것 같지도 않았다.

그날, 베드로가 강배두인 것을 알고 병원으로 달려갔었다. 텅 빈 침대 앞에서 인하의 가슴도 텅 비었다. 배두는 학교에도 나오지 않았다. 춘방루 손대인도 모른다고 고개를 저었다.

덕소음악회는 두세 시간 공연으로 끝나지 않는다. 음악가들은 연회를 기대하고 온다. '공연이 끝나면 그때부터가 시작이야' 공공연히 그렇게들 말했다. 애시덕은 경성 유명 호텔에서 요리사와 보이들을 뽑아 와서 호텔급 연회를 베풀었다. 음악회가 끝나도 남는 참가자들이 있었다. 몸이 고장났거나 연습할 방이 없거나. 별장에는 늘 그런 음악가들이 보름이고 한 달이고 머물다 떠났다.

"곧 방학이잖니. 들어봐."

엄마가 긴한 얘기인 듯 상체를 기울였다.

"새 포도주는 새 부대에 담는 법이지. 덕소음악회도 새 주인이 필요해. 새 시대 음악가들의 대장이 돼 보는 건 어때?"

"단지, 엄마 딸이라서?"

"단지, 그것뿐일까? 하나 더 있는데?"

"뭔데?"

"네가 산술을 잘 못 하잖아. 너무 타산적이면 대장 자격 없지. 쓸 때를 알고 쓸 줄 알아야 진짜 부자인 거야."

인하는 긴 머리를 한뭉에 잡아 올리고는 생각에 잠겼다.

애시덕은 딸의 얼굴을 바라보았다. 아직 뺨에 솜털이 보송보송하다. 딸의 유학은 대학 졸업 이후로 밀어두었다. 물론 결혼 이야기도 졸업 때까지는 거론하지 않기로 했다. 그때쯤이면 결판이 나겠지. 배두도 서울대학교에 음악부가 생기면서 유학을 늦췄다. 함께 공부하고 경쟁하고 연애하고… 그러는 동안 운명의 짝을 찾겠지. 엉킨 실타래는 억지로 잡아당긴다고 풀리지 않는다. 실마리가 잡히기까지 기다리기로 한다.

그래도 오랜 친구

덕소에는 겨울을 예고하는 찬비가 내리고 있었다. 축축한 땅은 낙엽으로 붉고, 짙은 안개에 덮인 강은 보이지 않는다. 목발은 떼었지만 애시덕 선생님이 차를 보내주셨다.

몇 번 본 적 있는 운전수는 오는 동안 입 한 번 떼지 않았다. '귀한 손님이니 잘 모셔요.' 애시덕 선생님의 말씀이 있었다. 젊디젊은 학생을 상전처럼 모시라는 말씀에 벨이 틀린 모양이지. 평양집 운전수에게 그 비슷한 푸념을 들은 적이 있었다. '주인집 도련님도 아닌, 나 어린 손님이 이러게 저러게 상전 행세를 하면 벨이 꼴립지요.' 그런 거겠지. 배두는 연주복이 든 트렁크를 잇뽕에게 맡기고 차에서 내렸다.

축축한 공기에 말 냄새가 섞여 있었다. 배두는 자석에 끌리듯 마사馬舍로 이끌렸다. 잘 생긴 녀석들이 셋이나 있었다. 말들과 낯을 익히면서 불편한 데는 없나 슬쩍 슬쩍 살펴보았다. 새하얀 암말이 앞발로 쿵쾅거리고 있었다. 마부 아저씨 말로는 별 이유도 없이 낮부터 저러고 있다는 거다. 말은 뭔가로 안달이 나거나 불만을 느끼면 쿵쾅거린다.

뒷발에 채이지 않을 만큼만 거리를 두고서 녀석의 몸 상태를 살폈다. 가스가 찼나? 배가 약간 불룩한 것도 같고. 배앓이가 의심되지만 글쎄. 가벼운 배앓이는 조금 걷게 하면 소화도 되고 기분도 좋아진다. 만약 장이 꼬이거나 막힌 거라면 수의사에게 보여야겠지. 마부 아저씨가 '식탐이 많다'고 알려주었다. 녀석, 소화도 안 되고 달리지도 못하고 답답해서 심통이 난 게로구나.

"내일도 계속 쿵쾅거리면 제가 한 바퀴 돌아주고 싶은데, 괜찮겠지요?"

"말 탈 줄 아시는 구만유. 그러문 낼 아침에 들러 주셔유."

"온 지 얼마 안 됐나 봅니다. 누구 말입니까?"

"아가씨 말 입쥬. 서양종이라는데 뭐라드라."

아가씨 말? 인하 말이구나. 갑자기 녀석이 더 예뻐 보였다.

"이름이 뭡니까?"

"주리애라지유."

픕~ 배두가 웃음을 삼켰다. 어울리는 한 쌍이로군.

"쥴리엣. 쥴리엣."

배두가 이름을 부르며 천천히 다가갔다. 손을 내밀어 냄새를 맡게 했다. 한라 냄새를 맡았을까? 기특해라. 쥴리엣이 경계심을 풀고 손바닥을 핥았다.

"그렇지, 그렇지. 한라는 멋진 숫말이란다."

쥴리엣의 활짝 열린 두 눈이 맑고 깨끗하다. 배두는 주인 닮아 커다란 눈망울을 가진 예쁜 암말의 목덜미를 가볍게 두드려주었다. 녀석이 순하게 낯선 손길을 받아들였다.

"쥴리엣. 착해라. 털에 윤기가 돌고 잡티도 없고 몸매도 늘씬하고, 너 정말 예쁘구나."

배두는 계속 말을 걸며 쥴리엣의 잘 발달한 목덜미를 쓰다듬었다. 내일쯤은 입속이며 발굽 등도 살펴볼 수 있을 것 같다. 덕소에 오기를 망설였는데 말이 있어서 얼마나 다행인지. 인하의 약혼자. 다케오의 약혼녀. 학교도 아닌 사적인 장소에서 그들을 보기가 너무 힘들 것 같았다. 배두는 쥴리엣의 목덜미를 쓰다듬으며 속삭였다.

"쥴리엣. 울 것 같은 이상한 마음이 든다. 가슴이 저리고 몸도 떨리고… 요즘은 아무 노래도 떠오르지 않아."

쥴리엣이 고개를 끄덕였다. 배두가 왈칵 눈물을 쏟았다. 커다란 눈을 껌뻑거리는 쥴리엣의 목덜미를 끌어안고 펑펑 울었다. 배두는 찬물에 얼굴을 씻고 아쉬운 발길을 돌려 마사를 나왔다.

가랑비 뿌리던 하늘은 밤이 되자 우르르 쾅쾅 천둥 번개로 요란하다. 젊은이들은 먹고 마시고 춤추고 노래하느라 천둥소리도 듣지 못했다. 간혹 느닷없이 튀어 오른 트럼펫 소리에 놀란 말들이 대답이나 하듯 소리 질렀다. 밤이 이슥해졌다. 끼리끼리 모여서 남은 맥주를 마시며 이야기를 나누었다. 파티도 파장이었다. 엄마가 초대했다는 '유망한 신인 작곡가'는 오지 않았다. 인하는 내일 음악회를 위해서 그만들 쉬게 해야겠다고 생각했다. 방금 전 마서방으로부터 손님방 준비를 마쳤다는 보고를 받았다.

딱. 딱.

다케오가 손벽을 쳤다. 모두들 쳐다보았다.

"주목. 주목. 지금 시간이… 새벽 네 시 조금 넘었네. 내일을 위해서 그만 들어가 눈좀 부쳐야지? 늦잠들 잘 거 같아서 아침식사는 생략하고 오정午正에 식사할 수 있게 내가 말해 뒀으니까 실컷 자도 돼. 음악회는 네 시부터 일곱 시까지. 그 이후는 저녁 식사 겸 파티 타임이야. 우리끼리 음악회지만 첫 회이니만큼 진지한 자세로 임해주기 바란다."

배두와 인하, 두 눈이 마주쳤다. 무의식중에 서로를 쳐다보았다. 먼저 정신을 차린 것은 인하였다. 얼굴에 보일 듯 말 듯 미소가 스치는가 싶더니 이내 시선을 돌렸다.

다케오가 이번에는 청요리집 뽀이를 부르듯 두 손을 높이 들어 손뼉을 쳤다. 기다렸다는 듯 마서방이 일꾼 여자 둘을 거느리고 나타났다.

“손님들에게 방을 안내해 주게.” 다케오가 명령했다.
“예. 도련님. 아니 서방님.” 마서방이 굽실거렸다.
졸린 눈을 한 학생들이 안내받은 방으로 하나둘 사라졌다. 배두와 잇뽕은 강 쪽으로 창이 난 넓은 방을 배정받았다.

방에 들어오자마자 잇뽕이 투덜거렸다.
“여기가 제집이야? 약혼했다고 벌써부터 서방 노릇이야 뭐야.”
침대에 벌렁 누운 잇뽕이 이번에는 배두에게 빈정거렸다
“오늘 내 배가 호강하네. 저녁에 먹은 거, 뭐 함바가? 입에 착착 붙더군. 양식도 양주도 처음이라 속이 놀라겠어. 넌, 양주 좀 하더라. 집에서 늘 먹던 거라 입에 잘 받나 봐?”
“그만 자자.” 배두가 머리맡 갓등을 껐다.
그는 방금 전, 인하와 눈이 마주친 순간의 의미를 생각해 보았다. 다케오가 약혼자랍시고 주인 노릇하는 게 가당찮다는 똑같은 생각을 했을까? 마침 가까이 있어서 우연히 눈이 마주친 걸까? 그 묘한 미소는 무슨 뜻일까? 딱히 의미 있는 미소라고 보기도 어려운 묘한 표정이기는 했다.
한 지붕 아래 인하가 있다. 기분이 이상하다. 그런데 인하는 왜 그런 얼간이와 약혼했을까? 뭐가 급해서 여학교 졸업도 전에. 친일 자본가끼리의 정략혼인가? 아무튼 애시덕 선생님도 그 약혼에 동의했다는 뜻이 아닌가.
쥴리엣이 선생님 따님이라는 걸 안 것도 대학에 입학한 후였다. 음악부 1회 음악회에 초대받은 작곡가로만 알았는데 "백인하 어머니입니다." 학부형 대표로 인사했다. 배두는 자기 귀가 어떻게 된 줄 알았다. 옆 친구에게 몇 번이나 확인했다. 그뿐인가. 발목을 치료해준 세브란스 과장님이 아무렇지도 않게 "인하, 내 딸이야." 정말이지 뒤로 넘어갈 뻔했다.

어머니와 애시덕 선생님은 유학시절부터의 동무이고, 삼일 만세 때 여학생 애시덕이 만든 태극기는 세브란스 의전생이던 아버지 손에도 들어갔을 테지. 이렇게 두 집안은 내가 태어나기도 전부터 이어져 있었다. 하지만 나는 인하에게 다가갈 수조차 없다. 상황은 너무도 명확한데 마음이 접어지지를 않는다. 요즘은 스치는 바람에도 마음이 아프다.

"너도 나 같은 무산계급인 줄 알았다."

잠든 줄 알았던 잇뽕이 말했다. 방안의 어둠만큼이나 가라앉은 목소리였다.

"웬 잠꼬대냐?" 배두는 못 알아듣는 체했다.

중학교 때부터 잇뽕은 '공산당 선언' '자본론' 같은 금서들을 읽고 있었다. 쉬는 시간마다 전날 읽은 책 내용을 알려주느라 둘 다 변소 갈 시간을 놓치곤 했다. 독문학도가 되겠다고 하지 않았나? 인간의 영혼, 그 이중성을 해부하는 지성, 그것이 독일 문학의 매력이야. 그러나 이제 잇뽕은 '데미안' '파우스트' 같은 독일 문학에 심취해 있는 문학 소년이 아니었다.

"박 부자 땅 안 밟고 평양 들어가는 건 참새뿐이라는 말 들었다.”

“응.”

“넌 왜 부르조아 티가 안 나냐?”

“너도 무산계급 티 안 나.”

외가가 대지주이기는 해도 검소하여 사치라고는 모른다. 할머니는 어린 배두의 배를 쓸어주며 말씀하셨다. ‘부지런하고, 겉치레 말고, 남의 빚보증 서지 말고, 원망 들을 일 하지 말 거라.’ 할머니 말씀이 아니더라도 배두는 검소한 생활이 몸에 배었다. 몽고에서 태어나 유목민으로 살았고, 평양 목사관에 와서는 할아버지가 기워주시는 신발을 신었고, 경성에서는 경마장 마부를 했다. 부르조아 티가 난다면 그게 오히려 이상한 거지.

“나는 없는 집 장남이다. 부모님, 동생 다섯이 나만 쳐다봐. 독문학 한다더니 웬 법학과냐고? 고등문관시험 말고 방법 있냐? 판검사는 아버지 꿈이고, 난 변호사가 될 거야. 억울한 사람도 돕고 돈도 벌고. 그런데 독서모임에서 다 같이 잘 사는 방법이 있다는 걸 알았어.”

음악부에서도 한창 유행하는 사회주의 논쟁이 벌어지곤 했다. 그 중심에는 늘 법과대학생 곽승이 있었다. 마르크스의 ‘공산당 선언’을 그야말로 열띠게 선언했다. 배두는 듣기만 했다. 잇뽕이 공산당원이나 된 듯 떠들어 댈 때는 아구창을 날리고도 싶었지만 낯선 경성에서 든든한 동무가 되어준 그를 마음으로 미워하게 되지는 않았다.

"넌 처음부터 그랬어." 배두가 화제를 돌렸다.

"뭐가?" 잇뽕이 풋잠 든 목소리로 물었다.

"반은 반칙이었지. 일부러 져준 거 알아. 고맙게 생각한다."

"무슨…" 되물으려던 잇뽕이 "늑대 얘기냐?" 생각난 듯 웃었다.

"오랫동안 궁금했다. 왜 그랬냐?" 배두의 목소리가 진지하다.

"만만찮은 놈을 적으로 두면 귀찮거든." 잇뽕이 돌아누웠다.

새끼늑대 시절

몽고 늑대. 평양 촌놈. 쌈패. 곤조통….

경성 국민학교에서는 누구도 바우를 바우라고 부르지 않았다.

물설고 말 선 경성의 가갸거겨 시절, 바우는 반 아새끼들로부터 모서리주기도 많이 당했다. 몽고에서 부모님께 조선글과 학과들을 배우긴 했지만 정작 경성에 와보니 공부가 모자랐다. 일본말을 몰라서 한 학년을 꿇었다. 히라가나ひらがな부터 배워야 했다. 공부 못한다고 놀리고, 사투리 쓴다고 놀리고, 얼굴 까맣다고 놀리고, 이래저래 싸움질이 잦았다.

몽고아이들과 싸울 때마다 아바지가 그랬다. '공부로 이기는 거이 진짜 이기는 거야.'

'아바지. 그 말씀 절대 잊지 않갔습네다!'

바우는 공부 꽤나 한다는 경성 아이들도 들어가기 어렵다는 중학교에 보기 좋게 합격했다. 일본 학생을 뽑지 않는 학교라서 아바지도 흡족해하셨을 거다. 이제는 누구도 평양 촌놈이니 몽고 오랑캐니 놀리지 못하리라.

웬걸. 입학 첫날부터 곤욕을 치렀다. 입만 열면 이북 사투리가 튀어나와 반아새끼들이 손뼉을 치며 웃어댔다. 그중에서도 '잇뽕'이라는 아이가 대놓고 괴롭혔다. 사투리 흉내 내기, 다리 걸어 넘어뜨리기, '몽고 오랑캐'라고 놀리기. 다 참을 수 있지만 '몽고 오랑캐'라는 말만은 그냥 넘길 수 없었다. 아바지까지 욕보이는 말이 아닌가. '잇뽕'한방은 별명답게 덩치도 있고 키도 크다. 그렇다고 당하고 지낼 수만은 없었다. 바우가 결투를 신청했다.

"한 번 붙어 보갔어? 생각 있으문 학교 뒷마당으로 나오라우."

일 대 일 싸움에 반 아이들이 모두 따라나섰다.

잇뽕이 아이들을 거느리고 앞장 서 걸어갔다. 바우는 그 손을 유심히 살펴보았다. 굳은살 박인 단련한 주먹이 아니다. 매낀한 공부하는 손이다. 그런데 쎄다고? 뼈가 단단한가? 아무튼 잇뽕으로 불릴 때는 뭔가 있다는 뜻이다. 바우는 어금니를 꽉 물었다.

이참에 반 아이들을 잡아야 한다. 문제는 뒷감당. 경성 학교에서는 툭하면 '부모님 모셔 와라' 그런다. 잘못한 아이만 혼내면 되지 왜 부모님을 오라 가라 하는가 말이다. 몽고 선생님들은 책과 회초리를 함께 들고 다닌다. 잘못한 아이는 흑판 앞으로 불려 나가 자기 죄를 고백하고, 혼나고, 눈물 쏙 빠지게 매도 맞지만 '부모님 모셔 와라' 소리는 안 듣는다. 쌈박질 좀 했다가 평양에 계신 어머니를 불려오게 할 수는 없다. 다치지 않는 싸움, 씨름이다.

"다치문 안되지 안 캈니? 씨름으로 결판 내자우."

'안되지 안 캈니?' '결판 내자우.' 아이들이 사투리를 흉내 내며 웃고 난리다. 모두가 지켜보는 가운데 씨름이 시작됐다.

'조선 씨름은 샅바 싸움이다. 유리한 고지를 차지하려는 주도권 다툼이야.'

아바지에게 조선 씨름을 배웠다.

잇뽕이 바우의 바지 허리춤을 단단히 움켜잡았다. 주도권 다툼에서 밀렸다. 상대는 주먹도 세고 키도 크다. 잇뽕의 손에 힘이 가해지는 게 느껴졌다. 바우는 몸이 들리려는 찰라, **'다리재간을 써!'** 아버지 목소리를 들었다. 잇뽕의 오른쪽 다리가 자기 앞으로 나와 있는 게 보였다. 바우는 잡고 있던 잇뽕의 허리춤에서 두 손을 떼고 재빨리 상대의 오른 다리 오금을 들어 밀었다. 순간 잇뽕이 균형을 잃고, 미쳐 힘을 써보지도 못한 채 나가떨어졌다. 바우가 이겼다. 아무도 박수치지 않았다. 실망한 아이들이 삼판양승을 제안했다.

잇뽕이 흙을 털고 일어났다. 주먹을 꽉 쥐는데 단단한 야구공 같다. '저 주먹에 맞았으문 한 방에 갔겠구나. 괜히 잇뽕일 리가 없다.' 힘으로도 실력으로도 독 오른 잇뽕을 이길 것 같지 않았다. 반 아이 몇이 시끄럽게 잇뽕을 외쳐댔다. 사냥개들은 공격할 때 상대의 기를 꺾으려고 시끄럽게 짖어댄다. 늑대는 오히려 조용하다. 울음소리는커녕 숨소리도 내지 않는다. 잇뽕은 자기를 응원하는 아이들을 쳐다보지도 않는다. 만만한 상대가 아니다.

문득 생각났다, 부흐! 몽고 할아버지에게 몽고 씨름 부흐를 배웠다.

'부흐는 몸싸움 힘싸움이란다. 몸도 힘도 좋다면야 잡아서 던져버리면 되지. 그런데 상대보다 내가 약하다 싶으면 다리를 걸어 비틀어버려, 번개처럼. 알겠냐, 쑤흐야?'

할아버지는 술이 거나해지면 양팔을 날개처럼 벌리고 춤을 추었다. 승자에게만 허락되는 독수리 춤. 어린 쑤흐가 할아버지 뒤에서 새끼 독수리처럼 날개를 팔락이며 따라 추었다.

바우는 잇뽕과 다시 마주섰다. 잇뽕의 몸을 잡고 밀어보았다. 꿈쩍 않는다. 그래, 이번엔 늑대전법이다. 사냥할 때 늑대는 풀숲에 죽은 듯 엎드려 있다가 한순간 훌쩍 뛰어올라 '단숨에' 먹잇감을 덮친다. 그러나 잇뽕은 좀처럼 빈틈을 보이지 않았다. 시간을 끌수록 불리한 쪽은 바우다. 갑자기 바우가 푹 주저앉았다. 잇뽕이 바우를 놓쳤다. 그 순간, 바우가 한

쪽 어깨를 뾰족하게 세워 냅다 들이받았다. 씨름이고 부흐고 생각할 겨를이 없었다. 처음 당하는 낯선 공격에 상대가 허둥거렸다. 바우는 그 틈을 놓치지 않고 잇뽕의 교복 덜미를 움켜잡고 냅다 던졌다. 힘센 부흐 장사처럼.

삼판양승.

바우가 두 번 이겼다. 조용하다. 새로운 댓방의 출현인가, 잇뽕의 복수극이 펼쳐질 것인가. 아이들은 눈알만 굴렸다.

"잇뽕! 잇뽕!"

갑자기 한 아이가 소리쳤다. 그 소리에 힘입은 아이들이 하나둘 잇뽕을 외치기 시작했다. 소리가 점점 커졌다. 석연찮은 이 싸움에 승복할 수 없다는 뜻이다. 바우는 위기감을 느꼈다. 그리고 지금이야말로 '한방'이 필요한 순간임을 직감했다.

퍽!

잇뽕이 나가떨어졌다.

'다급할 때 마지막 총알처럼 써먹으라.' 아바지의 극약처방 피양 박치기. 그 위력은 대단했다. 잇뽕의 얼굴에서 코피가 흘러내렸다. 피를 보고 흥분한 아이들이 "잇뽕! 잇뽕!" 거세게 외쳐댔다. 모두 독이 올랐다. 잇뽕과 아이들이 피로 뭉쳤다. 지금 맞붙으면 절대로 이기지 못한다. 만에 하나 이긴다 해도 반 아이들 모두와 적이 된다. 마지막 총알까지 써버렸다. 질 싸움이라면 시작도 말았어야 했다.

"오~우우우~~~~ 어~우우우~~~"

'잇뽕!'을 외치던 소리가 뚝 그쳤다. 느닷없는 늑대 울음소리에 눈이 휘둥그레진 아이들이 바우를 쳐다보았다. 잇뽕도 바우를 쳐다보았다.

"와! 진짜 늑대 같다."

"다시 해봐."

"어떻게 하는 거냐?"

아이들이 바우를 둘러쌌다. 방금 전까지 잇뽕을 응원하던 아이들 맞나 싶게 신이 나서 떠들어댔다. 바우가 목청껏 구슬프게 늑대소리를 냈다.

"어~ 우우우우~~~"

"어우~ 어우~ 어우우~" 늑대소리를 낸답시고 아이들이 괴성을 질러댔다. 바우가 시범을 보이면 다들 따라 했다. 늑대놀이에 빠진 아이들 괴성으로 학교 뒷마당은 온통 늑대소굴이 됐다. 아이들은 왜 학교 뒷마당에 와 있는지 잊어버렸다. 바우가 공공의 적이었던 사실도 까먹었다. 싸움 잘하고 늑대소리 멋지게 내는 평양내기를 엉겁결에 친구로 받아들인 사실조차도 알아차리지 못했다. 잇뽕이 손을 내밀었다.

"나, 곽승이다."

바우가 얼른 그 손을 잡았다.

"강바우다."

단단한 손의 감촉. 그 순간 생각했다. '이 손에 맞았으문 한 방에 떨어졌갔다. 경성 아새끼들은 다르쿠나. 공부도 웬간 잘하지 않디, 싸움도 신사적으로 하디. 좀 미안쿠나 야.'

아이들이 바우를 둘러싸고 악수를 청했다.

바우는 묘한 기분을 느꼈다. 몽고 학교에 처음 들어갔을 때도 똑같은 일이 있었다. 그때는 조선 씨름으로 이겼다. 그 덕에 몽고 아이들과 잘 지낼 수 있었다. 조선에서는 몽고 씨름으로, 아니 피양 박치기로, 아니 늑대울음 소리로. 이 반칙을 이겼다고 할 수 있을까? 독수리 춤 출 자격이 있나? 그러나 이겨야만 했다. 어떡해서든 이기지 않으면 안 되었다. 바우의 가슴에 서늘한 슬픔 같은 것이 지나갔다.

남자의 결투

노래 마치고 무대에서 내려오는 가즈코의 표정이 좋지 않았다. 무대에 올라갈 때부터 그랬다. 덕소에 온 이후 내내 말도 없고 부어있었다. 재잘거리고 잘 웃는 아이가 좀처럼 보여주지 않는 얼굴을 보인다. 언제 폭발할지 인하는 조마조마했다. 이유야 뻔하지. 음악회를 총지휘하는 다케오의 속셈이 가즈코의 심기를 건드린 거다. '내가 백인하의 약혼자다.' 대놓고 시위하는 게 눈에 보이니까. 인하가 마음속으로 부탁했다. '가즈코. 나도 화가 나. 음악회 망칠까 봐 억지로 참고 있어. 무사히 마칠 수 있게 조금만 더 참아줘.'

영분이가 음악실 입구에서 기웃거렸다. '왜?' 인하가 입 모양으로 물었다. 배가 빌 새가 없는 영분이. 인하와 동갑 나이에 벌써 셋째 아이를 가졌다. 눈이 마주치자 영분이가 뒤뚱뒤뚱 걸어와서 귀에 대고 물었다.

"지금 음료수 들여가라는데?"

"누가? 아니, 됐어. 내가 가볼게."

화가 난 인하가 주방으로 쫓아갔다. 주방 사람들이 일손을 놓고 모여 있었다. 다케오가 수시로 드나들며 참견하고 잔소리해대고 도무지 못 해 먹겠다고 주방장이 팔짱을 꼈다.

"알았어요. 원래 계획대로 하세요."

인하는 화난 표정을 지우려고 잠깐 무대 옆 준비실로 들어갔다. 자주색 벨벳 커튼이 반쯤 열려있었다. 커튼 안으로 들어서던 인하가 우뚝 섰다. 그 사람이, 강수호가 거기 있었다. 검은색 뿔테 안경과 격식 갖춘 연주복 그리고 검은색 구두. 그때와 다른 것은 머리에 쓴 체크무늬 캡 뿐이다. 그 사람은 놀란 기색도 없이 인하에게 가볍게, 마치 어제 본 사람처럼 목례를 건넸다. 그리고 말했다.

"페이지터너를 부탁해도 될까요?"

배두는 인하가 자기를 전혀 알아보지 못한다는 사실에 놀랐다. 더욱 놀라운 것은 악보도 없는데 '페이지터너요?' 되묻지도 않고 의자에 앉아준 것이다. 그녀가 조용히 일어났다. 아, 악보가 없는 것을 이제야 본 모양이야. 유머랍시고 한 말에 기분이 상했나 보다. 낭패한 배두에게 푸른빛 조명이, 아니 푸른빛 드레스가 함빡 눈에 들어왔다. 인하가 피아노 위에 자기 손수건을 올려놓고 다시 옆에 와 앉았다.

손수건이야 늘 연주복 주머니에 넣어두지만, 이번 곡은 땀 찬 손바닥을 닦을 여유라고는 없다. 아무튼 꺼내 놓지 않기를 얼마나 다행인가. 배두는 인하의 손수건을 바라보았다. 드레스와 같은 파란색 천 위에 영문 이니셜을 수놓았다. 손이 비칠 듯한 푸른색 비단 드레스와 이름을 새긴 파란 손수건이 인하의 머리칼처럼 부드러워 보인다.

무슨 의미일까, 여자가 손수건을 건넨다는 것은. 친구 녀석들이 떠들어대는 소리를 얻어 듣기는 했다. '헤어져도 영원히 사랑해요.' '우린 꼭 다시 만날 거예요.' 하지만… 배두는 묘한 기분을 느꼈다. 손수건은 강배두가 아닌 강수호에게 건넨 것이다. 인하는 자신을 미국 유학생 강수호로 알고 있다. 그렇게 생각하라지 뭐. 강수호가 강배두니까. 그런데도 가슴이 쓰린 것은 왜일까. 배두는 마음을 진정시키려고 눈을 감았다.

어젯밤 잇뽕이 그랬다. '다케오 설치는 꼴, 못 봐주겠어. 기팍 죽이고 내려와라.'

당연하지. 한 방에 날려버릴 거다. 피아노 전공자들의 도전의식을 자극하는 '라 캄파넬라'. 손이 안 보이게 번개처럼 연주하는 곡을 골랐다.

인하가 강수호를 좋아하는 게 틀림없었다. 음악경연 날에도 그런 느낌을 받았고 지금도 그렇다. 악보도 없는데 무슨 페이지터너인가. 인하가 모를 리 없지. '라 캄파넬라'는 악보를 보면서 치는 곡이 아니라는 것쯤. 악보에 눈 줄 시간이 어디 있나. 그런데 손수건은 왜? 강수호 아닌 강배두인 걸 알면 다시 가져갈까? 생각할수록 혼란스럽다. 배두에게는 적이 둘로 늘었다. 느닷없는 다크호스 강수호. 시건방진 약혼자 다케오. 이것은 연주가 아니다. 결투다.

인하는 모든 건반을 다 사용하는 긴 손가락들의 현란함에 매료되어 연주를 눈으로 감상했다. 순간순간 늘어뜨리는 왼손, 투명한 끈에 매인 듯 무게 없이 올라가는 오른손, 미묘하게 움직이는 표정 근육… 그런 모습들에 몰두하여 캄파넬라 작은종들이 내는 종소리는 들리지도 않았다. 힘찬 타건으로 연주가 끝났다.

조용하다. 의자 삐걱거리는 소리, 한숨 돌리는 소리, 잔기침 소리 하나 없는 정적. 오래가지는 않았다. 수호가 인하의 손수건을 향해 손을 뻗는 순간 '딱. 딱. 딱.' 누군가의 느린 박수 소리가 정적을 깼다. 그제야 박수와 환호가 터져 나왔다.

강수호는 객석의 환호에 아무런 반응도 보이지 않았다. 천정 어딘가에 시선을 두고 분위기가 가라앉기를 기다렸다. 앙코르 곡이 시작됐다. 그 곡! 베토벤 피아노 소나타 23번, 열정. 방금 전, 빠른 도약에 넋이 빠졌던 '라 캄파넬라'를 잊을 만큼 격렬한 비탄의 멜로디가 실내를 뒤흔들었다.

수호는 마지막 건반에서 손을 떼고 그제야 생각났다는 듯 인하를 바라보았다. 연주할 때의 그 표정 그 눈빛으로. 인하는 사람의 눈에서 화살 같은 빛이 나오는 걸 처음 보았다. '눈빛이 종이를 뚫는다'는 옛말이 과장만은 아니었다. 수호의 눈빛이 어찌나 강렬한지 몸을 뚫고 들어오는 것만 같았다. 인하가 눈을 깜빡였다. 그 순간 최면에서 풀려난 듯 수호가 싱긋 웃었다. 인하도 마주 미소지었다.

웅성거리는 소리에 뒤돌아보았다. 커튼 자락을 움켜잡은 다케오가 두 사람을 노려보고 있었다. 수호가 일어섰다. 인하도 일어섰다. 다케오가 인하 손목을 낚아챘다. 수호의, 아니 배두의 주먹이 먼저 나갔다. 다케오가 무대 아래로 나동그라졌다. 연주회장이 순식간에 싸움판으로 돌변했다. 뒤엉킨 두 남자를 중심으로 진짜 무대가 만들어졌다.

수호의 안경이 벗겨지고 모자가 날아갔다. 강배두? 강배두야? 외마디소리들이 튀어 올랐다. 몇 번 엎치락뒤치락 하긴 했어도 배두는 다케오가 자신의 상대가 못됨을 알았다. 더 이상 싸우고 싶지 않았다. 공격이 느슨해진 틈을 타 다케오가 훅을 날렸다.

"오! 좋아. 좋아."

신이 난 구경꾼들이 싸움을 부추겼다. 순간, 배두의 강력한 오른손 카운터펀치가 다케오의 얼굴에 적중했다. 그대로 나가떨어졌다. 다케오의 얼굴에서 선혈이 흘렀다. 코피가 터지면 학생들 싸움은 끝이다. 피범벅 얼굴을 쳐들고 다케오가 소리쳤다.

"내가 약혼자야! 내가 약혼자야!"

느닷없이 피콜로가 튀어 올랐다. 모두 돌아보았다. 가즈코가 머리를 쥐어뜯으며 비명을 지르고 있었다.

"니세모노다요!가짜야! 니 입으로 말해. 가짜약혼식이었다고!" 가즈코가 소리쳤다.

배두가 인하를 노려보았다. 사냥감에 집중하는 늑대의 눈으로.

인하는 침묵했다. 침묵을 깬 것은 다케오였다.

"가즈코. 너 지금 제정신 아냐. 우리 진짜 약혼했어. 야, 너희들도 봤잖아. 신문에 난 우리 약혼식 사진, 봤지? 봤지?"

다케오가 동기들에게 동의를 구했다.

"사진? 그 어마어마한 가짜 사진?" 가즈코가 비웃었다.

"혼…혼또오다요!"진…진짜야! 다케오가 더듬었다.

"진짜란 증거를 보여 봐. 확실한 물증. 이런 거."

가즈코가 왼손을 높이 흔들었다. 약지에 낀 보석반지가 날카롭게 빛났다.

"약혼반지야. 그 가짜 약혼식 전날, 아버님이 내게 주셨어. 이런 게 진짜 약혼인 거야."

동기들이 웅성거렸다.

"난 알지도 못했어." 다케오가 항변했다. 울먹이는 목소리였다.

“아버님이 그러셨어. 약혼식은 가짜라고. 정신대 모면용이라고. 다케오가 몰라서 그런다고. 오냐 오냐 키워서 아직 어리다고. 그래서 여자 보는 눈도 어리다고. 아버님이 내 아버지 앞에서, 내 손에, 이 약혼반지를, 끼워주시면서 그랬단 말야!”

가즈코는 다케오에게, 다케오는 인하에게 각각 말했다.

“부모님들이 그러셨잖아. 미스코시 백화점 양식당에서 약속하셨잖아. 두 아이 결혼시켜 유학 보내자고. 너도 찬성했잖아. 그랬잖아. 맞잖아? 맞잖아?”

다케오는 필사적이다.

인하가 고개를 끄덕였다.

배두는 온몸이 뻣뻣해졌다. 석고 붕대로 등뼈를 굳힌 것 같았다.

마침내 인하가 입을 열었다.

“기왕 약혼식도 했는데 혼인해버릴까, 그런 생각 했었어. 너는 좋은 남편, 좋은 아버지가 될 테니까.”

“맞아. 좋은 남편, 좋은 아버지가 내 꿈이야. 난 꼭 좋은 가정을 이룰 거야. 내가 잘 할게. 좋은 남편이 될게.” 다케오가 눈물을 흘렸다.

인하는 다케오를 보기가 괴로웠다. 어떻게 설명할까? 꼭 설명을 해야 할까? 다케오에게 더는 상처를 주고 싶지 않았다. 인하의 대답이 두려운 다케오가 급히 말했다.

"지금 대답 안 해도 돼. 기다릴게. 지금은 한 가지만 대답해 줘. 우리 약혼, 우리 약혼식, 진짜야. 그렇지? 진짜 맞지?" 다케오가 애원했다.

"가짜 약혼식이야!" 가즈코가 소리 질렀다.

"잠깐. 내가 말할 차례인 것 같아."

인하가 가즈코를 제지했다.

배두가 두 귀를 곧추세웠다. 미세한 바람결도 포착하는 늑대의 귀다.

"가즈코 말이 맞아. 우리 약혼식, 가짜였어."

동기들이 입을 딱 벌렸다. 배두는 참았던 숨을 길게 내쉬었다.

인하가 말했다.

"어떤 이유에서건 약혼식을 한 건 사실이야. 하지만 나는 이 시간부로 약혼을 파하겠어." 인하는 잠시 모두를 둘러보고 침착하게 정중하게 다시 이어갔다. "파혼의 원인은 전적으로 저에게 있고, 다케오 씨에게는 잘못이 없습니다. 파혼으로 인한 모든 책임은 제가 지겠습니다. 안도 다케오 씨에게 진심으로 사죄드립니다."

인하가 다케오에게, 모두에게, 허리 굽혀 용서를 청했다.

"파혼? 니 맘대로? 못해! 안 해!" 다케오가 소리쳤다.

"그만하자 다케오. 다 끝났어." 인하가 차갑게 말했다.

다케오가 인하 앞에 엎드리듯 무릎 꿇었다.

"다 고칠게. 니 맘에 안 드는 거, 다 고칠게. 내가 정말 잘할게."
"일어나 다케오. 그런 거 아냐. 넌 잘못한 거 없어."
"근데 왜?" 다케오가 번쩍 고개를 들었다. 그러나 이내 다시 숙이며 "아니야. 내가 잘못했어. 다 내 잘못이야. 한 번만 기회를 줘." 사정했다.
"다케오. 우린 소꿉동무야. 고이비토연인가 아니야. 난 소꿉동무랑 혼인하고 싶지 않아."
"아이시테이루! 아이시테이루!사랑해! 내가 얼마나 너를 사랑하는지 보여줄까? 어떡하면 믿겠니? 지금 이 자리에서 증명해 보일까?"
다케오의 고백에 모두의 시선이 인하에게 쏠렸다. 인하가 대답했다.
"하루 종일 보아도 마음의 갈망이 그치지 않는 사람. 바라만 봐도 가슴이 끓어오르는, 그 사람을 찾았어."
휘청하는 배두를 잇뽕이 얼른 잡았다. 배두가 인하에게 보낸 노랫말이었다. 잇뽕이 배두의 얼굴을 유심히 들여다보았다. 그리고 물었다.
"Ist er du?"그 사람이 너야?
배두가 고개를 끄덕였다.
"알아듣게 얘기해." 다케오가 다그쳤다.
"사랑하는 사람이 있어." 인하가 대답했다.
"약혼은 법적인 약속이야." 다케오가 피 묻은 주먹을 불끈 쥐었다.

장내가 시끄러워졌다. 각자 견해를 주장하고, 가즈코는 일본말 조선말 섞어서 소리소리 지르고, 앞치마 두른 주방 사람들까지 나와서 의견을 말하며 소리를 보탰다.

딱. 딱. 딱. 잇뽕이 손벽을 쳤다.

"잠깐, 주목해 주십시오. 이왕 법 얘기가 나왔으니 법대생으로서 법적인 소견을 말씀드려도 될까요?" 곽승의 말에 모두들 동의했다.

"약혼은 민법에 의거, 법적 효력이 있습니다. 이를 위반하거나 약혼 해제 사유가 있으면 손해배상과 예물 반환의무가 발생합니다."

모두들 고개를 끄덕였다. 곽승이 물었다.

"백인하 씨에게 묻겠습니다. 약혼예물을 받았습니까?"

"내가 받았어요. 이게 약혼반지에요." 가즈코가 반지 낀 손을 흔들었다.

"백인하 씨. 다시 묻겠습니다. 약혼예물을 받았습니까?"

"받지 않았습니다." 인하가 답변했다.

"약혼의 당사자는 결혼을 성립시킬 의무가 있습니다."

곽승이 엄숙한 목소리로 말했다.

"거봐. 내 말 맞지? 약혼식은 법적인 약속이야."

다케오가 불끈 주먹을 쥐었다.

"그러나 민법 제83조에 의거, 약혼의 강제이행을 청구할 수는 없습니다."

곽승이 말했다.

"왜 이랬다저랬다 해. 이 돌팔이야." 다케오가 소리쳤다.

좌중에 웃음이 터졌다. 곽승이 침착하게 이어갔다.

"다만, 의무 위반을 이유로 민법 제86조에 의거, 손해배상을 청구할 수는 있습니다. 안도 다케오 씨. 손해배상 청구하시겠습니까?"

"손해배상 청구? 그런 걸 왜 해. 안 해. 난 파혼 안 해."

"들으신 바와 같이 다케오 씨는 손해배상 청구는 하지 않겠답니다. 또한 약혼예물은 받지도 않았으니 반환의 의무도 없습니다."

"그러니까, 우리 약혼은 법적으로 유효하다, 그 말인 거지요?"

다케오가 간절한 눈으로 곽승을 올려다보았다.

"당사자 한쪽에 약혼 해제 사유가 있는 경우 민법 제84조에 의거, 약혼은 해제할 수 있습니다." 곽승이 답변했다.

"약혼 해제 사유? 대 봐. 대 봐. 그런 게 어딧어?"

다케오가 으르렁거렸다.

"당사자인 백인하 씨가 명백한 약혼 해제 사유를 밝힌 바, 파혼이 인정됐고, 상대방 당사자 다케오 씨는 혼인 불성립으로 인한 손해배상청구는 하지 않겠다고 했으므로 쌍방 반환 의무 없이 파혼이 성립됐습니다."

"하나도 못 알아듣겠어. 이 돌팔이 사기꾼 새끼야."

달려드는 다케오를 동기들이 붙잡았다. 곽승이 쐐기를 박았다.

"정리하자면, 이 약혼은 애초부터 위장 약혼이었고, 약혼 예물도 없었고, 당사자 일방인 다케오 씨가 파혼으로 인한 손해배상청구도 하지 않겠다고 했으므로 오늘부로 두 사람은 약혼의 의무에서 완전히 해방되었음을 선포합니다."

누군가 박수를 쳤다가 주변의 제지로 얼른 그쳤다. 갑자기 다케오가 일어나 어디론가 뛰어갔다. 식칼을 들고 나타났다. 주방 앞이었다. 배두가 재빨리 인하 앞을 막아섰다. 다케오가 식칼을 자기 손목에 대고 소리쳤다.

"파혼 못 해. 파혼하면 죽어버릴 거야."

사태를 악화시킬까 봐 누구도 섣불리 나서지 않았다. 숨죽이고 서로 눈치들만 봤다.

"와루모노!" 나쁜년!

가즈코가 가까이 있는 바이올린을 높이 쳐들었다. 인하를 향해 내리쳤다. 동기들은 고함을 지르면서도 낱낱이 보았다. 부서진 바이올린을, 주저앉은 가즈코를, 인하를 번쩍 안고 돌아서는 강배두를.

다케오는 곽승이 이끄는 대로 의자에 풀썩 주저앉았다. 너무도 갑작스런 사태에 그곳의 누구도 곽승이 다케오에게 다가가 칼을 거두는 모습을 보지 못했다. 주방의 누군가가 다케오에게 따뜻한 물을 먹였다. 위험한 상황이 마무리됐음을 확인한 배두가 걸어 나왔다. 인하를 안은 채였다. 동기들이 길을 터주었다. 배두가 곧장 현관을 향해 걸어갔다. 인하를 안은 배두가 문을 열고 밖으로 나가기까지 모두들 멍하니 바라만 보았다.

쾅! 현관문 닫히는 소리에 정신을 차린 동기들이 우르르 유리창으로 몰려갔다. 집 주변을 밝히는 화려한 전등들이 넓은 정원을 훤히 비추고 있었다. 배두가 마사에서 하얀 말을 끌고 나오는 게 보였다. 인하를 말에 태우고 저도 훌쩍 올라탔다.

히이힝~ 말 울음소리가 아득히 들려왔다.

배두가 말머리를 돌려 강 쪽으로 달리기 시작했다. 인하의 하늘하늘한 드레스 자락이 푸른 깃발처럼 흩날렸다. 옷자락은 물감이 풀리듯 안개 속으로 스며들며 푸르른 잔상을 남겼다. 인하도 배두도 하얀 말도 꿈결처럼 안개 속으로 사라졌다. 동기들은 텅 빈 유리창에서 떠날 줄을 몰랐다.

옛날에, 바이칼 남쪽 부족의 한 전사가 초원에서 혼례행렬을 보게 되었단다. 전사는 신부를 보자마자 첫눈에 반해버렸지 뭐냐. 그 전사는 형제들과 힘을 합쳐 도끼를 휘두르며 혼례행렬을 추격하기 시작했지. 그 기세가 얼마나 대단하던지 신부는 자기를 납치하러 달려오는 남자가 보통 사람이 아니라는 걸 알아차렸어. 그래서 재빨리 사태 수습에 나서지. 꼼짝없이 죽게 됐다고 덜덜 떨고 있는 신랑을 얼른 도망시키고는 초원이 떠나가게 크게 울었어. 한바탕 큰 울음으로 먼저 혼례를 지워버리는 거야. 그러고는 쫓아온 전사를 운명으로 받아들여 혼인을 했지. 그 운명의 전사와 용감한 미인 사이에서 태어난 아이가 바로 칭기스칸이란다.

씨름 장사 할아버지는 재미있는 옛날이야기를 많이 들려주셨다.

다케오에게 인하를 빼앗은 배두는 마치 그 옛날 도끼를 휘두르며 신부를 약탈한 전사가 된 기분이었다. 용감한 신부가 배두의 허리를 꽉 끌어안았다. 신부의 뜨거운 심장박동이 배두의 등으로 고스란히 전해졌다. 두 심장이 하나 되어 쿵, 쿵, 뛰었다. 세상은 안개 뒤로 물러나고, 오직 '둘' 뿐이었다. 배두는 꿈결인 듯 안개 속을 달려갔다.

生의 한낮

∘
∘

빛 화살을 맞다

예배당 첨탑이 잿빛 구름에 닿을 듯 솟아있었다. 붉은 벽돌과 파란 지붕이 눈길을 끄는 자교예배당은 애시덕과 그 가족이 모두 성가대에 속해있는 동네 교회이다. 예배 없는 금요일, 두 젊은이의 약혼 예배가 한창 진행 중이었다.

애시덕이 바라던 대로 두 아이들은 서로를 선택했다. 음악부 전교생이 보는 앞에서 격투를 벌였다고 한다. 뮤직홀을 한순간에 권투 링으로 바꿔버린 결투. 그토록 격렬한 파혼식이라니. 얼마나 멋진가. 얼마나 통쾌한가. 애시덕은 예복을 갖춰 입은 잘 생긴 배두를 바라보며 기쁨과 슬픔을 동시에 느꼈다.

아들의 약혼 예배가 진행되고 있는 이 시간, 어머니 인덕 선배는 소식 한 자 전할 길 없는 3.8선 너머에 있고, 아버지 강립은 몽고 이방인 묘지에 백골로 누워 있다. 춘방루 손대인이 신랑 후견인 자격으로 부모의 빈자리를 채웠다. 하객은 초대하지 않았다.

목사님은 약혼예식 진행이 처음이었다. 혼인 주례사를 하다가 아차 싶으면 성경을 읽고, 느닷없이 설교 말씀을 전하고… 들쑥날쑥이었다. 아무렴 어떠랴. 주님께 두 아이의 혼약을 보고하는 것으로 충분하다. 갑자기 불이 나갔다. 이북에서 들어오던 전기가 끊긴 이후로 걸핏하면 정전이다. 예배실은 갑자기 밤이 됐다. 목사님은 당황한 나머지 보이지도 않는 약혼 예배 글을 노려보다가 갑자기 선포해버렸다.

-이제 둘이 아니라 한 몸이니 하나님이 짝지어주신 것을 사람이 나누지 못할지니라-

"저건 성혼선포문 아냐?" 신부 아버지가 신부 엄마를 바라보았다.

"약혼이나 혼인이나 혼약인 건 같잖아."

애시덕은 흐뭇한 미소로 두 아이를 바라보았다.

웬일일까. 어두컴컴한 실내에서 둘의 얼굴만 환히 빛난다. 두 얼굴에만 햇빛이 비친다. 애시덕은 빛이 내려오는 위쪽을 올려다보았다. 천정 꼭대기에 창이 있는 줄 몰랐다. 작고 동그란 창으로 햇살이 들어오고 있었다. 화살 같은 강한 빛줄기가 예배당의 어둠을 가로질러 두 젊은이에게 닿았다.

빛 화살에 휩싸인 얼굴은 너무도 아름답고 너무도 신비로워 딸인가 싶었다. 분명 딸이고 분명 배두인데 보통 때 보던 그 얼굴들이 아니었다. 아름답다는 말로는 부족한 성스러움이 깃든 아름다움. 마치 성화聖畫의 인물들을 보는 것 같았다.

불이 들어왔다. 빛이 사라졌다. 애시덕은 인하와 배두를 다시 보았다. 여전히 아름다운 얼굴이지만 찬란한 빛에 휩싸인 성스러운 그 얼굴은 아니었다.

창가의 낙엽송에 툭 툭 빗방울이 듣기 시작했다. 예배당에 들어올 때, 하늘은 비를 잔뜩 머금은 두터운 잿빛이었다. 무거운 비구름이 마침내 비를 뿌린다. 애시덕은 꼭대기 창을 올려다보았다. 천정은 캄캄하다. 방금 전, 그토록 힘차게, 찬란하게, 빛 화살을 내쏘던 창은 아는 눈으로 찾아도 보이지 않았다. 성화의 인물 같던 그 얼굴은 혹 환상이 아니었나, 의심이 들었다.

애시덕은 방금 전 상황을 현실적으로 되짚어보았다. 먹장구름 틈새로 햇살이 쏟아지고, 있는 줄도 몰랐던 꼭대기 창으로 그 빛이 들어올 때 예배당은 때마침 정전이고, 예식 중인 두 얼굴에 빛이 머물렀다는 것이다. 모순을 발견할 수 없었다. 눈을 감고 그 순간을 떠올렸다. 화살 같은 강한 빛이 두 얼굴을 비추던 신비한 그 순간이 망막에 또렷이 맺혔다.

"여보, 괜찮아? 어디 안 좋아?"

남편이 아내의 얼굴을 들여다보았다. 애시덕은 남편의 선한 얼굴을 마주 보며 미소지었다. 그리고 가만히 속삭였다.

"이로써 너희 두 이름이 하늘에 기록되었음을 기뻐하여라."

마곳간 프로포즈

이런 일이 있었지. 바로 여기, 효자동 전차 종점에서, 인하를 기다렸어.

느낌은 확실한데 실제로 그런 일은 없었다. 어린 시절에는 자주 헷갈렸다. 처음 와 보는 장소가 꼭 와 본 곳 같고, 전혀 처음인 상황인데 꼭 겪었던 일 같고. 배두는 오랜만에 기시감을 느끼며 인하가 나타날 골목 어귀를 지켜보았다. 약속하고 정식으로 만나는 첫 만남. 수 없이 상상하고 꿈꾸었던, 오늘이 그날이다!

배두는 짐짓 다른 곳에도 눈을 주고는 했다. 경무대를 지키는 미군 헌병들의 간략한 교체식도 보고, 드나드는 자동차들도 보고, 전차에서 내리는 사람들에게도 시선을 주곤 했다. 그 틈에 반짝 인하가 나타나면 '어, 왔어?' 태연하게 맞을 참이었다. 기다리는 일이 조금도 지루하지 않았다. 지루하기는커녕 마냥 행복해서 온종일 기다려도 좋을 것 같았다. 한편으론 인하가 눈앞에 딱 나타나야 믿어질 것 같고, 만져보고 목소리를 들어야 실감 날 것 같은 조바심이 일기도 했다. 늦가을 싸늘한 바람이 배두의 바바리코트 자락을 흔들었다.

"구텐 탁, 슐러!" Guten Tag, Schüler! 안녕, 학생!

인하! 배두가 두 팔을 활짝 벌렸다. 거의 안을 뻔했다. 단풍나무 같은 나의 연인. 빨간 코트가 멋지게 어울린다.

"나, 늦은 거 아니다?" 사과를 해도 딱 저처럼 하는 인하.

“내가 일찍 왔어.” 배두가 싱글벙글 변명해주었다. ‘하루 종일이라도 기다릴 수 있어.’ 그 말은 간신히 참았다. 십구 분 아니라 백구 분 늦었어도 왔으면 된 거다. 배두는 마냥 좋기만 했다.

“‘슐러’라고 했는데 왜 가만있어?” 인하가 놀렸다.

슐러! 행복했던 입원실이 떠오른다.

“네가 그렇게 부르면 기분이 좋아.” 배두의 고른 치열이 하얗게 드러났다.

“나도 기분 좋아. 내가 프로페서였잖아.”

학교 끝나자마자 부리나케 달려갔던 입원실, 배두의 병실 앞에서 뛰는 가슴을 진정시키던 순간들, ‘슐러’ ‘스튜덴틴’ ‘프로페서’ 독일어 단어로 다투던 일들이 아득한 옛일 같았다. 배두도 같은 생각을 하고 있었다. 행복했던 입원실을 생각하면 자꾸만 웃음이 난다.

인하가 실없이 웃고 있는 배두의 팔꿈치를 살짝 꼬집었다. 배두가 얼른 그 손을 잡아 팔짱을 끼곤 못 빠져나가게 꽉 눌렀다. 행인들이 곱지 않은 눈길로 쳐다보았다. ‘에구 망신스러워라. 사람 많은 거리에서 팔짱을 끼다니. 요새 젊은것들은 예의가 없어.’ 행인들의 못마땅한 눈길에 대고 배두는 자랑하고 싶었다. 크게 외치고 싶었다.

‘우리 약혼했어요! 내 약혼녀에요! 내가 약혼자에요!’

인하는 말을 해줄까 말까, 망설였다. 실은 약속시간보다 오 분 일찍 전차 종점에 도착했었다. 마음이 급해서 다니지 않던 지름길로 왔다. 배두의 뒷모습이 보였다. 그는 인하가 늘 다니는 여학교 쪽 길만 쳐다보고 있었다. 인하는 경무대 앞 큰 나무를 둘러싼 높은 돌 화단에 기대어 배두의 뒷모습을 바라보았다.

'바보야 돌아봐. 길이 거기 하나니?'

십 분쯤 있다가 놀래줄 생각이었다. 자기를 기다리는 배두의 뒷모습을 바라보는 시간이 행복했다. 전차가 들어왔다.

공일空日 낮 시간, 전차 안은 한산하다. 배두는 오늘 인하와 갈 데를 정해두고 나왔다. 어디라고 말하면 '왜?'라고 묻겠지. 미리 말해서 김 빼지 말자. 그래도 인하 물음에 대비는 하고 있어야 한다. 일단, 화신백화점으로 가자. 커피도 마시고 점심도 먹고. 아니야. 첫 만남으론 너무 평범해. 영화 보러 가자고 할까? 그야말로 남자들이 늘 하는 진부한 짓거리지. 안 되겠어. 직진이다.

"잘 지냈어?" 문득 인하가 물었다.

"응." 배두가 대답했다. 뭐야, 뜬금없이.

"자알 지냈어?" 인하가 또 물었다.

"으응…." 배두도 또 대답했다.

"다시."

뭘 다시? 영문을 모르겠는 배두가 인하를 쳐다보았다.

"나, 병원에 갔었어."

아! 퇴원하고 사라진 날들에 대하여 묻고 있구나.

"미안해…."

"다시!"

"보고 싶었어. 너무 보고 싶어서 심장이 산산이 부서져 버렸어!"

신설동에서 전차를 내렸다. 열 띤 환호성이 도로에까지 들려왔다. 목조 이층 관람대는 사람들이 너무 많아서 무너지기 직전이었다. 경주마들이 달리는 주로走路에까지 구경꾼들로 발 디딜 틈이 없었다. 배두는 인하 손을 꽉 잡고 경주로 가까이로 뚫고 들어갔다.

"경마 구경 온 거구나." 인하가 말들에 시선을 둔 채로 말했다.

"잠깐 구경하고, 고향 친구 만나러 가자." 배두도 말들을 보며 답했다.

인하는 더 묻지 않았다. 고향 친구 누구? 입장권은 안 끊어? 배팅은 안 해? 여러 가지가 궁금할 텐데. 전차를 탈 때도, 전차 안에서도, 어디 가느냐고 묻지 않았다. 여자가 꼬치꼬치 캐묻지 않고 순순히 남자를 따라온다는 것은 무슨 뜻일까. '너와 함께라면 어디라도 좋아. 너를 믿으니까. 널 사랑하니까.' 배두는 키가 갑자기 한 뼘은 커진 기분이었다. 남자의 기백을 한껏 높여주는 이 여자를 위해서라면 목숨도 아깝지 않다. '나야말로 너하고 라면 지구 끝까지, 아니 지옥 끝까지라도 간다!' 큰소리로 외치고 싶었다.

경주마들이 흙먼지를 일으키며 달려오고 있었다. 구경꾼

들이 함성을 지르며 흥분하기 시작했다. 선두마가 나타났다. 결승선을 향해 혼신의 힘을 다해 질주해 온다. 구경꾼들이 손바닥이 아프도록 박수를 치며 목청껏 소리를 질러댄다. 돈 한 푼 걸지 않은 가난한 사람들이 환호하며 기뻐한다. 비록 짐승이지만 그 승리를 축하하고 그 기쁨을 함께 나눈다.

"선두마의 땀방울을 봐." 배두가 소리쳤다.

"뭐라구?" 인하도 소리쳤다.

"널 향해 저렇게 달려왔어!"

"안 들려!"

선두마가 결승선을 통과했다. 환호성이 하늘을 뒤덮었다. 배두가 목청껏 소리쳤다.

" хайртай! хайртай! хайртай! 인하야!"

말들이 퇴장하고 환호성이 가라앉았다. 배두가 인하 손을 이끌고 인파에서 빠져나왔다.

"아까 나 불렀어?" 인하가 물었다.

"응." 얼굴이 달아올랐다. 하이르태! хайртай 사랑해!는 못들은 모양이었다.

"왜?"

"불러보고 싶어서."

"싱겁긴. 그 선두마, 기록 잘 나왔을까?"

기록? 경마에 무슨 기록. 아무튼 오늘 인하의 첫 질문이다.

"경마는 순위 경주야. 무조건 일등한 말이 대끼리지."

"대끼리? 그게 뭐야?" 인하의 미간에 주름이 잡혔다. 너 뭐야? 노름꾼이야?

배두는 시치미 뚝 떼고 대답했다.

"대길大吉의 일본식 발음이야. 최고다! 뭐 그런 뜻."

인하는 대꾸가 없다.

"다들 눈에 불을 켜고 입상 가능한 경주마를 찾지. 그렇게 점찍은 말에 돈을 거는 거야. 경주마들은 까닭도 모르면서 죽어라 뛰고."

"돈 잃는 사람이 많겠네."

"그만큼 버는 사람도 있지."

인하가 딱 섰다. 보나마나 화난 얼굴일 게다. 마방 앞이었다. 배두가 말없이 앞장서 들어갔다. 경주마들이 낯선 인하에게 텃세를 부렸다. 앞다리를 번쩍 드는 녀석, 갑자기 '히잉~' 소리 지르는 녀석, 뒷발로 뻥 벽을 차는 녀석까지. 살짝 돌아보니 인하가 배두 등 뒤에 바짝 붙어있었다. 저도 말을 타면서 놀라기는. 한라 앞에 왔다.

한라 녀석, 반갑다고 '푸르륵~푸르륵~' 콧소리를 내고 난리다. 배두 손에 콧등을 디밀고 얼굴을 비벼대며 응석을 부린다. 아직 어린 티가 남아서다. 세 살이 채 안 된 풋내기 악동.

"응 응 알았어. 줄게. 줄게."

배두가 코트 주머니에서 먹을 것을 꺼냈다. 사과 두 알, 잎 달린 당근 세 개. 배두는 바쁘다. 흥분한 한라 먹이랴, 인하 돌아보랴. 와삭와삭 한라 과일 먹는 소리가 듣기 좋다.

"내 친구 한라야. 잘 생겼지?

"쪼꼬레또 색이 근사하다. 근육도 정말 멋지네." 인하가 감탄했다.

"그러니 줄리엣이 반했지." 배두가 가슴을 쑤욱 내밀었다.

"응?" 인하 눈이 커졌다.

"비밀이라 더는 말 못 해."

배두가 시치미를 뗐다. 인하의 눈망울이 순간 흔들리는 걸 보았다. '알아들으셨나?'

"한라, 네 말이야?" 인하 목소리가 쌀쌀해졌다.

'삐지셨네.' 배두가 웃는 얼굴을 슬쩍 돌리고 물통의 물로 간단히 손을 씻었다. 그리고는 인하 귀에 대고 "머리부터 배까지만" 속삭였다.

인하가 배두를 밀어내며 톡 쏘았다.

"너 아까부터 말 이상하게 한다?"

"쉿!"

배두가 한라를 한번 쓱 쳐다보고는 작은 소리로 말했다.

"마주馬主가 노름을 해. 내게 한라를 담보로 돈을 빌려 가. 이제 반 남았어."

"다 줘버려."

"맘 같아서야 당장 그러고 싶지." 배두가 한라에게 다가갔다.

"여기 좀 만져볼래?"

배두가 인하에게 한라의 평평한 앞이마를 쓰다듬게 해주

었다.

"이 블레이즈*Blaze 좀 봐. 이렇게 멋진 불꽃무늬 본 적 있어?"

"불꽃무늬? 오, 정말. 하얀 불꽃 같네."

"줄리엣이 반할 만하지?"

덕소의 줄리엣? 얘들은 서로 본 적도 없는데? 인하가 갸우뚱했다.

"나한테서 한라 냄새를 맡더라. 내 손을 핥더라구. 보기도 전에 반해버렸어."

배두는 어이없어하는 인하를 엎어놓은 여물통 위에 앉혔다.

"할 얘기가 있어. 벌써 하려고 했는데… 그동안 우리 좀 바빴잖아."

인하가 '흡' 숨을 들이마셨다. 그랬지. 요란하게 파혼하고, 갑자기 약혼하고, 정신없었지. 고백할 기회가 없었어. 지금이 그때구나! 인하 귀에 자기 심장 뛰는 소리가 들렸다.

"왜정 때, 나 출학당했었어. 나라 없는 설움을 톡톡히 겪었지."

그건 아는 얘기고, 진짜 할 말을 해. 인하가 가만히 숨을 내

---

* **블레이즈Blaze** 말과 소의 안면 양 눈 사이에서 콧등까지 중앙을 지나는 하얀 선.

쉬었다.

"어렸을 때, 아버지와 그 동지들을 보면서 알았어. 독립군에게 말이 얼마나 중한지. 차가 못 가는 길도 가고, 사람이 못 드는 무기도 거뜬히 들고. 열사람 몫은 너끈히 해. 그때 결심했어. 내가 독립군이 되진 못해도 나 대신 한라를 독립군마로 만들자."

'군마? 독립군마? 이 중요하고 로맨틱한 시간에 웬 뚱딴지 같은 소리야.'

긴장으로 솟았던 인하의 어깨가 스르르 내려가며 웃음이 나왔다. '깜빡 잊었네. 지금은 강배두지. 베드로가 아니지. 이런 때 베드로라면 달콤한 노랫말로 고백했을 텐데. 강배두니까 봐준다.'

"뭐가 우스워?" 배두가 큰 눈으로 인하를 보았다.

"비밀이라 더는 말 못 해. 하던 얘기나 계속해 봐."

인하도 시치미를 뗐다.

"출학당하고 경마장에 와서 한라를 만났어. 녀석이 말도 안 듣고 말썽만 부리고 천덕꾸러기더라고. 마주가 말 안 듣는다고 때려서 사람을 믿지도 않고. 한라가 반항하고 거칠게 구는 게 내 눈엔 슬퍼 보였어. 사람과 교감하고 사랑받고 싶은 건데."

"이젠 안 그러지?"

"다크호스로 떠올라서 걱정이지. 요즘은 마주도 눈치를 채고 돈을 안 빌려. 난 한라가 나쁜 마주의 돈벌이 수단으로 혹사당하는 거 못 봐. 그 손아귀에서 꼭 빼내고 말 거야."

"이젠 독립군마 같은 건 필요 없잖아. 섭섭하겠네." 인하가 위로했다.

"맞아. 독립군마가 필요 없는 시대! 우린 행운아야. 그래도 한라가 땀 흘릴 만큼 실컷 뛰게는 해줘야지. 맘껏 뛰고 나면 온몸을 투르르 털며 환호성을 질러. 한라가 완전히 내 께 되면 줄리엣 옆에 있게 해주자. 우리 둘이 나란히 강변도 달리고."

인하는 푸른 드레스 자락을 휘날리며 안개 속을 달리던 그날이 생각났다. 새삼 배두를 바라보았다. 나쁜 마법에 걸린 공주를 구해낸 나의 왕자님. 믿음직스러웠다.

"한라가 얼마나 훌륭한 자질을 타고났는지, 볼래?"

배두가 벌떡 일어나 한라에게로 다가갔다.

"이 목 좀 봐. 몸체와 비례해서 딱 적당한 길이야. 가슴과 폐는 크기가 일치하거든. 그래서 가슴은 넓을수록 좋은 거야. 봐, 아주 넓지? 특히 이 앞다리. 어깨 연결 부위에서 곧바로 뻗어있는 거 보이지? 아주 좋은 거야. 앞다리는 달릴 때 충격을 흡수하기도 하지만 기본 골격 배열과 직접 관련이 있어. 한라는 혈통이 우수한 부모에게서 태어난 게 분명해."

인하는 기대했던 고백도 잊어버리고 한라에 빠져들었다. 아니, 배두에게 빠져들었다. 말馬 공부를 많이도 했네. 아주 말 박사야. 말에 대해서는 베드로도 강수호도 배두에게 택도 없다. 인하는 기분이 좋아서 자꾸만 웃음이 나왔다.

"이상하다. 너 왜 자꾸 웃어?" 배두가 고개를 갸웃했다.

"좋아서."

"한라가?"

"응." 인하가 웃지도 않고 대답했다.

덩달아 기분이 좋아진 배두가 진지한 얼굴로 다시 여물통 위에 앉았다.

"문제 하나 낼게."

배두의 말에 인하가 대뜸 지갑부터 꺼냈다.

"문제보다 경마장에 왔는데 베팅해야지. 얼마 걸까?"

배두는 금방 알아들었다. '대끼리' 해명 요구다. '너 경마로 노름하니?'

"그 지갑으론 택도 읎습죠, 아가씨." 배두가 경마꾼처럼 느물거렸다.

"그럼, 집이라도 걸어?"

인하는 어떻게 '집'이라는 말을 저렇게 거침없이 할까. 배두는 '집'이라는 말만 들어도 가슴이 두근거리고 얼굴이 화끈 달아올랐다.

자교교회에서 약혼식 마치고 춘방루에서 식사 자리가 있었다. 손대인이 모처럼 솜씨를 발휘한 대단한 요리들이 간소한 약혼식의 서운함을 덜어주었다. 후식으로 들어온 달콤한 지마구를 먹으며 오늘 요리에 대한 칭찬과 감사를 나눌 때였다.

손대인이 등지고 앉은 쪽의 중국풍 장식 가구 하나를 힘껏 밀어냈다. 뒷벽에서 작은 문이 나타났다. 모두들 큰 눈을 하고 손대인의 행동을 지켜보았다. 작은 문을 열자 금고가 나타났다. 인하 네도 있고, 안국동 외가에도 있는, 비슷하지만 그보다는 작은 금고였다. 손대인이 다이얼을 돌리고 금고를 열었다. 쇠문 안의 나무문을 열자 서랍 달린 가구 형태의 진짜 금고가 나타났다. 선반에 문서들이 겹겹이 들어있었다. 손대인이 입을 열었다.

"배두 명의의 점포 문서들입니다."

뜻밖의 상황에 놀란 식구들이 손대인의 넓적한 얼굴만 쳐다보았다.

"충무로, 진고개, 동대문시장… 상권이 잘 형성된 곳으로만 골랐습니다. 왜정 때 지은 점포들이라 깨끗합니다. 충무로 입구 건물에는 사진관이 들어있고, 진고개 건물엔 병원과 약방이 들어있고, 동대문시장 포목점도 몇 개 있습니다. 그리고…."

손대인이 금고 안에서 문서 두 장을 꺼냈다.

"여염집閭閻 문서입니다. 가회동 11번지, 31번지, 그 일대 집들이 좋아서 두 채 사두었습니다. 배두가 혼인해 살 집을 염두에 둔 건데 부모님께서 직접 보시고 결정하시지요. '집장수집'이라고들 합니다만 건양사가 지은 탄탄한 집입니다. 이 춘방루도 배두 명의의 점포지요. 이제 약혼도 했으니 제 할 일은 다한 듯 싶습니다. 부모님께서 맡아두시지요."

애시덕은 인덕 선배의 선견지명에 탄성이 나왔다. 배두가 음악에만 전념할 수 있도록 일찌감치 상속해 두었구나. 해방 전에, 공산당에게 토지며 재산이며 몰수당하기 전에, 마치 앞날을 예견이나 한 듯 조치를 취해 두었던 거다. 생각나는 일이 있었다. 삼팔선이 막혀 학비조차 아쉬운 고아처럼 되어 버린 배두가 염려되어 학교 급사 일을 핑계로 장학금을 주겠다고 제의한 적이 있었다. 점잖게 거절당했다.

애시덕은 아이들이 혼인할 때까지 문서들은 맡아두기로 하고, 나머지는 그동안 배두와 손대인이 해오던 대로 하자고 의견을 냈다. 그동안 해오던 일이란, 손대인이 매달 가게 세전稅錢을 받아 배두 명의의 은행 통장에 넣는 일, 그런 일들의 댓가로 춘방루는 지금껏처럼 세전 없이 영업한다는 것을 의미했다.

"뭐해? 문제 안 내?" 인하가 배두를 빤히 쳐다보고 있었다.

"아, 문제. 한라 고향은?"

"그걸 문제라고 내? 당연히 제주도지."

"그걸 문제라고 낼까. 당연히 틀렸지."

"그럼 어디야?"

"한라는 몽고 말이야. 내 고향 친구야."

"만난다는 고향 친구가 한라였어?"

"으응…."

배두가 말끝을 흐렸다. 할 말이 있는 얼굴이었다.

"삼팔선 풀리면 우리 몽고에 가자. 거기 가면 우리 집도 있고 어머니 피아노도 있고 아버지 병원도 있어. 러시아식 통나무집 병원이 주일엔 교회가 돼. 난 다섯 살짜리 반주자였어. 동그란 게르 집, 꼭 보여주고 싶어. 천정 작은 창으로 별들이 막 쏟아져. 그 별을 받겠다고 그릇을 대놓곤 했지. 아침에 보면 빈 그릇이었어."

인하는 별을 받는 다섯 살 꼬마 배두가 보이는 것 같았다.

"거기는 땅을 긁기만 해도 석탄이 나와. 노천 탄광 마을이거든. 여러 나라 사람들이 모여들었지. 중국사람, 러시아사람, 카자흐사람… 거기, 아버지를 두고 왔어."

몽고에 아버지 무덤이 있구나. 인하는 마음이 아팠다.

"아버지는 나하고 산에 다니길 좋아하셨어. 많은 이야기를 나눴지. 우린 친구 같았어."

배두의 눈이 촉촉해졌다.

"한번은 만년설 덮인 산에서 신기한 꽃을 봤어. 하얀 눈 속에 희디흰 꽃이 피어있는 거야. 하마터면 밟을 뻔했지. 꼭 별처럼 생긴 꽃이었어."

배두는 불에 타다만 막대를 주워다가 마구 낙서를 하곤 한가운데 별 두 개를 그렸다.

"고산지대는 아주 추워. 이렇게 서로 엉키지 않곤 살 수가 없어. 이 꽃은 꼭 쌍으로만 피는데 원래는 별이었대. 둘이 금지된 사랑을 했어. 텡그리하늘의 노염을 산 별들은 인간의 몸을 받아 땅으로 쫓겨났지. 텡그리에게 빌어 용서받으면 다시 별이 되어 영원히 살 수 있지만 그러지 않았어. 두 사람은 지상에서 사랑하며 행복하게 살다가 한날한시에 죽었지. 둘의 죽음을 가엾게 여긴 텡그리가 별꽃으로 환생시켜 준거야. 꽃말도 사랑과 죽음."

"슬프고도 아름다운 전설이네. 꽃 이름이 뭐야?"

"완 셈 베 루." 배두가 한 자 한 자 또렷하게 말했다.

"완 셈 베 루." 인하도 따라했다.

"우리, 그 꽃 이름 나눠 가질까?" 배두가 고백이나 하듯 속삭였다.

"꽃 이름을 나눠 가져? 어떻게?" 인하의 눈동자가 빛났다.

"나는 완셈, 너는 베루."

"우리끼리만 부르는 이름이야?"

"우리 둘만 아는 비밀이름이지."

"비밀이름. 멋지다!"

"내 주머니에 손 넣어봐."

"나 당근 안 좋아해."

배두가 인하 손을 잡아 자기 주머니에 쑥 집어넣었다.

매끈한 비단상자가 잡혔다. 인하는 올 것이 왔구나, 생각했다. 약혼식은 했어도 약혼반지는 없었다. 붉은색 금은방의 비단 상자였다.

"맘에 들었음 좋겠다." 배두가 수줍어하며 상자를 열어보였다.

하트 모양 펜던트에 글씨를 새긴 금목걸이였다. 별 모양을 보고 오~ 탄성을 질렀다. 음악부 파티지만 준회원 곽승의 등장을 모두들 자연스럽게 받아들였다.

"제가 독일 문학을 좋아합니다. 사전 찾아가며 더듬더듬 읽는 수준이지만 며칠 전 아주 재미있고 감동적인 소설을 읽었어요. 끝이 슬프니까 손수건들 준비하세요."

동기들은 느닷없는 책 얘기에 의아해하면서도 박수를 쳤다.

"제목은 '알트 하이델베르그' 줄거리만 간략히 말씀드리겠습니다. 어느 날, 칼스부르그 공국의 황태자 칼이 하이델베르그 대학에 학생으로 옵니다. 젊음의 시간 속으로 들어온 거죠. 성에서 고루한 후계자 수업만 받던 황태자가 자유분방한 대학생들의 서민 생활에 푹 빠져버렸지요. 독일 속담에 이런 말이 있어요. '무슨 일이 가장 신날 때 그만두어라.' 또 이런 말도 있지요. '일어날 일은 일어나고야 만다.' 황태자에게 그 두 가지가 동시에 찾아옵니다. 대학생들의 단골 술집에서 일하는 아가씨 케티를 보는 순간 첫눈에 반해버린 겁니다. 황태자의 첫사랑이지요."

"아…!" 동기들 사이에서 탄식이 흘러나왔다.

"케티는 술집에서 일은 하지만 기품 있는 아가씨에요. 황태자와 아가씨는 첫사랑에 빠졌고 여느 젊은이들처럼 꿈같은 나날을 보냅니다. 그러던 어느 날, 급보가 날아듭니다. '대공이 쓰러지셨으니 즉시 귀국하십시오.' 자신의 운명을 아는 황태자는 떠나면서 말합니다.

우린 알고 있어. 서로 사랑한다는 거. 다시는 만날 수 없다는 거. 하지만 작별인사는 하지 않을 거야. 너는 늘 내 맘속에 있을 거니까. 나는… 너를… 평생 그리며 살 거야.

여학생들이 훌쩍거렸다.

"사랑하는 두 사람, 헤어지지 말고 쭈욱 행복했으면 좋겠지요?" 잇뽕의 물음에,

"네!!!!" 모두가 한 목소리가 되어 대답했다.

"그래서 제가 멋지게 고쳐버렸습니다. 두 사람이 영원히 사랑하게 맺어줘 버렸습니다. 동기 여러분 찬성하십니까?"

"찬성! 찬성!! 두 사람 맺어주세요!!!"

"그럼 황태자와 아가씨를 모시겠습니다."

가림막이 치워졌다. 거기, 정말 황태자 같은 강배두와 공주님 같은 인하가 나타났다. 복숭아 빛 오간자 드레스에 화관을 쓴 인하는 동화책에서 오려낸 공주님 같았다.

조용해졌다. '다케오와 파혼한 지 얼마나 됐다고 강배두와 약혼이야.' 소리 없는 비난이 화살처럼 날아왔다. 동기들은 두리번 두리번 다케오와 가즈코를 찾았다. 다행히 그 둘은 참석하지 않았다. 사실 잇뽕이 힌트를 주었다. 도중에 약혼식이 있을 거라고. 이미 혼인했지만 다케오가 또 무슨 난동을 부릴지 알 수 없었다. 언제나 자신만만한 잇뽕도 썰렁해진 분위기에 당황했다. 좋은 생각이 떠오르지 않았다.

따따따 다~ 따따따 다~ 따따따 다~ 따따따 다~

트럼펫이 튀어 올랐다. 배두의 트럼펫 선생 동기가 멘델스존 결혼행진곡의 시작을 알렸다. 트럼펫의 인트로intro를 이어받으며 악단이 자연스럽게 결혼행진곡을 연주하기 시작했다. 모두 어이없어하면서도 오, 음악의 힘이여! 굳은 표정들이 풀리기 시작했다. 어쩌면 만족스러운 식사 덕분인지도 모른다.

원래는 약혼식 끝난 후 식사하고 댄스파티를 하기로 했다. 파티 회의에 참석했던 잇뽕이 식사 먼저 하자고 우겼다. '코 아래 진상이 최고다. 배가 불러야 마음도 넉넉해지지.' 평생 가난한 살림을 꾸려 오신 어머니 말씀이다. 이번에도 적중했다. 연주가 잦아들 무렵 잇뽕이 물었다.

"황태자님, 콧대 높은 아가씨를 약혼식장까지 모시고 온 비결이 뭡니까?"

배두가 대답했다.

"O mio babbino caro. 아버지 내 사랑을 허락해주세요. 안 그러면 강물에 몸을 던지겠어요. 당연히 제가 기사도를 발휘해야죠."

유머라고 던진 말에 동기들이 고개를 갸웃했다. '오만한 인하가 먼저?' '인하라면 그럴 수 있지. 덕소음악회에서도 봤잖아. 양손에 두 남자를 쥐고 흔드는 거.' '칼부림까지 날 뻔했잖아.' '인하가 누구니? 카르멘이잖아.' '맞아. 오 미오 빠삐노 까로를 부르면서 강배두를 유혹했을 거야.'

인하는 느닷없는 배두의 말에서 생각나는 게 있었다. 성악연습실에서도 배두가 비트뭉을 연주하며 그랬지. '빚 갚은 겁니다.' 이제 알겠네. 새벽마다 내 노래를 들었으니 '그 빚을 갚는다'는 뜻이었어! 그렇다고 이런 자리에서 폭로를?

잇뽕이 어색해진 분위기를 모른 척 계속 진행했다.

"이번엔 아가씨께 묻겠습니다. 황태자의 말씀이 다 사실입니까?"

모두의 시선이 인하에게 쏠렸다. 인하가 복수할 차례였다.

"'비트뭉'을 부르며 영혼과 심장을 바치는 남자, 구원해야죠."

인하의 새침한 대꾸에, 잇뽕이 한 발 더 나갔다.

"하지만 비트뭉은 슈만이 클라라에게 바친 세레나데가 아닙니까?"

"그래서 준비했습니다." 배두가 대답하며 피아노에 앉았다.

"'나의 신부 백인하에게 바치는 비트뭉'입니다."

사랑이란 믿음의 불
사랑의 약속에 어떻게 가벼운
발걸음으로 갈 수 있을까.
별들 아래서 따뜻한 시선으로
서로를 바라볼 때 세상은
우리 사랑의 축에서 돈다.
내 영혼과 심장 그대에게 바칩니다.

여자 동기들에게서 박수가 터져 나왔다. 부러움에 젖은 얼굴들이었다. 남자 동기들도 박수로 동의를 표했다. 잇뽕은 이제 진짜 약혼식을, 약혼의 물증을, 문제의 예물교환을, 진행해도 되겠다고 생각했다.

"약혼 예물교환이 있겠습니다."

크게 뜬 눈들이 반지에 쏠렸다. 가즈코가 '진짜 약혼은 이런 거야' 소리쳤던 약혼반지를 떠올리고 있는 게 분명했다. 배두가 인하 손에 반지를 끼워주었다. 인하가 자연스럽게 왼손을 들어 머리칼을 매만졌다. 궁금해 죽을 지경인 여자 동기들이 약혼반지를 잘 볼 수 있도록. 가즈코의 것과는 비교도 안 되게 크고, 맑고, 휘황한 다이아몬드를 똑똑히 확인할 수 있도록.

여자 동기들이 질투 섞인 한숨을 가만히 내쉬었다. 배두의 팔목에도 번쩍이는 오메가가 채워졌다. 배두의 오메가는 삼팔선 넘을 때 물이 들어가 서버렸다. 언젠가는 그 오메가도 수리해야겠지.

악단이 로맨틱한 댄스음악을 연주하기 시작했다. 잇뽕이 익살을 떨었다.

"오래 기다리셨습니다. 드디어 목 빠지게 기다리던 댄스파티입니다. 가면 착용하시고 평소 맘에 두었던 파트너에게 도전해 볼 절호의 찬스를 놓치지 마십시오. 그럼 행운을 빌며! 맘껏 즐기십시오."

새벽 한 시에 시작한 댄스파티는 통금이 풀리는 새벽 4시까지 멈출 줄을 몰랐다. 동기들은 중간중간 커피와 호화로운 디저트들이 차려진 테이블을 들락거리며 통금시간의 캄캄한 서울을 으쓱한 기분으로 내려다보곤 했다. 조선호텔에서만 맛볼 수 있는 파인애플 아이스크림은 남녀 불문 인기였다. 약혼식은 대성공이었다. 통금시간 자정에 올린 배두와 인하의 조선호텔 약혼식은 동기들 뇌리에 뚜렷이 각인되었다.

암호명; 히바리 히메

•

•

삼공 경오생, 구공 경오생

서촌 세대문집 앞에 택시가 섰다.

달려는 왔지만, 막상 보살을 대할 생각을 하니 멈칫해졌다.

보살은 이미 영혼결혼식이라는 조건을 던졌다. 거래가 통할 것 같은 분위기가 아니었다. 달리 방법이 떠오르지도 않는다. 또 돈 얘기 꺼내면 싸대기를 맞을지도 모르지. 편지를 손에 넣을 수만 있다면 발길질이라도 당해줄 수 있는데. 승리는 택시에서 내렸다. 작은집 빠끔히 열린 대문 사이로 치솟는 불길이 보였다.

"안 돼! 편지! 편지!"

소리소리 지르며 승리가 대문을 박차고 들어갔다.

보살은 힐끗 쳐다볼 뿐 별다른 내색도 하지 않았다. 긴 막대기로 뒤적뒤적 비단 옷가지들을 태우고 있었다. 한쪽에 한지로 만든 신랑 신부 형상도 있었는데 그리로 불티가 날아갔다. 신랑 신부는 순식간에 재가 되어 흩날렸다.

"올 줄 알았어. 요 며칠 계속 피아노 소리가 들렸거든."

승리는 검은 재로 흩날리는 신랑 신부를 멍하니 바라보았다.

"마침 일 끝난 년에 잘 왔어. 좀 앉아."

보살이 살갑게 승리의 손을 이끌었다. 마루 끝에 나란히 걸터앉았다. 초례상이 아직 있었다. 위를 자른 수박과 과일들, 마른 한과들, 국과 밥… 제사상 같았다. 장식으로 올린 무성한 대나무 잎은 날카롭고 시퍼렇다. 칼날같다.

"한잔할 테야?" 보살이 소주잔을 건넸다.

"편지는요?"

"우선 한잔해."

"설마… 태우진 않았겠죠?"

보살이 눈짓으로 꼭 닫아둔 건넌방을 가리켰다.

"저 방에? 편지가요?"

보살이 들고 있던 소주를 홀짝 털어 넣고는 마루로 올라섰다.

"들어 와."

승리는 머뭇머뭇 보살을 따라 안방으로 들어갔다.

어디선가 독경 소리가 나지막이 들려오는 조촐한 방이었다. 승리는 기도하는 보살 뒤에 가만히 앉아서 둘러보았다. 무당의 신당이라기보다는 작은 법당 같았다. 기도를 마친 보

암호명: 히바리 히메

보석 두 개가 반짝 빛났다.

1946.11.1. 완셈베루 1946.11.1.

약혼 날짜, 비밀이름, 반짝이는 보석 두 개. 별 모양 보석 두 개가 완셈베루였다.

"완셈베루구나. 너무 예쁘다. 맘에 들어."

인하가 지켜보고 있는 배두에게 미소 지었다.

배두가 목걸이를 들었다. 인하가 걸어주기 쉽게 고개를 숙였다.

"아니, 여기 봐."

뚝! 배두가 펜던트를 부러뜨렸다. 마치 과자라도 나누듯. 놀란 인하가 입을 딱 벌렸다. 배두가 갑자기 가슴을 움켜잡고 신음소리를 냈다.

"왜? 왜? 어디 아퍼?" 인하가 배두 얼굴을 들여다보았다.

"숨이 안 쉬어져. 죽을 거 같아…" 배두가 죽어가는 소리를 냈다.

"일어나. 병원에 가자."

"못 일어나. 힘이 없어."

"그럼 업혀."

인하가 등을 내밀었다. 단풍색 코트는 바닥에 던져버렸다.

"니가 무슨 힘이 있어."

"나 힘 쎄. 어서 업혀."

"심장이 부러졌어. 얼른 붙여줘."

인하가 배두 얼굴을 들여다보았다.

"지금, 장난친 거야?"

"장난 아냐. 진짜 심장이 아파. 빨리 붙여줘."

배두가 부러진 반쪽 펜던트를 인하 손에 쥐어주었다. 반쪽 펜던트들은 갖다 대기도 전에 서로를 당겨 철컥 붙었다. 배두가 벌떡 일어났다. 이런 장난을 치다니. 인하는 잔뜩 화가 났다. 배두를 쳐다보지도 않는다. 배두가 인하 어깨를 잡고 자기를 향하게 했다.

"이게 우리 심장이야. 우린 심장이 하나야."

이번에는 인하가 뚝! 펜던트를 꺾었다.

"아이쿠!" 배두가 헝겊인형처럼 고꾸라졌다.

"붙였어. 붙였어." 인하가 큰 소리로 말했다.

배두가 벌떡 일어났다. 두 사람은 죽었다 살았다 되풀이 장난을 쳤다.

배두가 완셈 쪽 목걸이를 인하 목에 걸어주었다.

"내 심장을 너에게 맡긴다. 실은 오래전부터, 처음 본 순간부터, 내 심장은 니 꺼였어."

인하도 베루 쪽 목걸이를 배두에게 걸어주었다.

"내 심장도 니 꺼야. 이제부터 백인하는 강배두 꺼야."

두 사람은 서로를 깊이 안았다. 배두가 꿈결인 듯 속삭였다.

"느껴져? 내 안에서 네 심장이 뛰고 있어. 우린 하나야. 완셈베루처럼 한 몸이야. 이렇게 살자. 심장이 멈출 때까지, 시간이 멈출 때까지.”

인하는 배두의 심장박동에서 베드로를 느꼈다. 베드로! 네가 내 속에 들어와 나를 반짝이게 해. 두 사람 사이에 낀 완셈과 베루도 찰싹 붙었다.

뻥!

샘 많은 한라 녀석, 뒷발로 벽을 찼다.

가면무도회

학교에서 인하를 모르는 사람은 없었다. ‘백인하’는 여학생들 사이에서는 악명의 대명사였고 남학생들에게는 꿈의 여신이었다. 소문 듣고 흩어져있는 다른 대학에서 인하를 보러 오기도 했다. 여학생들은 인하가 지나가면 ‘카르멘 간다.’ 수군거렸다. 약혼녀 있는 남자를 유혹하여 빼앗는 카르멘. 가즈코의 약혼자 다케오를 빼앗은 인하. 딱 들어맞았다.

남학생들에게 인하는 동기라기보다는 ‘여자’였다. 예쁜 여자애라는 말이 어색한 아름다운 여자. 다른 여자 동기들에게는 아무렇지도 않게 툭 툭 장난치던 손을 얼어붙게 만드는 성숙한 여자. 세상 이목 따위 아랑곳없이 사랑에 뛰어드는 진짜 여자. 남학생들은 손닿지 않는 인하를 동경의 눈으로 바라보았다. 강배두라는 강력한 라이벌 때문만은 아니었다. 바라볼 뿐 다가갈 수 없는 영화 속 히로인 같은, 인하에게는 그런 아우라가 있었다.

애시덕은 해방 전에 아이들 약혼 이야기를 나누던 그 자리에서 안도 사장과 마주하고 있었다. 손도 안 댄 식어가는 음식을 바라보던 안도 사장이 불쑥 말했다.

"결혼식은 우리 쪽에서 먼저 합니다. 그게 경우에 맞지요."

무례하다. 애시덕은 이해하기로 했다. 상대는 일방적으로 파혼을 당했다. 그런데 우리 쪽 약혼식을 결혼식으로 잘못 전해 들었나 보다. 그래서 저렇게 화가 나셨나 보다.

"죄송합니다. 그 댁 혼인을 우리 혼인 뒤로 밀어주십사 부탁 말씀 올린다는 게 그만… 사과드리겠습니다."

안도 사장이 깊숙이 머리 숙였다. 애시덕은 선선이 대답하고 자식 때문에 머리 조아리는 반백의 아버지를 착잡한 눈으로 바라보았다.

안도 사장은 자식이 잘못될까 봐 겁을 먹고 있었다. 어젯밤, 며칠 새 수척해진 아들과 생전 처음 대작對酌을 했다. 아버지는 어떻게 말을 꺼내야 할지 몰라 술만 마셨고, 아들은 술인지 물인지 모르고 퍼 넣다가 새벽 무렵 무너졌다. 술에 취해 지껄이는 아들의 말을 아버지는 귀담아들었다.

"숨이 안 쉬어져. 가슴이 터질 것 같아. 견딜 수가 없어. 견딜 수가 없어."

어려서부터 줄곧 한 여자만을 바라보던 아이다. 갑자기 삶의 축이 뽑혀나간 그 허황함이 아버지에게도 전해졌다. 그러나 아버지는 아들의 가슴 속 말까지는 듣지 못했다.

'인하 때문에 열심히 작곡을 공부했어. 나한테 의지하게, 나를 떠날 수 없게. 음악에 큰 재능이 없다는 건 나도 알아. 그럴수록 나를 더 포장해야 했어. 거드름을 피우고 제스처도 크게 했지. 내게는 음악 자체보다 상이 더 중요했어. 그래야 인하를 잡아둘 수 있다고 생각했으니까. 인하가 나를 자랑스럽게 여기고, 나를 필요로하게 만들어야 했으니까.'

아들은 젊은 새엄마와 말 한마디 섞지 않지만, 아버지는 상관하지 않았다. 아이가 국민학교 상급학년이 되도록 아기 때 덮던 다 헤진 포대기를 끌어안고서야 잠이 드는 것도 모른 체했다. 아버지는 힌트를 얻었다. 헤진 포대기를 안겨주자. 가즈코와 짝 지워주자. 여자가 곁에 있으면 포대기처럼 안고 잠이 들겠지. 그렇게 잊고 살아지겠지.

아들은 아버지의 제안을 받아들였다. '가즈코는 나를 사랑한다. 존경하고 떠받들어 준다. 가즈코에게 나는 남자다.' 인하에게 받은 상처가 조금은 아무는 것 같았다. 하지만 가즈코가 곁에 있어도 늘 외로웠다.

다케오와 가즈코는 장안이 떠들썩하게 혼인을 했다. 신문에 결혼식 사진이 손바닥만 하게 실렸다. 파혼 소문은 빗자루로 쓸어낸 듯 깨끗이 날아갔다.

다케오의 혼인으로 애시덕은 마음의 짐을 덜었다. 그렇더라도 학교에서 눈총받고 있는 인하를 두고 볼 수만은 없었다. 다케오의 떠들썩한 혼례식에서 배운 것이 있었다. 이 땅에서는 내용보다 형식이 중요하다. 교회에서 조용히 올린 약혼식만으로는 부족했다.

안도 사장은 혼주婚主의 자격으로 아들의 학교 동기들을 정중히 모셨다. 내로라하는 귀빈들과 똑같이 대우했다. 학연學緣이 그만큼 중요하다는 뜻이었다. 인하와 배두에게도 동기들의 승인과 소원해진 관계회복에 도움이 될 만한 무언가가 필요한 시점이었다. 혼인을 하면 공부에 지장이 크겠고… 약혼식을 다시 해? 아주 떠들썩하게?

애시덕은 음악부 학생들에게 행사 일체를 맡겼다. 형식도 없고 어른도 없는 학생들만의 약혼 파티. 조건이 아주 없지는 않았다. 맘껏 즐길 것. 맘껏 청구할 것.

Masquerade Party

가면무도회

장소 ; 조선호텔 팜코트	가면무도회에 귀하를 초대합니다
날짜 ; 12월 12일.	가면은 호텔 로비에 준비되어 있사오니
시간 ; pm 10 ~ am 4	의상과 취향에 맞게 선택, 착용하시고
의상 ; 女; 드레스 男; 정장	입장해 주십시오

초대장을 받은 음악부 동기들은 베르디의 오페라 '가면무도회'를 관람하는 것으로 생각했다. 음악부장이 귀띔했다. '먹고 마시고 춤추는 댄스파티야. 도중에 깜짝 이벤트도 있고.' 댄스파티? 설레라. 깜짝 이벤트는 또 뭘까? 금박 활자를 박아 넣은 화려한 초대장에는 가면 쓴 남녀가 춤추는 멋진 그림까지 들어있어 파티 분위기를 짐작할 수 있었다. 외국영화에서나 보던 진짜 가면무도회를 한다는 거였다. 무려 조선호텔에서! 모두들 들떴다.

휘황하게 불 밝힌 프랑스 레스토랑 팜코트에 공기처럼 음악이 흐른다. 학생들은 프랑스식 코스 요리가 나올 때마다 메뉴판을 들여다보며 이름 익히기에 여념이 없다. 콩소메, 파데, 홀난 무슨 소스…. 읽기도 어려운 요리들과 치즈라는 무슨 맛인지 모를 오묘한 음식들에 매료되었다. 두 시간에 걸친 식사가 마무리되어 가는 분위기였다.

인하는 휘황한 썬 룸에서 서울의 밤 풍경을 내려다보았다. 아무것도 보이지 않았다. 통금시간의 서울은 불빛 한 점 없는 암흑이었다. 낮이면 쨍쨍 해가 들어 이름까지 '썬 룸'인 이곳에서 내려다보면 명동 일대와 황궁우가 다 보인다.

가면무도회를 굳이 통금이 시작되는 밤 10시에서 통금이 해제되는 새벽 4시까지인 이유를 파티 준비위원들이 물었다. 반대한다는 뜻이었다. 의견을 낸 배두가 말했다. '그래야 레스토랑을 통째로 빌릴 수 있고, 영업 안 하는 시간이니 비용도 헐하고.' 비용 문제를 거론하자 모두들 입을 닫았다. 진짜 이유를 아는 사람은 잇뽕과 인하뿐이었다.

"혼자서 뭐해?" 배두가 양손에 커피를 들고 다가왔다.

"칠흑 같은 어둠이라더니. 정말 아무것도 안 보여."

두 사람의 모습이 검은 유리에 비쳤다. 배두가 속삭였다.

"우주에 떠 있는 것 같다. 오늘밤 우리는 환한 우주선을 타고 혼인을 약속하는 거야."

인하가 부신 눈으로 배두를 바라보았다. 암흑 그 자체인 밤의 서울을 우주라고 한다. 휘황한 호텔을 우주선이라고 한다. 공상과학소설 속으로 들어온 기분이었다. 은하계 먼 행성에서 날아온 배두 왕자님. 최고급 턱시도가 잘 어울리는 나의 왕자님. 오늘밤 배두는 강수호다. 멋지다!

음악이 멈췄다. 파티의 시작을 알리는 음악부장의 목소리가 들려왔다.

배두가 빈 커피잔을 거두며 인하의 머리에 가볍게 입 맞추었다.

"раа би чамд хайртай!"사랑해 내 사랑!

악단이 팡파레를 울렸다. 모두들 손목시계를 보았다. 정각 12시, 자정이었다.

"오늘의 특별 이벤트를 시작하겠습니다."

음악부장이 선언했다.

무대 정면 가림막 안에서 곽승이 튀어나왔다. 마술사처럼. 웃음을 터뜨리던 동기들이 양복 신사로 변신한 멀끔한 잇뽕살이 돌아앉았다.

"뭔가 확 덮치는데? 시커멓고 큰 게 덮쳐. 사고 크게 났었지?"

승리는 대답하지 않았다. 휘둘리지 않을 거야. 택시기사니까 그 정도야 짐작하겠지.

갑자기 보살이 몸을 떨며 와락 승리의 손을 잡았다.

"기다리고 기다렸다. 왜 이제야 왔니. 너를 기다리며 이승을 떠돌고 떠돌았다."

젊은 남자 목소리. 보살의 가느다란 눈에서 눈물이 주룩주룩 흘러내린다. 빙의한 보살의 손이 승리의 얼굴을 만지고, 몸 여기저기를 쓰다듬으며 애통해했다. 보살의 차가운 손이 닿는 곳마다 피가 가시는 느낌이었다. 인왕산 국사당에서의 일이 생각났다.

유명한 강신무의 굿을 촬영하며 공수 내리기를 기다리고 있었다. 한창 굿을 하던 무당이 갑자기 한 할머니를 붙잡고 '어머니, 어머니' 부르며 슬피 울었다. 손녀딸 혼사에 말썽이 많아 혼사굿을 하던 중이었다. 할머니가 누구냐고 물었다.

"어머니, 저를 모르세요? 막내 사위를 모르세요? 버스 몰다 트럭에 받쳐 죽은 불쌍한 막내 사위에요. 저를 벌써 잊으셨어요? 어머니. 어머니…." 무당이 섧게 섧게 울었다.

"아이고 장서방. 자네가 웬일인가?" 할머니가 무당의 손을 덥석 잡았다.

"어머니. 쌍둥어멈이 죽게 생겼어요. 죽을병에 걸렸어요. 우리 쌍둥이들 불쌍해서 어쩌나. 쌍둥어멈 불쌍해서 어쩌나. 어머니. 쌍둥어멈 좀 살려주세요." 무당이 가슴을 치며 통곡했다.

"아이구! 이를 어째, 이를 어째. 죽을병에 걸렸다고? 살려냄세. 살리고말고. 살아서도 그리 자상하더니 죽은 자네가 내 딸을 살리는구먼. 고맙네, 장서방. 부디 극락왕생하시게."

굿이 끝나자 사람들이 할머니를 둘러쌌다. 막내 사위가 버스기사인 것도 맞고, 트럭에 받혀 죽은 것도 맞고, 아이들이 쌍둥이인 것도 맞다는 거였다. 고아로 자란 사위가 장모를 어머니 어머니 부르며 효도했다고. 거기 모인 사람들이 무릎을 쳤다.

승리는 그 일을 추적했다. 할머니의 막내딸은 난소암 중에서도 희귀 난소암으로 전혀 증상이 없었다고 한다. 만약 시기를 놓쳤다면 두 달을 넘기지 못했을 거라는 의사의 소견서도 확인했다. 신기했다. 아니 무서웠다.

보살이 눈물을 닦고 상위에 놓인 대접의 물을 벌컥벌컥 들이켰다.

"혼례식 전에 신랑이 나오기는 처음이야. 나도 놀랐어."

정신이 돌아온 보살이 승리의 사주명식四柱命式을 물었다.

"1990년 경오생? 정말이야?"

보살은 몇 번이나 묻고, 되묻고, 확인하고, 감탄했다. 피아노 방의 여자가 1930년 경오생이라며 부르르 몸을 떨었다.

“삼공1930년 경오생과 구공1990년 경오생은 육십 년 만에 돌아오는 진짜 백말띠야. 전생이 환생해서 찾아올 줄은 정말 몰랐네.”

“편지는 언제 줄 거에요?”

“주고말고. 주인을 만났는데 안 주면 내가 죽어. 식만 끝나면 아예 우편함째, 사진들까지 몽땅 다 줄게. 그럼 만족하지?”

승리가 고개를 끄덕였다.

“문간방 부적 봤지? ‘인연부’라고도 하고 ‘필연부’라고도 해. 간절히 원하는 사람과 인연을 맺고자 할 때 쓰는 부적이야. 편지의 신랑이 계속 졸라대네. 그 여자와 함께가 아니면 이승을 뜨지 못한다고. 그 신랑의 원이 그리도 깊어. 근데 어제 부적 한 장이 떨어졌어. 아가씨가 올 줄 알았어.”

승리는 얼핏 글자처럼 보이던 여자 얼굴, 남자 얼굴이 떠올랐다. 그 두 사람이구나.

“이 집 살 때, 먼저 살던 사람들 사주명식을 받아뒀어. 대주, 안주인, 따님 것까지. 집주인이 이 집 내력을 잘 아는 가까운 친척이더라고. 사위 될 신랑 사주만 모르더군. 집안사람들이 몽땅 죽어 나간 흉가라서 거저다시피 손에 넣었지. 어차피 집터가 쎄서 보통 사람은 살지도 못해. 영혼결혼식을 많이 올리면 영가가 원을 풀고 떠날 줄 알았어. 아까 들었지? 신랑 될 영가가 구천을 떠돌고 있다고. 첫날 대문간에서 아가씨를 보고 알았어. 인연이 찾아들었구나. 귀청 떨어지게 울리던 피아노 소리도 그쳤어."

보살은 진심으로 승리를 죽은 여자의 환생으로 믿고 있었다. 어디선가 하얀 할머니 둘이 나타났다. '큰이' '작은이'로 불리는 할머니들은 조용히, 노련한 솜씨로 신부를 치장시키기 시작했다.

승리는 입혀주는 대로 대례복을 입었다. 신부 쪽 파란 초에 불이 당겨지고, 서쪽 신부 자리에 세워져서 혼례의 시작을 알리는 종소리를 들었다. 붉은 초가 밝혀진 맞은편 신랑 자리에도 대례복에 사모관대를 갖춰 쓴 남자 인형이 세워졌다. 정식 승복을 입은 보살이 부처님께 예를 올리고 고유문을 낭독하기 시작했다.

하늘에는 해와 달이 있고 땅에는 산과 물이 있사옵니다. 오늘 신랑 강배두 영가와 신부 백인하 영가가 다생에 인연을 의지하여 해와 달이 되고, 산과 물이 되어 조화로운 한 가정을 이룩하고저 부처님께 증명을 구하오니 삼세제불과 천지신명께서는 이를 증명하시옵고 새로 이루는 가정에 복을 충만하게 내려주옵소서!

모란 병풍 앞 초례상에는 청실홍실과 나란히 기러기 한쌍이 올라 있었다.

–신부 재배, 신랑 일 배.

작은이 할머니가 승리에게 두 번 큰절을 시켰다. 큰이 할머니도 인형 신랑에게 큰절을 시켰다. 혼례는 승리가 남산 한옥마을에서 본 것처럼 술잔을 주고받는 '합근례' '신랑 신부 맞절' 등 전통혼례 절차대로 진행되었다. 보살이 성혼선언문에 해당하는 영가법문으로 혼례식을 마무리했다.

큰이가 신랑 인형을 건넌방으로 옮겨갔다. 작은이가 승리 옆구리에 손을 넣어 일으켜 세웠다. 보살이 작은할머니를 손짓으로 물러가게 했다.

"신방에 들기 전에 보여줄 게 있어."

"신방이요? 그런 말 없었잖아요?"

대들기는커녕 기어들어가는 목소리였다.

보살이 붉은 비단 보자기를 풀었다. 편지와 우편함과 사진 액자들이었다. 보살은 보여만 주고 다시 보자기에 싸서 작은이에게 넘겼다. 승리는 작은이가 보자기를 건넌방에 들여놓고 문 닫고 사라질 때까지 눈으로 좇았다.

보살이 명령했다.

"사주명식 들고, 신랑과 하룻밤만 보내. 하룻밤 신방은 치러야 영가가 한을 풀지. 아가씨 사주를 보니 운이 하락하여 중년까지 내리막이야. 이런 시기에는 아무리 노력해도 성과가 없어. 하는 일마다 잘 안 됐을 거야. 이 신랑과 하룻밤만 보내봐. 밤이 낮으로 바뀐다. 운이 상승해. 손대는 일마다 술술 풀린다고. 올해 안에 결과물을 얻게 될 테니, 두고 봐."

신방에는 촛불이 일렁이고 있었다. 시늉만의 홑겹 이부자리를 펴두고 신랑 인형을 베개에 의지해 세워 두었다. '그래, 인형일 뿐이야. 아무것도 아니야. 편지도 얻고 사진까지 준다잖아. 몇 시간만 버티자.' 승리는 인형 쪽을 보지 않으려고 텅 빈 벽을 향해 앉았다. 대례복 안 기사 유니폼 주머니에서 핸드폰을 꺼냈다. 깜깜하다. 배터리는 늘 넉넉히 충전해 두는데 어쩐 일일까. 승리는 신랑을 흘깃 보았다. 그냥 인형일 뿐.

여자의 울음소리가 들렸다. 머리카락이 쭈뼛 섰다. 이 한밤중에 누가 저렇게 섧게 우나. 젊은 여자다. 이 집에는 나이 든 사람 뿐인데, 울 사람도 없는데, 환청이 들리는구나. 승리는 정신줄 놓지 않으려고 눈을 부릅떴다.

으아아아오오~~~~~으아아아오옹~

고양이? 맞아, 발정 난 암코양이들이 저런 소리를 내지. 이 골목에 올 때마다 고양이를 보았어. 헐린 담 구멍으로 드나들기도 하고 컴컴한 대문간 우편함에 앉아있기도 했어. 야행성 고양이들이 잠잠해지면 날이 밝겠구나.

바람도 없이 방문이 들썩했다. 그 바람에 이부자리가 풀썩 들렸다. 촛불이 꺼졌다. 귀신이 들어왔구나. 몸이 얼어붙었다. 옆 눈으로 보았다. 신랑 인형이 기우뚱해졌다.

마당의 불빛으로 방안이 뿌옇게 밝다. 인형이 움직인다. 그럴 리가. 마당의 불빛 탓이겠지. 아니다. 인형이 다가온다. 인형이 아니다. 남자다. 사진 속의 그 남자. 귀신 신랑이 두 팔 벌리고 다가온다. 신랑이 신부를 안으려고 손을 뻗었다. 승리는 묶인 듯 꼼짝할 수 없었다. 얼음장같이 차가운 신랑의 손이 얼굴에 닿은 그 순간일 게다. 승리가 짐승 같은 괴성을 지르며 방문에 엎혀 마당으로 쏟아졌다.

승리는 헛소리하며 며칠을 앓았다. 계속 악몽을 꾸었다. 인형이, 남자가 달려들었다. 목사님, 권사님들이 오셔서 마귀 쫓는 기도를 해 주셨다고 한다. 덕분인지 나흘째 되던 날, 정신을 차리고 일어났다.

그날 신새벽에 무슨 정신에 택시를 몰고 집에까지 왔을까. 필름이 끊겼다. 아무 생각도 나지 않았다. 몇 개 단편적인 기억들만 부유물처럼 떠올랐다. 시동 소리에 차 밑에서 튀어나오던 검은 고양이. 희뿌연 새벽 빌딩 너머 붉은 여명. 조수석에 놓인 붉은 보따리.

정신이 들자마자 두리번두리번 뭔가를 찾는 승리에게 엄마가 보따리를 내놓았다.

너한테 소중한 거 같아서 치워두었어. 권사님들이 태워버리자고 라이터까지 가져오셨지만 아무래도 안 되겠더라. 하얗게 질린 얼굴로 보따리 하나 끼고 들어와서 기절했는데 태워도 네가 태워야지 싶더라고.

고마워. 정말 고마워 엄마.

승리가 엄마에게 안겨 울었다.

장수 사진 찍는 날

“사진은 찍으셨어요?”

승리는 연못가 벤치에 앉아있는 백 선생을 발견하고 다가가 물었다. 화장도 안 하고 머리도 안 하고 입던 옷 그대로다. ‘단장하고 사진 찍으셔야죠.’ 할 말은 꿀꺽 삼켰다.

“영정사진 볼 사람도 없어요.”

백 선생이 머리를 쓸어 넘겼다. 그 연세에 머리가 까맣다. 귀밑 머리께 흰 머리 몇 올이 날카롭게 햇살을 튕겨냈다. 연못 가장자리에 수선화 한 무리가 노랗게 피었다. 백 선생이 말했다.

“양지바른 곳을 좋아해요.”

“네? 아, 수선화가요?”

“추위도 잘 견디지요.”

“네에.”

“서너 뿌리 심었는데 번식해서 저렇게 일가를 이루었어요.”

“이 수선화들을 직접 심으신 거예요?”

“수선화는 독초에요. 꽃과 구근을 과용하면 죽을 수도 있지요.”

칼처럼 뾰족한 잎사귀들이 바람도 없이 흔들렸다. 수선화가 독초라는 말은 처음 듣는다. 먹고 죽으려고 심은 것일까. 짙은 녹색 수면이 어둔 거울처럼 빛난다.

암호명; 히바리 히메

오늘은 장수 사진 찍는 날.

아침 댓바람부터 양로원 노인들의 꽃단장이 한창이다. 눈썹은 초승달같이 요염하게, 입술은 앵두같이 빨갛게, 얼굴은 박꽃같이 하얗게. 노인들은 화장한 서로의 얼굴에 손가락질을 해대며 소녀들처럼 깔깔거렸다. '마지막 사진이지만 노인들도 여자라서 예쁘게 남기고 싶어 한답니다.' 원장이 자원봉사 나온 미용실 봉사자들에게 부탁했다.

별관 식당에 임시로 스튜디오를 차렸다. 모처럼 전문가의 손길로 화장도 받고 머리도 하고 한복 곱게 차려입은 노인들이 생애 마지막 사진을 찍는다.

승리는 방금 원장의 요청을 받은 참이었다. '백 선생을 어떻게든 단장시키고 사진 찍게 하세요. 영정사진에 거부반응 보이는 어르신들이 간혹 계세요. 팔구십에도 마음은 청춘인 거죠.' 원장이 웃었다. 승리는 속으로 대답했다. '죽음을 거부하는 거겠지요.'

그나저나 저 뻣뻣한 노친네를 무슨 수로 설득하나. 승리는 무작정 백 선생 옆에 앉았다. 아는 체도 하지 않는다. 찬송가 시간에도 이 노인은 버거웠다. 노래도 부르지 않고 동작도 따라 하지 않았다. 원장이 '믿음 없는 노인들을 주님께 인도한다'는 개인적 소명으로 찬송가반을 만들었다. 하지만 대외활동으로 결강이 잦아 자원봉사자들이 돌아가며 맡는 실정이었다. 한 달에 한 번꼴로 승리에게도 차례가 왔다. 백 선생은 노래도 동작도 아무것도 안 하면서 찬송가 시간에 빠지는 법도 없었다.

'치매 아냐?' 바타르에게 물었다.

'치매 아냐. 큰 트라우마가 있는 거 같아. 말을 안 해. 노인성 우울증으로 보고 있어.'

'근데 왜 노인들이 백 선생이라고 부르지?'

'젊어서 음악 선생님을 하셨다나 봐.'

노인들끼리는 서로 반말하고 별명도 부르지만 백 선생 만은 예외다. 언젠가 오락 시간에 어떤 노인이 '히바리 히메. 노래 한 자락 해봐.' 했다가 날벼락을 맞았다고 한다. 외국말로 소리소리 지르며 간식 상을 뒤엎어버렸다고.

몇 해 전 돌아가신 한 충청도 할머니가 발단이었다. '혹시… 히바리 히메… 아이구 아가씨 맞네유. 시상에… 예서 뵙다니유. 지 모르시것어유? 떡수덕소 벨장아범 맏메누리유.'

백 선생은 모르는 사람이라며 그 할머니를 치매노인 취급했다고 한다. 그런 홀대를 받으면서도 할머니는 '아가씨, 아가씨' 백 선생을 상전으로 대하며 어려워했다고.

노래 한 번 청했다가 난리를 겪은 후로는 아무도 말을 걸지 않았다. 백 선생도 다른 노인들과 말을 섞지 않는 눈치다. 백 선생이 외국 유학까지 다녀온 음악선생이라는 말은 그 충청도 할머니 입에서 나왔다.

'히바리 히메'가 무슨 말이지? 나쁜 말인가? 검색해 보았다.

히바리; 꾀꼬리. 종다리.

히메; 귀족의 딸로 미혼녀. 높은 신분의 여자.
공주로도 쓰임.

오만한 음악선생에겐 딱 맞는 별명이었다. 노래하지 않는 꾀꼬리 공주님.

승리는 애깃거리도 찾을 겸 핸드폰을 켰다. '마음 폭탄' 후속 뉴스를 찾았다.

▶ 마음 폭탄 이후 안정섭 교수가 건강에 차도를 보여 다시 인터뷰에 응했습니다.

"안…? 안정섭? 지금 안정섭이라고 했어요?"
하얗게 질린 백 선생이 물었다.

▶ 안정섭 교수는 그동안 발표한 작품들이 자신의 것이 아니었다고 고백했었지요. 이번에는그 곡들의 진짜 작곡자를 밝힐 것으로 보입니다.

"안 돼!" 백 선생이 고함을 질렀다.
승리는 들고 있던 핸드폰을 빼앗겼다.

▶ 아시는 대로 안 교수의 노래들은 우리나라 1세대 소프라노 송화자 교수가 불러서 널리 알려졌는데요, 이 역시

송 교수의 목소리가 아니었다고 고백한 바 있습니다. 송화자 교수의 죽음에 혹 타살의 흔적이 있는지, 국과수에 정밀검사를 요청했습니다.

"가즈코가 죽었어?" 백 선생이 벌떡 일어났다.

"가즈코가 죽었어. 가즈코가 죽었어. 송화자가 죽었어…."

정신없이 중얼거리는 백 선생을 승리가 벤치에 앉혔다. 손이 얼음장이다.

▶ 안정섭 교수는 대한민국 은관문화훈장. 대한민국예술원상. 3.1 문화상 등 그동안 받은 모든 상과 훈장들을 반납했습니다. 안 교수의 인터뷰는 병원에서 진행됐습니다. 현장 연결하겠습니다.

백 선생은 핸드폰 든 손을 덜덜 떨고 있었다.

▶ 마음의 작곡가와 성악가를 밝혀주십시오.

안 교수의 겹겹 주름살 위로 눈물이 빗물처럼 흘러내린다. 백 선생은 실제 사람을 보듯 핸드폰을 들여다보았다. 안 교수가 허공 어딘가를 바라보며 중얼거렸다.

▷ 당시 상황에서 어쩔 수 없었다고 하면 변명이 되겠지…

한동안 말이 없던 안 교수가 갑자기 소리 질렀다.

▷ 우리 네 사람은 대학 동기동창이야. 약속이 있었어.

▶ 약속이요? 무슨 약속이요? 말씀해 주십시오.

마음의 작곡자가 누굽니까? 성함을 알려주세요.

노래 부른 성악가는요? 이름을 알려주십시오.

"안 돼!" 백 선생이 버럭 소리 질렀다.

안 교수가 번쩍 고개를 들었다.

"안 돼! 안 돼! 안 돼!" 백 선생이 핸드폰에 대고 계속 고함쳤다.

안 교수가 시선을 떨구었다.

▶ 노래 부른 성악가 성함만이라도 말씀해 주십시오.

"치카이마스! 치카이마스!" 맹세했잖아! 백 선생이 으르렁거렸다.

화면 속 안 교수가 고개를 꺾었다. 오랜 침묵을 깨고 안 교수가 입을 열었다.

▷ 노래 잘하는 사람이야 많지만, 그 사람은 특별했어요. 영혼을 움직인다고 할까. 목소리가 묘했지요. 노래에 따라 전혀 다른 사람이 되는 거에요. 초기엔 맑고 밝았는데 돌아와서는 변했더군… 짙고 어둡게… 귀국독창회 때… 파

체 파체… 베르디 운명의 힘… 주여, 평화를 주소서! 소름 이 끼쳤어. 소리, 외모, 연기력… 완벽했지. 누구도 그렇게 는 못해.

마치 노래가 들리기라도 하는 듯 눈 감은 안 교수의 얼굴에 행복한 미소가 떠올랐다.

▶ 그분 성함을 알려주세요. 한 마디만 해주십시오. 살아계신가요?
▷ 만난 지가 하도 오래 되나서… 히바리 히메, 잘 지내나요?

히바리 히메? 귀에 콕 박히는 이름. 결코 흔치 않은 그 이름. 너무도 뚜렷이 들린, 히바리 히메! 설마. 정말? 승리는 긴가민가한 얼굴로 백 선생을 보았다.

▶ 히바리 히메가 누굽니까?
히바리 히메는 지금 어디 계신가요?

백 선생은 핸드폰 속으로 빨려 들어갈 듯 초집중이다. 돌처럼 굳어버린 얼굴로 숨도 쉬지 않는다. 히바리 히메 백 선생은, 안정섭 교수의 대국민사기사건과 깊이 연관된 인물이다!

▶ 진실을 밝혀주십시오.

▷ "진실?"

안 교수가 번쩍 눈을 떴다. 손가락으로 정면을 가리켰다. 엄지와 검지로, 마치 총을 겨누듯이.

▷ 너희 둘. 그 미친 사랑, 그 지독한 사랑, 그게 진실이야! 그게 핵심이야! 피해자는 나야. 우리야!

▶ 그 두 사람이 누굽니까?

성함이요. 이름을 밝혀주십시오.

안 교수가 하품하듯 크게 입을 벌렸다.

수십 개의 핸드폰과 녹음기재들이 안 교수 입가로 몰려들었다. 드디어 비밀이 밝혀지나 보다. 백 선생 손에서 핸드폰이 굴러떨어졌다. 사람이 푹 꺼졌다. 마치 풍선에서 바람이 빠지듯 그렇게. 승리는 자기 무릎 위로 가라앉은 백 선생을, 히바리 히메를 들여다보았다. 얼굴이 새까맣다. 사람이 갑자기 이렇게 될 수도 있나? 이것이 산 사람의 낯빛일까?

죽었다! 죽은 사람이다!

죽은 사람을 본 적은 없지만 알 수 있었다. 그냥 알 수 있었다. 바타르를 불렀다. 목소리가 나오지 않았다. 승리는, 찬송가 선생은, 젊은이는, 죽은 사람을 팽개치고 달아났다.

▷ 잘못했습니다. 잘못했습니다. 용서해주세요. 잘못했습니다. 용서해주세요. 용서해주세요….

벤치 밑에서 핸드폰이 듣는 이도 없이 계속 떠들고 있었다.

노老교수는 고개를 주억거리며 누군가에게 용서를 빌었다. 감정이 격해서 눈물을 흘리다가, 두 눈 부릅뜨고 소리 지르다가, 턱을 덜덜 떨며 사죄하다가… 기진해버렸다. 기자회견은 그것으로 끝났다.

▶ 안 교수는 '마음'의 숨겨진 작곡자와 노래 부른 성악가의 이름을 밝히지는 않았지만 동기동창이라고 했습니다. 사실을 밝힌 거나 다름이 없지요. 학적부에 비밀스런 그 이름들이 남아있을 테니까요. 후속 기사가 들어오는 대로 전해드리겠습니다.

기적 혹은 은혜

"의식 돌아왔어."

"자발호흡 하네."

"기적이다!"

목소리가 들리고 얼굴들이 보였다.

백 선생이 후~~~ 깊은 숨을 토해냈다.

"정신이 좀 드세요?" 바타르가 물었다.

응급실 의료진들 모두가 노인의 얼굴을 들여다보았다.

"날라, 뭐라고?" 깨어난 백선생의 첫 마디였다.

"할머니. 이름이 뭐에요?" 간호사가 물었다.

목걸이에 새겨진 이름은 '완셈'이었다. 백완셈. 완셈백. '완셈 백'이 자연스럽다. 바타르는 백 선생의 얼굴을 자세히 들여다보았다. 혼혈인이었나?'

"할머니. 이름이 뭐에요? 이름 말해 보세요." 간호사가 거듭 물었다.

"베루."

의료진들이 서로 눈빛을 교환했다.

"주소는요? 집 주소 아세요?" 간호사가 큰소리로 물었다.

"경성부 북부 옥인동 칠의 사십구 번지."

또렷한 발음이었다. 의료진들이 고개를 저었다.

나중에 당시 상황을 전해들은 백 선생이 웃었다. 죽었다 깨어난 사람이 난데없이 "날라, 뭐라고?" 물었으니 의사들이 어리둥절했겠네. 죽어있는 동안 그를 만났다.

어서 와요. 베루. 얼마나 오랫동안 당신을 기다리고 있는지….

그가 두 팔 벌려 인하를 맞았다. 태어나고 자란 그의 고향 마을 날라이흐, 몽고의 게르 앞이었다.

몽고말은 발음이 어려워. 날라… 뭐가 날라? 인하가 놀렸다.

늘 들어서일까. 가본 적도 없는 머나먼 그곳이 눈에 보였다. 동그란 게르 집, 통나무집 병원, 어머니의 피아노. 그곳에서 스무 살 그를 만났다. 그날들로부터 얼마나 멀리 흘러 왔는지… 얼마나 아픈 시간들을 견뎌왔는지….

그대를 잊었다. 봄날 짧은 꿈처럼 잊어버렸다. 말로는 백 번도 더 잊어버린 그 사람이 시도 때도 없이 찾아왔다. 스무 살 파릇한 모습으로 아흔 살 새하얀 나를 찾아왔다.

그가 손을 내밀었다. 죽은 이의 손을 잡고 따라가면 저승이라지. 그 손을 잡고 놓지 말 것을. 늙어서는 꿈에 한 번을 안 와주더니 죽을 무렵이 되어서야 찾아주었다. 스무 살 그 모습, 그 마음으로. 이승과 저승으로 나뉜 칠십 년 세월이 안개 걷히듯 사라졌다. 인하는 그를 만나던 순간을 계속 되새기면서 웃다가 울다가 감정을 주체하기 어려웠다.

"좀 어떠세요?"

입원실 입구에서 환자를 지켜보던 주치의 바타르가 다가와 물었다. 웃다가 울다가 감정 기복이 심한 환자를 유심히 관찰한 뒤였다. 혈관성 치매를 의심하고 있다.

"아무렇지도 않아요."

환자는 정말 아무렇지도 않아 보인다.

"통증이 없다니 거짓말 같군요. 기적입니다."

"은혜지요."

암호명; 히바리 히메

바타르는 환자의 머리칼을 유심히 보았다. 나흘 만에 백발이 됐다.

양로원 영정사진 촬영 날이었지. 승리가 버벅거리며 손짓하는 곳에 백 선생이 쓰러져 있었다. 백 선생을 응급실로 이송할 때까지만 해도 검은 머리였다. 구십 세라는 나이를 고려할 때 이례적인 케이스라서 분명히 기억한다. 극심한 스트레스 상황에서 급격하게 백발이 되었다는 사례 보고가 있긴 하지만 직접 보기는 처음이었다. 이따금 의학의 한계를 넘어서는 환자들이 있다. 통증만 해도 그렇다.

이런 정도의 환자라면 '머리를 망치로 때리는 것 같아요' '머리가 쪼개지는 것처럼 아파요' 극심한 두통을 호소하며 수시로 응급 벨을 눌러대는 게 정상이다. 이 환자는 아무렇지도 않다고 한다. 정말 아무렇지도 않아 보인다. 임상에서도 책에서도 본 적 없는 특이한 케이스이다. 젊은 주치의는 무력감을 느꼈다.

저녁 식사시간에 들이닥친 과장님 회진으로 입원실은 비상이다. 환자들은 황급히 티브이 끄고, 커튼 열어젖히고, 밥 먹던 숟가락 놓고… 점호 받는 병사들 같다. 바타르는 과장님 뒤에 서서 비상 걸린 입원실 풍경을 민망하게 바라보았다. 백선생 침대 앞이었다.

"보호자 분, 어디 계십니까?" 피곤한 과장님 목소리.

"제가 보호잡니다." 또렷한 백 선생 목소리.

"여기 보호자 분. 어디 계세요?" 과장님이 주위를 둘러보았다.

"제가 보호자라고 분명히 말씀드렸습니다."

독거노인의 당당한 일격. 주치의는 통쾌한 기분을 느꼈다. 독특한 성격의 백 선생은 양로원에서부터 계속 주시하고 있는, 말하자면 '내 환자'다. 바타르는 백 선생의 보호자 같은 기분을 느끼고 있었다.

"저에게 말씀하세요." 백 선생이 보호자의 입장으로 말했다.

과장님은 당황한 기색을 누르고 말했다.

"숨골 부근에 출혈이 보입니다. 위험한 부위라서 수술은 못 합니다."

"어떻게 되나요?" 담담한 목소리.

"식물 인간 아니면 사망이죠." 사무적인 목소리.

백 선생이 고개를 끄덕였다.

그 순간 인하의 머릿속에 안정섭의 단호한 손가락이 떠올랐다. 어딘가에서 보고 있을 인하를 겨냥한 손가락 총. 근육을 씰룩거리며 늙은 입을 크게 벌리던 그 순간… 뻥 뚫린 검은 구멍이 말하려는 '그 이름', 무덤에 함께 묻혀야 할 '그 이름', 억지로 잊어버린 '뜨거운 그 이름'이 튀어나오려던 순간… 마치 귀에 대고 고함을 지른 것 같았다. 폭음과도 같은 '그 이름'이 인하의 두개골을 강타했다.

신경들이 팽팽히 당겨지고, 머릿속 미세혈관들이 꽈리처

럼 부풀어 오르고, 머리카락들이 쭈뼛 일어섰다. 그때 몸에서 쑤욱 빠져나가는 무언가를 느꼈다. 힘이 빠지는 것과는 다른, 구체적이고도 물질적인 무엇. 얇은 막에 싸인 달걀 알맹이처럼 미끄럽고 깃털처럼 가벼운 무엇이 쑥 빠져나갈 때, 인하는 그것이 자신의 영혼이라는 것을 알았다.

어딘가로 한없이 한없이 내려갔다. 발에 닿는 것 없는 아득한 허공에서의 낙하. 꿈이었다면 번쩍 깨었을 막다른 순간, 암전暗轉. 의식이 꺼진 순간이겠지. 뚜렷이 기억한다. 하나의 깃털, 혹은 나비가 된 것 같은 죽음의 감각. 그때 끝났으면 좋으련만.

"일단 중환자실로 옮겼다가 4주 후쯤 다시 경과를 보고 그때 결정을…."

"아니요. 퇴원하겠습니다." 백 선생이 과장의 말을 잘랐다.

"저는 4주나 중환자실에 있을 형편이 못 됩니다."

과장은 당황한 표정을 보이고 싶지 않았다. 주치의가 들고 있는 차트에 시선을 주었다. 백 선생은 의사의 시선이 멈칫하는 순간을 놓치지 않았다. 시립소망노인복지관 무료 입소. 생활보호대상자. '기초수급환자.'라고 적혀있겠지. 늘 보는, 당황해하는, 똑같은 표정들.

"그럼 그렇게 하시죠. 4주 후에 뵙겠습니다."

"연명 치료 안 하겠다는 서류가 있다지요?"

백 선생이 말했다. 과장님이 돌아보았다.

"지금 사인하겠습니다."

중환자실 베드에 시체처럼 누워서 주렁주렁 주머니 달고 끝장나고 싶지는 않았다. 아직 숨이 붙어있을 때 해야 할 일이 남아있었다.

과장은 자기 손을 벗어난 환자와 더는 입씨름하고 싶지 않았다. '원하는 대로 해 줘.' 눈으로 주치의에게 지시하고 병실을 나갔다. 주치의 바타르는 백 선생에게 연명의료의향서에 대해 설명했다.

"직접 서명하시고 등록기관에 등록해야만 효력이 있습니다. 언제든지 내용을 변경하거나 철회하실 수도 있습니다."

"그럴 일 없습니다." 그 말을 끝으로 백 선생은 눈도 입도 닫아버렸다.

당신의 마지막 장소 활터에 수선화 한 묶음 놓지 못했어. '나의 작은 애인 내 사랑 수선화야!' 우리는 김동진의 '수선화'를 좋아했지. 당신은 김동진 선생을 존경의 마음으로 사숙私淑했지. 인하는 곁에 배두가 있는 듯 맘속으로 대화했다.

'자유로운 구조가 탁월해. 내림 마단조로 시작해서 사장조를 거쳐 사단조로 끝나는 묘한 멜로디는 정말이지 놀라워. 난 한참 멀었어.' 배두가 고개를 저었다.

너는 또 반주를 시작해. 나는 피아노 소리에 정신이 팔려 박자를 놓치곤 했어. 너의 정교한 트레몰로*는 반주가 아니었어. 그 자체로 완벽하고 아름다운 연주였어. 우린 아마 백번도 더 넘게 수선화를 불렀을 거야. 그리고 죽은 이가 누리는 마지막 호사, 우리 집을 한번 둘러보고 싶어. 세대문집 우리 집이 아직 있을까? 정원의 수선화들은 활짝 피었을까? 큰길 그득히 밀려오던 짓궂은 남학생들은 여전들 하신가? 다들 잘 있나? 그립고 아쉬운 우리 젊은 그날들.

인하는 사전연명의료의향서의 빈칸들을 채워나가는 동안 손을 떨거나 가슴이 뛰거나 그러지는 않았다. 아무렇지도 않았다. 자기 시신을 자기 손으로 처리하는 것 같은 홀가분함, 그뿐이었다. 그럼에도 버림받은 것 같은, 속은 것 같은 복잡한 감정에 휘둘렸다.

> perche', perche'? 왜요? 왜요? 노래에 살고 사랑에 살며 남에게 해를 끼친 일은 없었어요. 항상 진심으로 기도했고 항상 진심으로 가난한 사람들을 도와주었어요. 슬픔에 괴로운 지금 주여 왜? 나를 버리시나이까 저 하늘 높이 거룩한 노래 불렀건만 슬픔에 괴로운 지금 주여 왜? 나를 버리시나이까...

인하는 비로소 토스카가 신에게 하던 기도도 애원도 아

---

* **트레몰로tremolo** 떨리다 ; 같은 음을 빠르게 같은 속도로 반복 연주하는 주법.

닌 질문을 이해했다. '이게 끝이구나. 이렇게 끝나는 거였어. 끝이 정해져 있는 줄도 모르고 매달렸어. 무거운 형벌도, 차마 견딜 수 없는 수치도 모멸도 다 견뎌냈어. 그분이 하는 일은 모두 옳다고? 웃기는 얘기지. 그래서 죄도 없이 벌을 주셨나? 주님이 늘 함께 하신다고? 함께 하면 뭘 해. 아무것도 안 하면서. 평생 기도했지만 들어주지 않았어. 아무 일도 일어나지 않았어. 그분은 눈도 꿈쩍하지 않았어. 응답? 기적? 그런 건 없어. 하나님은 사랑이시라. 거짓말!'

인하는 몸의 일부처럼 붙이고 있던 배두의 심장을 떼어냈다. 체온을 잃은 금붙이는 금방 빛이 죽었다. 마음 한구석에 의문이 남았다.

'믿지 않으면 분노도 없겠지. 난 믿었어. 간절히 기도하면 이뤄진다는 그 말을 믿었어. 그래서 간절히 기도했어. 그런데 왜, 내 기도는 들어주지 않았지? 진정한 기도가 아니었나? 그런지도 모르지. 믿어서가 아니라 믿고 싶어서 한 기도였으니까. 그래서 안 들어주셨다면 할 말은 없지. 하지만, 기도든 기도가 아니든 그 많은 간구들은 어디로 갔나? 허공으로 흩어졌나? 죽으면 알 수 있을까?' 복도를 걸어가는 인하의 발걸음이 어지러웠다.

▶ 오늘 새벽 안정섭 명예교수가 세상을 떠났습니다.

티브이 소리가 송곳처럼 인하 귀에 꽂혔다. 헛 놓이는 발걸음으로 휴게실로 갔다.

▶ '마음'의 숨은 작곡지를 밝힐 수 있는 유일한 인물의 죽음으로 '비밀스런 그 이름들'은 끝내 어둠에 묻히고 말았습니다. 당시 경성에 있던 유일한 음악학교인 경성음악전문학교는 1946년 국립 서울대학교가 발족하면서 편입되어 서울대학교 예술대학 음악부로 개편되었다고 합니다.

그랬지. 인하가 고개를 끄덕였다. 젊은 네 사람의 얼굴이 선연히 떠올랐다.

▶ 자유신문 1946. 5. 27. 기사에 의하면 음악부는 1회 졸업생을 두 번 배출했다고 합니다. 1948년에는 2년제 전문과정으로, 1950년에는 4년제 대학과정으로. 그렇게 두 번에 걸쳐 1회 졸업생을 냈습니다. 고 안정섭 교수와 '마음'의 작곡자, '마음'을 부른 성악가, 고 송화자 교수, 네 사람은 동기동창이라 해도 졸업 연도는 다를 수가 있습니다. 학적부가 중요할 수밖에 없는 이유입니다. 당시 학적부에 대하여 대학 학적과 담당자의 말을 들어보겠습니다.

인하는 숨죽이고 화면을 쏘아보았다.

▶ 당시는 여러 전문학교들이 서울대로 편입되는 혼란스

런 상황이었고, 또 6.25를 거치면서 학적부가 분실됐을 수 도 있고… 아무튼 현재로서는 1기 음악부 학적부의 존재 여부조차 확인할 길이 없습니다.

"끝났어! 끝났어! 다 끝났어!" 인하가 큰 숨을 내쉬었다.

국화꽃에 둘러싸인 안정섭이 환하게 웃고 있다. 조문객이 뜸한 장례식장은 쓸쓸해 보인다. 화환도 몇 개 되지 않는다. 두 교수가 평생 가르친 제자들도 발걸음을 하지 않는 모양이었다. 아들 며느리 상주 부부가 맞을 손님도 없이 서 있었다. 인하가 화면 속 영정을 향해 가만히 속삭였다.

"잘 가요, 다케오. 가즈코가 기다리고 있을 거예요. 우리 네 사람, 곧 다시 만나요."

죽은 이의 발걸음

•
•

수선화 서른일곱 송이

경복궁역 오후 세 시.

노인은 1회용 전철카드를 찍고 개찰구를 나왔다. 다른 이들은 '어르신 교통카드'로 천안까지도 무료로 다녀온다고들 하지만 그런 카드는 언감생심이다. 멋내기 가발처럼 반짝이는 은발에 유행 지난 명품 스타일의 재킷을 입고 있는 노인은 오래전에 한국을 떠난 교포인 듯도 보인다. 반대편 에스컬레이터에서 올라오는 사람들이 노인이 안고 있는 화사한 꽃다발에 머물곤 했다.

노인은 경복궁역이 처음이었다. 눈을 빛내며 역내에 설치된 모든 전시물들을 신기한 듯 들여다보았다. 시계판이 가마솥처럼 오목한 해시계도 보고, 신라 시대 기마인물형 토기 앞에서도 걸음을 멈추고, 왕의 행차 모습을 재현한 '상감행차도' 앞에서는 한동안 머물렀다. 노인은 잠깐씩 개찰구 의자에 앉아서 쉬곤 했다. 두 개나 되는 꽃다발과 작지 않은 배낭이 힘겨워 보인다.

자하문고개까지 다섯 정거장이라고 한다. 친절한 역무원이 버스 번호 적은 메모지를 건네면서 한 번 더 설명했다. '초록색 버스 1020, 7022, 7212번 타시고 자하문고개, 윤동주 문학관이라는 안내방송이 나오면 내리세요.'

윤동주 문학관이 있구나! 가보고 싶네. 노인은 공손히 고개를 끄덕이며 역무원의 설명을 들었다. 사실 설명을 듣는 동안 버스 번호는 다 외웠다. 외국어 노랫말을 내 나라말처럼 외우던 노인에게 이 정도쯤은 일도 아니다. 1020 버스가 도착했다.

두 분은 도로 한쪽에 외로이 계셨다. 인하는 보라색 튤립 아홉 송이를 최규식 경무관 동상 발아래 놓았다. 살아계셨다면 한 살 모자란 아흔, 아홉 송이 튤립을 준비했다. 빚진 자의 눈으로 드높이 서 계신 그분을 우러러보았다. 처음 보는 얼굴, 위엄 있는 눈빛… 절로 고개가 숙여졌다. 정종수 경사 흉상 앞에는 순직 당시 나이대로 붉디붉은 장미 서른세 송이를 바쳤다. 청정淸淨한 그 눈빛을 견디기 힘들어 그만 돌아섰다. 두 분은 '김신조 사건'으로 불리는 1968년 북한의 청와대 습격 사건 때 무장공비를 막다 순직하셨다.

인하는 길 건너 정류장에서 다시 1020 버스를 타고 사직단 정류장에서 내렸다. 정문 앞 느티나무 아래 서 있는 배두가 와락 눈에 들어왔다. 인하를 보고 반갑게 손을 흔든다. 인하도 마주 손을 흔들며 빠르게 걸어갔다. 나무 아래 서 있던 중년 남자가 반갑게 손을 흔들며 다가오는 노인을 보고 주위를 둘러보았다. 다른 사람은 없었다. 남자는 마침 자기 일행을 맞아 왁자지껄 인사를 나누며 산책로 쪽으로 올라갔다.

인하는 나무 밑에 망연히 서서 뛰는 가슴을 진정시켰다. 헛것이 보이는구나. 그럴 나이가 됐지. 닮지도 않은 중년 남자를 스무 살 배두로 보다니. 활터에서 만나기로 한 날, 그는 느티나무 아래 서서 인하를 기다렸다. 그 느티나무도, 사직단 큰 대문도 여전하건만 한 사람은 세상에 없고 한 사람은 백발노인이 되었다.

도로를 벗어나 황학정으로 들어섰다. 마침 활 쏘는 사람들이 없어 사대*에 서 보았다. 아득하여라. 마당 건너 과녁이 그 뒤로 아스라이 솟아있는 남산보다도 멀다.

배두가 과녁의 태극을 응시하며 시위를 당기면 팔뚝에 불끈 근육이 잡히고 '끄응' 힘쓰는 소리가 새 나오지. 그럼 화살이 '피웅' 대답하며 날아가. 포물선을 그리며 시야에서 사라진 화살은 한참 지나서야 '터억' 둔탁한 소리를 들려주지. 어느 날 나는 시위를 당기기도 여간한 일이 아니어서 '힘들어 못 하겠어' 그런 얼굴로 그를 쳐다봤어. 내가 주살대**를 벗어난지 얼마 되지 않았을 때였지. 그는 '응. 힘들지?' 얼핏 말을 들어주는 것 같지만 나를 달래며 선생처럼 그러지. '배에 근육도 생기고, 정신집중에도 좋아. 음?' 그러면 나는 다시 활을 잡아.

황학정 표지석을 지나자 국궁 전시장이었다. 사대에서 쏜 화살을 주으러 다니던 길은 주 차장이 되었다. 전시장 그늘에 서서 바라보았다. 과녁이 세 개다. 예전엔 두 개였다. 과녁의 중심 표시도 달라졌네. 지금은 커다란 홍심紅心이지만 예전엔 태극문양에 一번 二번 숫자가 크게 쓰여 있었어. 과녁들 뒤로 예전엔 없던 안전막이 높이 서 있다.

인하는 과녁이 잘 내려다보일 비탈을 눈으로 짚고 그곳으로 올라갔다. 두 번째와 세 번째 과녁 사이를 눈여겨보았다. 그래, 저쯤이야! 저 자리에 二자 선명한 두 번째 과녁이 있었어. 二번 과녁 뒤 무겁***에 그의 유물이 묻혀있었어.

인하는 그 자리가 한눈에 들어오는 언덕에 자리를 잡았다. 과녁들이 훤히 내려다보이고, 양지바르고, 흙이 좋은 맞춤한 곳이었다. 삽과 물병과 화초들로 묵직한 배낭을 내려놓자 허리가 무지근하다. 늙었어. 혼잣말을 하며 삽을 쥐었다. 연못가 수선은 줄기만 남아 흉했다. 꽃집에서 막 꽃대가 올라오는 새 수선을 샀다. 흙을 고르고, 영양수를 충분히 머금게 뿌

---

* **사대** 활을 쏘기 위해 서는 장소.

** **주살대** 초보자가 활 쏘는 자세를 익히기 위해 화살에 끈을 매어 고정시켜놓은 기둥.

*** **무겁** 활터의 과녁 뒤에 흙으로 둘러싼 곳.

려준 다음 젊은 수선을 심었다. 서른일곱 송이, 그의 마지막 나이만큼.

'사흘을 기다려도 내가 안 오면 二번 과녁 뒤를 파 봐. 거기 악보들을 묻어뒀어. 악보가 있으면… 일이 잘못된 거야. 그때는 나 기다리지 말고 그 악보들은… 네가 간직해 줘.'

유언이었다. 그때는 몰랐다.

달 없는 그믐밤, 서른일곱 젊은 인하와 마서방이 사직단 담을 넘었다. 검은 두 그림자가 고양이처럼 허리를 구부리고 살금살금 二번 과녁 뒤로 접근했다. 무겁을 파헤치던 마서방의 호미 끝에 뭔가 걸렸다. 기름종이로 겹겹이 싼 종이뭉치. 인하는 흙투성이 악보뭉치를, 그의 생명을 가슴에 꼬옥 안았다.

인왕산으로 오르는 산책길로 나왔다. 예전엔 좁고 험한 흙길이었는데 나무계단을 놓았다. 나이든 인하가 계단을 돌아 아카시아 숲길로 들어섰다. 새하얀 꽃덩이들이 온 산을 덮었다. 길이 하얗다. 짓궂어라. 바람이 꽃덩이들을 흔들어놓고는 도망가 버린다. 이제 막 피어나는 통통한 꽃송이들이 후두둑 떨어졌다. 인하는 쏟아지는 꽃눈을 맞으며 뭉개구름처럼 일어나는 꽃구름을 올려다보았다. 까마득히 키 큰 휘청한 마른 나무 어디에 힘이 있어서 저렇게 가지가 휘도록 꽃덩이들을 달고 있을까.

어지러워 잠시 걸음을 멈추었다. 예전에도 그랬지. 활 쏘고 땀 식힐 겸 이 숲길을 걷다가 혼미해지곤 했어. 달콤한 꽃향기에 취한 내게 그가 말했어. '꽃 멀미가 날 땐 눈을 감는 거야.' 그의 입술이 불덩이 같았어.

탁 트인 곳에 이르렀다. 검고 넓적한 바위는 옛 모습 그대로 그 자리에 있었다. 저 바위에 나란히 앉아 눈송이처럼 쏟아지는 아카시아 꽃을 바라보았지. 길이 온통 하얬어. '향기로운 함박눈이 내리는구나.' 그의 혼잣말은 그 즉시 노래가 되었어.

초여름 함박눈

초여름 하늘에서 후드득
향기로운 함박눈 내린다
오염된 세상에 이렇게
순결한 것이 있을까
향기롭고 보드라운 너
내 연인의 입술을 닮았구나

"몽고에도 눈이 많이 와?"

"일 년의 반은 눈이지. 거기 눈은 여기 눈 하곤 달라. 뭉쳐지지 않고 쌀가루처럼 흩날려. 온 천지를 덮어버려. 하늘, 땅, 지평선을 다 지워버려. 세상이 온통 하얀색이야."

"상상이 안 돼."

"눈 덮인 언 강에 찍힌 늑대 발자국은 꽃송이 같아."

"언 강에 핀 늑대 꽃송이. 그건 상상이 되네!"

내가 그의 구두를 툭 건드렸어. 몽고늑대, 그의 별명이었거든.

어려서 보던 인왕산은 나무 없는 우람한 바위산이었다. 반백 년도 더 지나 와보니 울창한 나무들이 제법 숲을 이루었다. 살던 동네가 한눈에 들어온다. 오밀조밀 붙어있는 기와집들을 더듬는다. 저 집인가, 그 뒷집인가. 우리 집이 저 어디쯤인데….

적과의 동거

큰 대문에 '인민군자치본부'라는 붉은 현판이 걸렸다. 전쟁 나고 사흘 만에 우리 집은 인민군에게 접수되었다. 많은 방과 마루와 다락들까지 인민군들이 차지하여 우리 식구는 부엌 찬간 마루에서 지냈다. 간에 병이 깊은 안국동 할아버지가 피난길에 나서기는 무리여서 모두 서울에 남았다. 배두도 남았다. 아버지는 틈틈이 안국동 외가에 할아버지를 살피러 다녀오곤 했다.

집안은 온통 인민군들의 발 냄새 땀 냄새로 숨을 쉴 수가 없을 지경이었다. 인민군들의 발은 짓물러 터져서 말이 아니었다. 피와 진물과 헤진 양말 조각들이 한데 들러붙어 저 발로 행군해왔다는 게 믿어지지 않았다. 아버지는 그 문드러진 발들을 치료하느라 허리 펼 새도 없었다. 집안의 응급약통과 붕대는 첫날 바닥이 나버렸다. 다듬이질해둔 이불 호청을 찢어서 발에 감아주었다.

그것은 시작에 불과했다. 인민군들은 장롱, 서랍장, 다 뒤져서 옷감이라고 생긴 것은 죄다 꺼내어 죽죽 찢어서 더럽고 진물 나는 발에 둘둘 감았다. 아버지 양복감도, 인하 원피스감도 엄마 드레스 실크 원단도 모두 다 인민군들의 발싸개가 되었다.

밥때마다 인민군들은 밥 더 달라, 국 더 달라, 정신없게 굴었다. 많은 사람이 먹어대니 뒤주는 금방 바닥을 드러냈고 사람 키 넘는 쌀독도 쑥쑥 내려갔다. 잡곡도 섞고 밀가루로 국수도 밀었다. 어떡해서든 매 끼니를 차려내야 했다.

인하는 축음기로 장난치는 인민군들을 노려보았다. 이것저것 레코드를 틀고, 축음기 바늘을 부러뜨리고, 아끼는 레코드판에 흠집을 냈다. 상스럽고 입 거친 그들에게 주의를 주었다가 무슨 봉변을 당할지 몰라 입도 떼지 못했다. 장교들은 배운 티가 나고 말투도 점잖았지만 한통속이지 싶었다. 상위 하나가 인하의 표정을 읽었다.

"내레 음악 도와하디요. 왜정 때 일본으로 도망쳐서 무사시노 음악학교에 입학 했드랬는데 부친께 끌려 왔디요. 레코드판이 주로 오페라던데, 전공이 성악입네까?"

"네."

"역시 그랬구만요. 본때 없는 촌놈들이 축음기가 신기해 그러니 리해 하시라요. 조 상위라고 합네다."

조 상위는 인민군들에게 '축음기에 손대지 말라.' 명령했다.

설거지 그릇들이 마당 수돗가와 펌프 주변에 산더미처럼 쌓였다. 부엌일이라곤 모르던 인하도 소매를 걷어붙였지만 설거지는 하는 둥 마는 둥 대문 쪽만 쳐다보았다. 당장이라도 배두가 불쑥 들어올 것만 같았다. 인민군들은 길가에서든 학교에서든 마구잡이로 청년들을 잡아다가 의용군에 보내느라 혈안이었다. 그것이 여의치 않자 새벽에 민가를 급습하여 집안을 샅샅이 뒤져 젊은이들을 잡아가는 형편이었다. 잡히면, 적군의 병사가 되는 거였다.

연인들의 일요일. 인하와 배두는 부민관에서 영화를 보고 있었다. 연일 신문에 滿員謝禮만원사례 광고를 내는 '애원의 섬'이라는 영국영화였다.

1950년 '애원의 섬' 신문광고 (사진출처 : 부산일보)

한창 영화에 몰입해 있는데 갑자기 화면이 꺼지고 극장에 불이 켜졌다.

거리는 온통 군인 지프 차량방송 소리로 가득했다.

전 장병들은 즉시 귀대하라. 휴가, 외출, 외박중인 장병들은 한 사람도 빠짐없이 즉시 복귀하라. 국방부의 명령을 전한다. 전 장병들은 즉시 귀대하라….

"나도 군에 입대해야겠지?" 배두가 인하를 바라보았다.

대학 4학년 말. 두 사람은 미국대학의 입학허가서를 받아 놓고 졸업식 날만 기다리는 중이었다. 곧바로 결혼식 올리고 유학 떠날 희망에 부풀어 있던 참에 전쟁이라니. 그날 배두는 인하를 집에 데려다주고 돌아갔다. 그때까지만 해도 우리 집은 평온했다. 아무것도 모르는 배두가 군대 문제를 의논하려고 집에 오면… 인하는 설거지하던 손을 털고 벌떡 일어났다. 금방이라도 배두가 대문을 열고 들이닥칠 것만 같았다.

진홍색 춘방루

교남동 배두의 하숙집은 텅 비어 있었다. 피난 떠난 빈집은 도둑맞은 집처럼 어수선했다. 춘방루로 갔다. 첩첩이 닫힌 문을 두드리며 큰 소리로 배두를 불렀다. 놀란 배두가 급히 인하를 안으로 끌어들이고 문을 잠갔다. 집안 형편을 전해 듣던 그가 문득 물었다.

"넌 괜찮아? 인민군들이…."

배두가 무슨 걱정을 하는지 알 것 같았다. 인하는 얼른 두 손을 보이며 투덜거렸다.

"이 손 좀 봐. 설거지하느라 퉁퉁 불었어."

배두는 말이 없다.

"집안에 사람이 한둘인가 뭐. 난 괜찮아."

"당분간 여기 있자. 선생님은 너 여기 온 거 아시지?"

"말하고 왔어."

그가 인하를 주방으로 데리고 갔다. 냉장고에서 주섬주섬 재료들을 꺼내던 배두가 인하를 돌아보고 머쓱하게 웃었다.

"재료가 별로 없다. 수초면 괜찮아?"

"나, 맑은 탕면 좋아해. 그런 것도 만들 줄 알아?"

"간사오밍샤, 류산쓰, 꿔바오러우, 그런 요리는 나중에 해 줄게."

"우리 청요리집 해도 되겠네. 근데 손대인 아저씨는?"

"피난 가셨지. 아주머니가 남의 나라 전쟁에서 자식들 죽이겠다고 서두르셨어."

"너도 함께 갔어야 했는데. 나 때문에…."

배추 씻던 배두가 휙 돌아보았다.

"넌 나 두고 갈 수 있어?"

인하가 고개를 저었다.

"수초면에 국수가 없네. 그냥 만투하고 먹자."

배두가 웃음을 물고 딴청을 부렸다.

요리하는 배두가 신기해서 인하가 바짝 다가와 구경했다. 노란 배추속고갱이, 빨간 당근, 초록색 호박을 턱턱 썰어서 끓는 물에 데쳐낸다. 무시무시한 중국 칼로 갑오징어에 칼집을 넣어 모양을 내고, 계란을 툭 툭 깨어 국물에 푼다. 한두 번 해본 솜씨가 아닌걸.

배두가 중국말로 중얼거렸다.

(네가 지켜보고 있으니까 떨리잖아.)

"뭐라고?"

"손님, 앉아 계십시오."

"다시 해봐."

"크어런, 칭쭈어 칭쭈어." 손님, 앉아계세요.

"그거 아닌데?" 인하가 고개를 갸우뚱했다.

"칭쭈어 칭쭈어." 배두가 인하를 앉히며 딴청을 부렸다.

"재료가 시원찮아. 맛이 날지 모르겠다."

인하가 국물 한 술 떠먹고는 눈을 크게 떴다.

"음~~~ 맛있어!"

"씨에~ 씨에~ "

수초면 한 술 떠먹고 배두 얼굴 쳐다보고, 빵 한쪽 떼어먹고 인하 얼굴 쳐다보고, 서로를 쳐다보느라 식사는 뒷전이었다. 바라만 봐도 좋고 설레고 행복했다. 두 얼굴에서 웃음이 떠나지를 않았다. 수초면에 국수가 없는 것도, 문밖이 전쟁 중이라는 것도 잊어버렸다. 가끔 들려오는 총성에 깜짝깜짝 놀라곤 했다. 둘뿐인 이 시간이 너무나 행복했다.

"빵하고 먹는 것도 괜찮다." 인하가 만투를 뜯어 입에 넣었다.

"둘만 있으니까 혼인한 거 같고, 참 좋다." 배두는 싱글벙글이다.

"혼인하면 맨날 해줄 거야?"

"그러엄. 좋아하는 건 다 해주지."

"그러다 뚱보 되면 어떡해?"

"세계적인 쏘푸라노들은 다 뚱보잖아. 내가 뚱보 만들어 줄게."

인하가 들고 있던 만투를 배두에게 던졌다.

"아이쿠."

배두는 쓰러지는 시늉을 하면서도 두 손으로 빵을 받아 냈다.

꽝! 꽝! 꽝!

"문 열라! 문 열라! 안에 있는 거 다 안다. 어서 열라!"

두 사람은 입에 빵을 문 채 숨죽였다. 강제로 문 부수는 소리가 났다. 배두가 조용히 따라오라며 앞장섰다. 두 사람은 뒷문을 통해 골목으로 빠져나갔다.

해 저무는 한적한 길 위로 두 사람의 그림자가 길게 따라왔다.

"배고픈 인민군들이 청요리집이라 무조건 두드리고 보는 거야. 하루에도 두세 번씩은 그랬어. 이젠 아주 문을 부수고 들어올 모양이네."

갈 곳 모르겠는 배두의 발걸음이 생각에 잠겼다. 경마장은 어떻게 됐을까? 한라는 무사할까? 마주에게 남은 돈을 다 치르고 양도증서까지 받아서 인하에게 맡겼다. 전쟁 전에 한라를 덕소로 옮겼더라면 지금 얼마나 마음이 편할까. 마주가 잔금 받기를 미루는 통에 늦어 버렸다. 한편으론 믿는 구석이 없지는 않았다. 한라 곁에는 칠순이가 있다.

말馬이 좋아 무작정 경마장으로 들어온 소년 김칠순은 온갖 궂은일을 도맡아 하는 고아다. 바보 소리를 듣지만, 말이 어눌하고 고집불통이긴 해도 바보는 아니다. 아버지가 칠순에 낳았다고 칠순이라는 이름을 얻었다. 마부들이 놀리느라 '칠삭동아.' '칠삭동아.' 부르면 대꾸도 안 한다. '칠순七淳'이라는 자기 이름을 부끄러워하는 아이에게 배두가 이야기를 들려주었다.

옛날 옛날에 백 살 된 할아버지가 하늘님 은혜로 아들 이삭을 낳았어. 이삭은 아주 착한 사람이어서 오래오래 복을 누리고 살았단다. 이삭이 조선에서 태어났다면 '백순'이라고 불렀겠지. 네 아버님도 하늘님 은혜로 칠순에 너를 낳은 거야. 칠순이란 이름은 일곱 가지 복을 타고난 아이라는 뜻이야. 사람들이 몰라서 그래. 넌 특별히 복 받은 귀한 사람이란다.

배두를 형처럼 따르는 칠순이에게 한라를 맡겼다.

'칠순아. 형이 바빠서 자주 못 와. 이 돈 가지고 먹고 싶은 것도 사 먹고, 옷도 사 입어. 잘 때는 꼭 몸에 차고 자야 돼. 알았지? 형이 또 줄게. 돈 너무 아끼지 마. 한라에게도 싱싱한 채소하고 과일 사 먹이고. 약속하지?' 약속이라는 말에 칠순이가 비장한 얼굴로 고개를 끄덕였다. 갈 곳 없는 칠순이는 경마장에 남아있겠지. 한라와 둘이서. 그래, 경마장으로 가자. 배두는 머릿속으로 지도를 그려보았다.

1안 전찻길을 따라가면 인하 걸음으로…아니다. 광화문까지 가는 동안 인민군에게 붙잡힐 거다. 지운다.

2안 사직단 윗길로 해서 자하문, 삼청공원, 낙산, 이화동, 동대문… 비교적 안전해도 밤새 걸어야 한다. 인하에게는 무리다. 지운다.

3안 교남동–내자동–광화문–안국동–인사동–익선동–창신동–신설동. 전찻길에서 가까운 골목길로만 가면 그래도 안전하다. 마침 날도 흐리다.

달 없는 캄캄한 한밤중, 재빨리 광화문 건너 안국동 골목으로 들어가자.

인민군 득실거리는 집에 인하를 들여보낼 수는 없다.

"경마장으로 가자."

배두의 결단에 인하가 고개를 끄덕였다.

광화문 골목 안은 한산했다. 두 사람은 길모퉁이 어느 집 들창 아래 서서 광화문 넓은 길을 내다보았다. 개 한 마리가 지나가도 한눈에 보일 정도로 광장은 넓고 거칠 것이라곤 없다. 완전히 어두워질 때까지 기다리기로 한다. 인민군 트럭들이 검은 연기를 내뿜으며 요란하게 지나갔다.

"동무들. 누구를 기다리오?"

눈앞에! 인민군이! 둘씩이나 서 있었다. 두 사람은 얼어붙었다.

"공화국에는 젊은 동무들이 할 일이 많소. 환영하오."

눈매가 날카로운 인민군이 두 사람을 훑어보았다. 뒤에 선 키 작은 인민군이 권총을 만지작거렸다. 배두가 정신을 차리고 둘러보았다. 반대편 골목 입구를 군용 트럭이 막고 서 있었다. 생각에 골몰하여 차 소리를 듣지 못했다. 트럭에는 민간인들이 잔뜩 실려 있었다.

트럭은 경성중학교였던 서울중학교를 지나 무악재 방향으로 내달렸다. 대부분 젊은 사람들이고 지식층으로 보이는 중년 신사들도 섞여 있었다. 사연을 들어보니 숨어 있다가 납치된 사람들이 대부분이었다. 배두는 납치가 명확한 상황에서도 기도했다. '이대로 끌려가서 인민군이 되게 놔두지 말아주십시오. 인하만이라도, 아니 우리 둘, 아니 이 차에 납치된 사람들 모두, 구해주십시오. 우리를 불쌍히 여겨 주소서.'

서대문 로터리에 이르자 길바닥에 호외들이 허옇게 널려 있었다. 전쟁이 어떻게 되어 가는지 한 장만 주웠으면 싶었다. 로터리를 지나자마자 길 오른쪽으로 춘방루가 찌르듯 눈에 들어왔다. 배두도 인하도 그 진홍색 건물에서 눈을 떼지 못했다. 춘방루가 시야에서 사라지고서야 두 사람은 서로를 바라보았다.

쿨렁. 트럭이 섰다. 운전병이 내렸다. 그 자리에 서서 오줌을 갈긴다. 배두가 인하 손을 잡고 속삭였다. "우리 뛰어내리자." 인하가 고개를 끄덕였다. 조수석 인민군도 차에서 내렸다. 꽁초를 손가락이 데이게 빨아대더니 내던지고 나란히 서서 오줌을 갈기기 시작했다. 독립문 근처였다.

"지금이야. 뛰어!"

둘이 동시에 몸을 날렸다.

배두는 인하 손을 으스러지게 잡고 죽어라 뛰었다. 독립문 길 건너 목욕탕 골목으로 들어갔다. 이 동네라면 손바닥이다. 미로처럼 이어진 좁은 골목길도 훤하다. 호루라기 소리가 쫓아왔다. 인민군이 헤맬 곳… 숨을 만한 구조물이 많은 곳… 춘방루 뒷골목이다. 가겟집들이 성냥갑 같은 변소들을 중구난방으로 지어대서 주인들도 가끔 헷갈려한다. 변소 골목으로 들어섰다. 배두는 제일 안쪽 지물포집 변소를 찍었다. 달빛에 재빨리 발 받침 위치를 확인하고 들어가 문을 잠갔다.

호루라기 소리가 골목으로 들어왔다. 한 놈이다. 한 놈은 남아서 트럭 사람들을 감시하고 있겠지. 변소 문 콰당 콰당 여닫는 소리가 요란하게 들려왔다. 배두는 똥독에 빠질까 봐 발을 옮기지는 못하고 상체를 기울여 떨고 있는 인하를 끌어안았다. 조금 먼 곳에서 총소리가 났다. 트럭에서 누군가를 쏘아 죽였구나.

드르륵… 드르륵….

쫓아온 인민군이 마구잡이로 총을 쏘아댔다. 인하가 소리 지를까 봐 배두는 조마조마했다. 인하는 숨소리도 내지 않았다. 두 사람이 들어있는 변소도 총알을 맞고 흔들렸다. 배두는 인하를 가슴에 쓸어안고 그녀 머리칼에 얼굴을 묻었다.

지물포집 변소 문이 열린 것은 다음날 새벽이었다. 밤새 변소에 있었지만 냄새는 나지 않았다. 아무 냄새도 맡지 못했다. 배두는 총탄 자국들을 보고 깜짝 놀랐다. 인하 머리 위로, 자기 발 앞으로 총알이 지나간 흔적들이 선명했다. 손가락 마디 하나만큼씩의 차이였다. 하마터면 두 사람 모두 총 맞고 똥통에 빠져 죽을 뻔했다.

춘방루는 문짝이 덜렁거리고 유리창이 깨지고 난장판이었다. 주방의 음식들은 다 쓸어가고 냉장고는 텅 비었다. 이런 위험한 곳에 인하를 있게 할 수는 없었다. 신설동까지 걸어갈 힘도 없었다. 집중적으로 총탄 세례를 받은 입구의 변소들은 성냥갑처럼 부서졌다. 두 사람은 엉망이 된 변소들을 멍하니 바라보고 서 있었다. 갈 곳이 없었다.

"우리 집으로 가자." 인하가 결정을 내렸다.

"인민군 본부로?" 배두가 반대했다.

"우리 집은 숨을 데가 많아. 옛말에, 등잔 밑이 어둡다잖아."

"마루 밑에 작은 창고가 있어. 거기 들어가 있게."

아버지가 배두를 고양이 산간으로 옮겼다. 보초 서던 인민군이 변소에 들어간 것을 확인하고서였다. 배두는 급한 대로 뒤울 안 창고에 숨어 있었다. 넉가래, 빗자루, 연장통 등 허접한 물건들을 넣어두는 창고였다. 인민군이 언제 열어볼지 조마조마했다.

마루 밑 창고는 고양이 산간으로 앉으면 천정에 머리가 닿는다. 문짝 없는 출입구는 기어들어가고 기어 나와야 하는 비좁은 공간이었다. 인민군들이 집을 비우는 시간에 인하가 깨소금에 비빈 주먹밥과 삶은 계란을 날랐다. 어느 날은 주먹밥 속에 짭짤한 낙지젓갈이나 명란을 넣기도 했다. 날이 더워서 냄새가 마루 틈새로 올라갈 거라며 영분이가 말렸다. 무더위는 아직 시작도 안 했는데 배두는 온몸이 땀띠 투성이였다.

인민군들은 낮 동안은 보초병만 남기고 집을 비웠다. 엄마는 보초병에게 아들 같다며 고생한다고 술상을 차려 방으로 불러들였다. '상관이 보면 혼나지요?' 엄마는 방문을 닫고 보초병의 고향 얘기, 부모님 얘기를 들어주며 시간을 끌었다. 마서방은 마당에서 망을 보았다. 그동안 배두는 재빨리 변소에도 가고, 세 식구만 사용하는 목욕간에서 찬물도 끼얹었다.

인하가 빨랫감 개는 영분이 옆에 앉아 배두의 것이 있나 지켜보았다. 별다른 특징은 없지만, 그의 셔츠가 단박에 눈에 들어왔다. 두 번째 단추가 떨어진 것을 발견한 영분이가 반짇고리 단추 통에서 와이셔츠 단추를 찾아냈다. 인하가 단추와 바늘을 넘겨받았다. 바늘 쥔 모양새가 어설픈지 영분이가 킥킥거렸다. 생전 처음 바늘을 들고 배두 셔츠에 단추를 달면서 인하는 이제껏 알지 못했던 행복을 느꼈다. 사랑하는 남자의 옷을 매만지는 인하의 손끝이 기쁨으로 떨렸다.

인하가 배두 먹을 주먹밥과 갈아입을 옷을 챙겨서 고양이 산간에 들어있을 때였다. 인민군 하나가 꼬챙이에 뀀 뭔가를 흔들어대며 마루 밑 고양이를 놀렸다. 듬성한 판자 틈으로 인민군의 얼굴이 보였다. 어린 얼굴, 소년병이었다. 컴컴한 마루 밑이지만 어둠에 눈이 익으면 충분히 눈이 마주칠 수도 있는 상황이었다. 인하는 재빨리 판자에서 물러나 벽에 등을 붙였다. 배두도 먹던 주먹밥을 꿀꺽 삼키고 벽에 붙었다. 인하가 눈에 보이지 않으면 '어디 갔는가' 묻는 인민군들이 있었다. 조마조마했다. 주먹밥만 디밀고 바로 나갔어야 했는데. 잠깐만, 밥 먹을 동안만, 물 마실 동안만, 그렇게 머뭇거리다가 때를 놓쳤다. 배두와 함께 있는 시간은 초침만 있는 시계처럼 달음박질친다. 오싹한 말이 들려왔다.

"저 안에 뭐가 있네. 덴찌손전등 좀 주라."

덴찌 불빛이 마루 밑을 어지럽게 날아다녔다. 판자 틈새로 들어온 빛이 배두 얼굴에, 인하 얼굴에, 포물선을 그으며 흔들렸다. 두 사람은 바닥에 납작 엎드렸다.

"웬 괭이 새끼들이 이렇게나 많네. 비키라우. 비키라우."

소년병이 덴찌를 휘두르며 고양이들을 위협했다. 마루에 엎드려 거꾸로 들여다보던 소년병이 아예 댓돌로 내려섰다. 깡마른 소년병이 상반신을 마루 밑으로 쑥 디밀었다.

캬악! 크아악!

고양이가 침입자의 얼굴을 할퀴었다. 소년병이 소리를 지르며 얼굴을 감쌌다.

"저 망할 놈의 괭이 새끼. 죽여버리갔어. 총 이리 주라우."

"밥들 자셔유! 돼지괴기 찌개유. 얼렁 안 오면 괴기 다 뺏겨유!"

영분이가 소리쳤다. 밥 먹으라는 소리를 불이나 난 듯이 외쳐댔다.

돼지고기라는 말에 인민군들이 마루로 싹 올라갔다.

캬악! 캬아악! 크아악!

침입자에게 공포를 느낀 고양이들이 계속해서 고약한 소리를 냈다.

"누깔 찔릴 뻔하지 않았니. 내레 저 괭이 새끼들 죽여버리고야 말갔어."

소년병이 입안 가득 밥을 문 채로 지껄였다.

"거그는 괭이 산간이요. 새끼든 암괭이 건들문 탈 납니다요."

마서방 목소리였다.

"괭이라는 짐성이 원래가 웬수 갚는 짐성이요. 마루 밑창서 버글거려두 내쫓지 못허구 낭구 서껀 죄 치워버린 거 안 보이시우? 마루 밑일랑 얼씬 마시우. 애시당초 귀경두 말란 말이요. 새끼든 암괭이는 사납기가 범이요."

마서방은 산간에 있는 우리에게 들으라고 큰 소리로 말했다.

팔월에 접어들자 인민군들이 후퇴를 서두르기 시작했다. 그들은 의사, 교사, 금은시계방 주인 등 동네 유지들을 밧줄로 묶어 북으로 보냈다. 의사인 아버지도 그 대열에 끼었지만 당장 인민군들을 치료해야 해서 아직은 집에 있었다. 대학생 인하도 월북대상이었다.

마루 밑 고양이 산간에서 모든 상황을 듣고 있는 배두는 몇 번이나 뛰쳐나가려다 멈췄다. 자기가 나간다고 인하와 부모님을 구할 수는 없다. 강제 월북에 한 명 더 보태는 꼴밖엔 안 된다. 인하와 부모님을 구해낼 방법이 뭐 없을까? 먼저 있던 창고에서 삽 같은 거라도 들고 나가 싸울까? 다 나가고 한두 명 남았을 때 급습해 총을 빼앗으면 승산이 있지 않을까? 별별 궁리를 다했다. 애시덕 선생님 목소리가 들려왔다.

"그동안 먹여주고 치료해 준 공을 봐서라도…."

말이 채 끝나기도 전에 인민군 하나가 뭔가로 선생님을 쳤나보다. 군관이 그 인민군을 나무랐다. 조 상위다. 밖이 무슨 일인가로 소란했다. 인민군들이 우르르 몰려나가는 발소리가 들렸다. 혼자 남은 조 상위가 선생님께 사과했다. '지금이다!' 배두가 뒤울 안을 돌아 마당으로 나갔다.

"누구요?" 놀란 상위가 물었다.

"나, 이집 장남입니다." 배두는 당당히 자기소개를 했다.

갑자기 나타난 배두를, 나타나서는 안 되는 배두를, 엉뚱한 말을 하는 배두를, 인하도 선생님도 아버지도 아연啞然한 얼굴로 쳐다보았다. 배두는 많은 의미를 담은 깊은 눈길로 인하를, 그리고 선생님과 아버지를 빠르게 일별一瞥했다. 상위에게 말했다.

"실은, 나, 막시스트요. 부모님을 거역할 수 없어 숨기고 있었지만 난 내가 부르주아라는 사실이 부끄럽습니다. '만국의 프롤레타리아여, 단결하라!' 공산당선언을 감명 깊게 읽었습니다. '이제까지의 모든 사회의 역사는 계급투쟁의 역사이다.' 참으로 명쾌한 문장 아닙니까. 사회주의 바이블 「자본론」 읽고 울었습니다. 열두 살 난 소년이 이틀 사흘 밤을 새워 일해도 3실링 6펜스밖에 받을 수 없는 세계, 그런 자본주의 세계를 혁명하는 것이야말로 우리 젊은 사람들이 해야 할 임무인 것입니다. 코뮨주의 혁명 말입니다. 평등사회를 이루기 위해 일하겠다, 중학교 때부터 뜻을 세웠지요. 이제 때가 왔습니다. 공화국을 위해 일하고 싶습니다."

배두 스스로도 놀라고 있었다. 잇뽕에게 들었던, 우정으로 들어주었던, 공산주의 책 속의 명문장들이 외운 듯 술술 나왔다.

“의사 선생, 훌륭한 아드님을 두셨습니다. 반갑소 동지.”

감격한 조 상위가 배두의 손을 잡고 마구 흔들었다.

배두가 인하를 바라보았다. 우물처럼 깊고 어둔 눈이었다. 인하 눈에서 흘러넘치는 눈물을 보고 배두가 얼른 시선을 돌렸다. 그리고 건조하게 말했다.

“자본주의 사상에 찌든 우리 식구들은 공화국에 아무런 도움이 안 됩니다. 오히려 폐만 끼칠 겁니다. 게다가 동생은 일이라곤 통 모릅니다.”

“들었소. 성악 전공한다고. 나도 음악을 좋아하오.”

“새 술은 새 부대에 담으라는 말이 있습니다. 프로레타리아 혁명에 앞장서겠습니다. 공화국 혁명에 이 한 몸 바칠 각오가 돼 있습니다.”

상위가 날카로운 눈으로 배두를 쏘아보았다. 긴가민가 하는 눈치다.

배두가 마지막 패를 던졌다.

“공화국 만세! 조선민주주의인민공화국 만세! 만세! 만세!”

조 상위가 크게 박수쳤다. 그 분위기를 타고 배두가 말했다.

“잠깐 부모님께 하직 인사드릴 시간을 주십시오.”

“좋소. 어차피 통일되면 다시 뵙겠지만 인사들 나누시오.”

배두는 조 상위가 보는 앞에서 마당에 엎드려 큰절을 올렸다.

“아버님, 어머님, 불효자를 용서하십시오. 인하야. 부모님

부탁한다."

밖에서 급하게 상위를 불렀다. 조 상위가 크게 구두 소리를 내며 대문을 나갔다. 배두가 모두를 향해 조용 하라는 신호를 주었다. 마서방이 재빨리 대문을 닫고 문틈으로 바깥 동정을 살폈다.

"저는 돌아옵니다. 반드시 돌아옵니다."

세 사람은 혼이 나간 얼굴로 배두를 쳐다볼 뿐이었다.

배두는 눈물범벅인 인하의 손을 잡았다.

"돌아올게. 어떡해서든 돌아올게."

"독립문에서처럼?"

"그럼. 독립문에서처럼."

배두는 눈물범벅인 인하의 얼굴을 닦아주며 달랬다.

"우리 헤어지는 거 아냐."

"헤어지는 거 아니야?"

"아니야. 난 돌아와. 네가 여기 있잖아."

"으음…." 인하의 대답은 신음소리 같았다.

"옵니다요!"

마서방이 급히 말했다.

"그만 갑시다."

조 상위가 대문 안으로 쑥 얼굴을 디밀었다.

배두는 인하를 두 눈에 새겨 넣을 듯 뚫어지게 보았다. 인하는 두 손으로, 있는 힘껏, 배두 손을 붙잡았다.

빵. 빵. 빵. 빵. 빵.

지프가 숨 가쁘게 경적을 울려댔다. 배두는 계속 인하를 응시하며 그 손에서 손을 빼냈다. 돌아선 배두의 어깨가 들썩였다.

그날, 대문을 나서며 한 번 돌아보지도 않던 그가 두고두고 서운했었다. 이제, 나이든 인하는 그 속이 헤아려졌다. 돌아보면 무너질까 봐 겁이 났던 거야.

포성은 그쳤지만 전쟁은 끝나지 않았다. 정전협정이 체결되고 휴전에 들어갔지만 답보 상태인 채로 굳어지는 듯했다. 배두는 돌아오지 못했다.

인하는 휴전 다음다음 해, 미국으로 떠났다. 함께 유학하기로 했던 그 대학으로. 실낱같은 소망이 있었다. 이북에서도 공산주의 국가로는 유학을 보낸다는 얘기를 들었다. 배두는 음악하는 사람이니 러시아나 동독, 폴란드, 루마니아… 아무튼 유학을 오리라.

인하는 연이 닿을 듯한 공산권 출신 음악가들에게 조선 유학생 소식을 수소문했다. 그들 가난한 음악가들의 밀린 월세도 갚아주고 생활비도 보태주면서 친분을 쌓아갔다. 간혹 조선 유학생이 있다는 소식에 달려가 보면 중국인이거나 일본인이었다.

음악하는 사람들끼리는 건너 건너 이름 정도는 귀에 들어온다. 더구나 배두 같은 재능은 소문이 나게 되어있다. 몇 다리 건너 조선 유학생을 안다는 사람으로부터도 '강배두라는 이름은 들어본 적이 없다'는 말만 들었다. 인하가 유학을 마치고 한국으로 돌아올 때까지도 '강배두' 이름 석 자는 그 어디에서도 들리지 않았다.

'이 세상 사람이 아닌가도 생각했지만…….' 나이든 인하가 고개를 저었다. '어딘가에는 살아있을 거라 믿었어. 꼭 돌아온다고 약속했거든.'

인하는 다시 발아래 동네를 내려다보았다. 파란 지붕에서 눈이 멎었다. 노인의 눈에도 선명하게 들어오는 청와대 파란 지붕. 1967년, 김신조 사건 일 년 전 밤이었다.

꿈인 듯 돌아오다

인하는 늦은 저녁으로 어죽 한 사발을 먹고 잠자리에 들었다. 밥보다도 잠이 고프지만 성악가는 몸이 악기다. '토스카' 공연이 코앞이었다. 귀국 후 첫 무대도 '토스카'였다. '노래에 살고 사랑에 살고'를 부른 후 관객들의 박수가 끊이지 않아 그 자리에서 앙코르를 했다. 오페라에서 좀처럼 없는 경우여서 그때부터 그 아리아는 '백인하의 노래'가 되었다.

— 백인하는 토스카 그 자체였다. 00일보

— 이태리 「토스카」 팀의 유일한 동양인 프리마돈나 백인

하. 00일보

—풍부한 표현력과 육감적인 음색으로 본토 가수들을 압도했다. 00신문

오늘은 유난히 바쁜 날이었다. '가을맞이 가곡의 밤' 생방송 하고, 콩쿠르 출전하는 학생들 최종 레슨 봐주고, '토스카 드레스 리허설'까지 마치고 나자 한밤중이었다.

집에 도착하자마자 고양이 세수만 하고 침대로 들어갔다.

어렴풋한 의식 속으로 대문 두드리는 소리를 들었다.

이 야밤에 누구지… 올 사람이 없는데… 인하는 중얼거리면 마서방이 안채 문 여는 소리, 신발을 끌고 대문간으로 가는 소리를 들으며 잠이 들었다.

"인하야!"

꿈속에서 그의 목소리를 들었다.

"인하야! 인하야!"

활짝 잠이 깼다. 꿈이 아니었다. 인하가 댓돌로 내려섰다. 맨발이었다. 마당에 서 있는 검은 그림자, 강배두였다!

"우선 요기라도 하지."

엄마가 그런 말을 할 정도로 밝은 불빛 아래 드러난 배두는 몹시 야위고 배고파 보이는 중년의 남자였다. 그가 커피를 청했다. 심한 갈증에 시달린 사람처럼 석 잔을 내리 마셨다. 서른 중반의 얼굴에 주름이 깊게 패었다.

"어떻게 왔나?"

아버지가 물었다. 복잡한 심경이 느껴지는 목소리였다.

"임무를 띠고 내려왔습니다."

어렴풋이 짐작은 하고 있었다. 막상 그의 입에서 '임무'라는 말이 나오자 밝은 방안이 갑자기 어두워졌다.

"무슨 임무인가?" 아버지의 심문이 시작되었다.

"내년 연초에 있을 큰 작전에 앞서 선발대로 내려왔습니다."

"큰 작전이라면… 또 전쟁인가?"

"전쟁은 아닙니다. 자세한 건 모르지만 경무대 인근 동네가 위험한 건 확실합니다."

바위 같은 침묵이 모두를 짓눌렀다. 마루 괘종시계 소리가 유난히 크게 들렸다.

"다시 묻겠네. 정확하게 자네 임무가 뭔가?"

"경무대 접근 경로 상세지도 제작, 검문 방식과 규모… ."

"그러니까," 아버지가 말을 끊었다.

"본진에 앞서 총알받이로 보냈군. 용케 무사히 왔네. 앞으로 어떻게 할 셈인가?"

아버지 목소리가 흔들렸다.

"자수하고 귀순할 겁니다." 배두는 담담하게 답했다.

"혼자 왔나?"

"조원 둘과 함께 왔습니다."

'그들은 동료가 아냐. 네 감시인이야.' 배두는 잇뽕의 귀띔까지는 말하지 않았다.

"다 같이 귀순할 건가?"

"저만 합니다."

큰 작전에 앞서 길잡이로 차출된 배두는 경무대 주변 지리에도 훤하고 서울사람처럼 서울말을 할 수 있는 적임자였다. 그렇더라도 잇뽕이 힘써 주지 않았다면 꿈도 꿀 수 없는 일이었다. 자진 월북한 곽승은 비밀에 싸인 특수부대 장교가 되어 나타났다. 배두는 정식 군대도 못 갔다. 이름뿐인 공병대에서 십삼 년을 복무했다. 도시 건설에 필요한 길 닦고 건물 짓는 막노동 부대였다.

배두는 공병대 제대하고 이북에 온 이후 길지는 않지만 펜pen대를 잡아본 적이 있었다. 당에서 혁명유자녀 우대 정책을 펴자 어머니가 재빨리 왜정 때 혁명투사였던 아버지 공적을 올려서 어렵사리 인정받았다. '서울대학교 문리과대학 독문학과 졸업'이라고 서류에 적었다. 외국어학원고등중학교 독어 교원으로 발령이 났다. 이북에서도 대학 출신은 귀한 인재였다. 어머니의 오랜 속병은 위암이 된 지 오래고 인민학교 교원도 할 수 없을 정도로 악화된 상태였다. 통증으로 날밤을 새는 날이 많았다.

당 간부가 자기 딸들에게 피아노를 가르쳐주면 진통제를 구해주겠다고 했다. 외가 사돈 되는 집안이어서 배두가 서울대학교 음악부 출신이라는 사실을 알고 있었다. 배두는 두말할 것도 없이 피아노 개인교수를 맡았다.

'심간心肝 편하게 살아라.' 어머니의 근심이 깊었다.

같은 외국어학원 노어露語 교원이 당 간부의 큰 딸을 짝사랑했다. 노어 교원은 그녀가 배두에게 마음이 있음을 알아채고 당에 고발했다.

강배두는 서울대학교 음악부 출신입니다.

중앙당 선전선동부로부터 명령이 떨어졌다. 강배두를 '집체'사회주의적 집단주의 예술가들의 단체에 배속시키고 '수령님 탄생 65돐 기념 만수무강 축원 헌정곡'에 참여하게 하라.

'집체 창작'에서 비협조적인 강배두는 지도자들에게 안 좋게 찍혀 정치범들이 가는 청진교화소로 보내졌다. 당의 명령에 불복종한 '명령, 결정, 지시집행 태만죄'였다.

어느 날, 특수부대로부터 알 수 없는 이유로 배두가 차출되었다. 놀랍게도 그를 부른 장교는 잇뽕이었다. 곽승이 딱딱한 얼굴로 물었다.

'교화소에서 굶어 죽을래? 선발대로 내려갈래?'

'어디?'

'아래쪽. 성공하면 인하도 볼 수 있어.'

'갈 게. 갈 게. 나 보내줘. 제발 보내줘!'

'위험한 임무야.'

'할게. 뭐든지 할게. 다 할 게. 나, 할 수 있어.'

"그게 쉽겠나?"

아버지의 질문에 배두는 얼른 정신을 차렸다. 조원들을 따

돌리고 혼자만 귀순이 가능하겠나, 그 질문이었다.

"새벽에 드보크무인포스트에 동네 상세 지도와 보고 문건들을 묻어두고 저는 그 길로 자수할 겁니다. 조원들은 세검정 빈 독립가옥에 잠복해 있습니다. 제가 약속시간에 안 나타나면 드보크에서 문건들을 파가지고 넘어갈 수밖에 없습니다."

아버지는 생각에 잠겼다.

데엥~

괘종시계 종소리에 모두들 어깨가 들썩할 정도로 놀랐다.

데엥~데엥~데엥~데엥~데엥~데엥~데엥~데엥~데엥~데엥~데엥~

시계종이 열두 번을 다 치기까지 아무도 입을 열지 않았다. 속으로 둘, 셋, 넷… 의미 없는 숫자를 세며 시계 종소리에 귀 기울였다.

잇뽕이 옛 친구의 얼굴로 말했다. '죽지 말고 꼭 살아. 가서 좋아하는 음악 맘껏 하고, 죽어도 못 잊는 인하 씨 하고 살아봐야지. 서울에 들어가면 너는 민간인 복장으로 환복하고 서울사람처럼 행동하는 거야. 물론 너한테도 공작금과 무기는 지급돼.' 잇뽕이 목소리를 낮췄다. '여의치 않으면 두 놈 쏴 죽이고 튀어. 통일되면 만나자!' 두 친구는 서로를 힘껏 안았다.

"어려운 길 무사히 잘 왔다." 엄마가 침묵을 깼다. "자세한 얘기는 차차 듣기로 하고, 인하 방으로 가서 밀린 얘기들 나눠. 참, 어머니는 잘 계시나?"

"… 작년에 돌아가셨습니다."

두 사람은 방 가운데 서서 서로를 바라보았다. 배두는 늘 상상하고 떠올리고 그리워하던 그 모습 그대로의 인하를 눈앞에 보고 있으면서도 선뜻 다가가 지지 않았다. 눈물 가득한 큰 눈은 두 배나 더 커 보였다.

인하는 울고 있는 것도 의식하지 못하여 눈물 닦을 생각도 하지 못했다. 뺨을 타고 흘러내리는 눈물이 잠옷 가슴께를 흥건히 적셨다. 눈물 너머로 어룽어룽 보이는 배두가 꿈은 아닌지 그 얼굴을 만져보려고 손을 뻗었다.

인하의 섬세한 손끝이 얼굴에 닿자 배두는 감전된 듯 꼼짝할 수 없었다. 기름통에 성냥을 던진 거나 같았다. 소멸된 줄만 알았던 불길이 거세게 살아났다. 그것은 통제할 수 없는 발작처럼 타올랐다. 누가 먼저랄 것도 없이 서로를 끌어당겼다. 꿈인지 생시인지 알 수 없는 채로 두 사람은 서로를 보고 만지고 확인했다. 배두에게 인하는 불이었다. 인하에게 배두는 불이었다. 두 사람은 서로에게 불이었다. 마른 장작처럼 타오르는 불길에 휩싸여 현실은 잊어버렸다. 그동안의 슬픔도, 앞날의 불안도, 현재의 위험도, 모두다. 세상은 사라지고 오직 사랑하는 두 사람뿐이었다.

데엥~데엥~데엥~데엥~

괘종시계가 네 시를 알렸다. 벌써 네 시라니. 둘이 있는 시간은 초침만 있는 미친 시계처럼 질주한다. 밤새 함께 있었지만 네 시간이 사분처럼 지나갔다. 두 사람은 지칠 줄 모르고 서로를 탐했다. 한 번도 보여준 적 없는 인하의 욕망은 끝이 없었다. 그것은 원초적인 것이기도 하지만 모래알처럼 손가락 사이로 빠져나갈 것 같은 배두를, 자신의 유일한 사랑을, 움켜잡으려는 격렬한 싸움이기도 했다. 배두는 기나긴 기다림 끝에 주님의 불화살 아래 맞아들인 아내와 초야를 맞은 신랑이었다. 자신의 심장을 맡긴 여인을, 꿈에서조차 잊은 적 없는 인하를, 그 몸 구석구석을, 배두는 자기 몸에 문신처럼 새겨 넣었다.

> 놀랍도록 순간적인 것을 한 번 보려고 이곳에 나는 왔다.
> 단 한 번의 부드러운 향기를 위해 이곳에 나는 왔다.

배두는 조원들이 남쪽 경찰보다 더 두려웠다. 만약 배신한다면, 집 담장을 그림자처럼 넘어 들어와 식구들을 모두 죽이고 도주할 것이다. 미행당하는 줄 알면서도 왔다. 미행은 그들의 기본이다. 똑 딱, 똑 딱, 똑 딱… 괘종시계 초침 소리에 쫓기며 두 사람은 서로를 바라보았다.

"다녀올게. 금방 올게."

오래전, 그 어느 날처럼 배두가 인하 손에서 자기 손을 빼고… 어둠 속으로 사라졌다.

옛집 옛고양이

인하는 사직단에서 서촌을 향해 천천히 걸어 내려갔다.

서촌. 낯선 이름만큼이나 낯설게 변한 옛 동네에 발을 들였다. 예전에는 이 일대를 통틀어 효자동이라 불렀다. 인하는 머릿속 길과 눈앞의 길 사이에서 서성이고 두리번거렸다. 태어나고 자란 옛 동네에서 이방인처럼.

뾰족한 타원형 지붕을 씌운 저 통인시장이 옛날 그 통인시장 맞나? 시장 안을 들여다보았다. 길이 평평하다. 예전엔 안으로 들어갈수록 높아지는 언덕이었다. 시장 초입의 약과가게는 떡볶이집으로 바뀌어 있었다. '세월이 근 백 년이야.' 인하는 쓸쓸히 웃으며 간판의 글자들을 눈여겨보았다. 원조 기름 떡볶이. '원조'에서 눈이 멎었다. 기름 떡볶이는 낯설지만 어쨌든 이 자리에서 처음 시작하여 성공했다는 뜻일 게다. '원조'가 탄생하는 복 있는 저 자리는 어린 인하가 매일이다시피 오던 약과가게가 있던 곳이었다. 요즘 말로 하자면 '서촌 원조 약과' 정도 되려나.

문안의 유명한 약과를 받아다 파는 아주머니들이 이른 새벽부터 줄을 섰다. 연꽃 약과 판으로 찍어낸 얄팍한 찹쌀 반죽을 즉석에서 튀겨내어 바삭바삭했다. 일단 손댔다 하면 끝장을 보고야마는 끝내주는 맛이었지. 사람 좋은 주인 부부가 '애기손님들 기다린 값이에요' 웃으면서 성한 것 한 봉지는 인하 손에, 모서리 부서진 것 한 봉지는 덤으로 영분이 손에 쥐어주었다. 찬모饌母 딸 영분이는 인하를 졸졸 따라다녔다. 인하의 옷이며 신발이며를 다 물려받아서 부잣집 딸인 듯 보였다. 동갑내기 둘은 자매처럼 동무처럼 자랐다.

그 약과를 일본 동무들이 좋아했어. 나마가시生菓子 두 개와 약과 한 개를 맞바꿨으니 두 배를 쳐 준 거야. 어린 마음에 일본 아이들 골려주는 방법이었지. 일본 아이 중에 친한 동무도 있었어. 스미레제비꽃. 이름처럼 고운 아이였지. 서로 생일에 초대도 하고 가장 아끼는 오닌교오인형를 우정의 징표로 바꾸기도 했지. 그 순진했던 국민학교 동무들, 잘들 지내나? 살아는 있나? 참, 오래전 일이다.

옛 동네에 오기가 겁이 났었다. 가장 빛나는 순간도, 가장 비극적인 순간도 모두 이곳에서 맞았다. 온몸의 신경이 통과하는 뇌간 주변에 출혈이 있다고 한다. 숨골이라 불리는 생명의 중추다. 죽을 날 받아놓고서야 옛집에 와 볼 마음을 냈다.

여학생들이 지나간다. 저 재미있는 옷들은 뭔가. 변형된 한복 같기도 하고 크게 만든 인형옷 같기도 하다. 역사드라마 주인공처럼 차리고 다니는 게 요즘 유행인가 보다. 인하는 재잘거리는 여학생들 뒤로 걸어갔다. 시험 얘기가 들린다. 연애 얘기도 들린다. 저만 때는 시험과 연애가 세상의 전부지. 어른이 되면 시험에서 벗어날 줄 알았다. 한 작품 익힐 때마다, 오디션 볼 때마다, 무대에 설 때마다, 고비 고비가 다 시험이었다.

사랑이 삶의 뇌간인지 몰랐다. 사랑할 때는 온몸의 신경이 예민하게 살아서 손끝만 스쳐도 펄펄 끓는다. 사랑을 잃으면 신경은 동면에 들어간다. 무감각한 편안함은 죽음과 닮았다. 산다는 것은, 온 세상과 맞먹는 한 사람을 품고 가는 지난한 여정인지도 모른다.

인하는 넓어진 길과 낯선 건물들이 들어선 옛 동네를 거침없이 걸어갔다. 아무리 달라졌어도 길을 잃을 염려는 없다. 이 길은, 우리 집으로 이어지는 길이니까. 젊은 날, 학교 다니던 길이니까. 이 길은… 나이든 인하가 새삼 큰길을 둘러보며 소리 내어 말했다.

"우리 둘이 눈끼리 만나던 그 길이니까."

남자 중학교 맞은편 골목에 우리 집이 있었다. 아침마다 등교하는 소년들의 활기찬 소리로 들썩이던 우리 집. 세대문집 우리 집은 그대로 있을까? 남학생들이 연애편지 집어넣던 우편함도 아직 있을까? 마당의 수선화는 노랗게 피었을까? 늘 생각했었다.

하교 시간인가 보다. 큰길 가득히 남학생들이 쏟아져 나왔다. 인하는 그 옛날처럼 남학생들 한가운데로 들어섰다. 그가 보였다. 그 사람만 보인다. 순수한 눈빛과 반듯한 그 얼굴만. 그와 스치는 순간, 인하가 우뚝 섰다. 두 눈엔 번개가 일고 심장은 천둥 쳤다.

학생은 앞을 막아선 노인이 자기를 손자로 착각했구나, 생각했다. 반가운 눈으로 자기를 쳐다보고 있는 노인을 학생은 도와드려야겠다고 생각했다.

"할머니. 손자가 몇 학년이에요?"

할머니? 순간, 비틀했다. 학생이 노인의 팔을 붙잡았다. 인하는 학생의 손을 뿌리치고 허둥지둥 남학생들에게서 벗어났다.

세대문집 우리 집. 인하는 무너지듯 돌계단에 주저앉았다. 문고리에는 무쇠 자물통이 채워져 있고 담은 허물어져 가는 폐가가 되어있었다. 사람이 살지 않는 죽은 집이었다. 집은 주인의 운명을 닮는다든가. 인하는 '법원의 실종선고에 의해 사망처리 된 사망자'로 죽은 사람이 된 지 오래였다.

우편함이 있던 자리에는 대못 자국만 거칠게 남았다. 그 우편함으로 숱한 편지들이 들어왔다. 하지만 내가 기다린 건 오직 그 사람 편지뿐이었어. 우편함의 진정한 주인은 강배두였지. 그 우편함도 없어졌다. 차라리 집이 흔적도 없이 사라졌으면 좋았을 것을.

냐옹~ 냐오옹~

담 구멍에서 고양이가 나왔다. 하얀 구두 신은 까만 고양이. 우리 집 마루 밑에 살던 옛 고양이들의 후손이 분명했다.

인하는 자신을 빤히 쳐다보는 고양이를 보자 가슴이 메어졌다. 여태껏 집을 지키며 사라진 식구들을 기다리고 있었구나. 배가 털렁한 또 한 마리가 나왔다. 암고양이는 곧 몸을 풀 것 같았다. 마루 밑에 고양이 산간이 있었다.

동네 고양이들이 마루 밑으로 모여들면서 거기 쌓아두었던 장작들을 뒤울 안으로 옮겼다. 암고양이가 새끼 낳을 조용한 공간이 필요하다며 엄마는 마루 밑에 작은 창고를 지어주었다. 마서방과 동네 목수가 고양이 산간을 짓는 동안, 배가 남산만 하던 영분이가 입을 삐죽거렸다. '도둑괭이 팔자가 나보담 낫네. 어엿한 산간도 있고.' '듣겠어. 도둑고양이가 뭐야?' '아가씨가 몰러 그래. 괭이는 속도가 번개유. 부엌에 얼씬 못하게 해도 눈독 들인 괴기는 잠깐 한눈 판 새 휙 채가버려. 그렇게 도둑맞은 굴비가 몇 두름인중이나 알우?'

인하가 고양이에게 말을 붙였다.

"산간 빌려줘서 고마웠다."

오래전 감사를 전하자 고양이가 눈을 깜빡했다.

골목으로 누군가 들어오고 있었다. 장바구니를 든 자그마한 노인이었다. 예전 이웃사람일지 몰라. 인하가 도망치듯 골목을 나갔다.

연화보살은 마루 밑에서 꼼짝을 않던 새끼 밴 고양이가 담장 밖으로 나가는 것을 보았다. 한참을 들어오지 않아 무슨 일인가, 대문을 열고 내다보았다. 노인치곤 키도 크고 허리도 곧은 백발 할머니가 막 골목을 나가고 있었다. 아침부터 피아노 소리가 들리기에 혹시 구공 아가씨가 왔나, 나와 본 참이었다. 장 보러 간 작은이가 느릿느릿 걸어오고 있었다.

"저리 가. 저리 가."

연화보살이 발로 고양이들을 쫓았다. 새끼 밴 암고양이가 노란 눈알로 노려본다. 집터가 쎄서 그런가. 고양이들도 여간 독하지가 않다. 저 우두머리 암고양이가 식구들을 죄 내쫓았다. 새끼를 낳기까지 다른 고양이들은 마루 밑엔 얼씬도 못한다. 그나저나 구공 아가씨가 한 번은 올 법도 한데….

영가 신랑과 구공 아가씨가 하룻밤 신방을 치르던 밤, 마당에서는 연화보살이 망자의 극락왕생을 비는 오구굿을 하고 있었다. 한창 기도에 열중해 있는데 식겁을 했다. 짐승 같은 괴성을 지르며 구공 경오생이 방문에 엎혀 마당으로 쏟아져 나왔다. 사령死靈이 생령生靈을 데려가시는 줄 알았다. 다행히 숨은 붙어있었다. 급히 푸닥거리를 안 했더라면 어찌 됐을지 모를 일이다. 그날 일을 생각하면 지금도 머릿속에 식은땀이 솟는다. 푸닥거리가 끝나고 혼이 돌아온 구공 경오생이 냅다 소리 질렀다.

"편지 내 놔!"

늑대 신랑을 위한 진혼곡

서울 & 몽골. 2019년

•

•

서로 다른 꿈

승리는 자다깨다를 반복했다. 눈이 떠지면 더듬더듬 머리맡 몽골편지를 확인하고 혼절하듯 다시 잠에 빠졌다. 잠인지 혼수인지 며칠을 헤맸다. 자리를 털고 일어나자 곧바로 바타르에게 전화했다. 보통은 톡을 넣어놓지만, 지금은 그럴 여유가 없었다. 바타르가 바로 받았다.

"완셈이 남자였어." 앞뒤 없는 승리의 말에,

"백 선생이 남자였어?" 바타르가 놀라 되물었다.

"백 선생이 베루고, 완셈이 남자라고."

"뭐라는 거야?"

"됐고. 백 선생 몇 호실이야? 나 지금 병원으로 가고 있어."

"퇴원하셨는데."

"양로원으로?"
"갈 데가 거기 밖에…."
승리는 바타르의 말이 채 끝나기도 전에 전화를 끊었다.

꽃 진 수선화밭은 황량했다. 승리는 양로원 옆 요양병원으로 향했다. 백 선생은 식사거부, 대인기피, 폭력성 등으로 양로원 다인多人생활실에서 쫓겨났다. 그렇더라도 호스피스 병동 1인실은 너무 하지 않나. '이대로 돌아가시면 영정사진 하나 없는 장례식을 치르게 생겼어요.' 원장이 한걱정 늘어놓았다. 마침 저녁식사 시간이어서 승리는 배식원 뒤를 따라갔다.
배식원이 병실 문을 열었다. 와락, 소프라노가 쏟아져 나왔다. 어두운 방 안에 노랫소리가 가득하다. 배식원이 방문 옆 형광등 스위치를 올리고 큰 소리로 말했다.
"백인하 님. 식사 왔습니다. 죽 퍼지기 전에 드세요."
배식원이 나갔다. 백 선생은 돌아누운 채 미동도 없다.

~나의 작은 애인이니 아, 아, 내 사랑 수선화야!
나도 그대를 따라 저 눈길을 걸으리~~~

노래가 끝났다. 승리가 '흐음' 기척을 내고 말했다.
"선생님. 죽 다 식겠어요."
백 선생이 돌아보았다. 누군지 한참을 쳐다본다.

"찬송가반 진승리에요."

"진 선생이…무슨 일로…?"

"식사부터 하세요."

CD에서 다음 노래가 흘러나왔다. 폭탄이 된 그 곡 '마음'. 백 선생이 정지 버튼을 눌렀다. 조용해졌다.

"나가주세요." 단호한 목소리.

"옥인동 칠의 사십구 번지에 사셨지요?" 승리도 직진이다.

백선생이 벌떡 일어났다.

"당신 누구야? 기자야? 경찰이야?"

"그런 거 아니에요. 몽골에서 편지가 왔어요."

순간, 멈칫했다. 그러나 백 선생은 이내 무심한 표정으로 돌아갔다. 충격을 주지 못한 것 같았다. 승리는 앞뒤 없이 나간 말 순서를 정리하며 찬찬히 말했다.

"강배두라는 분이 편지를 보냈어요. 옛날 옥인동 주소로요."

백 선생이 부르르 떨더니 고래고래 고함을 질렀다.

"몰라! 그런 사람 몰라! 몰라! 몰라! 모른다구!"

승리는 아연한 표정으로 백 선생을 쳐다보았다. 눈물을 떨구며 반길 줄 알았는데… .

"이제 와서 그런 거짓말에 내가 또 속을 줄 알아? 그만큼 당했으면 됐지 뭘 더 어쩌라구. 나, 죄값 다 치뤘어."

죄값? 이건 또 무슨 소린가. 순서고 뭐고 정곡을 찔렀다.

"몽골의 강배두라는 분, 아시잖아요?"

"모른다고 했잖아!"

죽그릇이 날아와 벽에 부딪쳤다. 성이 안 차는지 쟁반을 바닥으로 내팽개쳤다. 간장냄새, 참기름 냄새가 방안에 퍼졌다. 흥분하면 노인 건강에 해롭다. 작전상 후퇴를 생각할 때, 백선생이 말했다.

"그 노래들, 안정섭 교수 작품 맞아요."

안정섭 교수? 승리는 얼핏 이해하지 못했다.

"노래도 송화자 교수가 부른 거 맞아요. 우리 모두 동창생들이고 워낙 오래전 일이라 안 교수가 혼동한 거에요. 치매면 그럴 수 있지요. 그 이상은 아는 것도 없고, 더 할 말도 없어요. 그만 가주세요."

승리 머릿속 회로에 반짝 불이 켜졌다. 몽골의 강배두–안 교수의 양심고백–목을 맨 송화자 교수–히바리 히메, 백 선생. 네 사람이 마음 폭탄의 주인공들이구나! 몽골편지와 마음폭탄이 이렇게 긴밀하게 얽혀 있을 줄은 상상도 못했다. 서촌 편지는 상상하고 추리했던 규모를 훌쩍 넘었다.

승리는 거액 복권에라도 당첨된 사람처럼 현실감 없는 발걸음으로 백 선생에게 다가갔다. 투명 홀더에 보관한 편지를 백 선생 코앞에 디밀었다.

大韓民國 京畿道 京城府 北部 玉仁洞 七의四十九
세대문집 베루 氏 親展
SEOUL, SOUTH KOREA

인하는 단박에 알아보았다. 한 줄로 길게 주소를 쓰는 방식, 반듯한 필체, 두 사람만 아는 비밀이름 베루! 떨리는 손으로 편지를 받았다.

가슴이 뛰고 네 모습 눈에 어린다
꿈에 본 너
꿈을 깨고 울었다.

나의 완셈베루여
너를 만난 것은 내 생의 태양
경성 너의 집 대문에 큰절 하고 싶었다.

떠나는 소리 들으며
우리 생애의 날들 함께 하고 싶었다!
바람이 분다.

흔들리는 오늘
연인아!
너는 누구의 사람이 되었느냐….

완셈 강배두 몽골 옛집에서

그가 살아있었구나! 1990년대 어느 시점까지 강배두가 살아있었어! 가겠다더니 정말 몽골에 갔구나. 어떻게 갔을까? 왜 한국으로 오지 않았지? 수교 이후에는 올 수도 있었을 텐데. 오지 않은 게 아니라 못 온 거겠지. 감시받고 있었을 거야. 1990년대라면… 근 삼십 년 전이다. 살아있다면 계속 편지를 보냈겠지. 서른 중반에도 마르고 건강이 좋아 보이지 않았어. 그날 새벽 약속이 있었다.

우리 휴전선 같은 거 없는 몽고에 가서 살자. 우리가 함께 살 수 있는 곳은 그곳 뿐이야. 나는 널 위해 노래 만들고, 너는 내 노래 부르고, 우리 그렇게 살자. 초원이 온통 흔들리도록 노래 부르며 살자. 밤이면 호기심 많은 별들에게 옛이야기 들려주면서 한 쌍의 완셈베루가 되자. 영원의 짝으로 우리 그렇게 살자.

다녀올게. 금방 올게.

그는 그 새벽의 운명을 예감했을까? 다시 돌아오지 못할 것을 알고 있었을까? 인하는 누렇게 바랜 편지를 하염없이 바라보았다.

아득한 그 이름을 불러본다.

강 배 두!

내 안의 그 사람이 대답한다.

나의 완셈베루여!

몽고 옛집에서 그가 나를 부르고 있었구나. 백골로 누워

나를 기다리고 있었구나. 인하는 죽을 날 받아놓고 갑자기 소원이 생겼다. '그 사람 무덤이라도 보고 싶다. 그 무덤에 기대어 맘껏 울고 싶다. 그의 무덤 앞에서 그의 노래를 부르고 싶다.' 문득 깨달았다. 숨골 출혈에도 멀쩡히 살아있는 이유를.

"이 편지를 어떻게 진선생이 가지고 있어요?"

승리는 당황했다. 길고 긴 사연. 간단히 대답한다.

"택시를 해요. 손님 태우고 갔다가 우연히 우편함에서 발견했어요."

"우편함? 우편함이 있어요? 똑똑히 봤어요? 그 집에 사람이 살아요? 누가 살던가요?"

"절집 사람 같던데 소문이 나서…" 아차 싶었다. 늦었다.

"소문? 무슨 소문? 그 집에 대한 소문? 뭐라던 가요?"

"집터가 쎄서 그 집을 헐값에 샀다나 봐요."

백 선생은 말이 없다. 그 틈에 승리가 말머리를 돌렸다.

"우표가 탐나서요. 간신히 얻었어요. 외톨이 늑대 우표는 몽골에서도 희귀템이거든요."

"몽고에 가봤어요?"

"여러 번 갔었지요."

"나, 몽고에 데려다줄래요?"

나, 집에 데려다줄래요? 그런 말투였다. 백 선생이 두 눈 크게 뜨고 승리를 올려다보았다. 늘어진 눈꺼풀이 들어 올려져 사진 속 젊은 시절 크고 맑은 눈이 언뜻 보였다.

"그 사람 무덤은 보고 갈 겁니다."

백 선생이 자기 자신에게 내리는 명령 같았다.

서촌 편지의 수취인을 찾았다는 말에 데스크가 더 흥분했다. 광고도 끊기고 정기구독 독자들도 떨어져 나가는 불경기에 모처럼 핫한 기획물이 걸려든 것이다. 데스크는 짝눈을 크게 뜨고 들떠서 떠들어댔다.

"우리가 사연 깊은 몽골 연서戀書의 주인공을 찾아냈단 말이지. 삼십 년 동안 우편함에서 잠자던 편지. 기약 없이 첫사랑을 기다리는 남자. 눈물겹다. 로맨틱 끝판왕이야. 여자들 그런 거 좋아하잖아. 우리도 대박 쳐보자. 실화 발굴 특별기획. 여행에 스토리를 얹어 회원모집도 하고 말이지. 〈첫사랑 루트 몽골여행+시베리아 횡단열차〉 어때, 확 끌리지?"

승리는 백 선생이 마음폭탄의 주인공이라는 말은 하지 않았다. 지난 연말 한창 시끄럽다 미제사건이 되어버린 '비밀스런 그 이름'과 동일 인물이라는 걸 알게 되면 그야말로 뒤집어진다. 백 선생이 느닷없이 안정섭 교수와 송화자 교수를 입에 올리는 순간 승리는 확신했다. 그것은 고백이나 같았다. '강배두가 진짜 작곡가이고 내가 진짜 목소리요.'

드디어 영화동아리 단톡방에 나도 수상 소식 올리게 되는 건가. 다큐 영화제에 출품할 제목도 떠올랐다. '칠십 년 전 첫사랑 무덤을 찾아가는 아흔의 연인.' 너무 긴가? '어떻게 생각하세요?' 하마터면 데스크에게 물을 뻔했다. '좋은 예감, 좋은 꿈은 입 밖에 내는 게 아니야.' 넵! 엄마. 문제는, 뻣뻣한 백 선생에게 어떻게 이야기를 끌어내느냐. 갈 길이 멀다.

"하필 이 시기에 몽골에 꼭 가겠다고?" 데스크는 난감하다.

"네." 승리는 요지부동이다.

오늘내일 언제 어떻게 될지 모르는 노인이다. 지금 당장 죽었다는 연락이 와도 이상할 것 없는 상태다. 승리는 백 선생의 죽은 얼굴까지 보았다. 물러설 수 없었다.

"그러니까 당장 몽골엘 가겠다는 거지?"

데스크가 똑같은 질문을 또 했다. 네 번째다.

"넵." 승리도 똑같은 대답을 또 했다.

두 사람은 뿔을 맞대고 겨루는 몽골의 산양들 같았다.

나담 축제 기간에 몽골에 가려면 반년 전 예약은 필수다. 비행기에 좌석이 남아있을 리 없었다. 승리는 택시도 휴직하고 자기 책상도 없는 사무실로 출근했다. 시키지도 않은 커피를 제 돈 주고 사 오고, 선배가 어디 못 가게 구두 닦는 사람에게 구두를 맡겨버리고, 한창 바쁘게 일하는 선배 책상 밑을 닦겠다고 봉걸레를 들이밀고, 온갖 방법으로 닦달했다. 견디다 못한 선배가 항공사에 근무하는 친구에게 전화했다. '환불표 들어오면 즉시 연락해라. 안 들어오면 만들어. 썸인지 바람인지, 니 마눌님 한테 확 불어버리기 전에.' 전화벨이 울릴 때마다 승리도 데스크도 긴장했다. 기다리는 전화는 좀처럼 오지 않았다.

늦은 시간, 병원 식당은 썰렁했다. 식어 빠진 동태탕을 앞에 놓고 승리는 말이 없다. 바타르가 숟가락을 든 채로 말했다.

“의료봉사팀 명단에 너 있다. 아이들 사진 찍어주는 일도 의료봉사만큼이나 중요한 민간 외교다, 내가 막 우겼어. 잘했지?”

“으응….”

승리의 시들한 반응에 실망한 바타르가 수저를 내려놓았다.

“왜 그래? 무슨 일 있어? 어디 아프니?”

설명을 듣고 난 바타르도 심각해졌다.

“사람이 살아있는데 본인도 모르게 사망신고가 됐다! 누가 고의로 한 게 아니면 그런 일이 가능할 수가 없지.”

“고의로? 누가?” 승리도 수저를 내려놓았다.

“백 선생이 죽으면 이익을 보는 사람. 실제로 죽이지는 않았지만 법률적 살인도 살인이야. 항공권 보다 그 문제부터 해결해야겠다.”

승리는 답답한 마음으로 병원을 나왔다.

백 선생은 죽은 사람이었다. 여권은커녕 주민등록증, 의료보험증, 어르신교통카드 아무것도 없었다. 사망신고 된 지도 꽤 되었다고 한다.

“언제부터인지 그렇게 되어있다더군요.” 백 선생은 남의 일처럼 말했다.

그렇다고 손 놓고 있을 수는 없었다. 항공권이 해결된다고 해도 여권이 없으면 말짱 헛거다. 끝까지 해보는 거야. 이런 기회는 다시 없어. 승리는 불이 나게 뛰어다녔다. 데스크에게는 말하지 않았다.

본인이 사망하지 않고 살아있다는 소명자료를 첨부하여 본적지 가정법원에 제출했다. 법원에 아침 일찍 출근해서 눈길도 주지 않는 담당자에게 커피를 공양했다. 담당자가 눈만 들면 보이는 곳에 자리 잡고 앉아 노트북을 폈다. 계속 눈앞에서 얼쩡거렸다. 지긋지긋해서라도 빨리해줘 버리게. 찐드기 약발, 먹혔다! 마침내 허가 결정을 받고 종로구청에 호적 정정신청서를 제출했다.

기다리는 전화인가? 선배가 승리 눈치를 보며 통화를 한다. 짝눈 작은 쪽이 확 찌그러졌다. 대박 예감! 선배는 전화를 끊고도 말이 없다. 잘못됐나? 안 돼! 찌그러진 짝눈을 믿어보자. 짝눈은 거짓말을 못한다.

"그게 말이야…." 선배가 기지개를 켰다.

"내가 애인도 못 따준 별을 따줬다, 너한테."

데스크가 생색을 생색을….

대박! 킹왕짱! 초대박! 나담 시즌에, 무려 두 장씩이나.

"분골새신입니다." 승리가 납작 엎드렸다.

"분골쇄신하겠습니다. 복창!" 선배는 기분이 좋다.

"분골쇄신하겠습니다. 복창!" 승리가 경례를 붙였다.

"주소는 아냐?"

"그런 게 어딨어요?"

"아니 그럼, 그 넓은 땅덩어리에서 무슨 수로 찾게?"

"인도하신답니다. 우리 모친 말씀은 틀리는 법이 없지말입니다."

"헐! 대책 없는 널 믿은 내가 넋 빠진 놈이지. 꺼져!"

호적문제가 남아있지만 큰 산은 넘었다. 내일부터는 종로구청으로 출근이닷.

좋은 일은 쌍으로 온다. 비행기표 해결됐고 호적문제도 해결했다. 사망 제적 처리되었던 백 선생의 호적에 두 글자가 뚜렷이 찍혔다. **부활!**

온 세상이 돌아왔다

저희 비행기는 잠시 후 이륙하겠습니다. 좌석벨트를 매셨는지 다시 한번 확인해주십시오. 감사합니다. Ladies and gentlemen….

인하는 기내방송에 집중했다. 'Ladies and gentlemen' 기내에서만 들을 수 있는 저 멘트를 다시 들을 줄은 몰랐다. 그 옛날 미국유학 떠날 때, 돌아올 때 기분이 되살아났다. 비행기가 활주로를 질주하기 시작했다. 그 진동에 몸을 맡긴다. 벅찬 설레임에 마음을 맡긴다. 목걸이를 만져보았다. 그동안 떼어놓았던 목걸이와 약혼반지를 다시 몸에 붙였다. 강배두의 첫 선물이자 마지막 선물로 한껏 치장하고 죽은 그 사람을 만나러 간다.

구속수감 되어 개인물품을 내어놓을 때, 인하는 목걸이와 반지 걱정에 망연해졌다. 다행히 귀중품은 지정하는 사람에게 맡기는 제도가 있었다. 영분이를 지정하여 약혼예물을 맡겼다. 친척이고 지인이고 교도소 근처에는 얼씬도 안 했다. 연좌죄가 무서운 세상이었다. 출소 날, 기다리는 이 하나 없이 교도소 문을 나서는 인하에게 초로初老의 여인이 다가왔다.

알아보기 어렵게 늙어버린 영분이였다. 허름한 국밥집에서 싸고 싼 작은 상자를 내놓았다. 영분이는 십오 년 전 약속을 지켰고, 인하는 혼약의 징표들을 지켰다. 국밥 한 술 떠먹고 울고, 서로 눈 마주치면 또 울고… 그날 두 사람은 서로의 안부는 묻지 않았다.

비행기는 한동안 바다 위를 날다가 구름 위로 올라왔다. 구름 위는 흐리고 안개가 바람에 휙-휙- 날아가고 있었다. 구름과 안개의 세계. 저승으로 들어선 것 같았다. 의식을 잃던 순간, 그 죽음의 감각과도 비슷하다.

멀쩡한 인하가 양로원 물리치료실에 매일 오는 것을 다들

이상하게 여겼다. 뇌졸중 재활 치료하는 노인들 한쪽에서 인하는 혼자만의 스트레칭을 계속 해왔다. 숨 들이쉬고, 멈추고, 허리 숙이고, 숨 내쉬면서 허리 펴고. 호흡운동 겸 성대운동은 젊어서부터의 습관이다. 노래할 일도 없고 노래하는 사람인 줄도 모르지만, 성대운동을 멈추는 그날이 죽는 날이라고 생각했다. 그의 무덤에 노래를 들려줄 수 있도록 그토록 오랫동안 운동을 멈추지 않았나 보다. 너무도 짧았던 우리의 봄날. 꽃도 피워보지 못한 채 뿌리로만 이어진 너와 나. 우리는 백골로 만날 운명이었나 보다.

지평선 너머로 해가 지듯 구름 선 아래로 해가 진다. 해는 떨어지는데 어두워지지는 않는다. 구름 선을 따라 길게 밝음이 퍼져있다. '노을빛이 긴 비단 띠처럼 구름 선에 퍼져있어.' 이 말이었구나. 인하는 어린 배두가 보았던 그 노을을 눈물 너머로 바라보았다.

일곱 살 때야. 게르 문 앞에 앉아서 아버지를 기다렸어. 노을이 지평선을 따라 긴 비단 띠처럼 늘어나는 저녁이었지. 아버지는 어느 집 개가 늑대와 싸우다 크게 다쳤다는 말을 듣고 급히 달려갔어. 다친 동물들도 돌봐주셨지.

달이 뜨도록 까지 아버지를 기다리는 날도 있었어. 지평선 비단 띠가 선을 긋 듯 단단해지면 곧 달이 뜨지. 반달이야. 바람결에 말발굽 소리가 들려와. 아버지야! 오늘은 아버지 가방 속에 하모니카가 들어있으려나. 상해上海 가는 인편에 하모니카를 부탁했거든. 그 아저씨가 그랬어. 반달이 되면 올 거다. 반달이 며칠이냐고? 그건 조선사람 셈법이지. 여기 사람들은 조바심치지 않아. 반달보다 며칠 앞서 올 수도 있고, 며칠 늦을 수도 있지. 그래도 올 사람은 꼭 와.

"이거 쓰세요, 선생님."

승리가 볼펜을 얹은 세관신고서를 인하 앞에 놓아주었다. 성명, 여권번호, 생년월일을 쓰고 여행 기간도 대충 적어 넣었다. 국내 주소는 양로원 주소를, 전화번호는 진선생 폰 번호를 적었다.

여행목적 □여행 □사업 ☑친지방문 □공무

진선생은 여행에 체크하라지만 인하는 친지방문에 체크했다. 가족방문이 있었다면 거기에 체크했을 것이다. 죽은 약혼자를 만나러 가는 길이다. 가족… 인하에게도 더없이 다정한 가족이 있었다.

"함께 가셔야겠습니다."

그것이 영장 없는 불법체포라는 것을 그때는 몰랐다. 온 식구가 갑자기 끌려가서 각각 조사받았다. 남파간첩 강배두가 다녀간 사실을 목격한 동네 주민의 고발이 접수됐다고 수사관이 알려주었다. 그 사실을 아는 사람이라야 마서방네 뿐이 아닌가.

배두가 다녀간 직후 아버지는 마서방 부부에게 집 한 채 값을 내주며 단단히 입단속을 시켰다. 마서방은 강배두가 집에 온 사실도 알고, 활터에서 강배두의 증거물도 파냈고, 그 증거물의 행방도 알고 있다. 그런 일들이 간첩은닉죄 및 증거인멸죄에 해당한다는 것도 알고 있을 것이다. 혹 실수로라도 인하 입에서 자기 이름이 튀어나올까 봐 조마조마하고 있을 텐데 마서방이 고발할 리는 없었다. 친자매나 다름없는 영분이야 의심할 여지도 없고. 고발자가 누구인지는 끝내 알 길이 없었다.

인하는 공소사실을 모두 인정했다. 강배두가 남파된 것도 사실이고, 그 사실을 은폐한 것도 사실이었다. 그러나 약혼자로서 간첩행위에 지속적으로 동조해왔다는 혐의는 부정했다. 통하지 않았다. 보통 사건도 아닌 온 나라를 뒤흔든 '청와대 기습 미수 사건'과 직결된 간첩 사건이었다. '빠져나갈 방도가 없습니다.' 변호사도 포기했다. 지장을 찍었다. 인하는 국가보안법 위반, 반공법 위반이라는 무시무시한 죄목으로 유죄 확정판결을 받았다. 15년 징역을 살았다.

엄마에게는 12년이 구형되었다. 애시덕은 제자 강배두를 무척 아껴 사위를 삼고 그동안 지속적으로 강배두의 지령을 받아 딸과 함께 고정간첩행위를 해왔다는 거였다. 백영덕은 아내와 딸의 간첩행위를 묵인함으로 결과적으로 간첩행위를 도왔고, 육이오 때 '인민군자치본부' 현판을 내걸고 북한군을 치료하는 등 적극 협조한 부역죄가 추가되어 5년을 선고받았다.

엄마는 교도소 안에서 할 수 있는 모든 일을 했다. 유능한 변호사들을 고용하여 검사들의 논거에 촘촘히 대응했고, '있는 사실'을 '있는 그대로' 법률적 조언을 첨부하여 정부 여러 부처에 탄원서를 제출했다. 각계각층 각별히 지내던 지인들에게도 도움을 청하는 편지를 썼다. 답장은 없었다. 그들을 이해하고 마음으로 용서했다. 엄마는 좌절을 모르는 투사 같았다.

그날, 엄마는 인하에 대한 탄원서를 쓰고 있었다고 한다. 손에서 볼펜이 굴러떨어지고 엄마는 종이 위로 엎어졌다. 뚝! 심장이 멈춰버렸다. 엄마는 할아버지의 시한폭탄이었다. 딸의 비명횡사 소식에 할아버지 머릿속 혈관들이 한꺼번에 폭발했다. 줄초상이었다.

우리 집은 도미노처럼 무너졌다. 온 세상이 돌아섰다. 마서방 부부만이 충직하게 인하를 찾아왔다. 고마운 마서방. 엄마, 할아버지에 이어 아버지 장례까지 잘 모셨다. 하루아침에 가족을 잃고 의사면허까지 영구 박탈당한 아버지는 술로 살다가 술에 취한 채 트럭에 치어 객사했다고 한다. 마서방은 장례 절차를 빠짐없이 사진으로 남겼다. 인하는 형체도 온전치 않은 아버지 사체 사진을 보고 기절했다. 마서방은 주인어른의 부서진 몸을 수습하여 염습殮襲하고 가족 묘지에 안치하기까지의 전 과정을 사진에 담아 인하에게 보고했다. 세상천지에 가족이라고는 마서방 부부뿐이었다.

구름이 산 능선 같았다. 비행기가 움직임 없이 정지해있는 느낌이다. 인하가 진선생에게 몇 번이나 물었다.

"가고 있는 거지요?"

"그럼요. 가고 있지요. 도착하려면 한 시간 반 정도 남았어요. 눈좀 부치세요."

인하는 다시 옛 생각에 빠져들었다.

안정섭 가곡 모음 제1집

-KOEAN SONGS Ⅰ-

작시, 작곡; 안정섭 노래; 백인하

배두의 노래들을 녹음한 직후 사건이 터졌다. 복역 중 인하를 가장 괴롭힌 것은 안정섭과의 연락두절이었다. 교도소 담장 밖에서 전쟁이 터졌대도, 세상이 무너졌대도, 무심할 것 같았다. '고정간첩 백인하의 노래로 나간다면 강배두의 음악은, 우리의 노래는, 세상에서 배척당하고 자취 없이 사라지고 말 것이다.' 걱정이라면 오직 그것뿐이었다. 인하는 연락할 길 없는 안정섭을 몇 해고 기다렸다. 어린 배두의 말에 의지했다.

'올 사람은 꼭 와.'

사년 후 어느 가을날, 안정섭이 면회를 왔다. 어린 배두의 말이 맞았다. 두 사람은 교도관의 강력한 제지를 받아가며 일본말로 얘기했다.

"레코도와?"음반은? 인하 목소리가 떨렸다.

“하이방.”중단. 안정섭이 고개를 저었다.
“요쿠 얏타!” 잘했어!
“하이키 수루카?” 폐기할까?
“핫표오시테!” 발표해!
“나아니?” 뭐라고?
“가즈코노 나마에데.” 가즈코 이름으로.
“못따이나이!”아깝다!
“치카이마스!” 맹세해!
“치카이마스!” 맹세할게!

징역을 살고 나와 보니 가족도 집도 재산도 아무것도 없었다. 안정섭의 도움으로 청주에 작은 피아노 방을 열었다. 고향 장터에 식당을 낸 영분이를 따라 내려간 곳이었다. 안정섭이 인하네 재산의 행방을 알아봤지만 이미 늦어버린 때였다. 마서방은 엄마가 돌아가시던 그해부터 모든 명의를 자기 앞으로 돌리기 시작했다고 한다. 인하는 안정섭이 언뜻 내뱉은 한 마디를 생각할 때마다 숨이 턱 막혔다.

‘아버지 교통사고도 단순 사고가 아닌 것 같아. 증거가 없으니…’

돈 앞에 사람이 악마가 되기는 그렇게 쉬웠다.

영분이는 그제야 이혼당한 과정을 털어놓았다.

‘그놈이 내 손을 꽉 잡고, 힘으로, 이혼서류에 지장을 찍었어. 아들 넷, 하루아침에 학교도 다 옮기고… 지금까지 얼굴한 번 못 봤어. 백일도 안 된 딸아이는 선심 쓰듯 버리고. 딸은 지 에미 팔자 닮는다더니 핏덩이 하나 업고 고향으로 내려왔지. 그놈은 서울서 사업 크게 벌이고 새 장가 들어 떵떵거리고 산답디다.'

어느 날, 피아노 방으로 마서방이 찾아왔다.

"시상에, 우리 아가씨께서, 귀하신 공주님께서 이런 누추한 곳에 기시다니 지 맴이 찢어지는구먼요. 지가 말이요, 아가씨 재산 되찾을 방법, 알려드리까?"

마서방 목소리에는 술 냄새가 진하게 배어있었다.

"나라에서 간첩재산은 몽땅 몰수한다길래 임시로 명의를 돌려논 거 뿐이요. 그게 다 아가씨를 위한 거였지. 지가 말이요, 아가씨를… 여학교 때 부텀… 을매나 맴을 태웠겠소. 눈앞에 보면서 손끝 하나 못 대는 사내 심정을 아시오? 영분이를 아가씨 대신 품었소. 그때야 감히 언감생심이었지. 허지만 지금은 다르지. 이 마대길이가 예전 그 마서방이 아니다, 그 말씀이요. 그러니까 지 말은, 이제라도 우리가 합쳐 살면 아가씨 재산을 고스란히 찾는 거라, 그 말씀이지."

마서방이 인하를 덮쳤다.

"아-!" 인하가 외마디 소리를 지르며 두 손으로 머리를 감쌌다.

"머리 아파요? 선생님 머리 아프세요?"

승리가 자리를 넘어오다시피 상체를 굽혀 백선생의 얼굴을 살폈다.

"아니요. 괜찮아요, 괜찮아요."

"악몽 꾸셨어요?"

"악몽? 맞아요. 악몽을 꿨어요."

인하가 눈을 감았다. 그날, 현장의 피비린내가 훅 끼쳐왔다.

메트로놈으로 힘껏 내리쳤다. 마서방 머리에서 선혈이 흘러나왔다. 옷이 거의 벗겨진 인하가 그 모습을 내려다보고 서 있었다. 피 묻은 메트로놈을 손에 든 채로 멍하니. 길거리 피아노 방 유리문이 벌컥 열렸다. 기웃거리는 이웃 가겟집 사람들을 헤치고 경찰이 들어왔다. 그날 인하는 마서방을 죽였다.

인하에게 살인미수 혐의로 구속 영장이 떨어졌다. 검사는 흉기로 머리를 가격했다는 점에 주목하여 특수상해혐의가 아닌 살인미수혐의를 적용했고 법원은 그 주장을 받아들였다. 인하의 국선 변호사는 메트로놈이 흉기가 아니며 마대길에게 성폭행당할 위험 상황에서의 정당방위였음을 주장했다. 재판이 마대길에게 불리하게 돌아갈 즈음 인하가 법정에서 폭탄 발언을 했다.

"살인을 계획하고 의도적으로 마대길을 유혹하여 끌어들였습니다."

전날, 마대길이 협박했다.

'신문사에 전화 한 통이면 끝장나지. 안정섭-송화자 노래들은 가짜요. 진짜는 간첩 강배두, 고정간첩 백인하의 노래요. 온 세상에 까발려도 괜찮으시려나?'

인하는 이번에도 영분이를 지정하여 약혼예물을 맡겼다. 그러나 형기를 마치고 나왔을 때, 인하를 기다리는 사람은 영분이가 아니었다.

"엄마가 이모님께 꼭 전해드리랬어요."

영분이 딸이 투명 테이프로 백비한 납작한 깻잎 상자를 내밀었다. 손수건으로 싸고 싼 인하의 약혼예물과 오래된 가족 앨범이 들어있었다. 피아노에 손을 얹고 미소 짓고 있는 젊은 엄마, 병원 뜰에서 동료 의사들과 함께한 어느 날의 아버지, 다정한 은행장 할아버지. 그리고 조선호텔 약혼식 날의 화사한 인하와 멋진 강배두!

인하는 앨범을 끌어안고 꺽, 꺽, 울었다. 짐승처럼 울었다. 주먹만 한 덩어리가 가슴에 얹혀 어지럽고 숨이 막혔다. 그리움인지 서러움인지 알 수 없는 눈물을 흘리며 밤새 몇 번인가 혼절했다. 영분이는 오래전에 저세상 사람이 됐다고 한다.

저희 비행기는 잠시 후 착륙하겠습니다. 좌석벨트를 매셨는지 다시 한 번 확인해주십시오. 감사합니다. Ladies and gentlemen….

카자흐스탄 공동묘지

칭기스칸 공항은 여러 인종의 여행객들로 북적거렸다.

진승리. A4 용지를 든 키 큰 가이드가 두 사람을 맞았다. 한국말을 능숙하게 구사하는 몽골사람이었다. 핸드폰이 울렸다.

"사노쯔벤!"보고싶어! 바타르였다.

"안 들려요. 끊습니다." 승리가 받아쳤다.

"쏘리 쏘리, 웰 컴~ "미안미안 환영해~

"곰팅, 귀여워서 봐준다. 숙소 예약했지?"

"그 사람, 짐바한테 일러뒀어. 알아서 안내할 거야. 여기 일 끝나는 대로 갈게."

"정말?" 승리가 반색하며 백 선생에게 전달했다. "박 선생이 오겠대요."

의료팀이 승리보다 열흘 먼저 몽골로 떠났다. 바타르는 승리가 알아낸 백 선생의 정보를 휴대폰에 저장했다.

탄광촌의 조선인 의사(통나무집 병원)

날라이흐(당시 지명임) **※카자흐스탄 공동묘지 근처.**

'이 정도면 충분해. 몽골엔 옛날 집들이 많이 남아있어. 지나다 보면 다 쓰러져가는 러시아식 빈집들이 그대로 있더라고. 날라이흐에는 우리 엔지오NGO들도 나가 있어. 현지에

서 수소문하면 어렵지 않게 찾을 수 있을 거야. 공항엔 못 나간다.'

바타르 말을 듣고 있으면 세상에 어려운 일이란 없다. 곰탱이 바타르가 이렇게 든든하기도 처음이었다.

의료봉사는 커피 마실 시간도 없이 빡빡하게 돌아간다. 그 바쁜 와중에 바타르는 숙소도 잡아놓고 안내인도 보내주고 승리가 할 일을 다 해놓았다. 일 끝나면 달려와 함께 찾아도 주겠다니 아무리 친구라도 고맙다는 인사 정도는 해야지 싶었다. 안 하던 짓이라 어색하여 몽골말로 '고맙다'가 뭐였더라, 생각하는데 이번에도 바타르가 선수를 쳤다.

"비 탄뜨 하이르태!" 당신을 사랑합니다!

"이번엔 알아들었어. '행운을 빕니다!' 맞지?"

"티니크.^^" 바보 바타르 웃었다.

옆에서 짐바도 웃었다.

공항에서부터 길이 막혔다. 나담 축제 개막식을 보려고 전국에서 차들이 몰려들어서라고 한다. 날라이흐는 울란바토르 근교지만 두 시간도 넘게 가다서다를 반복하고 있었다.

"길이 너무 막히네요. 테를지부터 갑니다. 한국분들 선호도 일위, 무조건 들리는 곳이죠. 탄광 마을은 내일 일찍 출발하겠습니다. 박 선생님께는 제가 말씀드리겠습니다."

짐바의 말에 승리가 설명을 보탰다.

"선생님 피곤하시죠? 테를지는 공기도 좋고 숙박시설도

깨끗해요."

백 선생이 엷게 미소 지었다. 승리는 아차, 싶었다. 죽은 이를 찾아가는 길이다. 관광객 같은 말투는 삼가야 했다. 차창 밖으로 가로 거치는 것 하나 없는 평원이 180도 파노라마로 펼쳐져 있었다. 들꽃들이 군락을 이루어 초원을 뒤덮었다. 몽골의 야생화들은 이 계절에 약속이나 한 듯 일시에 꽃을 피운다. 지금, 절정이다.

고원의 우뚝한 바위산이 노을빛으로 불타올랐다. 바위산 꼭대기에서 하얀 광목천을 내려뜨린 그곳은 야외공연장이었다. 한국관광객들은 테를지에 꼭 들린다더니 과연 사람들이 모여 있는 곳마다 한국말이 들려왔다. 공연을 알리는 플래카드가 깃발처럼 흩날린다.

KOREA DANCE & MUSIC FESTIVAL

-한·몽 친선 무용·음악 큰잔치-

한 · 몽 친선 프로그램의 하나로 두 나라 대학생 무용단이 준비한 공연이었다. 해 떨어지면 공연이 시작된다고 한다. 그 말의 의미를 아는 승리는 밤 공연을 기대하며 기다렸다.

전통 복장으로 한껏 차려입은 유목민 일가족도 말 등에 높이 앉아 공연을 기다리고 있었다. 긴 말총머리를 늘어뜨린 아빠도, 구슬 달린 전통모자로 한껏 치장한 엄마도, 가죽장

화까지 일습을 갖춘 아이들도 모두가 일인일마一人一馬 멋지다. 여섯 살쯤 되어 보이는 사내아이의 말이 지루한지 앞발질을 해댄다. 아이가 짜증 내는 말의 목덜미를 톡 톡 다독였다. 덩치 큰 말이 금방 얌전해졌다.

몽골 초짜 때, 승리는 무서운 게 많았다. 말들은 너무 크고, 개들은 늑대 급이고, 늑대 사냥꾼들은 총 든 맹수 같았다. 더벅머리 유목민이 때 낀 손으로 건네는 차 한 잔 받기도 편치 않았다. 고층 사무실에서 컴퓨터와 핸드폰으로 일하는 서울 남자들만 보다가 들판에서 양 한 마리쯤 순식간에 해체하여 통째로 구워 먹는 유목민 남자들은 옛날 사람 같고 무지해 보였다.

하지만 많이 배운 우리 서울사람들은 유목민 남자들의 도움 없이는 할 수 있는 일이 아무것도 없었다. 인간의 적응력은 얼마나 놀라운지. 그들과 같은 것을 먹고, 함께 일하고, 농담을 주고받게까지 되자 무지막지하게만 보이던 유목민 남자들이 책임감 있고 정 깊은 진짜 남자로 보이기 시작했다. 이제는 말똥 냄새쯤 구수하게 맡는다.

유목민 가족은 말 등에 높이 앉아 자세도 흩트리지 않고 묵묵히 공연을 기다린다. 아마 몇 시간째 그러고 있는 것 같았다. 그 옛날 칭기즈칸 전사가 연상되어 살짝살짝 훔쳐보았다. 눈치 빠른 짐바가 일러주었다.

“시골 사람들이에요. 초원 여기저기 흩어져 살다가 일 년에 한 번 안부도 전할 겸 축제에 참가하러 몇 날 며칠을 달려오지요."

바위산 꼭대기에서 늘어뜨린 하얀 광목천이 지상에 이르는 길을 냈다. 검은 바위산과 고원을 잇는 흰 천은 은하수도 되고 야외공연장 스크린도 된다. '견우와 직녀'를 새롭게 해석한 현대무용이라고 한다.

백 선생은 나무 그늘에 맥없이 앉아있었다. 비행기에서는 상태가 꽤 좋았는데, 승리는 정신이 번쩍 들었다. 지금 백 선생 머릿속 시한폭탄이 째깍째깍 가고 있는지도 모른다. 애당초 고령의 환자에게는 무리한 여행이었다. 승리는 노인의 팔짱을 끼고 숙소로 향했다.

"곧 해 떨어지면 공연 시작인데, 가세요?"

팸플릿 나눠주는 관계자가 아쉬워했다. '해 떨어지면' 그 말을 알아듣는 승리가 아쉬운 미소로 답했다. 해발 고도가 1500m 이상 되는 고원에 밤이 오면 발아래 별들이 지천으로 깔린다. 오늘 밤, 두 연인은 그 별들을 밟고 그리운 사람에게로 건너오겠지.

묘지를 찾아가기에는 어색할 정도로 화창한 날씨였다. 눈을 뜰 수 없이 강한 햇볕과 들판을 뒤덮은 온갖 꽃들의 향기로 어찔어찔 혼미했다. 허브 향을 풍기는 꽃들이 보이지 않는 돌밭 길을 한동안 달렸다. 차가 섰다.

"내리세요. 다 왔습니다."

짐바가 알려주기 전에는 그냥 허허벌판인 줄 알았다. 세 사람은 말없이 묘지로 향했다. 잡초 우거진 돌밭을 이십 분쯤 걸어 들어가자 무덤들이 보이기 시작했다. 사실 묘지라고 하기도 뭣한 그저 도독한 돌무더기들이었다. 처음 보는 돌무덤들은 드넓은 황무지 한구석에 버려진 듯 누워 있었다. 이렇게 황량하고 쓸쓸한 묘지일 줄은 상상도 못 했다. 승리는 말을 잃고 멍하니 서 있었다.

공동묘지라고 해서 다양한 묘비석들이 있는 그런 곳이려니 했다. 비교적 정돈된 앞쪽 무덤들은 최근 것으로 보인다. 이상하게도 비석의 모양이 다 똑같다. 비스듬히 자른 얇은 돌 판에 이름과 생몰 연대만 적었다. 뒤로 갈수록 오래된 무덤들인 듯 낡은 돌 판과 거친 나무판에 알 수 없는 글자 몇 자 적어놓은 돌무지들이 많았다. 썩어가는 비목碑木도 있었고 아예 그조차도 없는 무명씨 자리도 있었다. 승리는 혹시 한글로 쓰인 이름이 있나, 비석들을 살펴보다가 더는 들어가 보고 싶지 않아 짐바를 쳐다보았다. 그가 조용히 말했다.

"주로 외지 노동자들이 들어와서 광부로 살다가 죽으면 여기 묻혀요. 이름 없는 무덤은 떠돌이 노동자구요. 카자흐스탄 사람이 많이 묻혀서 그렇게들 부르지요."

백 선생은 오는 길에 꺾은 야생화 한 다발을 가슴에 안은 채 팻말 하나 없는 어느 돌무지 앞에서 무너졌다. 넋이 나간 얼굴이었다. 살아생전 고단한 삶이 이러했노라, 돌무더기들이 소리치고 있었다. 정오의 태양 아래 처참한 몰골을 숨김없이 드러낸 돌무지의 유령들이 바람으로 떠돌고 있었다. 짐바가 승리에게 그만 가자고 눈짓했다. 잠시도 머물고 싶지 않은 곳이었다.

소위 읍내였다. 높은 건물이라곤 낡은 오 층짜리 아파트가 고작인 납작한 시골 마을로 들어섰다.

"오륙십 년대 러시아식 아파트들이에요."

짐바의 설명이 아니더라도 그래 보였다. 거리의 간판들도 모두 러시아문자로 되어 있어 무엇을 하는 곳인지 알 수 없었다. 한여름인데도 그늘에만 들면 서늘했다.

인하는 커다란 검정 우산을 쓰고 강렬한 햇볕 아래를 걸어갔다. 길이 거칠어 흙먼지가 풀풀 일었다. 그가 살던 옛집을 찾아가는 길이다. 일곱 살 배두가 문 앞에 앉아 아버지를 기다리던 게르, 다섯 살 배두가 피아노 반주하던 교회, 아버지의 러시아식 통나무 집 병원. 옛날 집들이 아직 있을까? 거기 그의 자취가 남아있을까? 인하는 몽골 땅에 발을 들인 그때부터 잊고 있던 배두의 이야기, 배두의 목소리가 소곤소곤 들려왔다.

~할아버지 할머니와 헤어지기 싫어~ 울면서 말 타고 학교에 간다~

몽고 아이들이 학교에 갈 때 부르는 노래야. 구월이면 개학이거든. 학교는 도시에 있고 아이들은 기숙사 생활을 해.

겨울은 너무 추우니까 학교에서 지내는 거야. 공부는 겨울에 하고 여름엔 실컷 놀지. 여름방학이 되어 집에 갈 때가 제일 신나.

나는 교문 너머 길 쪽에 정신을 팔고 있었어. 땡볕 아래 여름방학식 훈시를 늘어놓는 교장 선생님 목소리가 파리 앵앵거리는 소리만큼도 귀에 들어오지 않았어. 아버지가 에르덴을 데리고 나타날 때가 됐거든. 에르덴과 둘이서 콧김 씩씩 내뿜으며 초원을 달릴 생각에 벌써부터 엉덩이가 들썩거렸지.

한번은 외지에서 들어온 떠돌이 광부가 밤에 몰래 에르덴을 훔쳐 타고 달아난 적이 있었어. 아버지와 몽고 할아버지가 밤낮을 달려가서 에르덴을 찾아왔지. 그날, 에르덴과 어미 말이 만나던 광경을 보고 쓴 일기야. 들어 봐.

> 사라진 하나밖에 없는 새끼와 만날 것을 생각지도 못하고 있을 때 새끼가 건강하게 살아서 돌아오면 무엇에 잘 놀라 소리치는 어미는 그렇게 열렬해진다.
> 짐승으로 태어난 운명 탓으로 말을 할 순 없지만 흘러내리는 진주 같은 땀방울마다 한없는 기쁨과 환호에 온몸을 투르르 턴다.

에르덴이 내 첫돌 선물이라고 얘기했던가? 아이와 망아지는 함께 뛰어놀며 동갑내기 동무로 형제로 자라는 거야. 내

동무 에르덴, 잘 있을까? 아직도 나를 기다리고 있을까? 내가 기숙사에 있는 동안 에르덴은 내가 사라진 쪽을 하염없이 바라보며 말 울음소리를 냈다고 해. 그 얘기 듣고 울었어. 말의 수명은 스물다섯 살 정도야. 십 년 안에 몽고에 갈 수 있을까? 에르덴을 다시 볼 수 있을까?

인하와 마음속 배두는 수다쟁이가 되어 재잘재잘 흙길을 걸어갔다. 방금, 회색 건물 모퉁이에서 불쑥 한 남자가 나타났다. 인하가 우뚝 걸음을 멈췄다. 큰 키에 강렬한 눈빛, 햇볕에 그을린 갈색 얼굴… 심장이 멎는 줄 알았다. 그 남자는 큰 우산을 피해 고개를 약간 기울이며 스쳐지나갔다. 인하는 멍하니 서서 그 남자의 뒷모습을 바라보았다.

"왜 그러세요?" 승리가 인하를 깨웠다.

"아무것도 아니에요."

인하가 고개를 저었다. 배두를 닮은 남자의 잔영으로 두근거리는 가슴은 좀처럼 가라앉지 않았다.

세 사람은 아파트 지하의 작은 식료품 가게로 들어갔다. 짐바가 가게 주인에게 인사를 건넸다. 몽골말 하는 젊은 짐바에게서 예전 그의 목소리가 들리는 듯했다. 놀라거나 감동하면 불쑥 몽고말이 튀어나왔지. 인하는 짐바와 가게 주인의 대화에 귀 기울이면서 배두가 좋아하던 커피를 넉넉히 담았다. 짐바가 음료수 몇 개와 할머니가 드실만한 으깬 감자를 합하여 계산하며 말했다.

"탄광촌은 조금 더 들어가야 한답니다. 가시죠."

내 마음의 구름

노인은 방금 읍내 식료품 가게에서 사 온 커피, 요구르트, 으깬 감자를 탁자 위에 올려놓았다. 친절한 가게 주인이 '할아버지. 조금만 일찍 오셨으면 차를 얻어 타고 가셨을 텐데요.' 아쉬워했다. 방금 한국사람들이 탄광촌으로 갔다고 일러주었다. 얼마 전, 노인이 가게에 들려가다가 길에서 쓰러졌던 일을 염려해하는 말이었다.

죽을 때가 아니었는지 프랑스 의료팀에 발견되어 곧장 실려 갔다. 관상동맥 혈관에 폐색 소견이 보인다는 진단이었다. 다행히 혈관이 가지를 쳐서 샛길로 간신히 혈행이 되고 있는 것 같다며 수술이 시급한 상태라고 했다. 노인은 놀라지 않았다. 공화국에서부터 아는 병이었다. 큰 병원에 갈 형편도 못되지만 그렇게까지 해서 살고 싶지도 않았다.

요즘 부쩍 한국 엔지오들이 들어온다. 엔지오들은 몽골 현지인들과 조합을 만들어 농업 기술을 전수하고, 비닐하우스에서 수확한 채소들을 싼값에 팔기도 한다. 장이 열리는 날, 마을은 축제다. 일등 작물 생산자를 뽑아 시상도 하고, 주민들의 노래 경연도 벌어진다.

장이 서는 날, 노인은 통역 일로 바쁘다. 통역이라지만 실은 그리운 우리말을 들으러 간다. 서울말 쓰는 여성의 음성은 마치도 음악 같다. 넋을 잃고 귀 기울이면 어느 순간 인하 목소리가 들린다. 오늘도 서울말 하는 여성이 들어오시려나?

노인은 마을에서도 뚝 떨어진 탄광촌 옛집에 살고 있었다. 한창때는 노천 탄광 작업장 위로 검은 분진이 먹구름처럼 피어오르고, 캐낸 석탄이 시커먼 인공산人工山을 이룰 정도로 번창했었다. 이제 폐광이 된 탄광촌에 사는 주민은 노인뿐이었다. 마을 사람들은 그 집 근처를 지날 때 바람결에 실려 오는 피아노 소리를 들었다. 양 한 마리 키우지 않는 노인의 집은 멀리서 보면 노란 꽃밭에 묻힌 무덤 같았다.

노인은 비닐하우스 안에 채소 대신 수선화를 심었다. 엔지오들에게 부탁해서 한국의 수선화 구근을 얻었다. 처음엔 텃밭 정도였지만 번식력이 뛰어난 알뿌리들이 식구를 늘여 지금은 황금빛 꽃밭으로 휭 한 초원이 다 훤하다.

비닐을 반쯤 걷어낸 하우스 안에서 노인은 꽃대 틈새에 손을 넣어 거친 돌멩이들을 골라냈다. 봄이 늦은 몽골에서는 여름이 되어서야 수선화가 꽃대를 올린다. 한창 만발하여 황금빛 트럼펫을 내민 수선화에게 노인이 나지막이 노래를 불러주었다.

~부칠 곳 없는 정열을 가슴에 깊이 감추이고 찬바람에 쓸쓸히 웃는 적막한 얼굴이여!~

젊어서는, 한창 공부할 때는, 넓은 음역과 자유로운 선율 진행 같은 작곡기법에 몰두하여 시詩에 온전히 공감하지 못했다. '부칠 곳 없는 정열을 가슴 깊이 감추이고….' 이 구절에 이르면 마치 자신이 쓴 것 같아 그만 먹먹해진다. 한국에서 반송되어 온 편지만도 세 죽*은 족히 넘으리라. 경성부 옥인정 七의 四十九는 〈주소 불명〉으로, 서울시 옥인동 七의 四十九는 〈수취인 불명〉으로 되돌아왔다. 노인은 겉봉에 '날라이흐 탄광촌 조선인 병원. 완셈.' 그렇게 썼다. 세상에서 오직 한 사람만 해독할 수 있는 암호가 닿기를 바라며.

세월이 얼마인가. 그래도 혹여 전해질까 우연에 기대어 보내고, 감히 청하지 못하는 은혜를 바라며 또 보내고…. 노인은 쓸쓸히 웃으며 적막한 얼굴로 일어섰다.

얼핏, 하우스 입구에 서 있는 인하를 보았다. 놀란 노인이 안경을 추켜올렸다. 은발의 노부인이었다. 방금 한국에서 들어왔다는 엔지오들인가 보다.

"어머! 수선화가… 들어가 봐도 되나 여쭤봐 주세요."

인하 목소리! 노인이 고개를 저었다. 죽을 때가 됐어. 헛것이 보이고 헛소리가 들리네. 가지 친 샛길 혈관도 막히나 보네. 그러면서도 노인은 홀린 듯 대답했다.

---

* 죽 버선이나 그릇 등의 10벌을 한 단위로 말하는 것.
  한 죽은 낱개 열 개를 뜻함.

"들어오세요. 지금이 한창입니다."

청년이 미처 통역을 마치기도 전이었다.

인하가 큰 눈으로 노인을 바라보았다. 정확한 한국말이고 서울 말씨였다.

노인도 인하를 바라보았다. 낯선 노부인에게서 인하가 보인다. 노부인을 보고 있는데, 분명 노부인인데, 인하가 보인다. 혈관이 막힌 탓이야. 꽃향기에 취한 탓이야. 노인은 '내가 죽어가는구나' 생각했다. 죽어가는 사람은 마지막 숨결을 뱉기 전, 간절히 보고 싶은 사람을 본다는 옛말이 있다. 헛것일망정 인하를 보고 싶었다.

인하는 자신을 뚫어지게 쳐다보는 노인에게서 배두를 보았다. 뇌간에 큰 문제가 있다더니 환상이 보이는구나. 정신 바짝 차리고 다시 보았다. 눈에 보이는 대로는 노인이다. 배두가 보인다. 심장이 격하게 요동쳤다.

두 사람은 서로에게 이끌렸다. 손닿을 거리에까지 당겨졌다. 인하는 배두를, 배두는 인하를 한동안 바라보았다. 노인이 두 팔을 활짝 벌렸다.

"ㅂ..ㅔ..ㄹ..ㅜ..!" 노인의 신음소리를 알아듣는 이는 한 사람뿐이었다.

인하가 배두의 가슴으로 무너졌다. 시든 수선처럼. 그 순간 '찰칵' 무언가 붙었다.

승리는 직감했다. 백 선생을 부축하여 게르로 데리고 간

노인이 서촌 편지의 그 '강배두'라고. 죽은 사람 무덤을 찾아왔는데 살아있는 그 사람을 만났다!

백 선생도 죽은 사람이었다가 호적과 함께 부활했다. 노인의 편지는 무덤 같은 우편함 속에 수십 년을 묻혀있었다. 무덤에서 편지를 꺼낸 사람이 승리였다. 문득 한 목소리가 생각났다. '하룻밤 신방은 치러야 영가의 한이 풀리지.' 보살 말대로라면 승리는 죽은 강배두와 영혼결혼을 했다. 강배두는 살아있었다. 그럼 인형의 몸을 빌어서 온 그 신랑은 누구란 말인가? 통나무집 입구에 검은 그림자가 서 있었다. 귀신 신랑이 여기까지 따라왔구나.

"하이르태, 하이르태!"사랑해, 사랑해!

승리가 큰소리로 반겼다. 때마침 와 준 바타르가 정말로 반가웠다.

"그런 말 누가 가르쳐줬어? 짐바가?"

바타르가 벌컥 화를 냈다.

"왜 그래? 반갑다는 말이랬는데?"

"나쁜 말이야. 남자한텐 쌍욕이야."

"무슨 소리야. '하이르태 승리' '반가워 승리' 그런 뜻이라던데?"

"늑대 같은 놈. 어째 좀 찜찜하더라."

바타르는 들고 있던 식료품 봉지를 나무 침대 위에 아무렇게나 올려놓았다. 얇은 비닐 봉지에 든 복숭아들이 붉게 내비쳤다.

"나 좋아하는 납작 복숭아네. 바이를라." 고마워.

"이게 진찰대라니. 정말 원시적이다."

바타르는 볼멘 소리를 하며 괜히 나무 침대를 툭 툭 쳤다.

"교회야. 피아노 있는 병원 봤어?"

승리가 어메이징 그레이스의 첫 소절을 쳐 보였다.

"봐. 성가와 잘 어울리지?" 승리가 우겼다.

"진찰대가 있잖아. 병원이라니까." 바타르도 우겼다.

"피아노가 있잖아. 교회라니까." 승리도 지지 않았다.

"그럼, 진찰대 있는 교회. 피아노 있는 병원으로 하자. 됐지?"

오, 그럴 수 있겠는데. 평일에는 병원으로, 주일에는 교회로. 승리가 고개를 끄덕였다. 바타르도 자기 결론이 만족스러운 듯 큰 눈을 껌벅이며 웃었다. 저렇게 웃으면 마냥 사람 좋아 보인다. 생긴 것도 딱 곰이고. 두뇌회전만큼은 AI급이지만. 의외성 때문일까. 별명도 진화를 거듭했다. 곰탱이-여우곰팅-남자여우로 레벨을 높여가다가 공룡 '바타르'에게 빠진 후로는 '바타르'로 정착했다.

승리가 백선생과 노인의 해후에 대하여 들려주는 동안 바타르는 꾸벅꾸벅 졸았다. 피곤하겠지. 밀려드는 환자들 한 명이라도 더 보려고 욕심 내다보면 밥때 놓치기도 예사지만 배고픈 줄도 모른다. 그렇게 열흘 전쟁을 치르고 가운 벗자마자 먼 길을 달려왔다. 승리는 조용히 일어나 피아노를 구경했다.

다리는 신전 기둥 같고, 앞판 부조들은 그 자체로 예술이다. 하프 타는 여신들과 나팔 부는 천사들은 반들반들 길이 들었다. 엄마 어릴 때는 피아노가 부잣집을 상징하는 가구였다고 한다. 엄마 때보다도 훨씬 전이었으니 이런 피아노야말로 상류층만이 소유할 수 있는 예술작품이었으리라. 악기는 소리로 말한다. 노인이 얼마나 아끼고 잘 관리했는지 오래된 피아노가 음도 정확하고 소리도 맑다. 승리는 가만히 건반을 쓰다듬었다. 이제는 감히 바라볼 수도 없이 멀어진 첫사랑. 승리는 조용히 뚜껑을 덮었다.

피아노 옆에 커다란 나무궤짝이 있었다. 악보궤였다. 다행히 악보 읽는 법을 잊지는 않았다. 체르니 40번 NO.13의 위력이여!

먼 아내를 그리며 Хол байгаа эхнэрээ санан дурсана.

교향적 환상곡 제2번 (몽골환상곡)Монгол уран зөгнөл.

학교 가는 길 Сургуульруугаа явах зам.

'몽골환상곡'은 악보만으로도 그 규모가 읽혔다. 마두금으로 시작하는 인트로는 눈으로만 봐도 몽골 특유의 서정이 들려온다. 실제 연주로 들으면 초원의 바람 소리, 장쾌한 말발굽 소리가 어우러져 웅장한 대서사시로 가슴이 벅찰 것 같았다.

"이게 뭐지?"

언제 일어났는지 바타르가 피아노 옆면에 삐죽 튀어나온 경첩 달린 금속제 걸개를 살피고 있었다. 피아노에 걸개라니. 본 적도 없고 용도도 알 수 없는 장치에 종이가 끼워져 있었다. 낱장 악보였다.

내 마음의 구름

베드로 NO. 98/100

걸어갈 때도 너를 생각한다
찬물에 이마를 적실 때도 너를 생각한다
너를 생각하면 즐거움 없는 내 마음에
구름이 피어오른다

베드로? 악보 궤짝의 작품들 모두가 베드로였다. 그럼 '몽골 옛집에서 완셈 강배두'가 아닌가? 그토록 상상하고 추리했던 서촌 유령편지의 발신자가 아니야? 그럼 저 노인은 누구지? 피아노 의자에 털썩 주저앉는 승리를 보고 바타르가 물었다.

"왜?"

"편지의 강배두가 아니야. 베드로야. 다른 사람이야."

"티니크바보 같은 사람이야."

"여기 봐. '베드로'라고 써 있잖아."

"세례명이 '베드로'인가 봐. 베드로를 음차하면 배두가 되는 거야."

"음차? 그런 게 있어?"

여우 곰팅! 바타르에게 걸리면 세상은 단순해진다. 승리의 감탄 어린 시선에 으쓱해진 바타르가 바싹 다가와 두 팔 사이에 승리를 가두었다. 거의 백허그다. 그렇게 거북한 자세로 함께 악보를 들여다보았다. 바타르가 가사를 읽었다.

"너를 생각하면 내 마음에 구름이 피어오른다… 어떻게 이런 문장을 만들어내지?"

바타르의 절반의 포옹 속에서 승리는 포근함을 느꼈다. 십년 친구 사이에 이래도 됨? 우리는 아직 키스도 안 했는데. 키스가 뭐야. 정식으로 손도 안 잡았는데.

"이거 다시 끼워 놔. 아까 그대로." 승리의 명령에 "넵." 바타르가 아무 짓도 안 했다는 듯 얼른 악보를 끼우러 일어났다. 곰탱이 바타르.

승리는 궤짝의 악보들을 차근차근 읽어보았다. 대륙적인가 하면 한국인의 정서가 느껴지기도 하는 독특한 곡들이었다. 노인은, 강배두는, 놀라운 작곡가였다. 이 대단한 작곡가의 곡을 안 교수가 도용했다는 거다. 부인 송 교수는 백 선생님 목소리를 훔쳤다. 두 교수님들께서는 훔친 곡으로 평생 존경받고 잘 먹고 잘살았다. 내일 두 분께 내막을 알아보겠지만 어떤 이유에서든 옳지 않은 일이다. 바로 잡아야 한다.

그 오래전 편지가 내 손에 들어온 게 우연이 아니었다. 이

궤짝의 곡들도 발표하고, 빼앗겼던 어르신의 곡들도 되찾아야 한다. 진실을 밝혀야 한다. 내가 여기 온 이유가 이거였구나! 검색창에 '강배두'를 쳤다. 간첩 강배두. 동명이인이 나온다. 다시 '강배두-백인하'를 입력했다.

북괴의 지령을 받아온 인텔리 일가족 고정간첩 적발

젊은 백 선생이 거기 있었다. 아버지 어머니, 일가족이 다 있었다. 관련 기사들이 끝도 없이 달렸다. 지금은 흉가가 된 서촌 세대문집이 번듯하게 서 있다. 각 나오네. 백 선생이 목숨 바쳐 지킨 그 이름, 강배두. 안정섭 교수가 끝내 말하지 못했던 그 이름, 강배두. 간첩 작곡가였어. 강배두가 진짜 간첩이었는지, 백선생이 진짜 고정간첩이었는지, 진실은 잘 모르겠고, 별 관심도 없다. 다만 '마음폭탄' 문제에 '남북' 문제가 끼어들어 복잡해질까 봐 그것만이 걱정이었다. 백인하-강배두 두 분의 음악과 이름 되찾기는 그 일과는 별개다. 구별되어야 할 다른 문제다. 승리는 자신이 목격한 상황만을 요약했다.

1. 분단으로 음악과 이름을 빼앗긴 두 음악가의 비극.
2. 아흔이 되어서야 제3국에서 재회한 연인들의 잃어버린 삶.

이 문제들을 어떻게 임펙트 있게 감동적으로 구성해낼 것인가. 승리의 관심을 오직 그것뿐이었다.

"이거 촛대다." 바타르는 새 장난감을 발견한 아이 같다.

"전등이 없던 때, 밤에 악보 보려면 여기에 등잔을 걸었을 거야. 틀림없어."

바타르는 큰 발견이나 한 듯 신이 났다.

"백 선생님은 괜찮을까? 아까 쓰러지시던데." 승리는 백 선생의 상태가 걱정이었다.

"일시적인 쇼크일 거야. 안 놀라면 이상한 거지. 참, 짐바가 다른 말 한 건 없어?"

지나가는 말인 듯하지만 바타르는 심각하다.

"나 닮은 한국여자 소개시켜 달라던데?"

"이래서 딴 놈에게 잠시라도 내 여자 맡기면 안 된다니까."

곰탱이가 씩씩거렸다.

"내 여자? 누구?" 놀리고 싶어졌다.

"몰라!"

심통 난 바타르, 아기 공룡 둘리 닮았네.

나의 완셈베루여

•

•

게르의 빗소리

온종일 폭양이던 하늘이 조짐도 없이 장대비를 퍼부었다. 인하는 배두와 나란히 누워 빗소리를 듣는다. 침대가 게르 벽에 바짝 붙어있어 벽을 치는 빗소리가 곧장 귀로 들어온다. 빗방울 소리가 하나, 하나, 따로, 따로, 들린다. 짧은 잇딴 음표들의 무한 반복. 퍼붓는 빗속에 누워 따뜻한 배두의 체온을 느끼는 이 순간, 꿈은 아니겠지. 인하는 확인하고 싶어 배두에게 말을 시킨다.

"투둑. 투둑. 투두둑. 팀파니 주자가 스틱으로 벽을 치나 봐."

"빗방울 변주곡이야. 게르 벽도 동물 가죽을 씌워 만드니 큰 북인 셈이지."

"우린 '베이스 드럼' 안에 들어있는 두 난쟁이네."

"우린 지금 '큰 북' 안에 숨어 있는 거야. 그 무서운 평양 사회안전성경찰청도 아무리 눈 매운 보안원경찰도 우릴 찾아내지 못해."

배두가 더는 빼앗기지 않겠다는 듯 인하를 자기 가슴에 가두었다. 반쪽짜리 목걸이가 '찰칵' 붙었다. 빗소리가 거세졌다. 게르 벽을 뚫을 것만 같다.

"우박이 쏟아지는구나. 수선화들이 다 꺾어지겠네." 배두의 목소리는 차분했다.

"가엾어라. 어떡하지?" 인하가 배두를 보았다.

배두가 대답인 듯 나지막이 읊조렸다.

" '그리고 그리다가 죽는, 죽었다가 다시 살아 또다시 죽는' 수선화는 죽어도 죽지 않아. 죽은 듯 알뿌리로 있다가 봄이 되면 꽃대를 올리지. 내년에도 다음 내년에도 그다음 내년에도…."

인하는 활터의 수선화를 생각했다. 산 사람 젯상에 올린 서른일곱 송이 수선화. 전할 길 없는 우리의 마음이 죽어도 죽지 않는 생명으로 이어졌구나.

배두가 말을 이어갔다.

"예전 우리 선비들은 수선화를 금잔옥대金盞玉臺라 부르며 귀히 여겼어. 추사 김정희가 제주도로 유배 갔을 때, 그 귀한 수선화를 동물도 못 먹는 잡초라고 마구 짓밟아 버리는 걸 보고 한탄하며 시를 지었어. '귀한 사물도 제자리를 찾지 못하면 저렇게 천대를 받는구나.' 수선화가 내 모습 같았어."

인하는 그의 말이 너무나 아파 명치 부근을 지그시 눌렀다. 죄 없이 짓밟힌 나의 수선화. 그냥 던져만 두었어도 꽃 피었을 것을. 인하가 슬픔을 감추고 농담인 듯 말했다.

"당신, 수선화 맞아. 죽어도 죽지 않는 수선화. 두 번이나 죽은 줄 알았잖아."

"그랬겠네. 활터에서 한 번, 그 새벽에 한 번."

'다녀올게. 금방 올게.' 배두는 그 새벽의 약속을 평생 후회했다.

마치 하루 출장 떠나는 남편처럼 그렇게 말하고 북악산 드보크에 도착했다. 고압선 송전탑 아래 땅을 파고 전지를 비춰보았다. TT권총과 실탄과 수류탄 4개가 그대로 있었다. 배두는 청와대 인근 상세지도와 보고 문건들을 무기 옆에 묻고 재빨리 그 자리를 떴다. 밤 같은 캄캄한 새벽이었다.

도로로 내려가는 길목 입구였다. 뒷머리에 총구를 느꼈다. 어둠 속에서 한목소리가 말했다. '그 에미나이 집 사람들 죄 죽이고 갈 거니? 여기서 합류할 거니?' 너무 놀라서 아무 말도 못했다. 다른 목소리가 또 말했다. '어떤 경우에도 죽이지 말고 데려오라, 대장님 명령 아니었으문 너레 벌써 죽었드랬어.' 배두는 총구가 미는 대로 북으로 향했다.

인하가 눈물 젖은 그의 얼굴을 어루만졌다. 오래전 끼워준 약혼반지를 아직도 끼고 있는 그 손으로. 이제는 헐거워 돌아가는 반지 낀 그 손가락에 배두가 입 맞추었다.

"당신에게 해준 게 이것뿐이구나."

배두는 인하의 열 손가락 하나하나에 입 맞추었다. 설령, 열 손가락에 각각 다른 반지를 끼고 있다 해도 그런 건 아무것도 아니다. 인하가 살아서 왔다. 옛 마음 그대로 내게로 왔다. 인하는 나의 것이다. 온전히 나만의 것이다. 지금 이 행복은 그동안의 세월을 잊어버릴만큼 충만하다.

"그 아가씨가 당신 딸인가 했어. 닮진 않았지만." 배두가 웃었다.

인하가 반쯤 열린 입으로 "딸…" 희미하게 중얼거렸다.

"당신을 알기 전의 나는 여자도 아니었어. 음악에 미친, 음악의 '정결한 여신'만을 꿈꾸는 광신도였어."

"눈부시게 흰 교복의 여학생이 큰길에 나타났을 때, 나는 알았어. 내 눈은 경주마처럼 한 곳에만 집중되어 다른 여자는 보이지도 않겠구나. 결국 고백을 하고야 말았네."

"당신이 경주마였다면 난 해바라기였어. 다른 남자를 쳐다보면 고개가 절로 돌아가는 거야. 그 못된 남자가 도끼를 휘두르며 쫓아 올 거 같았거든."

두 사람은 옛이야기를 하며 즐겁게 웃었다.

인하는 잠깐 변호사가 떠올랐지만 얘기할 필요는 없었다. 마서방 사건을 맡았던 국선 변호사가 수사관처럼 사건을 파헤쳤다. 계획적 살인이 아닌 우발적 사고였음을, 그 또한 정당방위였음을, 여러 증거와 증인들로 입증해 냈다. 형기가 반으로 줄었다. 계속 면회 와서 위로와 용기를 주던 고마운 사람이었다. 일가족 고정간첩 사건에 대한 법률적 오류와 과한 형벌을 지적하며 함께 분개해준 유일한 사람이기도 했다.

어느 날, 변호사가 면회실 철창 너머에서 전화기에 대고 고백했다.

'기다리겠습니다. 저와 결혼해 주십시오.'

청혼 반지도 열어 보였다. 교도소는 한동안 옥중결혼을 앞둔 두 사람 얘기로 들썩거렸다. 인하는 내일 당장 나간다 해도 몸 누일 방 한 칸이 없었다.

"나한테 언약 반지는 이것 하나뿐이야. 당신 얘기도 해봐." 인하의 심문에,

"혼인했지. 오래전에." 배두가 고백했다.

"그랬겠지." 인하가 배두에게서 손을 뺐다.

외국어학원 초기 시절, 동방어학과에 몽고말 교원이 부족하여 생각지도 않게 배두가 뽑혔다. 교원 생활은 꿈같았다. 배두의 독신자 숙소에 놀러 오는 동료들 중에 영어과 여선생이 있었다. 올 때마다 녹두지짐이나 족발편육, 갈비찜 같은 귀한 음식을 부엌방 식장에 넣어두고 갔다. 좋아하는 티를 숨기지도 않았다. 토대 좋은 여자의 청혼을 받고 생존의 한 방법으로 그렇게 살면 어떨까, 생각했었다.

"오래전에 혼약을 맺은 여자가 있었어. 내 심장의 반을 가져가 버린 아주 못된 여자야. 그러니 다른 여자 들일 자리가 있었겠나."

두 사람은 서로를 바라보았다. 안타까운 눈으로, 이기적인

만족감으로.

"잠깐 본 그날, 너의 길을 가고 있는 인하, 얼마나 기쁘던 지. 성악가 백인하, 눈부셨어. 정결한 나의 여신을 안고 난 그 자리에서 죽어도 좋았어."

'다녀올게. 금방 올게.' 우리는 그 말을 믿었을까.

인하는 '그 날'로 인해 휘몰아친 어마어마한 폭풍에 대하여는 말하지 않았다. 그 짧은 재회에 배두는 목숨을 걸었고 인하는 전 생애를 바쳤다.

"활터의 당신 악보들, 다 발표하고 레코드도 발매했어."

인하가 자랑했다.

"어떻게?" 배두가 벌떡 몸을 일으켰다. 그 바람에 붙어있던 목걸이가 뚝 떨어졌다.

"가곡은 모두 내가 불렀어. 한국인이 사랑하는 가곡 10위 안에 서너 곡은 꼭 들어가. 지금까지도 성악가들이 선호하는 레퍼토리야. 교향곡과 피아노 협주곡도 반응이 대단했지. 당신은 정말 천재야."

"큰 곡들도 발표가 됐어?" 그의 눈이 커졌다.

"세종문화회관 개관기념 음악회에서 서울시향이 연주했어. 1978년이니까, 당신은 모르겠구나. 광화문에 큰 공연장이 생겼어. 우리나라 최고 공연장의 팡파르를 당신이 울린 거야."

배두는 누구의 이름으로 발표했느냐고 묻지 않았다. 인하도 굳이 말하지 않았다. 이렇게만 말했다. "강배두의 음악이,

백인하의 노래가 영원히 불릴 거야." 그리고 생각했다.

나는 생애를 걸고 당신의 음악과 나의 노래를 지켰다. 우리 이름을 땅에 묻고, 우리 음악에 생명을 주었다. 그것으로 된 것이다!

우르르 콰앙!

큰 천둥이었다. 게르가 부서지는 줄 알았다. 놀라 딸꾹질하는 인하의 두 귀를 커다란 손이 감싸주었다. '번쩍' 번개가 칠 때마다 중앙 제단에 놓인 사진이 보였다. 약혼식 끝나고 동기들이 짓궂게도 몽고 늑대에게 정말로 늑대 털모자를 씌웠다. 인하에게도 늑대 모자를 씌워 덩달아 늑대 신부가 됐다. 행복했던 시절, 보고픈 동기들, 그리운 젊은 날의 두 마리 늑대여! 인하는 번개와 함께 떠올랐다 가라앉는 사진을 하염없이 바라보았다.

"내 고향 친구 얘기해 줘."

배두가 졸라댔다. 인하는 아이가 되어버린 배두의 마른 뺨을 토닥토닥 두드려주었다.

"한라는 육이오 전쟁영웅이 됐어. 훈장도 다섯 개나 받은 걸."

"한라가 전쟁에 나갔어?" 빛바랜 회색 눈동자가 반짝 빛났다.

"군마로 만들고 싶어 했잖아. 소원대로 됐어."

"자세히, 더 자세히." 배두가 조바심을 냈다.

"산악지대로 탄약과 부상병 수송하는 임무를 맡았대. 한라는 엄청난 포성에도 놀라지 않고, 포탄이 날아올 땐 바짝 몸을 눕힐 줄도 알았다고 해. 나중엔 사람 없이 혼자서 임무를 수행했다니 정말 대단하잖아. 이거 다 신문에 난 그대로야. 한라는 최고의 군마였어. 전쟁이 끝나고 한참 지나서 한라가 활약했던 격전지에 '한라 공원'을 만들고 거기에 한라 동상도 세웠어."

인하는 한라의 전사 소식은 전하지 않았다.

배두가 인하 가슴에 얼굴을 묻었다. 울고 있었다. 동상 얘기를 괜히 했구나. 인하가 주름진 손으로 배두의 마른 등을 어루만졌다.

"춘방루는? 손대인 아저씨는?" 서울 소식이 궁금한 배두는 목이 탔다.

"춘방루 자리엔 빌딩이 들어섰어. 아저씨는… 대만으로 들어가셨지."

춘방루가 언제 없어졌는지 인하는 모른다. 화교에 대한 얘기는 안에서 들은 대로 전했다. 한방에서 지내던 여자들은 '중국사람들이 다 대만으로 들어갔다'며 짜장면 먹을 걱정으로 시간을 보냈다.

"그랬구나. 1992년에 한국이 중화인민공화국과 수교했다는 소식 들었어. 곧 어떻게 되나 보다, 박수들을 치고 그랬지. 아저씨는 92년 그때 대만으로 들어가셨겠네."

배두는 문득 생각했다. 손대인 아저씨가 39년 그날, 죽어도 잊지 못할 그날, 몽고에 왔었더라면 아버지가 그렇게 돌아가시지는 않았을 거다. 가끔 아버지 벗이라는 중국사람이 찾아왔다. 늘 변장을 하고 있어서 이상한 모습이었다. 이제 생각하니 손대인 아저씨였다.

1939년 몽고 할하강 전투 직후였다. 광산 노동자들이 통나무집 병원으로 몰려들었다. 아버지는 노동자들의 골절된 뼈를 붙여주고 벌겋게 성난 염증을 가라앉혀주었다. 중국인 한의사는 침 맞고 약초 받아가던 단골환자들을 빼앗아가는 양의洋醫를 쫓아낼 계략을 꾸몄다.

교회와 일본 의학책들이 빌미가 됐다. 마침 몽·쏘 연합군이 일본 관동군을 물리친 할하강 전투가 끝난 지 얼마 되지 않아 고발의 명분도 그럴듯했다. '조선인 의사가 교회를 열어 공산주의 반대 사상을 퍼뜨립니다. 일본 책 보는 것도 봤습죠. 일본군 첩자인 게 분명합니다.' 검증이고 뭐고 없던 시절이었다. 갑자기 들이닥친 쏘련 적군赤軍파 군인들이 아내와 어린 아들이 보는 앞에서 아버지에게 총을 난사했다.

탕. 탕. 탕. 탕. 탕….

게르가 들썩할 정도로 큰 천둥이었다. 노인이 어린아이마냥 놀란다. 그날의 총소리가 평생 노인의 가슴을 짓눌렀다. 놀란 가슴을 진정시킨 배두가 인하에게 베어주었던 왼팔을 부드럽게 뺐다. 제단 아래에서 상자 하나를 가져왔다. 오래된 편지 묶음이었다.

"이 편지들은 주소 불명으로 돌아왔어. 그건 이해가 되는데, 이 편지들은 왜 돌아왔지?"

'수취인 불명' 붉은색 스탬프들이 쾅 쾅 찍힌 편지들이 한 묶음이었다. 이름을 숨긴 가명假名으로 이렇게나 많은 편지를 보냈었구나. 인하가 짐짓 명랑한 목소리로 말했다.

"미국에 있었어. 오랫동안. 우리 유학하기로 했던 학교 있잖아. 거기서 공부했어. 졸업하고는 오페라 무대에서도 활동했지. 거의 한국에 없었어."

"그랬구나. 괜한 걱정을 했네. 눈부시게 흰 교복의 여학생이 늘 나를 찾아왔어. 당신 꿈을 많이 꿨어. 꿈으로 소식을 듣는다, 믿었어. 특별한 날의 꿈은 적어놨지. 보여줄게."

배두가 편지 뭉치 밑에서 오래된 공책을 꺼냈다. 인하는 가슴이 두근거렸다. 내 소식을 꿈으로 들었다고? 어쩌지….

고통스럽게 지낸다는 소식이 들린다.
잘못 없이 맞는 세상의 매에
무릎 꿇지 말기를….

행복하게 지낸다는 소식이 들린다.
나 아닌 누군가의 아내가 되어
뻥 뚫린 가슴으로 기도한다, 부디 행복하기를….

학교 길에서 눈부신 너를 보았다.
만남은 생의 타블링운명

네가 나의 운명임을 첫눈에 알았다.

인하는 얼굴을 돌려 눈물을 숨겼다. 그의 꿈은 맞기도 하고 틀리기도 하였다. 얼마나 많은 꿈이 그를 아프게 했을까. 어느 날은 즐거운 꿈도 꾸었네. 학교 길에서 눈으로 만나던 우리. 꽃봉오리처럼 아름답던 시절. 첫눈에 우리는 서로의 '타블링'을 보아버렸다. 타블링. 굳이 묻지 않아도 알 것 같은 낱말이었다.

편지들을 다시 상자에 넣던 배두가 새삼 "인하!" 부르짖었다.

"정말 인하 당신이야? 어떻게 나한테 왔어?"

"편지가 나를 불렀어."

"이렇게 다 돌아왔는데?"

인하가 머리맡에 둔 가방에서 뭔가를 꺼냈다. 발신자불명 편지였다. 달려와 들여다보던 배두가 그 편지를 가슴에 안고 신음 섞인 몽고말을 토해냈다.

"몽고에 오자마자 쓴 편지야. 당신에게 해가 갈까 봐 이름도 주소도 쓰지 않았어. 이 편지가 당신에게 전해졌구나!"

배두는 편지와 인하를 한꺼번에 끌어안았다. 배두의 심장 박동이 인하의 가슴으로 전해졌다. 마음이 충만해졌다. 사랑은 소멸되지 않았다. 어느 날 툭! 끊겼다. 그리고 지금 다시 이어졌다. 끊겼던 바로 그 순간으로, 스무 살 그 마음 그 사랑으로.

"나는 죽은 사람이야. 몽골에 와서 맨 먼저 한 일이 사망신고였어. 살려고. 살아남으려고. 언젠가는 인하 널 보려고."

배두는 몽골에 오게 된 구구절절한 사연은 말하지 않았다. 무기처럼 땅속에 숨긴 베루 목걸이를 생각하며 견뎠던 날들에 대하여도 말하지 않았다. 인하가 상상도 못할 삶을 살았다. 짐승처럼 살았다. 오랜 수용소 생활에 몸은 무너지고 정신은 피폐하여 멍한 눈길로 울다가 웃다가 실성한 사람 같아졌다. 가차 없는 계호원도 더는 상관하지 않았다.

애초에 음악가로서의 쓸모가 없었다면 그렇게까지 혹독한 벌을 받지는 않았겠지. 하지만 음악의 성역에 더러운 군홧발을 들일 수는 없었다. 이제 산송장이 된 강배두는 더 이상 음악가도, 남조선 혁명가남파간첩도, 사람도 아니었다. 아무것도 아니었다. 유언을 들으러 왔을까. 곽승이 찾아왔다. '마지막 소원을 써보라.' 당에 잘 말해 보겠다고 했다.

항일혁명투사 아버지 강립이 묻힌 몽고 땅에 나란히 묻히고 싶습니다.

지금도 알 수 없는 것은 배두의 마지막 소원이 받아들여진 것이다. 살아있는 시체나 다름없었지만, 잇뽕이 무슨 재주를 부렸겠지만 그렇다 해도 될 일이 아니었다.

곽승은 1968년 청와대 습격사건 전초전 길잡이로 한 해 전인 1967년 강배두를 남으로 보냈다. 그 공이 인정되어 곽승은 승승장구했고, 그때를 탈출 기회로 삼았다가 실패한 강배두는 평생 벌을 받았다. 그 빚을 갚고 싶었을까. 충분히 갚았다, 친구. 덕분에 몽고에 올 수 있었고 덕분에 인하를 만났다. 배두의 오랜 친구 잇뽕도 숙청되어 사라졌다는 소식이 바람결에 묻어왔다. 부디 평안하기를.

인하는 생각에 잠긴 배두를 깨우지 않았다. 속으로만 말했다.

나도 살아있는 죽은 사람이었어. 그런데 부활해서 당신을 보네. 우리를 그토록 오랜 세월 떼어놓은 지상의 선線 하나. 한 뿌리의 타블링Табилан까지는 거스르지 못했나 보다.

生의 꼭지점에 닿다

•

•

백조의 노래

"저 손바닥만 한 천정의 창을 뭐라고 불러?"

인하가 캄캄한 천창天窓을 올려다보며 물었다.

"투노. 공기도 통하고 시간도 알려주지. 내 손 두 개보다도 커."

배두가 손바닥을 활짝 펴 보였다.

"몽골에 와서 별을 못 보네." 인하의 투정에, "보여줄게." 그가 대답했다. 그는 늘 그렇다. 가능해 보이지 않는 일에 대해서도 자신 있게 대답한다. 그리고 그 일이 이루어지면 담담히 말한다. '기도했어.' 하지만 아무리 기도한들 우기雨期의 먹구름을 어쩔 것인가.

"기도한다고 별이 나오진 않아."

인하의 말투에 부정적 감정과 오랜 습관이 드러났다. 얼른 고쳐 말했다. "별은 내일도 있으니까." 인하가 담요를 목 위까지 끌어올렸다.

"별은 내일도 있지." 배두가 그 말을 받았다.

작은 부삽으로 석탄 덩이 몇 개를 난로에 넣으면서였다. 인하는 그가 지극히 일상적이고 평온한 모습으로 무서운 질문을 던졌다는 것을 깨달았다. '별은 내일도 있지. 우리에게도 내일이 있을까?' 내일! 잊고 있었다. 일부러 잊어버렸다. 순수한 눈과 강한 손을 가진 그를 이제야 만났는데 이제야 만질 수 있게 됐는데 '내일'은 생각하고 싶지 않았다.

매일 밤, 배두는 자신의 임종을 준비했다. 그릇 두어 개 씻어놓고, 입던 옷 가지런히 개어두고, 두 손은 모아 가슴에 놓고, 입관하기 편한 자세로 바로 누웠다. 그렇게나 좋아하는 말 한 마리 곁에 두지 않았다. 너무 많은 이별을 했다. 악보들은… 하늘가는 길동무로 함께 가야지. 궤짝에 든 채로 태워지겠지. 그리될 걸 알면서도 멈출 수는 없었다.

난로 안 석탄들이 빨갛게 달아올랐다. 가끔 꺼내보는 진홍색 비단 델을 닮았다. 게르 안이 훈훈해졌다. 배두는 자신을 바라보고 있는 인하를 보고 갑자기 악상이 떠올랐다. 쥴리엣 연작을 마무리 지어야지. 부삽을 내려놓고 검댕이 묻은 손으로 연필을 쥐었다.

당신은 내게

베드로 NO. 99/100

아침마다 당신은, 천창 덮개를 당기지는 않았지만
가슴 깊은 곳, 내 마음의 덮개를 당긴다.

저녁마다 당신은, 나의 잠자리를 매만지며 기다리진 않았지만
별과 함께 너는 내게 말을 걸었다.

들어가고 나갈 때, 나를 문에서 마중하지는 않았지만
오직 한 번 세상 여행 중에 백조의 노래를 짓게 한다.

배두는 '백조의 노래'라고 쓰고 문득 "백조의 노래?" 되뇌었다. 아직 한 곡이 남았으니 마지막 곡은 아니지. 하지만 그 자리에 넣을 적절한 단어가 떠오르지 않았다.

인하는 게르 꼭대기 둥근 창으로 번개 치는 모습을 올려다보고 있었다. 번개가 '번쩍'하는 줄로만 알았지 저렇게 가닥가닥 나뉘고 확산하는 광경을 눈으로 보기는 처음이었다. 푸른 불덩이가 소리 없이 쫘악 퍼지는 모습은… 마치 기계의 빛으로 들여다본 자신의 망가진 뇌간 신경처럼 보였다. 그 망가진 신경으로 보고, 느끼고, 사랑할 수 있으니 얼마나 놀라

운가. 얼마나 감사한가.

"이리 와서 저 빛 좀 봐." 인하가 배두를 불렀다.

"단어 하나가 떠오르질 않아." 선 채로 그가 말했다.

"축제 날 불꽃놀이 같아." 인하가 몽롱한 목소리로 중얼거렸다.

축제 날 불꽃놀이? 맞아. 우리 함께 있는 이 순간이 '축제 날 불꽃놀이'구나. 배두는 얼른 인하의 말을 받아 적었다.

오직 한 번 세상 여행 중에 축제 날 불꽃을 피워 올린다.

인하가 하얀 팔을 들어 배두를 불렀다. 배두는 연필도 공책도 다 팽개치고 연인에게로, 그 가슴 위로 닥쳐와 쓰러졌다. 따뜻한 담요에 싸인 인하는 양털처럼 포근하고 복숭아처럼 향기롭다. 우리는 얼마나 많은 시간을 덧없이 흘려보냈는지….

졸려.

인하가 나른한 목소리로 중얼거렸다. 배두도 크게 하품했다. 두 사람은 마주 보고 코를 부비고, 서로의 머리카락에 손을 넣어 장난을 치고, 가슴에 가슴을 베고 잠이 들었다. 한창 사랑에 겨운 한 쌍의 푸른 늑대처럼.

줄리어드 음악학교. 뉴욕 1959년

지하철이 링컨센터 역에 도착했다. 두 사람은 달리기 시작했다. 계단을 두 개씩 성큼성큼 건너뛰었다. 어제 비올리스트 생일파티에서 술 마시고 춤추고 늦도록 놀다가 깜빡 늦잠을 잤다. 숨을 헐떡이며 학교 로비로 들어섰다. 배두가 인하에게 가볍게 키스하고 카네기홀로 뛰어갔다. 뒤에서 인하가 큰 소리로 응원했다.

"오늘 잘 해. 믿어! 이따 갈게."

배두는 연주복으로 갈아입고 크게 심호흡을 했다. 드디어 졸업 연주회. 교수님들, 학생들, 관람객들 앞에서 강배두의 모든 것을 보여주는 날이다. 작곡 발표회를 겸한 지휘자로서의 첫 무대이기도 하여 침착한 그도 자못 긴장이 됐다.

배두의 음악은 동양적인 선율에 대륙적인 호방함이 더해진 독특함으로 듣는 이들을 매료시켰다. 두 시간이 이십 분처럼 지나갔다. 교수님들의 기립박수는 오 분이나 이어졌다. 대성공이었다.

"오늘 대단했어. 강배두. 정말 멋지다!"

대기실로 들어오는 배두를 맞으며 인하가 장미 한 송이를 건넸다.

"또 반했네. 남편한테 매일 반하는 와이프는 당신밖에 없을 거야."

배두가 거드름을 피웠다.

인하가 장미를 빼앗아 남편의 가슴을 가볍게 쳤다.

두 사람은 뉴욕을 떠날 무렵이 되어서야 여유롭게 거리를 걸었다. 방금 도착한 사람들처럼 두리번거리면서. 공부 욕심 많기로는 배두나 인하나 마찬가지여서 집-학교-집-학교 메트로놈처럼 오갔다. 반도네온 연주가 들려왔다. 어둡고 강렬한 음색에 이끌려갔다.

"Por una cabeza!"찰나의 순간!

레게 머리가 멋진 흑인 연주자가 두 젊은 연인을 향해 외쳤다. 주문呪文이었나? 마법에라도 걸린 듯 배두와 인하가 땅고를 추기 시작했다. 음악실 복도에서 남미 출신 음악가들을 따라 해 보던 춤동작이었다. 어디에 그런 재능을 숨기고 있었을까. 배두가 관능적인 몸짓으로 인하를 리드했다. 사람들이 모여들었다. 검은 머리의 젊은 연인들에게 매혹된 구경꾼들이 환성을 질렀다.

오랜만에 헌책방 스트랜드에도 들렀다. 선 채로 고픈 배를 채우듯 수십 페이지씩 읽었다. 책 읽을 시간이라곤 없었다. 책을 사지는 않았다. 곧 귀국할 텐데 짐을 늘여서는 안 된다. 오는 길에 수퍼마켓에 들렀다. 워낙 시간에 쫓기다보니 식사다운 식사를 한 지가 언제인지 생각도 안 난다.

"불고기에 양배추 김치, 어때?"

푸줏간 앞에서 배두가 물었다.

"오케 오케! 우리 둘이 졸업파티 하자."

인하가 로제 샴페인을 카트에 넣었다. 흔들린 핑크 와인이 반짝 황금빛을 내보였다.

'라 스칼라'대극장. 이탈리아 1965년

TOSCA

Musica di G.Puccini

Tosca: IN HA PAIK

'라 스칼라' 극장에 TOSCA 현수막이 내걸렸다. 강한 바람이 현수막을 깃발처럼 흔들어댔다. 행인들은 이름도 낯선 동양인 프리마돈나를 흘깃 쳐다보고는 고개를 갸우뚱했다. 그 때문인지 극장 앞은 여느 때와는 달리 한산하다.

극장 안의 분위기도 크게 다르지 않았다. 워낙 TOSCA의 고정 팬들이 많아서 그런대로 자리는 찼다. 세련된 동양인 가족들이 이따금 관객들의 호기심 어린 눈길을 받았다. 스칼라 대극장에서 오페라를 관람하는 검은 머리의 동양인을 보는 것 자체가 흔한 일이 아니었다. 게다가 2층 중앙 박스 석을 차지한 가족은 동양의 부호이거나 로얄패밀리 쯤으로 보여 흥미를 끄는 것 같았다. 할아버지, 엄마, 아버지, 강배두였다. 무대에서는 토스카로 분한 인하가 '노래에 살고 사랑에 살고'를 열창하고 있었다. 객석에서 간간이 신음소리가 새어 나왔다.

~브라바! 브라바! 앙꼬레 앙꼬레~~~

귀 높은 이태리 관객들이 일어섰다. 무명의 동양인 프리마 돈나에게 아낌없이 기립박수를 보낸다. '스타 탄생'. 꿈의 무대에서, 현지 관객들로부터 부라바! 앙꼬레!를 받은 인하가 당당한 포즈로 우아하게 인사했다. 강배두가 멋지게 손 키스를 보냈다.

"콩그라투라찌오니!"축하해요!

객석 곳곳에서 경쾌한 소리들이 튀어 올랐다.

관객들의 시선이 노란 장미 다발을 들고 무대로 올라가는 동양인 노신사에게 집중되었다. 인하를 포옹하며 장미 다발을 안긴 할아버지가 유창한 영어로 관객들에게 인사했다.

"우나 벨라 노떼!아름다운 밤입니다! 한국에서 온 토스카 백인하의 할아버지올시다. 오늘, 사랑하는 손녀 인하의 무대를 보러 오신 신사 숙녀 여러분. 지금 주머니에 손을 넣어 보십시오. 제가 건강과 사랑과 행운을 담뿍 넣어드렸습니다. 만져지십니까?"

즐거운 웃음소리 박수소리로 극장이 들썩였다.

"띠아모! 사랑합니다!"

할아버지가 박수를 받으며 무대를 내려갔다. 인하의 앙코르 무대가 이어졌다.

세종문화회관. 서울. 1967년

COMPOSER KANG BAE DOO CONCERT

강배두 작곡 발표회

지휘 강배두

서울시립교향악단

서울시립합창단

소프라노 백인하

관객들의 앙코르 요청에 지휘자가 다시 무대로 나왔다. 아이보리 색 연주복으로 한껏 멋을 낸 지휘자 강배두가 교향악단원들에게 박수를 돌렸다. 배두는 함께 연주한 소프라노 백인하의 손을 잡고 양팔을 활짝 벌린 특유의 포즈로 관객들에게 인사했다.

박수소리 휘파람 소리로 음악당이 들썩들썩하다. 제자들이 교수님에게 보내는 존경의 함성이었다. 앙코르 박수가 그치지 않자 배두가 다시 피아노에 앉았다. 방금 전 발표한 가곡 '마음'의 전주가 흘러나왔다. 인하가 한 손을 가볍게 피아노에 얹고 노래를 시작했다.

옥인동. 서울. 1968년

세대문집 큰 대문에 금줄禁绳이 걸렸다. 새끼줄에 꿰인 푸릇한 솔가지와 다홍색 고추들이 집안의 경사를 온 동네에 소문냈다. 이웃 분들이 고추 달린 금줄을 보고 웃으며 한마디씩 했다. 무남독녀 외동딸이 큰일 했네. 되는 집은 가지나무에도 수박이 열린다니까.

인하는 먼 길 오신 시어머님께 아기를 안겨드렸다. 배두는 첫 손자를 받아 안은 어머니의 가지런한 손가락들을 눈여겨보았다. 지난번 편지에 '총 맞은 손가락들이 자라고 있다'기에 긴가민가했더니 정말이었다. 아기를 어르며 애시덕 선생님과 얘기를 나누던 어머니 얼굴이 갑자기 환해졌다. 방금 애시덕 교수가 기획하는 평화음악회에 초대된 것이다. 사돈도 선배도 아닌 피아니스트 박인덕으로 우뚝.

아버지는 아직도 독립군 시절의 털모자를 쓰고 나침반 달린 손목시계를 차고 오셨다. 새하얀 가운을 갖춰 입은 장인 어른과 술상을 마주하고 말씀 중이다. 의사이신 두 분의 전문용어를 알아들을 수는 없지만 새로운 수술법에 대한 의견을 나누시는 것 같다.

아기는 이 손에서 저 손으로, 친가로 외가로 옮겨 다니느라 엄마 아빠에게는 차례도 오지 않았다. 어른들이 아기에 정신 팔려있는 틈에 배두가 사랑스런 아내의 이마에 도둑 키스를 했다. 대문 열리는 소리가 크게 나더니 마당이 떠들썩하다. 안국동 할아버지가 고기며 미역이며를 잔뜩 짊어진 하인들을 거느리고 들어오신다.

게르 안이 조용하다. 비가 그쳤다.

"깼어?" 인하가 미소 지었다.

"잘 잤어?" 배두가 인하 눈에 입 맞추었다.

"아주 개운하게 잘 잤어. 이렇게 깊이 단잠을 자기는 생전 처음이야."

"나도 그래. 한 사나흘 정신없이 잔 것 같아."

배두가 기지개를 켜고는 성큼 침대에서 내려섰다.

"우리 나갈까?" 느닷없는 배두의 말에,

"이 밤에 어딜?" 인하가 의아한 표정을 지었다.

"여행 와서 잠만 자면 어떡해. 몽골에 왔으면 별을 봐야지."

배두가 제단 아래 나무 궤에서 비단 델을 두 벌 꺼내왔다. 인하에게는 진홍색을 입히고 자신은 푸른색을 입었다. 배두는 '이 옷을 정말 당신에게 입히게 될 줄은 몰랐네.' 생각하며 인하 허리에 맞게 장식띠로 델의 길이와 폭을 조절해 주었다.

명절옷 한 벌쯤 있어야겠기에 장에 가서 비단 델을 장만했었다. 옆의 진홍색 여자 델에 자꾸만 눈이 갔다. 돌아서는데 주인이 불렀다. '돈이 모자라면 있는 대로 주세요. 부인이 좋아할 겁니다.' 엉겁결에 진홍색 여자 델을 샀다.

배두는 자기 허리에도 황금색 장식 띠를 맵시 있게 묶었다. 관에 들어갈 때 푸른색은 입고 진홍색은 가져갈 생각이었다. 마지막 소망을 적은 종이를 사진액자로 눌러 두었다.

푸른색 델은 입혀주시고 진홍색 델로는 몸을 감싸듯 덮어 주십시오.

"여름이라도 밤엔 추워."

배두가 인하에게 담요를 둘러주었다. 인하는 아기처럼 담요에 싸여 게르 밖으로 나갔다. 아무것도 보이지 않았다.

"그믐밤이야. 이 밤엔 아무도 죽지 않아. 양 한 마리도 죽이지 않아. 그믐에 죽임을 당한 영혼은 영원히 어둠 속을 헤맨다고 믿거든."

배두의 목소리만 들렸다. 두 사람은 손을 꼭 잡고 먹장구름 두터운 하늘을 올려다보았다. 너무 캄캄해서 하늘을 보는지 땅을 보는지 알 수 없었다. 막막한 우주 공간에 던져진 것 같았다. 서로의 숨소리만 들렸다. 먼 하늘에서 번쩍 번개가 쳤다. 빛이 사라지면 시간도 정지한다. 얼마나 지났는지, 여기가 어디인지, 알 수 없었다. 시간도 공간도 존재하지 않는 어디쯤에 두 사람만이 있었다.

"저기 봐, 저기." 그가 말했다.

인하는 어딘지 모를 '저기'를 바라보았다. 아무것도 보이지 않았다.

"보여? 구름 뚫린 거, 보여?"

배두가 인하 손을 잡고 그 어딘가를 가리켜 보였다.

"보여! 보여! 구름이 뚫렸어!" 인하가 소리쳤다.

하늘에 손바닥만 한 작은 구멍이 뚫렸다. 하늘의 투노다. 그곳으로 희미한 빛이 새어나온다. 투노가 조금씩, 느리게, 커지는 게 눈에 보인다. 투노를 둘러싸고 있는 두터운 먹구름이 그라베~ 그라베~ (grave 장중하게) 물러가고 있다. 구름이 빠르게 움직이기 시작했다. 보고 있는 동안 눈에 띄게 빨라지더니 급기야 아지타토 아지타토 (agitato 급하게) 쫓기듯 날아가기 시작했다. 하늘의 거인이 볼 가득 바람을 넣어 후우~ 날려 보내는 것만 같았다. 보고 있으면서도 믿어지지 않는 마치 꿈을 꾸는 것만 같은 광경을 두 사람은 멍하니 바라보았다.

하늘이 열렸다. 연못처럼 우묵하고 둥그스름한 하늘이다. 별들이 툭, 툭, 툭, 불을 켰다.

얼린 이슬방울일까. 별들은 차갑고 맑고 단단하다. 까치발을 하고 손을 뻗으면 한두 개쯤 딸 수도 있을 것 같았다. 두 눈에 담기엔 너무 많은 별이 반짝반짝 깜빡깜빡 말을 걸어와 인하는 배두가 묻는 말도 듣지 못했다.

"나도 좀 봐 줘." 배두가 인하 팔을 흔들었다.

"응? 뭐?"

"내 첫 작곡발표회 때, 당신이 부른 마지막 앙코르 곡이 뭐였지?"

"마음."

"노래에 살고… 당신 아리아 아니었어?"

"그건 첫 번째 앙코르 곡이었지."

"아닌데…." 배두가 우겼다.

"맞다니까." 인하도 우겼다.

"아무튼 내 작곡 발표회 때 당신이 더 인기여서 나 살짝 질투했다."

"그랬어? 안정섭이 꽃다발 줄 때 나 포옹해서가 아니고?"

"그 생각하니 또 열 받네." 배두가 씩씩거렸다.

"할아버지. 손주가 몇이세요? 아이들이 보면 웃겠어요."

인하가 담요 속으로 배두를 끌어들였다.

꿈도 참 이상하지. 당신이 간첩으로 내려오질 않나, 우리 집이 고정간첩으로 몰리질 않나. 얼마나 억울하던지 내가 막 대들었어. 빠르게? 빠르게? 하나님은 없어. 다 거짓말이야!

그런 꿈을 꿨어?

지독한 악몽이었어.

나도 악몽을 꿨어. 내가 이북으로 끌려가서 갖은 고생 다 하는 꿈이었어. 음악도 못하고, 당신도 못 보고, 죽을 거 같았어. 참, 잇뽕도 봤다. 군복 입은 모습이 멋지더라.

우리 둘 다 악몽을 꿨네. 꿈이라서 천만다행이야. 그동안 우리 너무 바쁘게 살았지? 이렇게 나이 들어서야 당신 고향 마을엘 와 보네.

아이들도 데려올 걸 그랬어.

한창 일할 때잖아. 성탄절에나 겨우 얼굴 보여 줄 걸.

우리도 그랬지. 당신은 오페라 공연 다니느라 집엔 얼마 있지도 않았어. 난 음악에 아내를 빼앗기고 외롭게 산 가여운 남자야. 아내가 해준 따뜻한 밥 한 끼 먹어본 기억도 없어.

요리는 당신 전문이잖아.

크어런 칭쭈어. 손님 앉아계세요. 실은 당신이 요리한다고 나서면 어쩌나, 은근 걱정했어.

고마워. 난 사랑에 빠지면 사랑밖엔 모르는 여자야. 당신이 중심을 잡아줬어. 내가 사랑에 침몰되지 않도록, 나 자신을 잃지 않도록. 그래서 맘껏 노래하고, 세계 곳곳 공연도 다니고, 원하는 내 인생을 살았어. 바얄라!고마워요! 맞나?

응. 바야를라!

나의 사랑 나의 뮤즈여

당신과 함께한 이 세상은 행복하였네

사랑 속에서 음악 속에서

아름다운 아내와 넘은 한 평생은 행복하였네

평생토록 갈망하고 설레는 마음으로 살아온

구십 년 세월

사랑하는 사람아

천국에서도 우리 또 만나 노래 부르며 살자

정말 아름다운 노랫말이야.

당신에게 바치는 비트뭉헌정이야.

바얄라! 참, 우리 증손주 보게 생겼어. 첫째네 며늘아기가 아이 낳으러 나오겠대.

그래? 그럼 우리 아들딸 손주가 모두 몇이 되는 거야?

첫째, 둘째, 막내. 첫째한테 손자 둘. 둘째한테 손녀 하나. 첫째네 며늘아기가 낳을 아이까지 하면… 모두 몇이지?

여덟? 열인가?

배 안에 든 아이도 친 거야?

우리 참 오래 살았다. 복된 삶을 누렸어.

노래에 살고 사랑에 살고… 아무것도 모르고 부르던 그 노래가 내 타블링이었어.

그 노래를 당신만큼 가슴 떨리게 부르는 소프라노는 없어.

노래 불러줄게. 당신만을 위해서.

우리 평생의 감사를 올려드리자. 초원을 울리고 저 높은 별까지 들리도록 큰 소리로!

비를 뚫고 별을 보다

무섭게 내리던 장대비가 그치고 번개도 멀어졌다. 승리는 딱딱한 진료대에서 일어나 뻣뻣한 관절을 풀었다. 오리털 파

커를 입고 잤는데도 으슬으슬 춥다.

"달밤에 웬 체조?" 반쯤 뜬 눈으로 바타르가 중얼거렸다.

"왜 항소하지 않았을까?" 승리가 허리를 돌리면서 물었다.

"또 그 얘기야?"

"이상하잖아. 항소 한 번 안 하고 형기를 다 채웠어. 흉악범들도 형기 줄이려고 항소, 상고, 다 하잖아. 안 이상해?"

"이상해. 많이 이상해."

백 선생 살인미수사건은 아무리 생각해도 이해가 되지 않았다. 승리는 어젯밤부터 그 문제로 바타르의 초저녁잠을 방해했다. 저녁 식사를 마치자마자 두 분은 게르로 가시고 바타르는 하품을 하며 피아노 옆에 침낭을 폈다. 승리는 침낭 한 귀퉁이에 앉아 계속 재판에 의문을 제기했다. 바타르는 무거운 눈꺼풀을 비비며 승리 얘기를 들어주었다.

저녁 식사는 정말 푸짐했다. 어르신은 조합에서 구해온 재료들로 한·중·몽 세 나라 음식들을 멋지게 차려냈다. '셰프셨어요?' 승리가 농담을 건넸다. '젊어서 청요리집에서 양파 좀 깠지요. 제 수초면에 반해서 오는 여자 손님도 있었어요.' 어르신이 슬쩍 백 선생을 쳐다보았다. 그렇게 즐겁게 웃는 백 선생을 처음 보았다. 어르신은 커피도 만들어주셨는데 연유를 넣은 부드러운 몽골 커피의 맛이 오래도록 혀에 남았다.

바타르가 뭐라고 잠꼬대를 하며 옆으로 돌아누웠다. 연두색 구스 침낭에 파묻힌 그는 커다란 애벌레 같다.

승리가 덧문을 열었다. 수선화는 반은 꺾이고 반은 꿋꿋이 살아있었다.

처음, 이 수선화밭을 보는 순간 깜짝 놀랐다. 서촌 무당집에도 수선화가 있었다. 나무도 펌프도 메마른 마당 한 귀퉁이에서 홀로 무성하던 샛노란 꽃 무더기. 물가에 사는 신선 수선水仙 꽃 이름이 무색하게 물기라곤 없는 땅에서 질기게 살아남은 수선이 수상하여 진짜 꽃인가, 만져보기까지 했다. 그 서촌 수선화와 똑같은 품종인 것도 신기하다.

통나무집 주변은 목이 마를 정도로 온통 노란색이다. 집이 파묻힐 만큼의 저 엄청난 꽃 무더기는 그리움의 양일까. 어르신은 수선화를 곁에 두고 적적한 삶을 견디셨나 보다.

"별 나왔어!" 승리가 소리쳤다.

"비 오는데 무슨 별?" 바타르는 자고 싶다.

"비 그쳤어. 별이 나왔다니까. 들어가기 전에 얼른 와 봐."

승리는 문턱에 나앉아 재촉했다. 바타르는 침낭을 목도리처럼 두르고 하품을 하며 옆에 와 앉았다. 침낭은 둘이 두르기에도 넉넉했다.

먹구름 짙게 낀 하늘에서 별이 나온 곳이 정말 있었다. 거기만 구름이 뚫렸다. 하늘에 커다란 웅덩이가 생긴 것 같다. 맨 하늘이 드러난 그곳에만 별이 있었다. 별들은 비에 씻긴 말간 빛을 지상으로 내쏘았다. '별 하나 따 줄까?' 딱, 그 타이밍이잖아. 승리가 바타르를 쳐다보았다. 눈치 없는 곰탱이. 별자리 어플을 켜고 큰 곰 자리, 작은 곰 자리 맞춰보느라 정신이 없다.

불기둥인가 구름기둥인가. 오묘한 빛기둥이 지상으로 길게 뻗어있었다. 승리가 바타르를 흔들었다.

"저거 뭐야?"

"은하수잖아."

"은하수? 아, 은하수!"

아무리 몽골이라지만 저렇게 크고, 환하고, 찬란한 은하수는 처음 본다. 흰 우유빛, 오로라 빛, 노을빛, 바닷빛… 세상의 온갖 빛들이 모여서 빛기둥을 이루었다. 어제 테를지에서 본 하얀 무명 다리는 하늘과 지상을 연결하는 오작교였다. 견우직녀의 만남 장면을 혼자만이라도 봐둘걸. 밤에 몰래 빠져나와 볼 걸, 잘못했어. 아쉬웠다.

어르신과 백 선생님을 남과 북, 견우와 직녀로 상징화한다면?

만남의 순간을 극적으로 표현할 구체적 방법은?

핸드폰에 메모하는 승리 어깨에 기대어 바타르는 잠이 들었다.

찍 / 연필로 긋듯 별똥별이 떨어졌다.

잊다, 잇다

•
•

영원의 얼굴

밤새, 천둥소리인지 음악소리인지 분간할 수 없는 선율이 온 들판을 떠돌았다. 소리는 천둥을 반주 삼아 웅장한 심포니처럼 하늘을 울리고 대지를 흔들었다. 천둥 사이사이 피아노 소리도 들리고 노래 소리도 들렸다. 마을 사람들은 꿈속으로 들리는 음악 소리에 잠깐씩 깨곤 했지만 '대단한 천둥이구나' 잠꼬대를 하고는 다시 잠에 빠져들었다.

승리는 자면서도 소리는 들리면서도 밤새 사로잡혀 있었다. 격렬한 고뇌와 슬픔이 탄성처럼 터져 나오는 아리아aria이다가, 기쁨과 환희가 넘치는 이중창이다가, 느리고 장중한 단선율의 성가聖歌이다가… 우루루 쾅! 천둥이 치면 그 잔영을 머금고 소리는 오묘한 천상의 노래가 되어 초원으로 퍼져나갔다. 잠속에서도 눈물을 흘리며 전율했다.

칠십 년 봉인이 풀린 두 영혼의 노래는 그믐밤 막막한 공간을 무한히 확장시키며 사람들의 꿈속을 지나, 잠든 양들의 울타리를 넘어, 하늘로 하늘로 드높이 올라갔다.

초원의 싸늘한 새벽공기가 옷 속으로 스며들었다. 승리는 잠에선지 꿈에선지 가슴을 흔들던 그 노래가 귀에서 떠나지를 않았다. 새벽잠 없는 바타르가 침낭 위에 앉아서 승리가 일어나기를 기다리고 있었다.

게르에서는 아무런 기척도 나지 않았다. 밤새 말씀 나누다가 새벽녘에야 잠드셨나 보다. 수선화밭은 망가졌다. 꽃들이 다 꺾여버렸다. 지평선에 밝은 띠가 길게 늘어섰다. '노크해볼까?' 승리가 손 모양을 만들어 보였다.

"게르는 노크 안 해."

바타르가 가만히 문을 열었다. 실내는 어둡고 고요하다. 난로가 꺼진 게르 안은 싸늘했다. 두 분은 잠들어 있었다. 입구에 선 채로 바타르가 두어 번 백 선생을 불렀다. 기척이 없다. 바타르가 침대로 다가갔다. 손짓으로 승리를 불렀다.

낯선 사람들이 누워 있었다. 젊은 사람들이었다. 청홍 비단 델을 차려입고 명절에나 하는 장식띠를 허리에 띤 채로 잠이 들었다. 새 옷에서는 약간 시큼한 비단 냄새가 났다.

'누구지, 이 젊은이들은?'

승리와 바타르가 서로에게 눈으로 물었다. 아무리 둘러봐도 게르 안에 노인들은 없다. 어디 가셨을까. 바타르가 젊은 이들을 깨웠다.

"밴 오? 밴 오?" 여보세요? 여보세요?

대답이 없다.

"헹 베?" 누구세요?

대답이 없다.

바타르의 몽골말도 거기까지였다.

새벽 첫해가 천정 투노에 당도했다. 승리가 눈을 깜빡였다. 쨍한 햇살에 눈을 뜰 수가 없었다. 빛은 화살처럼 방안을 가로질러 침대에 닿았다. 게르 안이 캄캄하다. 빛살은 젊은 두 얼굴에 명중했다. 승리는 실눈을 하고 환한 그곳을 보았다.

두 사람은 반쯤 뜬 눈으로 서로를 바라보며 꼭 껴안고 잠들었다. 복숭아빛 환한 얼굴은 즐거운 꿈을 꾸는지 행복해 보인다. 눈가에 맺힌 눈물 탓일까, 조금은 슬픈 듯이도 보인다. 햇살에 싸인 두 얼굴은 빛나고 신비롭고 너무도 아름다워 이 세상 사람 같지 않았다.

반짝, 금속이 햇살을 튕겨냈다. 반쪽짜리 완셈 목걸이였다. 반쪽이 아니었다. 반 반 나뉘었던 두 펜던트가 합쳐져 온전한 하트 모양을 이루었다. 별꽃도 두 송이가 되었다. 비로소 '완셈베루' 완성된 이름으로 읽혔다.

1946.11.1. 완셈베루 1946.11.1.

부른 듯 승리가 얼굴을 돌렸다. 흑백사진에 눈이 닿았다.

서촌 피아노 위에 놓여있던 그것과 똑같은 사진이었다. 신성한 장소인 제단 위에, 가장 잘 보이는 위치에 사진을 올려두었다. 어르신이 항상 바라보며 소중히 여겼다는 뜻이다. 사진을 바라보던 승리가 헉! 숨을 멈췄다. 마치 사진의 두 사람이 액자에서 걸어 나와 잠들어 있는 것 같았다. 보고 있으면서도 믿을 수가 없었다. 흑백사진의 젊은 두 사람이… 잠들어 있는 젊은 두 사람이었다. 같은 얼굴, 같은 사람이었다.

승리가 맥없이 주저앉았다. 서촌 무당집에서처럼 힘이 빠지고 다리가 풀려 서 있을 수가 없었다. 바타르가 승리를 작은 나무의자에 앉혔다. 승리는 넋이 나간 얼굴로 한곳만을 바라보고 있었다. 바타르가 그 시선을 쫓았다. 제단 위 흑백사진이 눈에 들어왔다. 젊은 시절의 어르신과 부인인 것 같았다.

승리가 눈으로는 사진을, 손으로는 잠든 두 사람을 가리켰다. 바타르는 승리가 가리키는 대로 사진을, 잠든 두 사람을 번갈아 보았다. 사진의 젊은 두 얼굴이 침대에 누워 있는 젊은 두 얼굴이었다. 같은 얼굴, 같은 사람이었다. 휘청, 바타르가 침대 모서리를 붙잡았다.

슬픔 혹은 질문

관은 하나였다.
두 몸이 어찌나 꼭 껴안고 있는지 뗄 수가 없었다.
수선화밭 한쪽에 그대로 묻었다.

한국 엔지오 한 분이 장례예배를 진행했다. 진행자가 표시한 부분을 읽으라고 바타르에게 성경을 건넸다. 생전에 베드로 선생님이 좋아하시던 구절이라고 한다. 모두들 어르신을 베드로 선생님이라고 불렀다.

> **하나님이 세상을 이처럼 사랑하사 독생자를 주셨으니 이는 그를 믿는 자마다 멸망하지 않고 영생을 얻게 하려 하심이라.**
>
> —요한복음3:16

커다란 관 위에 수선화를 수북이 올리고 기도와 찬송으로 작별예배를 진행했다. 두 분은 다른 사람들에게는 젊은 얼굴을 보여주지 않았다.

승리는 백 선생의 젊고 신비로운 얼굴에서 놓여나지 못했다. 눈을 감아도 보이고 눈을 떠도 보였다. 바타르와 함께 보지 않았다면 자신이 미쳤거나 꿈을 꾸었다고 생각해버렸을 것이다. 그 엄청난 일의 공동 목격자가 신경과 의사 바타르다. 안심되고 든든했다.

승리는 그 경황에도 셔터를 누른 자신에게도 놀라고 있었다. 본능적으로 손이 나갔다.

사냥꾼이 스냅숏snapshot* 하듯 스냅숏** 했다. 그녀는 자신의 손이 '결정적 순간'에 불수의근처럼 작동한다는 사실을 깨달았다. 피사체가 환상이라고 해도, 꿈이라고 해도.

승리는 이성적으로 생각하려고 애썼다. 천창으로 들어온 빛이 지나가 버리자 두 사람 얼굴에 드리웠던 젊음도 사라졌다. 그러니까 '빛과 함께 나타났다' '빛과 함께 사라졌다' 그것이 핵심이다. 빛은 위에서 비스듬히 떨어져 인물은 눈부시고 강한 음영으로 드라마틱하게 보였다. 빛은 빠르게 각도를 옮겨가며 인물을 시시각각 변화시키다가 천창에서 사라졌고 그 순간 젊음도 사라졌다.

인물사진이 그렇다. 밋밋한 얼굴이라도 측광側光을 이용하면 입체감이 극대화된 강렬한 사진을 얻는다. 그런, 빛에 의한 착시현상이 아니었을까? 그렇다면 복숭아빛은? 노인의 얼굴, 죽은 이의 얼굴에서 복숭아빛이 난다는 게 말이 돼? 하지만 특정 세포가 특정 광선을 흡수하고 반사한 허상일

---

* **스냅숏snapshot** 速射. 사냥에서 목표물을 향해 빠르게 총을 쏘는 것.

** **스냅숏snapshot** 스냅사진. 인물이나 사건을 순간적으로 찍은 사진.

지도 모르지. 일테면, 녹색 나뭇잎이란 엽록소가 빨강과 파랑은 흡수하고 녹색만 반사한 결과인 것처럼. 승리가 고개를 저었다. 애초에 이길 수 있는 싸움이 아니었다. 두려워서였다. 신비의 영역에 어줍잖은 지식을 들이대면서까지 부정하고 싶을 만큼. 승리는 꽃으로 뒤덮인 관 속의 백선생에게 물었다. '왜, 저에게만 그 얼굴을 보이셨나요? 죽기까지 결코 지워지지 않을 무섭도록 신비로운 그 얼굴로 제게 또 무슨 짐을 지우신 건가요?'

수수께끼 같은 몽골편지에 사로잡혀 죽음 문턱까지 갔었다. 그 유령편지를 손에 넣으려고 귀신 신랑과 영혼 결혼까지 했다. 서촌 보살 말대로 선생의 인연에 메어있는 것일까. 아무튼 여기까지 왔다. 두 분 죽음의 목격자로까지 관여하게 되었다.

예배가 끝나갈 무렵 유목민 소년이 머뭇머뭇 손을 들었다. 마을에서 유일하게 한국말을 좀 하는 아이라고 한다. 소년이 마지막 기도를 했다.

베드로 선생님 말한다. 천국은 몸이 없다.
선생님은 죽었다. 선생님은 죽지 않았다. 아멘!

산역을 마치고 모두 통나무집으로 모였다. 어르신의 분신인 피아노 곁에서 추억을 나누었다. '생일날 즉석에서 노래를 지어주셨어요.' '성탄절 음악회가 대단했지요.' '처음 마을

에 오셨을 때 죽어가는 늑대 같았어요. 숨만 붙어있는 외톨이 늑대요.'

숨만 붙어있는 외톨이 늑대. 이북以北에서 얼마나 거친 삶을 살았는지 그 한 마디로 알 수 있었다. 어르신이 숨만 붙은 외톨이 늑대였다면, 이남以南에 두고 온 연인은 한 칸 철장에 갇힌 새였다. 노래로 숨 쉬는 새에게 노래를 빼앗았다. 음악을 압수당한 두 사람의 삶은 죽음보다 못했으리라.

그 연장선상에 안정섭 교수의 '마음' 폭탄이 있다. 대학 동기의 음악을 훔치고, 명예를 훔쳤다. '훔친 것으로 누린 가짜 인생이었노라' 죽을 무렵에 와서야 유언인지 고백인지를 가래침처럼 뱉고 죽었다. 동기의 목소리를 훔친 송화자 교수는 목을 맸다. 그 엄청난 사태에 국민들은 심한 내상內傷을 입었다.

안 교수 부부는 지옥에 갔을까? 지옥에서 고통당한다는 것은 죽어서도 살아서 벌을 받는다는 것인데, 사람은 죽어도 죽는 게 아닌가? 알 수 없는 일이었다.

돌아오는 비행기 안에서 승리는 내내 생각에 잠겼다. 몽골에서의 일이 그야말로 '한여름 밤의 꿈'만 같았다. 새벽 첫 햇살 아래 빛나던 두 젊은 얼굴은 꿈이 아니다. 만지면 체온이 느껴졌을 복숭아빛 피부도 꿈이 아니다. 진실을 쓰면 데스크가 원고를 집어던지겠지. '하다하다 이젠 꿈도 쓰냐?'

승리의 얼굴에 묘한 미소가 떠올랐다. 근대 미학이 선언했다. 시각적인 것이 곧 증거다. 그 말은 '사진이 곧 증거'라는 거다. 근심 말지어다. 기계가 증언해줄 터이니.

"안 자? 물 좀 마셔."

바타르가 걱정 스런 얼굴로 승리를 들여다보고 있었다.

"그 생각하지? 나도 생각해 봤는데…."

승리는 물을 마시면서 바타르의 견해를 들었다.

"백 선생은 강한 충격을 받고 검은 머리가 단 며칠 만에 백발이 됐어. 정신과 육신은 분리될 수 없다는 단적인 예라고 생각해. 그 일… 두 분 얼굴 말야. 헤어질 당시 젊음을 희구하는 강력한 정신력에 의한 일시적 환원현상 아닐까? 그런 논문이 있는지 옛 문헌도 뒤져보고 더 연구해 봐야 겠지만…."

의학도다운 해석이지만 "연구해보고 알려줘." 그렇게 말하고 승리는 다시 눈을 감았다. '그동안 취재한 사실'과 '몽골에서 목격한 사실'을 연결할 방법이 막막했다. 취재한 역사적 사실만이라도 잘 정리하고 싶지만, 그조차도 쉽지 않게 되었다. 관계자 네 명이 모두 죽었다. 유목민 소년의 기도가 머릿속에서 맴돌았다. '천국에서는 육체로 살지 않는다. 베드로 선생님의 육신은 죽었으나 천국에서 영생을 누린다.' 그런 뜻이겠지. 그렇다면 두 분 젊은 얼굴을 보여준 것은 영생의 은유였나? 직유였나? '그 영생의 증인으로 왜 저를 지명하신 겁니까?'

'나, 몽고에 데려다줄래요?'

어이없는 한 마디에 붙잡혔다. 알 수 없는 힘에 떠밀려 발

부르트게 뛰어다녔다. 죽은 사람이 부활하고, 없는 비행기 표가 손에 들어왔다. 누군가 도와주지 않고는 가능한 일이 아니다. 누군가는 누구인가? 어쩌다 나는 이 일에 끼어든 것일까?

짐칸 여닫는 소리로 기내가 시끄럽다. 곧 인천공항에 도착한다는 안내방송이 나왔다.

새벽 5:50

집에 도착하자마자 컴퓨터를 켰다. 카메라와 연결하고 곧바로 그 새벽으로 들어갔다. 황금빛 수선화밭-오묘한 은하수-우물 같은 하늘-호출당한 별들-꺾어진 수선화… 찾는 그 사진만 없었다. 당황해서 넘어갔나? 차근차근 되짚어갔다.

그 지점이라고 생각되는 곳과 그 전날, 그 뒷부분까지 샅샅이 뒤졌다. 없다. 분명히 셔터를 눌렀다. 기계는 거짓말하지 않는다. 잘못 눌렀나? 승리는 당시 상황을 곰곰 되짚어보았다. 생각났다, 꼬마 의자!

바타르가 나를 작은 나무의자에 앉혔다. 어느 게르에나 있는 다리 짧고 등받이 없는 꼬마 의자들. 나는 정신 차리고 의자 둘을 포개놓고 올라섰다. 그 높이에서 세로찍기를 했다. 틀림없이 눌렀어. 뷰파인더를 확인하기까지 한걸. 깊이 있는 장엄한 영상이 나타났어. 세로찍기 효과가 제대로 나타난 거야. 그 영상을 봤어! 분명히 봤어!

그랬다. 셔터를 누르고 뷰파인더를 확인하는 것은 본능이다. 분명히 찍혔다. 어디 있지? 어디 있지? 급하니 기도가 절로 나온다. 찾아주세요! 찾아주세요! 찾아주세요!

정오에 가까운 시각이었다. 화면이 잠깐 멈췄다. 키보드가 먹지 않는다. 순간 나타났다. 젊은 얼굴이! 첫 햇살 아래 반쯤 뜬 눈으로 서로를 바라보는 두 사람이! 승리는 손을 떨면서 인쇄 버튼을 눌렀다. 포토 프린터에서 A4 인화지가 출력됐다. 또 한 번 누르려는 찰라, 사라졌다. 사라져버렸다, 신기루처럼. 모니터가 텅 비었다. 승리는 빈 화면을 멍하니 바라보았다.

카톡.

몸이 들썩하게 놀랐다. 바타르였다. 톡을 열지는 않았다. 승리는 자기 손을 내려다보았다. 출력한 인화지를 들고 있었다. 빈 인화지일 것 같아 두려웠다. 볼 엄두가 나지 않았다. 손으로 쓸어보았다. 앞면, 뒷면, 옆면. 앗, 손가락을 베였다. 정신이 번쩍 났다. 쓰라린 직선에서 빨갛게 배어 나오는 생명 혹은 죽음. 인화지를 마주할 용기가 났다.

"나왔어! 나왔어! 젊은 얼굴이 나왔어!"

복숭아빛 뺨, 반쯤 열린 눈, 보일 듯 말 듯 한 미소… 살아있는 것 같았다.

승리는 젊은 두 사람이 찍힌 사진을 손에 들고서도 진짜 사진인가 의심했다. 감열지感熱紙처럼 어느 순간 날아가 버릴까도 불안했다.

필름 카메라의 자연스런 발색과 원본 그대로의 느낌이 좋아서 여행 때 필름을 가지고 다닌다. 종종 공항검색대 엑스레이에 감광되어 사진이 뿌옇게 안개 낀 듯 포그fog를 먹어버리는 경우가 있다. 그럴 때를 대비하여 준비해 둔 납 봉투를 꺼냈다. 젊은 두 얼굴이 인화된 사진은 정말이지 꿈을 찍은 것만 같았다. 승리는 그 어떤 신비도 마법도 통하지 않게 납 봉투에 사진을 넣고 봉해버렸다.

봉투를 가슴에 꼭 안았다. 밤새 온 들판을 떠돌던 천둥소리인지 음악 소리인지 분간할 수 없던 그 노래가 들리는 것 같았다. 오래전 일 같기도 하고 방금전 일 같기도 하다. 자면서도 눈물을 흘리며 전율했던 두 영혼의 노래가 되살아나며 왈칵 눈물이 쏟아졌다.

호스피스 병실에서도, 카자흐스탄 묘지에서도, 두 시신을 떼지 못해 함께 묻은 장례식에서조차 흘리지 않던 눈물이 터졌다. 칠십 년 봉인이 풀린 듯 두 사람의 노래가 가슴으로 스며들었다. 눈물이 그치지를 않았다.

봉인한 봉투

• •

에필로그

완셈의 노래

한 마디 당신의 말이

혈관으로 스며드는 마법의 말이

山만한 내 짐을 새털처럼 가볍게 한다

단 한 마디 당신의 말로 나는

내 짐을 별 위까지 들어 올려버렸다

베루의 노래

여름이 늘 여름으로 있을 것처럼
백 년 세월이 이대로 존재할 것처럼
순간 아닌 영원의 짝이 된 우리
크나큰 행복은 그림 속 이야기처럼
당신과 함께 그렇게 있었다

— Тэгсөв —

이 책에 나오는 대부분의 시들은 2003년 「문학과 지성사」에서 펴낸 「몽골 현대시선집」에서 발췌했습니다. 시 전문을 다 싣지는 못했으며 소설의 흐름에 맞게 각색하지 않을 수 없었던 점을 밝힙니다.
원시原詩의 감정을 훼손하지 않으려 노력했지만, 많이 부족합니다. 몽골의 정서를 전하고 싶은 마음으로 헤아려주시기 바랍니다.

봉인한 봉투속 사진
출처; 조선일보.
사진을스케치화시켰습니다.

뒤표지 '왕족늑대부부'
출처; Union of Mongolian Artists.